WAS ZWISCHEN UNS STEHT

KD WILLIAMSON

KAPITEL 1

Kelli McCabe blinzelte schnell und heftig. Ein grauer Schleier trübte ihren Blick und in ihrem Mund hatte sich ein metallischer Geschmack breitgemacht. Sie schluckte ihr eigenes Blut. Mit aller Gewalt versuchte sie, die in ihr aufsteigende Panik zu unterdrücken und nicht das Bewusstsein zu verlieren. Dass sie es tatsächlich schaffte, hatte sie einzig und allein ihrer Willensstärke zu verdanken. Es war nicht das erste Mal, dass sich diese Charaktereigenschaft als nützlich erwies, und es war mit Sicherheit nicht das letzte. In ihren Ohren dröhnte noch das Echo gefallener Schüsse, das jetzt vom Hämmern ihres Pulses übertönt wurde. Ihr Herzschlag machte ihr bewusst, dass die Arschlöcher versagt hatten. Sie musste leben. So einfach war das. Ein besseres »Fickt euch« konnte sie dem Universum und den Schützen, die sie getroffen hatten, gar nicht entgegenrufen.

Allmählich gelang es Kelli, sich auf die Rettungskräfte zu konzentrieren. Sie veranstalteten einen solchen Lärm, dass ihr gar nichts anderes übrig blieb. Zwei Sanitäter hantierten an ihr herum und schienen überall gleichzeitig zu sein. Sie redeten miteinander und auf sie ein, aber Kelli verstand kein Wort. Das Einzige, das sie mit Sicherheit wusste, war, dass die Verletzungen sie höllisch quälten. Der Schmerz drehte ihr den Magen um, und sie kämpfte dagegen an, aber irgendwann war es einfach zu viel. Sie schlug die Hände weg, die an ihr herumstocherten. »Scheiße! Hört auf, mich anzutatschen«, knurrte Kelli und war überrascht, bei all dem Schmerz überhaupt einen Ton herauszukriegen.

»Sie kommt zu sich«, sagte einer der Rettungshelfer.

»Was sagt sie?«, fragte der andere.

»Ich glaube, sie flucht.« Er hielt inne. »Hören Sie, wir versuchen, Ihnen zu helfen«, sagte er langsam.

»Dann … hören Sie auf … in mir herumzupieken … Scheiße.«

»Ich weiß, dass Sie Schmerzen haben. Sie sind angeschossen worden. Wir sind schon fast am Krankenhaus.«

Wie in einem Rausch zog das Geschehene in zusammenhanglosen Bildern an ihr vorbei. Der graue Nebel verwandelte sich in blutrote Wut, dann wurde sie auf einmal entsetzlich müde.

»Travis.« Kelli war danach, den Namen herauszuschreien, aber es kam nicht mehr als ein krächzendes Flüstern.

»Was?« fragte der Sanitäter.

»Travis«, murmelte sie etwas lauter als zuvor.

»Ich glaube, sie hat ›Travis‹ gesagt, aber ich bin mir nicht sicher. Sie driftet wieder weg.«

»Macht nichts. Wir sind da.«

Die Türen des Krankenwagens öffneten sich mit lautem Knarren und übertönten Kellis nächsten Versuch, sich zu Wort zu melden. Die Liege, auf die sie geschnallt war, wurde abrupt nach draußen befördert, was einen stechenden Schmerz in ihrer Brust auslöste. Sie stöhnte. Ihre Sinne wurden von einem Gewirr aus Stimmen und grellen Lichtern traktiert. Ihr Körper schmerzte höllisch. Es war einfach zu viel.

»Was haben wir hier?«

»Weiße Patientin. Schusswunden an der Brust und am inneren Oberschenkel. Verminderte Atemgeräusche. Blutdruck siebzig zu fünfzig, sinkend, schwach«, antwortete einer der Sanitäter.

Kelli musste sie dazu bringen, ihr endlich zuzuhören. Ihre Wut und die Schmerzen spornten sie an.

»Travis!« Sie versuchte, sich aufzusetzen, wurde aber sofort wieder nach unten gedrückt.

»Von wegen schwach! In dem Zustand sollte sie überhaupt nicht bei Bewusstsein sein. Bringt sie nach Trauma Eins.«

Nach einer gefühlten Ewigkeit wurde Kelli angehoben und von der Trage in ein Bett verlegt. Der Schmerz traf sie wie eine Ohrfeige. Sie schrie auf: »Verdammt noch mal!«

»Miss? Können Sie mir sagen, wie Sie heißen?«

Es wurde immer schwerer zu atmen, aber Kelli kämpfte weiter. Das Zimmer fing an, sich zu drehen und verwandelte die Person, die auf sie herabblickte, in eine bunte Spirale. »Scheiße«.

»Versuchen wir's noch mal.«

»Verdammt … Kel-li.«

»Okay, ich bin Dr. Rader, Kelli. Sie sind im Seattle Memorial Krankenhaus. Wir versuchen uns, um Sie zu kümmern. Ist Travis Ihr Ehemann?«

»Partner.«

»Ich bin mir sicher, dass er versorgt wird«, sagte Dr. Rader, ohne weiter darauf einzugehen.

Das brachte Kelli erneut in Rage. »Sie können mich mal. Ich muss es wissen. Schauen Sie nach ihm.«

»Kelli, Sie müssen sich beruhigen. Lassen Sie uns unsere Arbeit machen.«

Kelli hätte am liebsten laut geschrien. Warum wollten diese Arschlöcher einfach nicht auf sie hören? Sie war am Leben. Das wusste sie, weil sie Schmerzen am ganzen Körper hatte, aber sie hatte keine Ahnung, was mit Travis passiert war. »Verdammte Scheiße. Er hat sich nicht mehr bewegt. Helfen Sie ihm!«

»Kel? Kelli?«

Kelli drehte ihren Kopf in Richtung der vertrauten Stimme, die ihren Namen rief, und erblickte ihren Bruder in Uniform. Ihr Herz machte einen Satz. Wie gut, dass er hier war.

»Sean … Travis … er …«

Sean trat näher. Sie wollte die Hand nach ihm ausstrecken. »Lass dir von den Ärzten helfen. Ich werde mich nach ihm erkundigen.«

»Sir, Sie dürfen hier nicht rein. Nur Familienm–«

»Sie ist meine Schwester«, unterbrach ihn Sean.

»Entschuldigung. Wenn Sie sie beruhigen könnten –«

Kelli ignorierte das Krankenhauspersonal um sich herum und konzentrierte sich angestrengt auf ihren Bruder. »Sie haben ihm in den Rücken geschossen, Sean. Er … hat sich nicht bewegt. Bitte …«

»Ich kümmere mich darum. Mom ist auf dem Weg. Bruce wird sicher auch bald hier sein.«

Seine Stimme war sanft und beruhigte Kelli ein wenig.

»Tu einfach, was man dir sagt. Ich kümmere mich darum«, wiederholte er.

Kelli wollte ihm glauben. Ein erdrückender Schmerz fuhr ihr durch die Brust und machte das Atmen unmöglich. Sie schnappte nach Luft und alles um sie wurde dunkel.

»Was haben wir hier?«, fragte Dr. Nora Whitmore, als sie den Raum betrat.

Dr. Rader zog die Schultern hoch. »Dr. Whitmore, es war nicht nötig, dass Sie –«

»Was haben wir hier?«, Nora sah Rader an und forderte seine Kooperation ein. Er rührte sich nicht, während der Rest seines Teams pflichtbewusst weiterarbeitete. Nora verlor die Geduld. »Sie können hier später gerne Ihr Revier markieren, wenn Sie das für nötig halten, Dr. Rader. Aber im Moment gibt es Wichtigeres und ich kann leider keine Gedankenlesen. Also …« Sie nahm sich einen Moment, um sich zu sammeln und die Patientin selbst zu begutachten. »Schusswunde an Bein und Brust.« Sie wandte sich an eine der Schwestern. »Atemgeräusche?«

»Vorhanden, aber nass und vermindert.«

»Bringen Sie sie in den OP, bevor sie verblutet«, ordnete Dr. Whitmore an. »Ich werde nach unserem anderen Schussopfer sehen.«

Rader nickte unwillig, half aber dabei, Kelli aus dem Zimmer zu schieben.

Nora drehte sich zu der letzten verbleibenden Person im Zimmer um, die ihr nachlief, während sie durch die Tür trat. »Und wer sind Sie?«

»Ich bin Kellis Bruder, Sean. Ich glaube, die zweite Schussverletzung ist ihr Partner – Gerald Travis, Jr. Geht es ihm gut?«

Nora lief rasch auf das nächste Patientenzimmer zu. »Ich weiß nicht genau, wer es ist, aber ich werde gleich mehr über seine Prognose erfahren.«

Sean nickte und trat beiseite, als sie das andere Zimmer betrat. Sie blickte über ihre Schulter. Der junge Polizist hatte sich abgewandt und schaute durch das Fenster im Flur. Offensichtlich stand ihm die Person nah, die sie nun unter die Lupe nehmen würde.

Der Herzmonitor piepste lautstark im Takt mit der Infusionspumpe. Der Klang half Nora dabei, sich zu orientieren und auf die Bedürfnisse des Patienten zu konzentrieren. Eine Halskrause schränkte seine Bewegungsfreiheit ein, um weiteren Verletzungen vorzubeugen. Sie hatte ihre Assistenzärzte gut ausgebildet, stellte sie zufrieden fest.

»Dr. Simmons scheint Verspätung zu haben. Was liegt hier vor?«, fragte Nora die anwesenden Kollegen, die auf den behandelnden Arzt warteten.

» Gerald Travis Jr. Schusswunde, Verdacht auf Wirbelsäulenverletzung und hoher Blutverlust. Verhärtetes Abdomen lässt auf innere Blutungen schließen. Arme und Beine reagieren nicht auf Stimulus und sein Blutdruck fällt«, antwortete Dr. Fuller, eine Assistenzärztin im dritten Jahr, und Nora war positiv überrascht, dass ausgerechnet sie die Führung übernahm. Bisher war Fullers Leistung eher unterdurchschnittlich gewesen.

Das EKG heulte auf. Der Blutdruck des Patienten war so weit abgefallen, dass er nun unter Kammerflimmern litt.

»Er kollabiert.«

»Sie wissen, was Sie zu tun haben.« Nora hasste es, unnötige Anweisungen geben zu müssen.

Dr. Fuller setzte den Defibrillator an.

Plötzlich stand der junge Polizist im Raum. »Gerry!«

»Kann ihn bitte jemand nach draußen begleiten?« Nora atmete tief durch. »Zwanzig Joule.«

»Lädt.«

Der Defibrillator zeigte durch einen Laut an, dass er bereit war.

»Zurücktreten«, sagte Nora bestimmt.

Gerald Travis‘ Körper bäumte sich unter dem Stromstoß auf.

Nora sah auf den Monitor und wartete auf eine Reaktion. Als keine kam, änderte sie ihre Strategie. Er war ihr Patient und sie weigerte sich, so schnell aufzugeben. Sie war überzeugt davon, dass er zu retten war. »Eine Ampulle Epi und dann weitere vierzig Joules.«

Nora wartete geduldig auf den Defibrillator.

»Zurücktreten.«

Der Patient wurde einem weiteren Stromstoß ausgesetzt und Sekunden später normalisierte sich sein Herzschlag. *Perfekt.* Nun konnte sie sich endlich seinen Blessuren widmen.

Nora entfernte die Defibrillator-Pads vom Brustkorb des Patienten, als die Tür aufflog und Dr. Simmons ins Zimmer stürmte. Er stützte die Hände auf die Oberschenkel und versuchte, zu Atem zu kommen. »Es tut mir leid«, murmelte er. »Ich übernehme.«

Nora ignorierte seine Entschuldigung und berichtete ihrem Kollegen stattdessen von Gerald Travis‘ Zustand.

Dr. Simmons nickte und entschuldigte sich noch einmal. »Bringen Sie ihn in den OP.«

Nora zog ihre Handschuhe aus und trat beiseite, um als Letzte aus dem Zimmer zu gehen. Sean McCabe wartete an der Tür auf sie. Seine Polizeiuniform war zerknittert und er hielt seinen Kappe so fest, dass seine Fingerknöchel schneeweiß geworden waren. Er sah zu, wie sein Freund den Gang hinuntergeschoben wurde.

»Es ist echt hart, ihn so zu sehen.« Sean wandte sich an Nora. »Danke für alles, was sie da drin getan haben.«

Da sie nicht gerne für ihre Arbeit gelobt wurde, nickte Nora lediglich und wählte ihre Worte mit Bedacht, um die Unterhaltung schnellstmöglich zu beenden. »Er ist stabil.«

»Ich weiß. Ich verstehe schon.« Sean wirkte niedergeschlagen.

»Es tut mir leid, Officer. Ich weiß, es ist nicht leicht.« Floskeln wie diese kamen ihr wie von selbst über die Lippen. Sie hatte Dutzende davon auf Lager, um den Eindruck von Mitgefühl zu erwecken und sich dennoch innerlich zu distanzieren. »Bitte entschuldigen Sie, aber ich muss zu einer OP, die bereits seit Längerem auf dem Plan steht. Ein Kollege wird Ihren Freund operieren. Man wird Ihnen Bescheid geben, sobald man mehr weiß.«

Sie nickte ihm kurz zu und lief dann Richtung Fahrstuhl. Diesen Teil ihrer Arbeit mochte sie am wenigsten. Die Kommunikation mit Angehörigen und Freunden überließ sie lieber anderen. Am meisten hasste sie es jedoch, einen Patienten an einen Kollegen abzutreten, weil andere Verpflichtungen auf sie warteten. Nicht, dass die anderen Chirurgen nicht kompetent waren. Es waren alles gute Ärzte. Aber keiner von ihnen war eben Nora Whitmore. Sie hatte mit Sicherheit Attribute, die weniger angenehm waren, aber sie war die Beste auf ihrem Gebiet. Keiner ihrer Kollegen konnte mit ihrer Erfolgsrate mithalten.

Als sie auf den Fahrstuhl wartete, versuchte sie, ihr Gewissen zu beruhigen, das sich meldete, weil sie den jungen Beamten einfach stehengelassen hatte, obwohl er eindeutig Mitgefühl gebraucht hätte. Aber jede Minute, die sie mit seelischem Beistand verschwendete, konnte andere Patienten das Leben kosten. Dieses Risiko wollte sie nicht eingehen.

»Ich hasse Krankenhäuser«, murmelte Sean noch. Dann schlossen sich die Fahrstuhltüren hinter ihr.

KAPITEL 2

Kelli kämpfte gegen die Ohnmacht an und wurde sich schrittweise wieder ihrer Umgebung bewusst. Das Erste, das sie spürte, war ein überwältigender Schmerz. Es war beschissen, auf diese Weise aufzuwachen.

Einen Moment später bemerkte sie, dass ihre Nase sich seltsam anfühlte. Sie tastete danach. Ein Schlauch führte ihr durch die Nasenlöcher Sauerstoff zu. Nicht unbedingt angenehm, aber es erleichterte das Atmen ungemein. Im Hintergrund schnaufte eine Maschine. Sie fühlte sich zu schwach, um die Augen zu öffnen.

Ein plötzlicher Anflug von Panik machte sich in ihr breit und sie griff nach ihrem Hals. Als sie feststellte, dass der ohne Schläuche funktionierte, entspannte sie sich wieder.

Sie versuchte, ihre Umgebung zu sondieren. Über den Lärm der Gerätschaften hinweg war es schwer, andere Geräusche auszumachen, aber allmählich hoben sich die Stimmen ihrer Mutter, Carina, und ihres Bruders von dem Lärm ab, der sie umgab. Sie zwang sich, die Augen zu öffnen, konnte den Raum aber zunächst nur verschwommen wahrnehmen. Mühsam erkannte sie, dass eine Krankenschwester das Zimmer verließ. Es kostete sie beinahe all ihre Kraft, ihren Blick zu fokussieren. Sie konnte die Augen kaum aufhalten, also gab sie schnell wieder auf. Es war ein fürchterlicher Zustand, aber immerhin konnte sie hören, was vor sich ging.

»Sie sieht gar nicht aus wie sie selbst. So habe ich sie noch nie gesehen.«

»Ich weiß, es ist erschreckend, Mom, aber sie ist am Leben.«

»Du hast ja recht.« Ihre Mutter seufzte. »Wo ist Antony? Er sollte hier sein.«

»Ich habe versucht, ihn zu erreichen, aber seine Nummer war nicht mehr gültig«, sagte Sean.

»Ich verstehe diesen Jungen einfach nicht. Das habe ich noch nie.« Ihre Mutter klang erschöpft.

»Ich auch nicht, Mom.« Sean hörte sich beinahe ebenso müde an. Eine warme, sanfte Hand strich über Kellis Wange. Die Berührung fühlte sich gut an. Kelli ließ so etwas nicht häufig zu, aber das hier war eine verdammte Ausnahmesituation. Sie kuschelte ihre Wange an die zärtliche Hand und flüsterte: »Mom.«

Ihre Mutter schluchzte laut auf. »Kelli? Baby?«

Kelli schluckte schwer und, obwohl sich ihr Hals anfühlte, als hätte man ihn mit Glasscherben ausgelegt, versuchte sie es weiter. »Mom?« Sie öffnete die Augen wieder und war entschlossen, sie auch offen zu halten. Es war Zeit, sich zusammenzureißen.

»Ich bin hier, Kelli. Und Sean auch.« Die Finger ihrer Mutter schlangen sich um ihre.

»Hey, Schwesterherz.« Sean nahm ihre andere Hand. Kelli war zum Weinen zumute. Die Worte ihrer Familie schienen von weit her zu kommen, berührten sie aber tief im Herzen. Trotz aller Benommenheit hatte sie das Gefühl, dass ihr etwas entgangen war, aber sie konnte nicht genau sagen, was. Schließlich traf es sie wie der Blitz. »Travis?« Sie versuchte, sich aufzusetzen. Ein stechender Schmerz hielt sie zurück. »Scheiße.«

»Vorsicht, Kelli. Du musst dich beruhigen.«

Sie hörte Seans Worte zwar, ließ sich davon aber nicht abbringen. Egal, wie beschissen sie sich auch fühlte, sie musste wissen, wie es um Travis stand. Sean versuchte, seinen Arm um sie zu legen, aber sie schüttelte ihn ab.

»Travis.«

Kellis Bruder tauschte einen Blick mit ihrer Mutter aus, der Angst in ihr auslöste.

»Bitte nicht«, presste Kelli flüsternd heraus. Sie war ein verdammter Löwe. Löwen brüllten. Sie aber brachte gerade nicht mehr heraus, als ein paar geflüsterte Wortfetzen. Erbärmlich. Die Schüsse hatten sie in ein jämmerliches Häufchen Elend verwandelt.

»Er wurde zurück in den OP gebracht«, sagte ihre Mutter. *Zurück in den OP.* Travis war also am Leben, aber es konnte sicherlich nichts Gutes bedeuten, dass er *zurück* in den OP musste. Kelli konnte nichts gegen die

Angst unternehmen, die sich in ihr ausbreite, und zu allem Übel saß sie hier fest. Zu schwach. Zu kaputt, um zu helfen. Sie konnte nicht einmal zu ihm gehen. »Bitte sieh nach, wie es ihm geht.«

Sean nickte. Kelli musste ihn nicht zweimal bitten, weil er offensichtlich genauso besorgt war, wie sie selbst. Travis gehörte zur Familie. Sie blickte Sean hinterher, als dieser aus dem Zimmer ging. Nachdem er verschwunden war, spürte Kelli, wie ihre Mutter sie beobachtete. Sie drehte den Kopf leicht und erwiderte ihren Blick. Carina war deutlich aufgewühlt und ihre Besorgnis füllte das gesamte Zimmer aus, was Kelli das Atmen nur noch weiter erschwerte. Trotzdem hielt sie dem besorgten Blick ihrer Mutter stand.

»Du darfst mich nicht verlassen.« Carina ergriff die Hand ihrer Tochter.

Die Schwere dieser Worte drückte Kelli nieder. Lebendig davonzukommen war ein Versprechen, dass sie in ihrem Job leider nicht sicher geben konnte. Es war seltsam, so plötzlich mit der eigenen Sterblichkeit konfrontiert zu werden und weckte alle Arten von Gefühlen in ihr, mit denen sie sich momentan nicht auseinandersetzen wollte. Bestimmt schob sie die düsteren Gedanken beiseite.

»Es geht mir gut, Mom. Ich gehe nirgendwo hin.« Das war eine Lüge, aber wenigstens eine, die ihre Mutter zum Lächeln brachte.

Die letzten Minuten waren ihr vorgekommen wie Stunden und Kellis Körper protestierte. Ihre Augenlider flatterten und sie wurde von einem Gefühl der Schwerelosigkeit überwältigt.

»Es ist okay. Kämpf nicht dagegen an. Wir sind da, wenn du wieder aufwachst.«

Mit dem trostvollen Klang dieser Worte driftete Kelli wieder in bewusstlose Leere.

Nora untersuchte das Bauchfell ihres Patienten. Das füllte sich mit einer lebensbedrohlichen Menge an Blut, egal wie viele Transfusionen er bekam. Mit ruhigen Händen und geübtem Blick tastete sie ihn ab. Für diese Art von Detektivarbeit lebte sie.

»Absaugen.«

Ihr Kollege tat, wie ihm geheißen, aber sie dankte ihm nicht dafür. Sie wollte nicht, dass man ihr für ihre Arbeit dankte, warum sollte er es also erwarten? Aus den Lautsprechern klang Branford Marsalis und schwoll zu einem Crescendo an.

Dieser Teil ihrer Arbeit gab ihr den größten Kick: diese Kombination aus Logik, Wissenschaft und Instinkt. Der Mann vor ihr lag im Sterben. Dafür gab es einen Grund, den es herauszufinden galt, um dem Sterben entgegenzusteuern. Informationen mussten gesammelt und verarbeitet und wie Puzzleteile zusammengefügt werden, und genau darin war Nora brillant. Wäre sie bei der ersten OP dabeigewesen, hätte mit Sicherheit keine Notwendigkeit für eine zweite bestanden.

Die schlampige Arbeit der Kollegen ärgerte sie. Es war die reinste Inkompetenz. Leider konnte sie nicht überall gleichzeitig sein.

»Absaugen.«

Ihre Kollegen schwiegen. Sie wussten, dass Nora Stille bevorzugte. Erzwungene Nettigkeit und belanglose Gespräche konnte sie schon unter normalen Umständen nicht ausstehen, noch weniger in ihrem OP. Sie waren hier, um Leben zu retten, nicht um zu plaudern.

Nora untersuchte die Milz des Patienten eindringlich, konnte jedoch lediglich eine leichte Entzündung feststellen. »Da ist es«, sagte sie ruhig. »Es ist die Leber.«

Der Kollege reinigte die Stelle.

»Klammer.« Mit schnellen und sicheren Handgriffen schloss Nora den Riss. *Sehr gut.* Ihr Kollege saugte das restliche Blut ab und spülte die Wunde. Nora untersuchte die Stelle noch einmal, war sich aber sicher, dass sie den Riss sorgfältig geschlossen hatte.

»Sie können ihn zunähen«, wies sie ihren Kollegen an und verließ dann ohne weitere Worte den OP. Im Vorbereitungszimmer widmete sie sich ihrem üblichen Ritual. Sie zog die Handschuhe und die Chirurgenhaube aus. Dann löste sie ihren Pferdeschwanz und ließ ihre Haare lose um die Schultern hängen. Während sie ihre Hände wusch, sah sie durch die große Scheibe zu, wie die Stimmung im OP gelöster wurde. Ihr Kollege unterhielt, jetzt, da sie nicht mehr anwesend war, das gesamte Team. Für einen kurzen Moment verspürte Nora einen Anflug von Sehnsucht, doch das Gefühl verschwand ebenso schnell wieder, wie es gekommen war. Sie trocknete ihre Hände sorgfältig und ging Richtung Tür.

Auf dem Weg dorthin kam eine Stimme aus dem Lautsprecher an der Decke.

»Dr. Whitmore? Ich störe Sie ungern, aber ihre OP-Schwester hat mir mitgeteilt, dass Sie fertig sind.«

Nora drückte auf den Knopf der Gegensprechanlage. »Ja?«

»Ein Sean McCabe möchte wissen, wie es um Mr. Travis steht.«

»Ich komme sofort.« Manche Leute wollten die Wahrheit ohne jede Umschweife hören, egal wie unangenehm sie auch sein mochte. Sean McCabe schien einer dieser Menschen zu sein. Das traf sich gut. Nora wusste ohnehin nicht wirklich, wie man die Wahrheit nett verpackte.

Als sie das Wartezimmer betrat, stand er mit dem Rücken zu ihr. »Mr. McCabe?«

Sean fuhr herum und eine hellbraune Locke fiel ihm ins Gesicht. Er sah besorgt und erschöpft aus, was seinem jungenhaften, guten Aussehen keinen Abbruch tat. »Wie geht es ihm? Sie müssen nichts beschönigen. Ich kann einiges aushalten.«

Nora verkniff sich ein Lächeln. »Die Kugel hat eine Schwellung in seiner Wirbelsäule verursacht. Ich hoffe, dass der erste Chirurg Sie bereits darüber informiert hat, dass wir den Schaden erst dann richtig einschätzen können, wenn die Schwellung zurückgegangen ist.« Sie wartete auf eine Reaktion seinerseits und er nickte. Nora fuhr fort: »Offenbar wurde auch seine Leber beschädigt. Das habe ich aber soeben ohne weitere Komplikationen behoben.« Da Mr. Travis nicht ansprechbar war und scheinbar keine weiteren Angehörigen aufgetaucht waren, hielt Nora es für nötig, so viele Informationen wie möglich bezüglich seiner Prognose an Sean weiterzugeben.

Sean guckte ungläubig. »Wurde der Riss denn bei der ersten OP nicht bemerkt?«

»Nein, leider nicht. Verglichen mit den anderen inneren Verletzungen, war es ein relativ kleiner Riss, aber eben gefährlich.« Nora gab keine weiteren Erklärungen ab. Sie wusste, wie schnell ein solcher Kunstfehler zu einer Klage führen konnte.

Sean wischte sich mit der Hand übers Gesicht. »Wenn Sie von einer Verletzung an der Wirbelsäule sprechen, dann ist also möglich, dass er querschnittsgelähmt sein könnte?«

»Leider ja.«

Sean seufzte. »Ich habe es gewusst, aber irgendwie hatte ich doch gehofft –«

»Ich verstehe.« Nora nickte. »Möchten Sie sonst noch etwas wissen, Mr. McCabe?«

Er lächelte sie aufrichtig an.

»Sean. Nennen Sie mich Sean. Ich habe nach der ganzen Geschichte irgendwie das Gefühl, dass wir alte Freunde sind.«

Nora sträubte sich innerlich. Sie ließ sich nicht gerne auf derartige Intimität ein. »Ich verstehe zwar, was Sie meinen, aber ich glaube nicht, dass das angebracht wäre.«

Seine Schultern sackten nach unten. »Ich weiß schon, was Sie meinen. Ich bin Polizist. Wir haben alle unsere Vorschriften.«

Das Gespräch hatte für Nora bereits lange genug gedauert und es war Zeit zu gehen. »Kann ich sonst noch etwas –?«

»Können Sie sich eventuell kurz meine Schwester anschauen? Ich weiß, dass sie am Leben ist, aber ich will nur sichergehen, dass –«

»War Dr. Rader noch nicht bei ihr?«

»Heute Morgen noch nicht.«

Der Mann war schlichtweg unmöglich, aber leider sehr beliebt im Seattle Memorial Krankenhaus und das nicht nur bei der weiblichen Belegschaft. Nora wusste nicht, warum. »Ja, das kann ich tun.«

Als sie das Zimmer betraten, wurde sie von einer zierlichen, dunkelhaarigen Frau Mitte Fünfzig begrüßt. »Guten Morgen, Doktor.«

Nora nickte. »Whitmore. Ich bin Dr. Whitmore, die behandelnde Ärztin.«

Trotz offensichtlicher Verwirrung, lächelte die Frau weiter. »Carina McCabe.«

Nora griff nach Kelli McCabes Krankenakte. Sie blätterte darin herum und sah auf die friedlich schlafende Patientin. Es war kein schöner Anblick. Ihr Mund stand weit offen und sie schnitt eine Grimasse, als hätte sie einen unangenehmen Geruch aufgeschnappt, was vermutlich an den Schmerzen lag. Kellis rotbraune Haare standen in alle Richtungen ab und ließen eine leichte Blässe in ihrem sonst dunklen Teint erkennen, der dem der Mutter nicht unähnlich war.

»Sie sieht so zerbrechlich aus. Das passt gar nicht zu ihr.«

»Sie hat schwere Verletzungen erlitten und viel Blut verloren, aber mit der Zeit wird sie sich wieder erholen«, sagte Nora.

»Kelli ist ziemlich hart im Nehmen. Warten Sie nur, bis es ihr wieder besser geht. Sie wird die schlimmste Patientin sein, die Sie je hatten«, erklärte Sean.

Nora betrachtete Kelli eindringlich. Die Frau war groß und muskulös. Ihr Gesicht war ansprechend und ließ nicht darauf schließen, dass ihr Bruder recht behalten sollte mit seiner Prophezeiung. Die Ärztin warf Sean einen skeptischen Blick zu.

»Vertrauen Sie mir«, sagte er nur.

Nora untersuchte die operierten Stellen, wobei sie mit den schlimmsten Blessuren begann. Kellis Augenlider zuckten und sie stöhnte auf.

»Fuck!«

Mit einer so heftigen Reaktion hatte Nora nicht gerechnet. Kellis Stimme war rau und tief, wodurch die verbale Entgleisung noch heftiger klang. Sean lachte plötzlich auf und Nora zuckte zusammen. Als sie sich umdrehte, sah sie, dass Mutter und Sohn sich an den Händen hielten und grinsten.

Offenbar war es nicht ungewöhnlich, dass die Patientin eine Unterhaltung mit einem Schimpfwort begann.

»Miss Cabe? Können Sie mich hören?«

»Was?«

»Können Sie mich hören?«, fragte Nora noch einmal.

»Verdammt noch mal, ja. Was wollen Sie denn?« Innerhalb kürzester Zeit hatte sie bereits zweimal geflucht. Für Nora zeichnete sich ein deutliches Muster ab.

»Mein Name ist Dr. Whitmore. Ich bin hier, um Ihre Verletzungen auf Anzeichen einer Infektion zu untersuchen. Das fühlt sich eventuell etwas unangenehm an.«

Kelli öffnete mühsam die Augen. Die übliche postoperative Benommenheit löste sich allmählich, bis Kelli sie schließlich mit klaren, grünen Augen ansah.

»Okay.« Kelli knurrte. »Mein Partner, Travis …«

»Er ist im Aufwachzimmer. Er hat eine schwere Wirbelsäulenverletzung erlitten.«

»Scheiße.«

Das war Schimpfwort Nummer drei. Nora seufzte innerlich. »Ja. Näheres können wir erst sagen, wenn die Entzündung zurückgegangen ist.«

»Okay.«

Kelli zog missmutig die Augenbrauen zusammen und Nora war überrascht von der Eindringlichkeit ihres Blickes. Sie fühlte sich unwohl und beobachtet, fuhr jedoch mit der Untersuchung fort. Als sie den Blick wieder hob, waren Kellis Augen glücklicherweise wieder geschlossen. Die Ärztin trat zurück und wandte sich wieder an Sean und Carina McCabe. »Es sieht alles ganz normal aus. Sie wird allerdings noch eine Weile unter Schmerzen leiden. Die Kugel hat den Knochen zwar verfehlt, aber eine längere Reha wird trotzdem nötig sein, bis sie die Muskeln in ihrem Bein wieder vollständig nutzen kann.«

Carina lächelte. »Danke, Dr. Whitmore.«

Nora erwiderte das Lächeln kühl. »Gern geschehen.«

Die McCabes schienen ein sehr aufgeschlossener Haufen zu sein. Nora war das fremd. Wie konnte man nett zu jemandem sein, der einem nicht mit derselben Freundlichkeit begegnete? Nora schüttelte den Gedanken ab und ging auf der Suche nach einer weniger emotionalen Situation aus dem Zimmer. Eine OP wäre ihr nun recht gewesen, aber die nächste war erst in dreißig Minuten angesetzt. Sie ging zum Fahrstuhl und drückte die Ruftaste. Einige Sekunden später hörte sie Gelächter aus dem Inneren des Aufzugs. Das verstummte prompt, als die Türen aufgingen.

Die meisten der Passagiere waren Krankenhausangestellte, die in alle Richtungen blickten, außer in ihre. Nora betrat den Aufzug. Sie war es gewohnt, dass ihre Kollegen sie mieden und hinter ihrem Rücken über sie sprachen. Man bezeichnete sie gern als »Eisprinzessin«, manchmal auch als »Fürstin der Finsternis«. Nora weigerte sich jedoch, sich diese Kommentare zu Herzen zu nehmen oder darauf zu reagieren. Damit würde sie ihren Kollegen nur noch mehr Kanonenfutter liefern.

Auf dem gewünschten Stockwerk stieg sie aus und überließ die anderen, die in ihrer Gegenwart keinen Mucks von sich gegeben hatten, ihrem Klatsch und Tratsch.

Sie vermutete Dr. Rader im Arztzimmer, wo er sich in seinen Pausen gerne unter die anderen Assistenzärzte mischte. Sie drückte gegen die Tür und stellte überrascht fest, dass diese verschlossen war. Nora zog ihren Schlüssel hervor und schloss auf.

Dr. Rader fluchte und sprang von der Couch.

Eine junge Assistenzärztin versuchte erschrocken ihren entblößten Körper zu bedecken. Als sie schließlich wieder halbwegs bekleidet war und zur Tür stürzte, vermied sie jegliche Art von Augenkontakt mit Nora.

Offenbar war »unter die Assistenzärzte mischen« bei ihm mehr als wörtlich zu nehmen.

»Es ist nicht, wonach –«

Nora sah ihn kalt an. Er war ein kluger Mann, aber Nora wusste, dass Intelligenz nicht immer mit gesundem Menschenverstand einherging. »Solltest du nicht auf Visite sein?«

»War ich auch. Ich –«

»Das sehe ich.«

Er funkelte sie böse an. »Dir ist wirklich alles egal, oder?«

»Was zum Beispiel?«, fragte Nora.

»Du verschwendest wirklich keinen Gedanken mehr an uns.«

»Es gibt überhaupt kein –«

»Es gibt für dich kein Uns! Das weiß ich. Wie kann dir das alles nur so vollkommen egal sein? Weißt du eigentlich, was du mit mir angestellt hast?«

»Diese Unterhaltung ist vollkommen überflüssig.« Zwischen ihnen war es endgültig vorbei, aber er weigerte sich, das zu akzeptieren.

»Das ist sie nicht. Ich habe mit dir geschlafen und meine gesamte Welt ist daran zugrunde gegangen. Ich kann an nichts anderes mehr denken.« Er trat auf sie zu. Mit seinen blonden Haaren und seinen gemeißelten Gesichtszügen war er zweifellos ein gutaussehendes Exemplar der Spezies Mann. »Du hast dagegen nur ein Bedürfnis gestillt.«

Sex mit ihm war eindeutig ein Fehler gewesen, das wusste sie, aber er war willig und scheinbar Single gewesen. Außerdem hatte er versprochen, diskret zu sein.

»Kann ich dir irgendeine Art Emotion vorgaukeln, die es dir etwas leichter machen und dieses Gespräch beenden wird?«

»Meine Verlobte …«

Ach ja. Wenn Sie von der Verlobten gewusst hätte, wäre nichts davon jemals passiert. Ihr Unwissen über Raders Beziehungsstatus war allein ihrem nicht vorhandenen Sozialleben zuzuschreiben. Sie hatte ihre Lektion gelernt, und obwohl sie sich auch weiterhin von unfundierten Gerüchten fernhielt, war sie inzwischen besser über die Geschehnisse innerhalb des Krankenhauses informiert. Trotz allem war er mit Sicherheit nicht der Mann, der er vorgab zu sein. Genervt von seiner Theatralik, fiel sie ihm ins Wort: »Das war allein dein Problem.«

Er machte den Mund zu. Die Muskeln seines Kiefers zuckten. »Was willst du, Nora?«

»Du verleitest andere zu Inkompetenz, James. Die Assistenzärzte beten den Boden an, auf dem du gehst, aber das hat leider nichts mit Können zu tun.«

»Wovon redest du?«

»Gerald Travis Jr.«

»Was ist mit dem? Die OP hat Taylor geleitet, unter Simmons. Was habe ich damit zu tun?«

»Sie hat eine Lazeration in der Leber übersehen. Sie war klein, aber er hätte daran sterben können.«

James fuhr herum. »Was? Aber Simmons war dabei. Ihm solltest du den Kopf abreißen.«

»Ich habe schon mit ihm gesprochen, aber du bist Oberarzt und sie steht unter deiner Verantwortung und deshalb melde ich dir den Zwischenfall ebenfalls.« Nora beließ es bei dieser Aussage. Weitere Ausführungen waren unnötig. »Kann ich davon ausgehen, dass so etwas nicht wieder vorkommen wird?«

James nickte. Ohne ihn eines weiteren Blickes zu würdigen, verließ sie das Zimmer. Rader hatte keine zusätzliche Minute ihrer wertvollen Zeit verdient. Auf dem Gang warf sie einen Blick auf den OP-Plan und schaute auf die Uhr. Die Anspannung in ihren Schultern löste sich und sie bebte vor Vorfreude. Es war endlich Zeit, sich auf die nächste OP vorzubereiten.

KAPITEL 3

Kelli versuchte, Seans Aufmerksamkeit zu erregen, als er das Zimmer betrat. Aber obwohl er in ihre Richtung schaute, begegneten sich ihre Blicke nicht. Auf seinem Gesicht fehlte das übliche Grinsen. Neben all der Sorge um Travis, stand er wegen ihres kleineren Bruders unter Strom. Das wusste sie. Tony war ein hoffnungsloser Fall. Er war der jüngste der drei Geschwister und benahm sich nicht selten auch so. In den vergangenen Wochen hatte sie ihn kaum gesehen. Er war nie die hellste Leuchte im Hafen gewesen, aber in letzter Zeit schien er noch weiter neben der Spur zu sein als sonst. Kelli wollte gar nicht daran denken, was das zu bedeuten hatte.

Ihr Bauchgefühl sagte ihr, dass Sean ihr etwas verheimlichte. Als Kind hatte er sich nur dann so verhalten wie jetzt, wenn er gelogen oder etwas von ihr gestohlen hatte, und momentan hatte sie nichts, was sich zu stehlen lohnte.

Kelli beobachtete ihn. Sean verschränkte seine Arme vor der Brust und sah weiter an ihr vorbei.

»Ist Tony nicht hier?«, fragte er.

Ihre Mutter lächelte. »Er konnte nicht lange bleiben, weil er zur Arbeit musste. Er fängt heute eine neue Stelle an.« Carina schüttelte den Kopf. »Ich wünschte, er würde im Laden arbeiten. Das wäre für alle am einfachsten. Dann könnte ich den Namen in ›McCabe und Sohn‹ ändern. Das hätte eurem Vater gefallen.«

Kelli beobachtete ihren Bruder weiter. Endlich schaute er sie an und schenkte ihr ein Lächeln, das erzwungener nicht hätte sein können. Ihr war danach, ihm einen Klaps auf den Hinterkopf geben; das hätte ihm die Flausen vielleicht ausgetrieben, aber sie war ja ans Bett gefesselt. Tony hätte Heftigeres verdient, aber Kelli verdrängte den Gedanken. Sie hatte keine Energie sich auch noch damit auseinanderzusetzen, was der wieder verbockte. Sie hatte verdammt noch mal ein Loch in der Brust.

Sean räusperte sich. »Ich muss auch schon wieder los, aber ich habe Neuigkeiten.«

Dieses Mal war sein Lächeln aufrichtig und Kellis Neugier war geweckt. Ablenkung konnte sie gut gebrauchen. Sie hasste es, hier festzusitzen. »Gute Neuigkeiten? Wenn nicht, dann gnade dir Gott«, warnte sie ihn.

»Travis ist aufgewacht.«

»Wirklich?«

»Ja. Ich war bei ihm, nachdem ich Tony deine Zimmernummer gegeben habe. Mit seinem Mundwerk scheint jedenfalls alles in Ordnung zu sein. Er ist immer noch derselbe Klugscheißer.«

Kelli gluckste. »Ich muss einen Weg finden, ihn zu sehen.« Ihr war danach, aus dem Bett zu springen.

»Du kannst ihn doch erst einmal auf seinem Zimmer anrufen, bis du wieder etwas mobiler bist«, sagte Sean.

Kelli sah Sorge in den Augen ihres Bruders, bevor er sie wieder hinter einem falschen Lächeln versteckte.

»Das ist eine gute Idee«, sagte Carina.

Kelli betrachtete ihren Bruder, war aber nicht imstande, in seinem Gesicht zu lesen, was ihn beschäftigte. Zögerlich stimmte sie zu. »Okay, damit kann ich mich erst mal abfinden.«

Sean ging zu seiner Mutter und gab ihr einen Kuss auf die Wange. Dann wagte er es, sich über Kelli zu beugen.

Kelli funkelte ihn böse an.

Er hielt inne, grinste und klopfte ihr statt eines Kusses sanft auf die Schulter. »Bis später, Rote Zora.«

»Ernsthaft? Damit habt ihr euch die Zeit vertrieben? Mir dämliche Spitznamen zu geben?«

»Jupp.« Sean öffnete die Tür.

»Arschloch«, rief Kelli ihm hinterher. Er drehte sich nicht mehr um, aber Kelli hatte das letzte Wort gehabt und das war das Wichtigste.

Mit Rücksicht auf ihre Wunden rutschte Kelli vorsichtig in ihrem Bett hin und her, um eine bequemere Position zu finden – wenn man das Metallgestell überhaupt als Bett bezeichnen konnte. Sie hatte eher das Gefühl auf einer Sprungfeder zu liegen, die mit einem Laken bedeckt war.

Die Kissen, die ihre Mutter am ersten Tag mitgebracht hatte, waren auch viel zu weich, aber wenigstens besser als die Krankenhauskissen. Kelli hätte am liebsten nach ihrer eigenen Bettdecke gefragt, aber sie hatte ihrer Mutter nicht zu sehr auf die Nerven gehen wollen. Inzwischen bereute sie diese Entscheidung.

Hier war nicht ihr Zuhause, was ihr mit jedem Tag mehr zu schaffen machte. Sie hasste Krankenhäuser wie die Pest. Nachdem sie ihren Vater leblos in einem solchen Bett hatte liegen gesehen, war das kaum verwunderlich. Kelli wusste, dass Menschen hier geholfen wurde. Hier wurden sogar Leben gerettet, aber Krankenhäuser waren manchmal wie Schwämme: Sie saugten Leuten die Lebenskraft aus und ließen nur einen Haufen Elend zurück. Düstere Gedanken wie dieser, in Kombination mit endloser Langeweile, sorgten dafür, dass ihre Stimmung mehr und mehr ins Bodenlose glitt.

Eine streng dreinblickende, ältere Krankenschwester, von der Kelli in den vergangenen Tagen mehr als genug gesehen hatte, betrat das Zimmer. Kelli hatte immer geglaubt, dass Krankenschwestern zumindest versuchten, freundlich zu wirken. Torte und Bier hätten auch nicht geschadet. Die hätten Kellis Stimmung vielleicht ein wenig gehoben. Stattdessen hielt sie Kelli ein Thermometer unter die Nase. Kelli funkelte sie an.

»Aufmachen, bitte.«

Kelli drehte den Kopf zur Seite.

Die Schwester seufzte und rollte die Augen. »Wie alt sind Sie? Zwei?«

»Wie alt sind *Sie* denn? Achtzig? Hat man Ihnen nicht gesagt, dass das Rentenalter bei fünfundsechzig liegt?« Kelli hatte kein Problem mit Leuten, die bis ins hohe Alter arbeiteten, aber einfach zu verteilende Schläge unter die Gürtellinie ließ sie sich nur ungern entgehen.

»Ich kann die Temperatur auch gerne anal nehmen. Die Methode ist wesentlich genauer.« Die Schwester hielt das Thermometer mit einem diabolischen Grinsen in die Höhe.

»Wenn Sie meinem Arsch auch nur einen Zentimeter zu nahekommen, können Sie sich schon mal eine Prothese anfertigen lassen.« Kelli versuchte, die Schwester einzuschätzen. Sie war sich sicher, dass sie es trotz der Löcher in ihrem Körper mit dem Krankenhauskadaver würde aufnehmen können.

»Miss McCabe, ich muss Ihre Werte prüfen. Das ist alles.«

»Ich bin am Leben. Sehen Sie das nicht?«, fragte Kelli. »Vielleicht sollten Sie das nächste Mal mit einem Lächeln hier reinspazieren und mich wie ein menschliches Wesen behandeln.«

Daraufhin zog die Krankenhausangestellte ihre Mundwinkel zu einem halbherzigen Grinsen nach oben.

Kelli schnaubte. »Das kaufe ich Ihnen nicht ab.«

Die Schwester verzog den Mund.

»Was?« Kelli verschränkte die Arme vor der Brust.

»Muss das hier wirklich sein?«

»Na ja, Sie haben ja gerade offenbar nichts Wichtiges zu tun. Wenn Sie mir also was zu essen holen möchten, würde ich nicht Nein sagen.« Kelli grinste. Ihr war zwar noch nicht nach Singen und Tanzen zumute, aber es erheiterte sie ungemein, die Schwester zu ärgern.

Die Kinnlade der Schwester fiel nach unten.

»Vielleicht sollten wir es später noch mal versuchen. Vielleicht kommen Sie dann gleich etwas positiver durch die Tür.« Diesen letzten Kommentar konnte sich Kelli einfach nicht verkneifen.

Die Frau verließ wortlos das Zimmer.

»Richten Sie das auch Ihren Kollegen aus!«, rief Kelli ihr hinterher

Wieder allein zappte sich Kelli durch das Fernsehprogramm. Als sie nichts Interessantes finden konnte, seufzte sie und beschloss, dass Schlafen vermutlich ohnehin eine bessere Idee war.

Der Klang mehrerer Stimmen holte Kelli aus dem Schlaf. Sie runzelte die Stirn, ließ die Augen aber geschlossen und verfluchte die Besucher innerlich.

»Der Name der Patientin ist Kelli McCabe. Sie hat multiple Schusswunden erlitten: eine in der Brust und eine im Oberschenkel.«

Die Stimme klang seltsam vertraut. Sie war zwar angenehm melodisch, aber auch herrisch.

»Sie ist auf dem Weg der Besserung, trotzdem sind weitere Komplikationen möglich. Können Sie mir sagen, welche?«

»Infektion«, sagte eine junge Männerstimme unsicher.

Jemand kicherte.

»Ich habe seit einigen Tagen einen Mückenstich. Der könnte sich auch infizieren, aber muss das extra erwähnt werden?«

Jemand atmete scharf ein.

»Das war eine rhetorische Frage, Dr. Simpson.«

»Dr. Whitmore?«

»Ja, Dr. Bridges?«

»Es besteht das Risiko einer kollabierten Lunge. Außerdem ist sie ziemlich muskulös. Sollen wir sie auf Steroide testen?«

»Steroide würden den Heilungsprozess behindern«, warf jemand anders ein.

Kelli hatte genug gehört. Sie öffnete die Augen. »Geht's noch? Ihr seid hier doch nicht im Leichenschauhaus. Ich habe einen ziemlich leichten Schlaf und bisher alles mitbekommen. Ich kann euch versichern, dass das hier alles echt ist«, sie tippte sich auf den Bizeps. Einige der Ärzte, die vor ihr standen, erkannte sie wieder, einschließlich Dr. Whitmore.

Dr. Whitmore räusperte sich. »Miss McCabe …«

»Dr. Whitmore«, entgegnete Kelli herausfordernd.

Die Ärztin wirkte ein wenig verwirrt. Sie schob sich eine blonde Strähne hinters Ohr und fuhr fort: »Wir sind ein Lehrkrankenhaus. Sie werden möglicherweise ein paar unsensible Kommentare mitbekommen, während Sie –«

»Zum Beispiel, dass ich ein Steroidenbaby bin?«

»Nun ja, ich kann Ihnen versichern –«

»Ich habe auch ein paar Pölsterchen zu bieten. Und in diesen Lumpen ist es unmöglich gut auszusehen.« Kelli zupfte am Saum ihres Krankenhauskittels herum.

Die Assistenzärzte lachten.

»Miss McCabe!« Dr. Whitmore klang angekratzt.

»Dr. Whitmore«, säuselte Kelli mit süffisantem Grinsen. Die braunen Augen der Ärztin musterten sie irritiert. Sie hatte Kellis Namen ausgesprochen, als hätte er einen üblen Nachgeschmack in ihrem Mund hinterlassen. Kelli gefiel es.

»Scheinbar hatte Ihr Bruder recht.«

Kellis Blick wurde übertrieben düster. »Ich weiß nicht, wovon Sie sprechen, aber das klingt schwer nach einer Beleidigung.«

»Das können Sie bei seinem nächsten Besuch mit ihm besprechen.« Offenbar wollte Dr. Whitmore das Gespräch schnellstmöglich beenden und wandte sich ab.

»Halt, warten Sie! Das war nicht so gemeint.« Kelli verdrehte die Augen. »Mir ist scheiß langweilig und mir war nach ein bisschen Spaß.«

»Miss McCabe.« Dr. Whitmore verzog das Gesicht und wusste scheinbar nicht weiter. Das spornte Kelli an.

»Sie dürfen ruhig Kelli zu mir sagen.« Sie grinste, war sich jedoch sicher, dass Dr. Whitmore nie im Leben auf ihren Vorschlag eingehen würde. Es machte ihr Spaß, die Ärztin zu verunsichern. Der Tag wurde immer besser.

»Das werde ich nicht tun. Es wäre extrem unangebracht.«

Kelli las das Namensschild der Ärztin. »Aha. Wofür steht denn das N, Dr. Whitmore?«

Abgesehen vom Surren der medizinischen Apparate wurde es mucksmäuschenstill im Raum. Kelli blickte sich um. Die Studenten wirkten alarmiert.

»Okay«, murmelte sie. »Wie's aussieht ist die Party wohl vorbei, hm?«

Niemand reagierte.

Dr. Whitmore wandte sich an ihre Studenten. »Warten Sie bitte vor der Tür. Ich bin gleich bei Ihnen.«

Kelli blinzelte mit den Augen. Während sich die Studenten aus dem Zimmer bewegten, hatte sie das Gefühl, ins Büro des Schuldirektors bestellt worden zu sein. »Stecke ich in Schwierigkeiten?« Sie hob eine Augenbraue. »Ich glaube nicht, dass Sie mich rausschmeißen dürfen.«

Dr. Whitmore seufzte und presste die Lippen aufeinander. »Es tut mir leid, wenn Sie sich durch die Unterhaltung beleidigt gefühlt haben. Wenn Sie eine Beschwerde gegen mich einlegen möchten, oder –«

»Was?«, fiel ihr Kelli ins Wort. »Nein. Wie gesagt, habe ich nur Spaß gemacht. Meine Güte.«

»Nora?« Dr. Rader betrat das Zimmer und beide Frauen blickten zur Tür.

Die Anspannung im Raum verzehnfachte sich schlagartig, was Kelli überraschte. Ihr Interesse war geweckt. Wenn sie geglaubt hatte, dass sie

Dr. Whitmore schon ordentlich auf die Palme gebracht hatte, so wurde sie nun eines Besseren belehrt. Es hätte sie nicht verwundert, wenn Dr. Whitmores Blick Raders Kopf zum Explodieren gebracht hätte.

»Bitte warten Sie draußen bei den Assistenzärzten, Dr. Rader.«

Sein entsetzter Gesichtsausdruck ähnelte dem seiner jüngeren Kollegen. Rader zog den Kopf zurück und schloss die Tür wieder hinter sich.

»Hm … Nora. Das gefällt mir.«

»Miss –«

»Kelli, bitte«, stichelte sie weiter. Bisher hatte das den Unterhaltungswert um Einiges erhöht.

»Nein!« Nora schien nun sichtlich aufgebracht.

»Also, für mich sind Sie ab jetzt jedenfalls Nora, egal wie Sie mich nennen.«

»Wie charmant von Ihnen.«

»Besonders, weil es Sie so zu verärgern scheint. Sind Sie verärgert? Sie sehen so aus.« Kelli war eindeutig dabei, eine Grenze zu überschreiten.

»War das Ihr Ziel?«

Kelli schüttelte den Kopf. »Nicht, als ich heute Morgen aufgewacht bin.«

»Dann hat die Langeweile Sie dazu gebracht?«

»Genau.«

»Warum lasse ich mich nur auf so einen Blödsinn ein?«

»Vielleicht, weil ich Ihnen ans Herz wachse, Nora.«

»Wie ein Schimmelpilz?« Nora wartete Kellis Antwort nicht ab. »Niemand mag Schimmelpilze, Miss McCabe.« Dann trat Sie vom Bett zurück. »Einen schönen Tag noch.« Und damit ging Sie aus dem Zimmer.

Kellis Langeweile war verflogen. Sie war fasziniert, auch ein wenig beleidigt, aber hauptsächlich amüsiert. Sie grinste. Dr. Nora Whitmore war wesentlich unterhaltsamer gewesen als die mürrische Krankenschwester.

Plötzlich fiel ihr ein, dass Travis wieder zu sich gekommen war. Die verfluchten Medikamente machten sie ganz weich in der Birne. Sie hätte bereits vor Stunden mit ihm sprechen können. Stattdessen war sie eingeschlafen und alberte vor lauter Langeweile mit dem Krankenhauspersonal herum.

Sie wählte seine Zimmernummer. Nach dem vierten Klingeln war sie kurz davor, aufzugeben.

»Ja?« Travis klang noch erschöpfter, als sie sich fühlte, was ihr beinahe unmöglich schien.

»Du mich auch.« Kelli lächelte. Es war gut, seine Stimme zu hören.

»Kelli?«

»Nein, die Rote Zora«, erwiderte sie trocken.

Travis lachte kurz und schmerzvoll auf. »Gefällt dir der Name nicht?«

»Kein Kommentar, bis du mein Gesicht sehen kannst.«

Er lachte kurz auf, ächzte dann aber schmerzerfüllt.

»Schone dich bitte erst mal ein wenig.« Die Laute, die er von sich gab, erschreckten sie.

»Lass das.«

»Was?« Sie wusste schon, worauf er hinauswollte, aber deswegen hatte sie nicht angerufen.

»Kelli, du bist nicht verantwortlich für alles, was schiefläuft.«

Kelli seufzte. »Ich habe nicht gesagt, dass –«

»Hör mir zu.« Travis sprach langsam und deutlich, damit es keinen Raum für Missverständnisse gab. »Nicht jedes schreckliche Ereignis nimmt seinen Lauf, weil Kelli McCabe nichts dagegen unternommen hat.«

»Das denke ich gar nicht.«

»Das denkst du schon, wenn es um Leute geht, die dir nahestehen.« Er kannte sie einfach zu gut.

»Das darf ich auch.« Sie wusste, dass sie gelegentlich etwas überfürsorglich war. Selbstverständlich konnte sie nicht jedes Unglück verhindern, aber das hieß nicht, dass sie es nicht versuchen sollte.

»Okay, dann erkläre mir bitte, warum das Ganze deine Schuld sein sollte. Bist du hellseherisch begabt? Wir hatten kaum Anhaltspunkte, Kelli. Niemand hätte ahnen können, wie es laufen würde.«

Kelli presste die Lippen zusammen und atmete durch die Nase. »Ich kann es nicht leiden, wenn Leute mir Fragen stellen und sie dann selbst beantworten.«

»Und ich hasse den Glibber, der am Eidotter hängt, aber das Universum kann es eben nicht jedem recht machen.«

»Arschloch«, entgegnete Kelli. Manchmal ging er ihr wirklich auf den Zeiger.

»Sumpfkuh.« Offenbar war Travis ebenfalls auf Krawall gebürstet.

»Haben wir mal wieder einen unserer Momente?«

»Möglich. Wenn du für zehn Sekunden die Klappe hältst, vergesse ich, was du gesagt hast.«

Kelli grinste. Mit ihm war alles so einfach. Als sie jedoch wieder darüber nachdachte, was passiert war und was hätte passieren können, verwandelte sich das Grinsen in ein Stirnrunzeln. »Ich habe mir wirklich Sorgen um dich gemacht«, sagte sie ernst.

»Gleichfalls, Weißbrot. Aber es wird alles gut.«

»Weißbrot? Ich halte mich eher für ein ethnisches Mischbrot. Irisch-amerikanisch mit einem italienischen Einschlag. Das nenne ich eine explosive Kombination.«

»Ich bin mindestens genauso kompliziert … ein schwarzer Koreaner. Mir sieht man es nur etwas deutlicher an. Meinst du nicht?«, erwiderte Travis.

»Da könntest du recht haben. Übrigens hat Sean mir erzählt, dass dein Vater im Ausland festsitzt. Scheiße, oder?«

Travis schnaubte. »Das Leben eines internationalen Geschäftsmannes. Als meine Mutter ihren Unfall hatte, kam er erst eine Woche später nach Hause. Damals war er in Saudi-Arabien.«

»Bei allem Respekt, aber ich halte wirklich nicht viel von dem Mann. Er hat seine Prioritäten vollkommen falsch gesetzt.«

»Manchmal halte ich auch nicht viel von ihm«, stimmte Travis zu.

»Ich bin für dich da. Das weißt du hoffentlich. *Wir* sind deine Familie.« Kelli wusste, dass Travis sich dessen bewusst war, aber manchmal war es nötig, ihn daran zu erinnern.

»Das weiß ich doch. Weißt du, ich liebe meinen Vater, aber, Mann, fehlt mir meine Mutter. Ich wünschte …« Seine Stimme brach ab.

»Ich verstehe, was du meinst.« Der Verlust ihres Vaters hatte ein gigantisches Loch in ihrem Leben hinterlassen, das sich in absehbarer Zeit auch nicht schließen würde.

»Sie hat es immer geschafft, mir durch schlimme Situationen zu helfen. Ich war ungefähr sieben oder acht, als mein Vater zu Gott gefunden hat. Er hat uns immer mit in eine komplett schwarze Kirchengemeinde genommen. Meine Mutter und ich sind dort herausgestochen, wie bunte Hunde. Ich meine, wenn man mich nicht allzu genau anschaut, könnte ich als schwarz durchgehen, aber bei meiner Mutter war das eben nicht der Fall. So war ich zuvor noch nie angestarrt worden. Meine Mutter hat mich dann immer ganz fest an sich gezogen und mich zum Lachen gebracht. Dann war alles andere egal.« Travis seufzte. »Verdammt.«

»Ja.« Kelli musste unbedingt die Stimmung heben. Ihr wurde das Ganze zu heftig. »Hast du schon gehört, dass einer der Schützen tot ist und es um den anderen ziemlich übel steht? Vermutlich liegt er hier gerade auf der Intensivstation.«

»Das weiß ich, ja. Du glaubst gar nicht, was die Leute so von sich geben, wenn sie glauben, dass du bewusstlos bist.« Travis hörte sich gleich weniger emotional an.

Kelli musste lächeln. »Das kann ich mir vorstellen.« Sie hielt kurz inne. »Wir könnten herausfinden, auf welchem Zimmer er liegt und ihn in seinem Nachttopf ertränken.«

»Den fasse ich nicht an.«

Kelli verdrehte die Augen. »Denk doch nur an die Symbolik … ein Stück Scheiße, das in Scheiße ertrinkt.«

»Darin kann man nicht ertrinken«, sagte Travis.

»Ach, vergiss es doch einfach.«

»Bei dir stimmt doch was nicht.« Seine Stimme war schwach.

»Stimmt. Ich höre mir später gerne deine Theorien dazu an.« Kelli wollte die vertraut lockere Unterhaltung so lange wie möglich aufrechterhalten, obwohl sie wusste, dass sie nicht ewig andauern konnte. Travis gähnte und wurde still.

»Musst du Schluss machen?«, fragte sie.

»Ja, ist vielleicht besser.« Er klang fix und fertig.

»Okay.«

Nachdem sie aufgelegt hatte, lauschte Kelli den Klängen des Krankenhauses: piepende Maschinen, gedämpfte Stimmen und klingelnde Telefone. Es störte sie nicht, allein zu sein, aber sie hasste es, sich einsam zu fühlen. Immer, wenn sie sich nicht bewegte, nicht lachte, nicht arbeitete, wurde sie von diesem Gefühl der Einsamkeit eingeholt und beinahe überwältigt. Und Kelli ließ sich nicht gerne von Gefühlen überwältigen. Emotionen waren selten hilfreich. Was Kelli zu einer guten Polizistin machte, war die Tatsache, dass sie sich emotional genug von einem Fall distanzieren konnte, um das Gesamtbild erkennen zu können. Leider war ihr Liebesleben aus genau demselben Grund eine absolute Katastrophe.

Kelli geriet ins Grübeln. Sie dachte an Antony und merkte, wie es ihr an die Substanz ging. Kelli schloss die Augen. Sie war noch nicht bereit, darüber nachzudenken, in welche Schwierigkeiten er sich dieses Mal gebracht hatte. Sie hatte einen unbändigen Drang, sich zu bewegen. Sie brauchte einen Grund zu lachen. Wo war Dr. Nora Whitmore, wenn man sie brauchte?

Die Nacht war schwül und windstill. Nora strich ihre helle Seidenbluse glatt und öffnete einen weiteren Knopf um etwas mehr Dekolleté freizulegen. Ihr schwarzer Rock von Dolce und Gabbana schmiegte sich eng an ihre üppigen Kurven und ihre hohen Louboutins fügten ihren Einssiebzig noch ein paar Zentimeter hinzu. Das Outfit war genau das, was Nora gebraucht hatte. Sie gab ihren Autoschlüssel bei dem Parkassistenten am Eingang ab und ging mit klackernden Absätzen die Treppe hinauf. Sie war immer noch ein wenig durcheinander, weil sie sich bei der Arbeit durch McCabe zu solch unprofessionellem Verhalten hatte hinreißen lassen. Es war vollkommen unangebracht gewesen und auch gar nicht ihre Art, sich auf derartige Gespräche mit einem Patienten einzulassen. Sie konnte immer noch nicht verstehen, wie diese Polizistin es geschafft hatte, sie so vollkommen aus der Reserve zu locken. Mit Sicherheit wusste sie aber, dass der morgige Tag anders verlaufen musste. Das galt im Übrigen auch für Rader. Er hatte sich Dinge herausgenommen, die ihm nicht zustanden. Immerhin war sie ihm nicht nur beruflich, sondern auch sonst weit überlegen.

Sie hatte den gesamten Tag mit Arbeit verbracht und nun musste sie Druck abbauen. Sex war dabei meist das beste Ventil und das Bedürfnis danach war nichts, wofür Nora sich schämte. Sie ging in ihrem Bestreben nach Sex genauso klinisch vor wie bei der Arbeit.

Heute sehnte sie sich allerdings nach etwas zärtlicheren Berührungen, den Berührungen einer Frau. Sie betrat das Gebäude und schritt entschlossen den Gang entlang. Vor dem Aufzug stand ein Mann. Er trat beiseite, als Nora ihm zunickte. Sie war schon öfter hier gewesen und es hätte sie nicht überrascht, wenn er sie von einem ihrer früheren Besuche wiedererkannte. Der Fahrstuhl bewegte sich schnell aufwärts und als sich die Türen öffneten, wurde sie von gedimmtem Licht und sanften Jazzklängen begrüßt. Es war ein exklusiver Club für Menschen, die es sich leisten konnten. Nora lief an den verstreuten Tischen vorbei zur Bar und bemerkte dabei die Blicke, die ihr folgten. Elegant schwang sie ihre Haare über die Schultern und ließ sich auf einen Hocker gleiten. Es dauerte nicht lange, bis ein Barkeeper vor ihr erschien.

»Martini. Trocken.«

Der Barkeeper lächelte und nickte.

Die Blicke der anderen Gäste brannten sich in ihre Haut und stimulierten ihre ohnehin schon überreizten Sinne. Sie betrachtete die erste potenzielle Kandidatin aus dem Augenwinkel: eine kompakte Brünette, deren Hände zitterten, als sie an ihrer Serviette herumzupfte. Sie murmelte vor sich hin und wischte sich nervös durch das Gesicht.

Nein, die nicht. Sie hatte nicht die Geduld, sich mit der Unsicherheit anderer Leute auseinanderzusetzen. Kaum hatte Nora das Interesse verloren, schien die Brünette sich endlich ein Herz gefasst zu haben und machte Anstalten, sie anzusprechen. Nora ignorierte sie.

Kurze Zeit später tauchte eine weitere Anwärterin auf. Nora bemerkte, wie sie interessiert beobachtet wurde, während sie an ihrem Drink nippte. Diese hier war forscher und hatte Potenzial. *Besser. Viel besser.* Nora drehte sich ein wenig in ihre Richtung. Die Frau war groß und kurvig. Ihr blondes Haar fiel in Wellen über ihre Schultern.

»Tina.« Das Lächeln der Frau war beinahe diabolisch, als sie ihr ihre warme und weiche Hand zur Begrüßung reichte. Noras Vorfreude wuchs.

»Nora.«

»So ein langweiliger Name passt gar nicht zu dir.«

Nora lächelte ein wenig.

Tina kicherte. »Okay, der ging vielleicht ein bisschen zu weit. Soll ich es mit einem anderen Spruch versuchen?« Sie beugte sich vor und kam Nora dabei ganz nahe. »Oder sollen wir uns besser gleich darüber unterhalten, was ich alles mit dir vorhabe?«

Noras Rücken knallte gegen die Tür. Ihr gesamter Körper bebte vor Lust. Ein Stöhnen bahnte sich seinen Weg aus ihrer Brust, aber sie unterdrückte es. Sie hatte die Situation unter Kontrolle. Sie gab das Tempo vor.

Nach einem erdenden Blick an ihre Wohnzimmerdecke richtete Nora ihr Augenmerk auf die Frau zwischen ihren Schenkeln. Noras Rock hing wie ein Gürtel um ihre Hüften und ihr Höschen war zur Seite geschoben, um Tina Zugriff zu gewähren. Nora hatte ihre Finger in Tinas Haare gekrallt und kam jedem Zungenschlag mit einem Hüftschwung entgegen. Mit jeder Bewegung spürte sie, wie die Anspannung ihren Körper verließ. Der darauffolgende Orgasmus ging lautlos von Statten. Sie zog grob an Tinas Haaren und zwang sie, aufzustehen.

Mit einem strategischen Kuss schob sie Tina weiter in den Raum, bis diese an die Armlehne der Couch stieß. Nora drehte sie um und drückte ihren Oberkörper mit dem Gesicht nach unten über die Seite des Sofas. Dann ließ sie gekonnt Tinas Höschen zu Boden gleiten und schob drei Finger in sie. Tina stöhnte auf. Noras Hausschwein Phineas schlenderte mit seinen stolzen einhundert Kilo an ihnen vorbei. Nora lächelte und fuhr ihm mit der freien Hand durch das borstige Fell. Er hielt kurz inne, schnaubte leicht und ging dann weiter.

Tina zuckte zusammen und blickte Phineas verwirrt hinterher, doch Nora schaffte es durch eine geschickte Bewegung ihrer Finger, Tinas Aufmerksamkeit wieder auf das Wesentliche zu lenken.

KAPITEL 4

Sie liefen über den Gehweg auf das Haus des Zeugen zu. Kelli sah sich um. Alles war in Rottöne getaucht, selbst der Himmel und das Gras.

Travis knuffte sie in die Schulter. »Es gibt eine neue Kneipe, das Armory. Hast du Lust, nach der Arbeit dort vorbeizuschauen?«

Kelli nickte lächelnd und versuchte, die seltsame Umgebung zu ignorieren. Als sie sich dem Haus näherten, schlug ihr Bauchgefühl Alarm. Irgendetwas stimmte ganz und gar nicht. Sie atmete flach, ihr Herzschlag fuhr herunter und dröhnte wie eine Trommel in ihren Ohren. Sie versuchte, ihren Bauch zu ignorieren, aber als sie das Haus erreicht hatten, schrie alles in ihr Alarm. Das Atmen tat weh und obwohl Kelli wusste, dass es einen Grund dafür geben musste, konnte sie ihn nicht fassen. All das kam ihr furchtbar bekannt vor. Sie musste ihn warnen. »Travis … ich …«

Aus dem Haus ertönten Schüsse. Es klang wie auf einem Schlachtfeld.

Sie zogen ihre Waffen und duckten sich unter den Fenstern entlang. Travis sah sie alarmiert an. Lautlos bedeutete sie ihm, den Fall der Zentrale zu melden.

Er nickte und tat genau das.

»Die Verstärkung wird in fünf Minuten hier sein«, bedeutete er ihr mit Handzeichen.

Kelli sondierte die umliegenden Häuser. Zum Glück war niemand aus Neugier vor die Tür getreten. »Such dir Deckung. Dann warten wir auf die Verstärkung.« Kelli sah zu, wie er über die Hecke zum Nachbarhaus sprang. Durch das dichte Geäst konnte sie ihn kaum noch erkennen, als er gebückt in Richtung ihres Wagens lief. Sie tat es ihm gleich.

Dann waren plötzlich Schritte hinter ihnen. Sie rannten. Sie mussten Schutz suchen. Sofort. Plötzlich passierte alles wie in Zeitlupe. Jemand schoss auf sie und Kelli sah hilflos zu, wie Travis von einer Kugel erfasst und zu

Boden geschleudert wurde. Um ihn bildete sich eine pechschwarze Pfütze aus Blut.

Er bewegte sich nicht.

Getrieben von Angst und Wut rannte sie weiter auf das Auto zu. Ihr war, als fühlte sie den heißen Atem des Schützen im Nacken und feuerte rennend zurück. Ein glühender Schmerz fuhr durch ihren Oberschenkel und sie stürzte zu Boden. Sie sah auf ihr Bein. Aus der Wunde drang Blut. Ein plötzlicher Adrenalinschub gab ihr genug Energie, um sich über den Rasen zu schleppen. Sie musste Schutz finden … musste Travis retten. Da packte jemand ihr verwundetes Bein. Der Schmerz brachte sie der Ohnmacht nahe. Ein Mann kickte ihre Waffe weg, während ein anderer sie in Richtung des Hauses zerrte. Kelli schrie und fluchte. Die beiden Männer hinter den schwarzen Masken lachten nur.

Dann hielten sie an. Kelli lag auf dem Bauch vor ihnen und als sie aufblickte, war eine Neun-Millimeter, auf ihren Kopf gerichtet. Obwohl ihr vor Angst fast das Herz stehenblieb, gewann ihre Wut die Oberhand. »Los, tu es!«, schrie sie. »Dafür wirst du so verdammt hart büßen müssen –«

Das Heulen herannahender Sirenen unterbrach, was Kelli für ihre letzten Worte gehalten hatte.

»Weg hier, schnell!«, rief einer der Männer. Sie ließen Kelli los und rannten auf ein Auto zu, das auf der anderen Straßenseite stand. Kelli stützte sich auf, nur um sofort wieder zu Boden geworfen zu werden, als eine Kugel ihren Brustkorb traf.

Scharf nach Luft schnappend erwachte Kelli und versuchte, sich im Bett aufzusetzen. Der dumpf pochende Schmerz erinnerte sie daran, wie zugerichtet ihr Körper war. Sie blickte im Zimmer umher, um wieder in der Realität anzukommen. Zum Glück war alles um sie herum langweilig und steril – genau das Richtige, nach ihrem Salvador-Dali-artigen Traum. Mit zitternden Händen wischte sie sich den Schweiß von der Stirn. Ihr Schlafanzug war nass und klebte an ihr. Kelli schloss die Augen in der Hoffnung, das Schwindelgefühl dadurch loszuwerden. Als sie sie wieder öffnete, spürte sie zwar immer noch ein leichtes Zittern in der rechten Hand, aber sie fühlte sich wesentlich besser. Sie atmete tief ein und war zum ersten Mal froh über den Krankenhausgeruch.

Durch die Tür drangen die Geräusche anderer Menschen, die sie seit Beginn ihrer Albträume ungemein beruhigten. Stimmen, Gelächter und klingelnde Telefone lullten sie ein wie eine warme Decke. Sie versuchte, die düsteren Erinnerungen aus ihrem Gedächtnis zu verbannen. In die Traumwelt wollte sie sich so bald nicht mehr verirren, aber sie wusste, dass sie es früher oder später doch tun musste. Sie schrieb es den Schmerzmitteln zu, dass sie nicht mehr sie selbst war. Nach etwas mehr als einer Woche im Krankenhaus hatte sie die Schwestern gebeten, die Dosis herabzusetzen, weil die Schmerzen weniger würden, was eine Lüge gewesen war. Kelli hatte es einfach satt, sich weich in der Birne zu fühlen. Auch auf ihre Isolation von der Außenwelt konnte sie ihren emotionalen Zustand nicht schieben. Es war nicht das erste Mal, dass sie verletzt worden war und nicht arbeiten konnte, aber es war mit Sicherheit das schlimmste.

Offenbar hatte sie jede Art von Flüssigkeit ausgeschwitzt. Ihre Kehle war staubtrocken. Sie griff nach dem Wasserkrug auf ihrem Nachttisch, aber ein stechender Schmerz hielt sie zurück. Alles, was sie wollte, war ein einfaches Glas Wasser. Kelli ignorierte das stärker werdende Pochen in ihrer Brust. Die McCabe-typische Sturheit ließ nicht zu, dass sie aufgab. Sie fluchte lautstark.

»Kelli, was zur Hölle machst du da? Warum hast du nicht einfach eine Schwester gerufen?« Ihr früherer Partner, Bruce Williams, stand in der Zimmertür. Er trat ein, füllte einen Pappbecher mit Wasser und reichte ihn ihr.

Kelli funkelte ihn böse an, nahm das Wasser aber dennoch entgegen. Williams war ein guter Kerl, aber die Unterschiede zwischen ihm und Travis waren nicht zu leugnen. Travis hätte den Krug näher zu ihr geschoben, statt das Wasser für sie einzuschenken. Das wäre ihr wesentlich lieber gewesen. Sie knüllte den leeren Becher zusammen und schleuderte ihn durchs Zimmer.

»Fuck! Ich hasse diese Scheiße!«, brach es aus ihr heraus. Sie konnte kaum atmen. Sie musste raus aus diesem Bett. Sie musste Travis mit eigenen Augen sehen. Dann würden diese verdammten Albträume vielleicht endlich aufhören.

Williams war ein Bär von einem Mann, mit breiten Schultern und einem enormen Brustumfang. Seine Bauchgegend dagegen war weich – ein bisschen wie beim Michelin-Mann. Seine Haut war gezeichnet von Lebenserfahrung und sein Gesicht zierten schwungvolle Augenbrauen und ein Oberlippenbart. Sein Kopf war vollkommen kahl. Ohne das übliche, neckische Funkeln in den Augen beobachtete er wortlos ihren Wutausbruch.

»Sag was!«

Er zog die Augenbrauen nach oben. »Bist du fertig?«

Kelli seufzte und verdrehte die Augen. »Ja«, antwortete sie mit vorgetäuschter Friedfertigkeit. Gleich würde er etwas von sich geben, das sie extrem aufregen würde. Das wusste sie.

»Gut. Du könntest nämlich auch tot sein.«

Sie knirschte mit den Zähnen. »Das weiß ich.«

»Wirklich? Tust du das? Für mich sieht das hier aber schwer nach Selbstmitleid aus.«

Ihre Wut kochte über. »Verschwinde aus meinem Kopf!«, forderte Kelli. Verdammt noch mal. Diesem Typen entging wirklich nichts.

»Warum? Gefällt es dir nicht, wenn ich mich da oben rumtreibe? Du kannst dich nicht immer hinter Witzen und schnippischen Kommentaren verstecken.«

»Ach, halt doch den Mund.«

»Ich kenne dich besser als die meisten Leute, Kelli.«

Kelli schnaubte und dachte an die Vergangenheit. Im Moment war es leichter, alte Wunden zu öffnen, als sich mit den neuen auseinanderzusetzen. Die Art, wie er ihren Namen sagte, erwischte sie auf dem falschen Fuß, und sie konnte die folgenden Worte einfach nicht hinunterschlucken: »Das stimmt schon lange nicht mehr, alter Mann.«

Williams‘ Augenbrauen bildeten inzwischen ein scharfes V über seiner Nase. In seinen Augen waren Überraschung und Enttäuschung zu sehen. »Ich habe gedacht, wir hätten das hinter uns gelassen.«

»Das haben wir auch, aber ab und zu tut es trotzdem noch weh.«

»Ich muss mir das nicht anhören. Ich kann die Vergangenheit nicht ändern. Du wolltest deswegen nicht mehr mit mir zusammenarbeiten und hast deinen Freiraum bekommen. Das ist eine ganz schön lange Zeit, um auf jemanden sauer zu sein.«

»Du hast zur Familie gehört.« Kelli hielt inne. »Er war kaum mehr als einen Monat tot, Williams.« Er verstand, was sie meinte und es war nicht nötig, diese Unterhaltung fortzuführen. Sein Pokerface machte es ihr unmöglich, zu erahnen, was er dachte. Williams seufzte. »Du weißt genau, warum, und das Ganze ist zwei Jahre her. Warum also willst du es jetzt wieder aufwärmen?« Er betrachtete sie einige Sekunden lang eindringlich.

Kelli rutschte unruhig hin und her. Sie mochte es nicht, angestarrt zu werden, wie ein Tier im Zoo.

»Du versuchst, dich mit dem alten Kram von der Realität abzulenken.«

»Das ist ja wohl lächerlich.« Kelli funkelte ihn böse an. Die verdammte Schusswunde hielt sie davon ab, aus dem Zimmer zu spazieren.

»Ach ja? Du hast dich nicht so sehr verändert, wie du denkst. In deinem Kopf geht einiges vor und dieser alte Scheiß ermöglicht dir scheinbar, dich abzulenken.« Er stand auf.

Kellis Magen drehte sich um und einen Moment lang bereute sie es, ihn so nahe an sich herangelassen zu haben. In der Vergangenheit war er oft da gewesen, um sie aus tiefen, emotionalen Löchern zu holen und sie hatte das zu schätzen gewusst.

»Eigentlich hatte ich vor, eine Weile zu bleiben, aber das kann ich jetzt ja wohl vergessen.« Er hielt inne und seufzte. »Hör zu. Ich bin hier, wenn du jemanden zum Reden brauchst. Nur weil ich nicht mehr dein Partner bin, heißt das nicht, dass ich nicht mehr für dich da bin.«

Kelli blickte ihn scharf an. Sie wusste, dass er ihr zuhören würde, aber manchmal war es eben nötig, sich allein mit seinen Problemen auseinanderzusetzen.

»Gut. Bis später dann.«

Er ging aus dem Zimmer, ohne sich noch einmal umzublicken. Kelli drückte ein paar Knöpfe an ihrem Bett, um das Kopfteil weiter aufzurichten. Aus dieser Position konnte sie die Tür besser im Auge behalten. Williams hatte recht. Es gab keinen Grund, im Selbstmitleid zu versinken und sich von ein paar lächerlichen Albträumen lähmen zu lassen.

Sie starrte für eine gefühlte Ewigkeit aus der Tür, die er beim Gehen offengelassen hatte, und beobachtete das Krankenhaustreiben. Sie fühlte sich schon etwas ruhiger als nach dem Aufwachen, aber sie wollte sich trotzdem nicht allzu intensiv mit ihren eigenen Gedanken befassen. Sie kniff die Augen zusammen, als ein großes Papierbanner in der Tür erschien. Der Schriftzug brachte sie zum Grinsen: *Das Glück der Iren.*

Einige Sekunden später lugte ein Gesicht um die Ecke, dass sie viel zu lange nicht gesehen hatte. »Wie ich sehe, habe ich dich zum Lachen gebracht. Damit wäre meine Arbeit ja getan.« Booker schniefte und hob seine abgetragene *Sonics*-Kappe zum Gruß. Er war nicht mehr der Jüngste, aber mit seiner aufgeweckten Art wirkte er trotz der verwaschenen Jeans und des ausgeleierten T-Shirts noch jugendlich frisch. »Die scheinen sich ja hier gut um dich zu kümmern. Du siehst fantastisch aus.« Er machte es sich auf einem der Stühle neben dem Bett bequem.

Kelli grinste.

Booker beugte sich vor und betrachtete sie eindringlich. »Was, haben sie dir die Zunge rausgeschnitten?«

Kelli musste lachen. Das hätte den Krankenschwestern gefallen.

»Nein. Ich bin nur überrascht. Das ist alles.«

»Überrascht? Das solltest du nicht sein. Wenn du nicht gewesen wärst, würde es mich heute nämlich nicht mehr geben. Natürlich schaue ich, wie es meiner Lieblingsdetektivin geht. Eigentlich wollte ich dir etwas Zeit geben, aber ich habe mich zu Hause gelangweilt und dachte, dass es dir wahrscheinlich ähnlich geht. Da bin ich also.«

»Danke, Booker, aber das war nicht nötig. Du bist mir nichts schuldig. Es ist schon Jahre her, dass –«

»Ich weiß, wie lange es her ist«, fiel er ihr ins Wort. »Sechs Jahre. Und seit zwei Jahren habe ich dich schon nicht mehr gesehen. Das heißt aber nicht, dass ich vergessen habe, dass du mir das Leben gerettet hast, McCabe. Du bist das Beste, was der Drogenkommission passieren konnte. Jeder andere hätte meinen Arsch in der Gosse verrotten lassen. Als ich gehört habe, was passiert ist, musste ich vorbeikommen, um sicherzugehen, dass alles in Ordnung ist.«

Kelli zuckte, so gut es ging, mit der Schulter. »Na ja, ich habe schon bessere Tage erlebt.«

»Das glaube ich, aber du wirst dich sicher bald wieder in Schale schmeißen und für Recht und Ordnung sorgen.«

Kelli lachte. Es klang wie ein Rumpeln in ihrem Brustkorb und brach aus ihr heraus, noch bevor sie etwas dagegen unternehmen konnte. Ohne ihre

Zustimmung wurde das Geräusch lauter und kräftiger. Sie zuckte zusammen, da es in ihren Wunden schmerzte, aber es fühlte sich einfach gut an.

Booker grinste.

»Danke, Booker. Das habe ich wirklich –« Vor der Tür erregten ein vertrauter Arztkittel und blonde Haare ihre Aufmerksamkeit. »Nora!«

Nora reagierte nicht und Kelli fragte sich, ob sie sie nicht gehört hatte oder ob sie sie absichtlich ignorierte. Nach der letzten Begegnung mit ihr tippte sie auf Letzteres.

»Miss McCabe, wenn Sie Hilfe brauchen, gibt es an ihrem Bett einen roten Knopf, der Sie direkt mit den Schwestern verbindet.« Nora Whitmore erschien im Türrahmen.

»Ohne Scheiß? Ich dachte, der betätigt die Klospülung.«

Booker prustete.

Das Gesicht der Ärztin wurde finster. Kelli dagegen lächelte. Es waren bereits ein paar Tage vergangen seit ihrer letzten Begegnung und ein paar Neckereien konnten sicherlich nicht schaden.

»Miss McCabe, ich habe keine Zeit für diesen Unsinn.« Ihre Augen wurden schmal.

Kelli juckte es in den Fingern. Dieses Mal wollte sie das letzte Wort haben.

Booker beugte sich vor und sagte: »Die spricht deinen Namen aus, als würdest du stinken.«

Kelli grinste ihn an.

»Ich bin nicht gewillt, mich von Ihrem Landstreicher hier beleidigen zu lassen …«

Booker fuhr herum.

»Hören Sie zu, Lady. Man sollte sich nie von Äußerlichkeiten täuschen lassen. Oft ist mehr an einer Person dran, als man denkt. In meinem Fall ist das jedenfalls so. Bei Ihnen bin ich mir da nicht so sicher.«

Kellis Blick wanderten von einem zum anderen. Nora presste die Lippen so fest zusammen, dass es aussah, als hätte sie keinen Mund. Dies verschaffte Kelli ein gewisses Maß an Befriedigung. »Eins zu Null für meinen Besuch.«

Nora setzte ein paarmal an, etwas zu sagen. Schließlich brachte sie nur heraus: »Ich versichere Ihnen, so habe ich das –«

Kelli winkte ab. »Manche Leute reden ziemlich wirres Zeug, wenn sie genervt sind – vor allem, wenn ich der Grund dafür bin.«

Noras Blick verdüsterte sich. »Wie haben Sie in Ihrem Körper nur Platz für Ihr Ego?«

»Ich habe einen großen Kopf.«

Booker kicherte.

»Irgendwas muss den Platz da oben ja vereinnahmen. Gesunder Menschenverstand ist es offenbar nicht.«

Kelli wandte sich an Booker und deutete auf Nora.

»So sieht ein genervter Mensch aus.«

Er nickte.

»Wollen Sie sich so die Zeit während Ihrer Genesung vertreiben?«

»Wenn Sie sich weiter so ärgern lassen, ja.«

»Meine Zeit ist viel zu wertvoll für solchen Unsinn. Verschwenden Sie sie nicht weiter.«

Kelli war zufrieden, die Situation war unbezahlbar. »Ich kann Ihnen versprechen, dass Ihre Zeit bei mir bestimmt nie langweilig wird.«

»Ach, ist das so?«, fragte Nora.

»Jupp. Haben Sie was Besseres vor?«

»Ich habe wichtigere Dinge zu tun und Ihr –«

»Landstreicher?« Es fühlte sich gut an, ihr dieses Wort noch einmal unter die Nase zu reiben. Nach allem, was Kelli in den letzten Stunden beschäftigt hatte, fand sie dieses Spielchen mit Nora recht entspannend.

»Nein! *Ihr Freund* sollte für ihre Unterhaltung sorgen.«

»Entschuldigen Sie sich immer so für verbale Entgleisungen?«

»Ich wollte Ihren Gast nicht beleidigen. Ich war –« Sie blickte erst Kelli und dann Booker an.

»Genervt«, half ihr Kelli auf die Sprünge.

»Sie können doch nicht ernsthaft immer so anstrengend sein.«

»Warum denn nicht?«

Nora bedachte sie mit einem unfreundlichen Blick, bevor sie das Zimmer verließ. Kelli war enttäuscht. Sie hatte sich mehr erhofft.

Booker pfiff. »Die ist ja vielleicht angespannt. Danke für deine Unterstützung.«

Obwohl sie nickte, verspürte Kelli einen Anflug von Schuldgefühl. Vielleicht war sie etwas zu hart zu Nora gewesen.

Sie verscheuchte den Gedanken und widmete sich wieder Booker. Als er schließlich ging, versprach er, wiederzukommen.

Nora betrat eines der Arztzimmer und war froh, darin allein zu sein. Als sie ihr Gesicht in ihre Hände presste, spürte sie die Hitze, die immer noch von ihrer Haut ausging. Sie war enttäuscht über sich selbst und konnte nicht nachvollziehen, wie ihr sonst so zuverlässiges Gehirn es ihr erlaubt hatte, solche Dinge zu sagen. Die Situation ging ihr ziemlich nahe. Sie konnte sich nicht daran erinnern, jemals ähnliche Auseinandersetzungen geführt zu haben. Ohne jede Art von Präzedenzfall hatte ihr Gehirn jedes Mal einen Kurzschluss, wenn sie mit Kelli McCabe redete. Sie schämte sich so sehr für sich selbst, dass sie sich erst einmal setzen musste. Zum wiederholten Male hatte ihre Professionalität sie im Stich gelassen und für einen kurzen Moment hatte sie auch ihre Menschlichkeit verloren.

Sie hatte einen Fremden beleidigt.

Nora nahm sich einen Moment, um in sich zu gehen. Sie dachte nicht gerne über ihre Gefühle nach. Ihrer Meinung nach war das reine Zeitverschwendung. Aber jetzt war es nötig. Sie konnte sich einfach nicht erklären, warum Kelli McCabe es schaffte, sie derart auf die Palme zu bringen. Schuldgefühle nagten an ihr und sie fühlte sich furchtbar. Die Person im Türrahmen war nicht sie selbst gewesen. Zumindest war es keine Version ihrer selbst, der sie schon einmal begegnet war. Wild entschlossen, ihren Fehltritt wiedergutzumachen stand sie auf und verließ den Raum. Als sie die Schwesternstation erreichte, verstummte eine Gruppe medizinisches Personal schlagartig. Auch nach all den Jahren, die sie nun schon im Krankenhaus arbeitete, wusste sie immer noch nicht, ob die Gespräche immer dann abbrachen, wenn sie auftauchte, weil die Kollegen sie fürchteten, oder ob sie sich lediglich nicht bei Klatsch und Tratsch erwischen lassen wollten. Ein Teil von ihre hoffte, dass es mit Respekt zu tun hatte, aber die Hoffnung war eher gering.

Die diensthabende Schwester blickte sie fragend an. »Ja, Dr. Whitmore?«

»Könnten Sie bitte dafür sorgen, dass Miss McCabe mit einem Rollstuhl ins Zimmer ihres Partners gebracht wird?« Nora hielt inne. »Und ich würde es zu schätzen wissen, wenn Sie ihr nicht sagen, dass ich Sie darum gebeten habe.«

Die Schwester wirkte verwirrt. »Möchten Sie, dass ich –«

»Ja«, fiel Nora ihr ins Wort. »Sofern ihr Schmerz es zulässt.«

Mit einem Nicken antwortete die Schwester: »Wir werden vorsichtig sein. Sie hat sich schon beschwert, dass sie ihn bisher noch nicht sehen durfte – eine Beschwerde von vielen übrigens.«

»Sie ist ein wenig gewöhnungsbedürftig, nicht wahr?«

Die Schwester lächelte. »So kann man es auch ausdrücken.«

Auf einmal fühlte Nora sich fehl am Platz. Sie nickte der Schwester noch einmal zu und griff nach einer Krankenakte, in der sie sinnlos herumblätterte, während sie aufmerksam dem Geschehen lauschte. Kellis Zimmer war nur einen Katzensprung entfernt. Sie beobachtete, wie zwei Pfleger zögerlich das Zimmer der Patientin betraten. Nora wartete auf einen lautstarken, unflätigen Angriff McCabes auf die Pfleger, aber es kam anders.

»Was? Wollt ihr mich verscheißern?«, schallte es auf den Gang hinaus.

Nora seufzte. Diese Frau hatte wirklich ein abscheuliches Vokabular, obwohl sie offensichtlich viel intelligenter war, als ihr Wortschatz es vermuten ließ.

»Da sage ich nicht Nein. Los geht's!«

Einige Minuten vergingen, bevor Kelli tatsächlich im Rollstuhl und in Begleitung aus dem Zimmer kam. Sie sah blass aus, aber das Strahlen auf ihrem Gesicht war nicht zu übersehen. Nora kämpfte gegen ein Lächeln an und wich Kellis bohrendem Blick aus. Es machte ihr Freude, sie so zu sehen. Die Frau verwirrte sie.

Kelli schluckte und wischte sich die Hände an ihrem Schlafanzug ab. Ihr Bein pochte und die rechte Seite ihres Brustkorbes schmerzte. Sie wollte ihn sehen, aber sie fürchtete sich auch davor. Die Pfleger stoppten den Rollstuhl vor einer Zimmertür, klopften an und gingen dann ohne sie hinein. Das Vorgehen kam Kelli seltsam vor, aber was wusste sie schon von Krankenhausvorschriften?

Keine Minute später wurde sie ins Zimmer geschoben. Kleine Fältchen bildeten sich um Travis' Augen, als er sie sah, und seit ihrer letzten Begegnung war Travis ein dünner Bart gewachsen. Man, hatte sie dieses Grinsen vermisst. Es tat unfassbar gut, ihn wiederzusehen. Kelli atmete aufgeregt aus und versuchte, sein Lächeln zu erwidern. Es gelang ihr kaum. Stattdessen strömten ihr Tränen über das Gesicht. Auf einen derartigen Schwall an Emotionen war sie nicht vorbereitet gewesen. Sie war erleichtert, versuchte ihre Reaktion aber durch einen rettenden Blick auf ihre Hände zu verbergen.

Gerry Travis sagte kein Wort.

Als Kelli wieder nach oben blickte, waren sie allein. »Ich glaube, ein Teil von mir hat gedacht, dass deine Stimme am Telefon nur eine aufgenommene Sprachnachricht war.«

Travis rollte mit den Augen, aber sein Gesichtsausdruck war warm und verständnisvoll. »Wer könnte mich denn so gut nachmachen?«

Kelli lachte. »Kümmert man sich gut um dich?«

»Kann mich nicht beklagen«, antwortete Travis. » Und du? Wie man so hört, hast du dich bei der gesamten Belegschaft beliebt gemacht.«

»Na ja, ist doch nicht schwer, was gibt es an mir schon nicht zu mögen?«

»Hm, wo soll ich nur anfangen?«

»Hey, wenn du mich beleidigen willst, dann warte wenigstens, bis ich wieder allein laufen kann, damit ich dir in den Arsch treten kann«, erwiderte Kelli.

Ihr Partner wurde blass.

Kelli war besorgt.

»Alles okay? Soll ich eine Schwester rufen?«

»Nein, nein. Mir geht's gut. Das geht vorbei.«

Sie beobachtete ihn noch eine Weile, bevor sie sich mit seiner Aussage zufriedengab.

»Du siehst ganz schön scheiße aus«, neckte sie ihn liebevoll. »Die Gesichtsbehaarung gefällt mir aber.«

Travis grunzte. »Ich sehe vielleicht nicht fantastisch aus, aber wenigstens bin ich sauber. Es scheint die Lieblingsbeschäftigung der Schwestern zu sein, mich zu waschen. Dich haben sie sicherlich schon ein paar Mal versucht zu ertränken.« Er grinste.

»Ich bitte dich. Die fassen mich nicht an. Meine Mom erledigt das.«

Kelli schnitt eine Grimasse. Sie konnte nicht aufhören, ihn anzustarren. Irgendwie wirkte er dünner, selbst unter all den Bettdecken. »Hast du alles, was du brauchst? Sean kann –«

»Das hat er schon. Den Bart behalte ich übrigens. Der wird super aussehen, wenn er erst mal etwas voller ist. Er macht mich mysteriöser.«

Kelli nickte und wurde still. »Du wirst deine ersten Narben zurückbehalten. Ich meine, die werden gut zu deinem Bart passen. Die Ladys werden sich freuen.«

»Kelli?« Etwas in seiner Stimme verriet ihr, dass er sich nicht von ihrer optimistischen Maske täuschen ließ.

Sie ließ ihren Blick durchs Zimmer schweifen, bevor sie ihn wieder anschaute.

»Ja?«

»Ich bin hier und noch an einem Stück.«

Kelli schnaubte. »Das hast du schon am Telefon gesagt und das kann ich sehen.«

»Gut.«

»Hat deine Mutter dir auch die Haare gewaschen? Schon mal was von Spülung gehört?«

Kelli musste lachen und selbst die Schmerzen in ihrem Brustkorb konnten sie nicht davon abhalten. »Fick dich.«

Eine Schwester betrat das Zimmer. Sie warf Kelli einen strengen Blick zu und lächelte Travis an. »Ich mache nur meine Runde. Tun Sie einfach so, als wäre ich nicht da.«

Travis nickte und erwiderte das Lächeln. Kurze Zeit später murmelte er schläfrig, »Mmh, guter Stoff.«

Es bedurfte keiner Detektivarbeit, um festzustellen, dass er durch die Pumpe auf seinem Nachttisch eine automatische Dosis Schmerzmittel erhalten hatte.

»Ich weiß. Medizin nach Stundenplan. Und plötzlich lösen sich alle Sorgen in Luft auf.« Kelli wäre gern noch geblieben, aber sie verstand den Hinweis. »Ich sollte wohl besser gehen.«

»Bis später?«, fragte Travis und lächelte entschuldigend.

»Vielleicht bis morgen früh?« Kelli blickte die Schwester hoffnungsvoll an.

»Ich glaube, das lässt sich einrichten«, antwortete diese.

»Super. Ähm, ich glaube, ich brauche Hilfe, um zurück zu meinem Zimmer zu kommen.«

Nora atmete tief durch und versuchte, sich zu entspannen. Glücklicherweise neigte sich ihre Schicht allmählich dem Ende zu, während sie sich mit Papierkram, einem notwendigen, aber lästigen Teil ihrer Arbeit, beschäftigen musste. Trotz ihrer Abneigung erledigte sie auch diese Aufgabe immer gründlich und effizient. Plötzlich vibrierte ihr Pager und tanzte dabei über den Schreibtisch. Sie blickte auf die Nachricht und nahm das nächstliegende Telefon zur Hand, um auf der Intensivstation anzurufen.

»Dr. Whitmore.«

»Dr. Whitmore, ich störe sie nur ungern, aber Kelli McCabe besteht darauf, Sie zu sehen.«

Ein ungutes Gefühl machte sich breit, wurde aber schnell von einem ganz neuen Gefühl verjagt. Freude. Nora konnte sich nicht erklären, woher das Gefühl plötzlich kam. Es gefiel ihr gar nicht.

»Ich bin nicht ihre Ärztin. Ich bin mir sicher, dass Dr. Rader –«

»Sie ist ziemlich hartnäckig. Könnten Sie ihr nicht vielleicht ein paar Minuten vor Ende Ihrer Schicht widmen?«

Nora wusste nicht weiter.

»Ich werde kurz bei ihr vorbeischauen, bevor ich nach Hause gehe.«

»Danke.« Die Schwester klang erleichtert.

Nach dem Anruf widmete sich Nora wieder dem Papierkram vor ihr, aber sie konnte sich einfach nicht mehr konzentrieren. Sie hatte heute einige Dinge getan, die nicht zu ihr passten, und sowohl die guten Taten als auch die schlechten waren auf Kelli zurückzuführen. Sie versuchte weiter, sich auf die Arbeit zu konzentrieren. Es brachte nichts, länger über die Ereignisse des Tages nachzudenken. Nach einer Weile stellte sie fest, dass sie gedankenverloren ein und dasselbe Wort anstarrte, ohne weiterzukommen.

Wütend über sich selbst, klappte sie die Akte zu und murmelte: »Offensichtlich muss ich erst die Sache mit Kelli erledigen.« Nora stand auf und bereitete sich mental auf ihre nächste Begegnung mit dieser Frau vor. Dieses Mal würde sie keine Beleidigungen dulden. Miss McCabe war eine Patientin wie jede andere und genau so würde Nora sie auch behandeln. Sie trat auf den Gang und ging in Richtung des Fahrstuhls.

Als sich die Türen öffneten, sah Nora, dass sich nur ein einziger Passagier im Aufzug befand: Dr. Rader. So konnte sie gleich zwei Problemfälle nacheinander abhandeln. Sie trat ein und die Türen schlossen sich hinter ihr.

»Welches Stockwerk?«, fragte er.

Statt zu antworten drückte Nora selbst den Knopf für die siebte Etage.

Rader seufzte. »Das hätte ich doch auch für dich tun können, Nora.«

»Offenbar haben Sie die Grundregeln des Umgangs mit Vorgesetzten vergessen, Dr. Rader.«

»Das ist nicht dein Ernst, oder?«, erwiderte er.

»Allerdings. Wir sind keine Freunde und wir sind mit Sicherheit keine Liebhaber. Ab sofort werden Sie mir den nötigen Respekt entgegenbringen und mich mit Dr. Whitmore ansprechen.«

Sein Gesicht wurde weiß. »Verstanden«, presste er hervor.

»Sind Sie sicher?« Nora sah ihn scharf an.

»Gottverdammt noch mal. Ich habe Ja gesagt. Soll ich meine Eier eintüten lassen und an *Sie* übergeben, *Dr. Whitmore*?«

»Das wird nicht nötig sein.« Der Fahrstuhl hatte den siebten Stock erreicht und Nora trat auf den Gang.

»Dumme Fotze.«

Nicht bereit, sich von seiner Beleidigung provozieren zu lassen, drehte Nora sich noch einmal um und erwiderte: »Die werden Sie nicht wieder zu Gesicht bekommen.« Mit erhobenem Haupt stolzierte sie davon, als sie plötzlich am Ellbogen gepackt wurde. Sie fuhr herum und sah sich Rader gegenüber.

»Lassen Sie mich los, Dr. Rader.«

Er packte noch fester zu und blickte sie mordlustig an.

»Sofort«, befahl Nora. Er besaß tatsächlich die Frechheit, wütend auszusehen, obwohl sie diejenige war, die angegriffen wurde.

Plötzlich änderte sich sein Gesichtsausdruck. Er sah beschämt aus. »Ich habe es nicht so gemeint. Du hast keine Ahnung, was in mir los ist. Können wir nicht noch mal von vorn anfangen? Ich will eine persönliche Beziehung zu dir haben. Momentan ist mir auch egal, was das für eine Beziehung ist.« Seine Augen sahen sie flehend an und er lockerte seinen Griff.

Nora zog ihren Ellbogen weg. Interessierte Blicke verfolgten ihre Auseinandersetzung, allein deshalb musste sie diese schnellstmöglich beenden. »Es war eine reine Bettgeschichte, James. Mehr nicht. Deinetwegen ist sie außer Kontrolle geraten. Ich lasse mich generell nicht auf Freund- oder Liebschaften ein. Mach dir deshalb in dieser Hinsicht bitte keine Hoffnungen«, zischte sie barsch.

Er nickte, obwohl er verletzt wirkte. »Es … tut mir leid.«

Fertig mit dem Gespräch wandte sie sich ab. Bisher hatte sie diesen Mann als Arzt und auch als Person geschätzt, aber in den letzten Tagen hatte sich dieser Respekt praktisch in Luft aufgelöst. Immerhin hatte die Unterhaltung ihre innere Balance wiederhergestellt und sie fühlte sich nun bereit, Miss McCabe gegenüberzutreten.

Sie betrat Raum 708 energisch und selbstbewusst. Kelli saß aufrecht im Bett und hatte die Fernbedienung auf den Fernseher gerichtet.

»Wie kann ich Ihnen helfen, Miss McCabe?«, fragte sie trocken.

Kelli kratzte sich am Kinn. Mit geschürzten Lippen wich sie Noras Blicken aus. Nach einer Weile sagte sie: »Ähm … hören Sie.«

Kelli wirkte … schuldbewusst. Diese plötzliche Veränderung ließ alle Alarmglocken in Noras Kopf erklingen. Offenbar war sie doch nicht so bereit für das Zusammentreffen, wie sie angenommen hatte. Sie befeuchtete ihre Lippen.

»Ja?«

»Es tut mir leid, dass ich mich vorhin wie ein Arschloch benommen habe.« Die Worte sprudelten schnell und undeutlich aus Kelli heraus. »Ich hatte einen ziemlichen Scheißtag, aber er ist besser geworden. Deshalb dachte ich, es wäre eine gute Idee, mich zu entschuldigen.«

Nora war sprachlos. Sie fühlte sich, als hätte man ihr den Wind aus den Segeln genommen. Diese Frau war einfach nicht zu deuten. Sie war außer

Frage arrogant und unhöflich, aber möglicherweise hatte sie auch eine andere Seite. Nora war fasziniert und verwirrt gleichzeitig.

»So schlimm war ich nun auch wieder nicht, oder?«, fragte Kelli.

Unter größter mentaler Anstrengung stammelte Nora: »Ich weiß nicht, was ich sagen soll.«

»Was? Hat sich etwa noch nie jemand bei Ihnen entschuldigt?«

Nora überlegte. Sie konnte sich nicht daran erinnern.

»Ich bin mir nicht sicher.«

»Nehmen Sie meine Entschuldigung denn an?«

»Na ja, …« Nora atmete tief durch und versuchte, ihren rasenden Puls zu beruhigen. »Ich glaube, ich sollte mich ebenfalls entschuldigen.« Die Worte purzelten ohne ihre Zustimmung aus ihr heraus. Sie erkannte sich selbst nicht wieder.

»Hmm, irgendwie habe ich das dunkle Gefühl, dass Sie das bereits getan haben. Sie haben sich an der Schwesternstation nicht gerade unauffällig verhalten. Der Besuch bei meinem Partner muss von Ihnen verordnet worden sein.« Kelli grinste, aber ihr Tonfall war aufrichtig. »Danke.«

Nora spürte, wie sie rot anlief und sie konnte nichts dagegen tun.

In Kellis Augen war ein Funkeln zu erkennen. »Habe ich Sie schon wieder aus dem Konzept gebracht, Nora?«

Nora konnte dem Verlangen, mit den Augen zu rollen, nur schwer widerstehen. »Das kam einfach nur ein wenig … unerwartet.«

»Na ja, wir werden uns wohl trotzdem noch nicht gegenseitig die Haare flechten und zusammen Justin Bieber hören.«

Nora schien verwirrt. »Wen?«

»Du meine Güte. Hinter welchem Mond leben Sie denn?«

»Müssen Sie gleich wieder persönlich werden?« Nora spürte, wie sie sich wieder bekanntem Terrain näherten.

»Sie lassen mir manchmal einfach keine Wahl«, erwiderte Kelli.

Die Unterhaltung hatte so vielversprechend angefangen, nun spürte Nora die alte Gereiztheit wieder, aber wenigstens bewegten sie sich nun wieder auf vertrautem Grund und sie gewann an Sicherheit zurück.

»Immer wieder gerne«, entgegnete sie schnippisch.

Kelli zuckte mit den Schultern.

»Ich verstehe, dass es entsetzlich langweilig sein muss, wenn man ans Bett gefesselt ist, aber ist dieses kindische Verhalten denn das einzige Ventil für Ihre Frustration?«

»Na und? Wie bauen Sie Ihren Frust denn ab?«, fragte Kelli provozierend.

Nora wusste nicht weiter. Dieses ständige Hin und Her war einfach zum Verrücktwerden.

»Das geht Sie überhaupt nichts an. Ist das alles. Miss McCabe?«

Kelli legte den Kopf zur Seite.

»Müssen Sie jedes Mal kommen, wenn ich nach Ihnen rufen lasse?«

Nora wurde unruhig. »Ich muss mich um meinen Papierkram kümmern, Miss McCabe. Einen schönen Abend noch.«

Als sie das Zimmer verließ, konnte Nora hinter sich ein Kichern hören, das ihr bis zum Fahrstuhl folgte. Im Aufzug lehnte sie sich gegen die Wand. Offenbar war es nicht möglich, sich mental auf eine Unterhaltung mit dieser Frau vorzubereiten. Trotzdem musste Nora zugeben, dass ein Teil von ihr – wenn auch ein sehr kleiner – anfing, diese Auseinandersetzungen zu genießen.

KAPITEL 5

Nora tupfte sich mit einem weichen Handtuch den Schweiß von Dekolleté und Stirn. Sie war angenehm erschöpft und genoss das leichte Brennen in den Muskeln, das von ihren morgendlichen Pilatesübungen herrührte. Sie hatte sich an diesem Morgen besonders angestrengt, um den Stress der letzten Tage abzubauen. Die sportliche Betätigung half ein wenig, würde aber mit Sicherheit nicht ausreichen, um sie entspannt durch den Tag zu bringen. Sie betrachtete den orangefarbenen Morgenhimmel durch die Glastür in ihrem Fitnessraum. Einen Moment lang genoss sie den Anblick, dann verzog sie das Gesicht. Obwohl ihre teure Sportbekleidung einen Großteil der Feuchtigkeit aufnahm, klebte sie nunan Oberkörper und Schenkeln. Sie verließ das Zimmer und ging ins Bad.

Die Wände dort waren in dunklem Grün gehalten, das wunderbar auf das Waschbecken und die anderen Armaturen abgestimmt worden war, die vom spanischen Innenarchitekten Ramon Soler entworfen worden waren. Die Farbe verlieh dem Raum einen eleganten Touch, ohne dabei übertrieben zu wirken. Nora entkleidete sich rasch und warf die durchgeschwitzten Sachen und das Handtuch in den Wäschekorb. Als sie das heiße Wasser in der Dusche aufdrehte, füllte sich der gesamte Raum langsam mit Dampf. Sie trat hinein und seufzte, während sie sich die angespannten Muskeln von den Wasserstrahlen massieren ließ.

Nora war ein Gewohnheitstier. Die teuren Möbel und die Kunst, die an all ihren Wänden bewundert werden konnte, stammten noch aus ihrem Elternhaus. Sie war schon immer von schönen Dingen umgeben gewesen. Diese waren alles, was sie hatte, wenn ihre Eltern mal wieder verreisten und sie waren auch alles, was sie hatte, wenn ihre Eltern wieder zurückkehrten. Die Whitmores waren nie besonders aufmerksame oder liebevolle Eltern gewesen. Und nun waren sie gar nicht mehr.

Warum hatte sie sich ausgerechnet diesen Morgen ausgesucht, um in der Vergangenheit zu schwelgen? Sie zog sich an und schüttelte das Gefühl der Unsicherheit ab, das sich durch die Erinnerungen an alte Wunden breitgemacht hatte.

Ein Blick in den Spiegel stellte ihr Selbstbewusstsein wieder her. In ihrem grünen Bleistiftrock von Gucci und der passenden cremefarbenen Bluse sah sie umwerfend aus. Ihre Gedanken konnte ohnehin niemand lesen. Als sie die Küche betrat, hatte die Zeitschaltuhr an ihrer Espressomaschine ihre Arbeit bereits erledigt. Nora öffnete den Kühlschrank und nahm frisches Obst und griechischen Joghurt heraus. Schnell und mechanisch nahm sie ihr Frühstück zu sich und verließ das Haus, wie an jedem Arbeitstag, pünktlich um viertel nach sieben.

Als sie ihre Geschichte zu Ende erzählt hatte, warf Kelli ihren Kopf in den Nacken und lachte schallend. Hier fühlte sie sich am wohlsten: in der Gegenwart der wichtigsten Menschen in ihrem Leben. Sie waren laut, ärgerten sich gegenseitig und besaßen keinerlei Anstand, und Kelli war es vollkommen gleichgültig, dass sie sich in einem Krankenhaus befanden. Seans Gesicht war vor lauter Lachen rot und verschwitzt und das hohe Pfeifen, das aus Travis' Kehle kam, schien nicht von dieser Welt zu stammen.

»Scheiße, Mann. Du hättest sehen müssen, wie sie mich angeschaut hat. Ich dachte, die zerrt mich gleich aus dem Bett.«

»Na ja, du hast deine Krankenschwester ja gewissermaßen als inkompetentes Miststück bezeichnet. Da wäre ich auch leicht angepisst,« prustete Travis.

»Immerhin habe ich es nicht direkt ausgesprochen«, erwiderte Kelli. »Ich will ja schließlich nicht mit einer Bettpfanne als Kopfkissen aufwachen.«

»Ist das deine größte Sorge?«, fragte Sean. »Mann, die Schwestern schmeißen hier den ganzen Laden. Riech beim nächsten Mal lieber zweimal am Apfelsaft, bevor du ihn trinkst.«

Kelli funkelte ihn an und winkte ab. »Es ist alles gar nicht so ernst.«

Travis hob eine Augenbraue. »Ach, meinst du?«

»Sie hatte es verdient. Immerhin bin ich diejenige, die hier festsitzt. Sie musste ja nicht gleich unhöflich werden.«

Travis schüttelte den Kopf. »So wie du mit denen umspringst, überrascht es mich wirklich, dass die Schwestern überhaupt noch mit dir sprechen.«

»Du kannst ein ziemliches Arschloch sein«, fügte Sean hinzu. »Ich frag mich, wie du je 'ne Frau abgekriegt hast.«

Kelli zuckte mit den Schultern. »Hey, ich hab Charme.«

»Wahrscheinlich zeigst du einfach deine Möpse.« Sean nickte vielsagend.

»Du musst dich wirklich ein wenig zusammenreißen. Die basteln bestimmt schon Voodoopuppen mit deinem Gesicht«, fügte Travis hinzu.

»Das sind hier doch aber ganz andere Schwestern. Ich bin ja nicht mehr auf der Intensivstation. Hier bin ich bisher noch ein fast unbeschriebenes Blatt.«

»Wir sind in einem Krankenhaus. Da spricht sich so was schnell rum.« Travis sah sie an, als sei sie ein begriffsstutziges Kind.

Kelli grinste. »Du willst also behaupten, dass sich alle Schwestern hier kennen?«

Just in diesem Moment betrat eine Krankenschwester das Zimmer und funkelte Kelli böse an, als sie an ihrem Rollstuhl vorbeilief.

Travis und Sean brachen aufs Neue in schallendes Gelächter aus. Die Schwester prüfte schweigend Travis' Tropf und ging wieder.

»Vooooodoooooo«, sagte Travis mit gruseliger Stimme.

»Ja, ja. Ich hasse dieses verdammte Drecksloch. Ich gehöre einfach nicht hier her. Ich habe keine Waffe und keine Marke und kann auch niemandem helfen, während ich hier festsitze.«

Vor diesen beiden machte es ihr nichts aus, ihre Maske aus Humor und Selbstironie fallen zu lassen.

»Wenn du dir etwas mehr Mühe geben würdest, könntest du sehen, dass die Leute hier alle sehr nett sind«, empfahl Travis.

Kelli fühlte sich schuldig. Er hatte ja recht.

»Ich weiß«, murmelte sie. Es war keine Seltenheit, dass sie sich wie ein Arschloch aufführte, aber sie musste doch zugeben, dass sie in letzter Zeit etwas außer Kontrolle geraten war.

Travis neigte seinen Kopf in ihre Richtung. »Was hast du gesagt?«

»Du hast mich schon verstanden.«

Sean beugte sich vor und schüttelte lächelnd den Kopf. »Wie zur Hölle hast du es geschafft, dass sie zugibt im Unrecht zu sein? Hast du irgendwelche Superkräfte, von denen ich nichts weiß?« Sean schnippte mit den Fingern. »Ich weiß es. Du bist einer von diesen Pferdeflüsterern.«

»Hey, ich bin doch kein Pferd«, knurrte Kelli.

Zwei Schwestern betraten das Zimmer. »Zeit für einen kleinen Ausflug, Mr. Travis.«

Travis nickte und seine beiden Besucher sahen schweigend zu, als sein Bett für den Transport bereitgemacht wurde.

»Wohin bringen Sie ihn?«, fragte Kelli besorgt.

Die Schwestern antworteten nicht.

Als Kelli seufzte, lachte Travis auf. »Ich nehme an, in die Radiologie.« Er winkte. »Bis später, Leute.«

Kelli wartete, bis Sean hinter ihr stand und blickte dann zu ihm herauf. In seinen Augen erkannte sie dasselbe ungute Gefühl, das auch ihr zu schaffen machte. Ihr Instinkt befahl ihr, immer auf jedes kleinste Detail in ihrer Umgebung zu achten. In diesem Moment war sie nicht in der Lage, die Situation zu deuten.

»Es geht ihm gut, oder? Ich weiß, dass er schwer verletzt wurde und man seine Verletzungen weiter beobachten muss.«

Für einen kurzen Moment hielt Sean ihrem Blick stand, bevor er seine Aufmerksamkeit auf die Bremsen des Rollstuhls richtete.

»Er wird schon wieder.«

Kellis Frage war damit nicht wirklich beantwortet, aber sie bohrte nicht weiter nach. Innerlich war sie vermutlich ohnehin nicht bereit für die nackte Wahrheit.

Kelli zappte durch die TV-Kanäle, fand aber nichts, was sie interessierte. Sie ließ die Fernbedienung fallen, welche an einem Kabel befestigt war und danach noch eine Weile gegen das Bett klapperte. Es musste doch etwas geben, womit sie sich beschäftigen konnte. Sie wollte nicht denken und sie wollte nichts empfinden, aber Angst vereinnahmte ihren gesamten Körper und machte sie rastlos. Kelli war voller scharfer Ecken und Kanten. In der

Vergangenheit hatte sie damit häufig andere Menschen verletzt, aber sie hatte sich mindestens genauso oft ins eigene Fleisch geschnitten. Ihre dunkle Seite half ihr in ihrem Beruf, sich in die Gedanken eines Mörders hineinzuversetzen, aber manchmal blieben dabei auch Schäden zurück. Wann immer sie an ihre eigene Sterblichkeit erinnert wurde, erwachten düstere Gedanken in ihr und ihre aktuelle Bewegungsunfähigkeit ließ ihre Stimmung nicht besser werden.

Kelli sah auf die Krücken am Fußende ihres Bettes. Wie gerne hätte sie den Schmerz in ihrem Brustkorb ignoriert und mithilfe der beiden Metallstützen wieder mehr Bewegungsfreiheit genossen – wenn auch nur innerhalb des Krankenhauses. Einmal hatte sie es bereits versucht, aber der Schmerz war unerträglich gewesen. Stattdessen machten sich die Krücken nun über sie lustig und lockten sie mit dem Versprechen, den brutalen Bildern zu entfliehen, die ihr durch den Kopf schossen, wann immer sie die Augen schloss. Es war kein Wunder, dass sie nicht schlafen konnte. Obwohl sie nicht gerne um Beruhigungsmittel bat, waren diese momentan die einzige Möglichkeit, sie in einen traumlosen Ruhezustand zu versetzen.

Manchmal hatte Kelli das Gefühl, sie befände sich in einer alternativen Realität, in der alles normal aussah, wo aber unter der glänzenden Oberfläche gar nichts stimmte. Ihre Instinkte waren sehr scharf und all ihre Sensoren geboten ihr derzeit, besser aufzupassen. Es war ihre eigene Schuld. Sie hatte, was Travis und Tony anging, einfach nicht die richtigen Fragen gestellt und hatte sich stattdessen von ihrer Feigheit besiegen lassen.

»Wie geht es Ihnen heute, Miss McCabe?«

Dr. Raders plötzliches Erscheinen ließ sie innerlich zusammenzucken, doch sie konnte ihren Schrecken gut verbergen.

»Genauso wie gestern.«

Rader machte die Tür zu und trat ins Zimmer. Kelli beobachtete ihn, während er ihre Akte durchblätterte. Er schien auf den ersten Blick nicht verkehrt, oft aber etwas zu bemüht. Wenn man genauer hinsah, wirkte er unaufrichtig, das beunruhigte Kelli. Rader wirkte wie ein hohler Fernsehdoktor – das genaue Gegenteil von Nora. Hinter Noras unglaublichen Augen schien eine Persönlichkeit zu brodeln, die Kelli gleichzeitig provozierend und faszinierend fand. Nora war einzigartig und bei dem Gedanken daran musste Kelli lächeln.

»Haben Sie die Krücken ausprobiert?« Er schaute sie nicht an, als er die Frage stellte.

»Ja, das hat verdammt wehgetan. Haben Sie vergessen, dass ich eine Schussverletzung habe?«

Der Arzt lachte. »Das habe ich nicht, aber sie machen gute Fortschritte. Die Krücken sollen als Motivation dienen. Wenn wir schnellstmöglich mit der Physiotherapie beginnen, sollten Sie uns schon bald verlassen können.«

Kelli fühlte ihr Herz hüpfen. »Na, das ist doch endlich mal eine Ansage. In ein paar Tagen bin ich also so gut wie neu.«

»Nun ja, so schnell wird es leider nicht gehen. Die Erholungszeit für diese Art von Verletzung beträgt meist weit mehr als einen Monat. Nach insgesamt drei Wochen hier werden wir Ihre Fortschritte erneut bewerten und über eine Entlassung nachdenken. Allerdings werden Sie auch danach vermutlich erst einmal nur Büroarbeit leisten können.«

Kellis gerade entfachter Optimismus schwand. Noch mindestens weitere anderthalb Wochen. Seine nächsten Worte nahm sie kaum noch wahr, nickte nur stumm. Dann erschien Williams' Kopf in der Tür. »Soll ich in ein paar Minuten wiederkommen?«

Die Aussicht auf Gesellschaft heiterte Kelli wieder ein wenig auf.

»Nein, solange es Miss McCabe nicht stört, können Sie bleiben.« Dr. Rader blickte zwischen den beiden hin und her, während Williams noch immer an der Tür wartete. Kelli verdrehte die Augen und bedeutete ihm, einzutreten.

»Ich werde mir noch kurz Ihre Verletzungen anschauen, dann lasse ich Sie beide in Ruhe.«

Williams hielt inne und wandte sich ab, als der Arzt Kellis Oberteil anhob. »Meine Titten beißen nicht, Williams.«

»Ja, aber das heißt noch lange nicht, dass ich sie mir anschauen muss.«

Kelli kicherte. Als der Arzt aber die Haut um ihre Wunden untersuchte, musste sie vor Schmerz scharf einatmen.

»Sehr gut. Das Gewebe scheint zu verheilen. Ihr Schlafanzug gefällt mir übrigens. Ich bin ein riesiger Seahawks-Fan.« Er grinste sie übertrieben an und Kelli hätte ein Funkeln wie in der Zahnpastawerbung nicht überrascht.

Aus irgendeinem Grund kaufte ihm Kelli nicht ab, was er sagte, aber warum sollte er lügen, was die Seahawks anging?

»Aha«, sagte sie nur. Dann blickte sie in Williams‘ Richtung und stellte fest, dass er ihr noch immer den Rücken zugewandt hatte.

»Okay, jetzt das Bein. Ich schicke Ihnen später einen Physiotherapeuten vorbei und morgen werden Sie dann mit der täglichen Krankengymnastik beginnen.«

Nickend rollte Kelli ihr Hosenbein wieder nach unten und deckte sich mit dem dünnen Laken zu.

»Alles klar«, sagte Rader und tätschelte ihr Knie. »Wir sind hier fertig.« Er zwinkerte. »Sie können sich wieder umdrehen. Sie ist wieder gesellschaftstauglich.«

Der Kommentar ging Kelli gegen den Strich, aber wenn sie ehrlich war, nervte sie gerade einfach alles. Williams grunzte amüsiert, sagte aber nichts weiter, während er sich einen Stuhl ans Bett zog. Dann sahen sie einander wortlos an.

Er legte den Kopf zur Seite und fragte mit eindringlichem Blick: »Was ist? Möchtest du noch weitere Geschichten aus der Vergangenheit aufwärmen?«

Kelli seufzte. »Nicht wirklich.«

»Bist du sicher?«, fragte er skeptisch.

»Ja, verdammt.«

»Deine Mutter hat eine Schulter zum Ausweinen gebraucht und dabei ist einiges außer Kontrolle geraten. Das war aber schon damals nicht dein Problem und das ist es heute auch nicht. Es war nicht geplant, dass du uns erwischst.«

»Ich weiß«, nuschelte Kelli. Zum Glück hatte sie damals nur gesehen, was sich oberhalb der Gürtellinie abgespielt hatte.

Williams schlug sich mit der flachen Hand aufs Knie. »Ist also wieder alles in Ordnung zwischen uns?«

Sie funkelte ihn böse an. »Mal schauen.«

Er lachte. »Und, wie gerne würdest du aus dem Bett springen und schreiend von hier wegrennen?«

Erleichtert ließ sie ihre Schultern fallen. Endlich verstand jemand genau, wie sie sich fühlte. »Wahnsinnig gerne.«

»Es nervt bestimmt, dass alles noch immer wehtut.«

Kelli wartete darauf, dass er noch etwas hinzufügte. Bei ihm kam immer noch etwas nach.

»Ich wurde zwar nicht bei der Arbeit verletzt, aber du weißt doch, dass ich beim Militär war, oder?«

»Manchmal vergesse ich, was für ein alter Sack du bist. Du siehst nämlich gar nicht so aus«, sagte Kelli.

»Hm, danke.«

»Gern geschehen.«

Williams blieb still und betrachtete Kelli eindringlich. Sie fühlte sich durch seinen Blick verunsichert. »Lass das bitte. Sag einfach, was du zu sagen hast.«

»Okay.« Er hob abwehrend die Hände. »Haben die Albträume schon angefangen?«

Kelli atmete scharf ein. Jetzt war nicht der richtige Zeitpunkt für ein solches Gespräch. Ihre emotionalen Wunden waren noch zu frisch. Seinen verdammten Augen schien nichts zu entgehen.

»Keine Antwort ist auch eine Antwort.«

»Williams«, sagte sie ermahnend.

Wieder hob er die Hände. »Ich werde hier nicht weiter nachbohren, aber du solltest wissen, dass das nicht von allein aufhören wird.«

Diese Unterhaltung musste schnellstens beendet werden. Sie wollte ihm nicht noch mehr Einblick in ihr Innenleben geben. »Ich will jetzt nicht darüber reden.«

»Das musst du auch nicht, aber früher oder später wirst du Hilfe brauchen. Mehr werde ich dazu nicht sagen.« Williams hielt inne. »Was gibt es sonst Neues?«

Kelli schüttelte den Kopf. »Keine Ahnung. Mir ist irgendetwas ganz Offensichtliches entgangen, aber ich sehe es einfach nicht. Darüber will ich aber auch nicht sprechen.«

Williams schaute sie an. »Travis sieht meiner Meinung nach ganz gut aus.«

»Ja schon, aber es ist nicht nur das …« Kelli wandte den Blick ab.

»Kelli …«

»Verdammt noch mal, Williams. Hör auf, mich zu drängen.«

Ein drittes Mal hob er die Hände. »Das wollte ich auch gar nicht.«

Er stand auf.

Eigentlich wollte sie nicht, dass er ging, aber sie wollte auch nicht wirklich, dass er blieb. Nicht, dass das Thema damit schon vom Tisch wäre.

»Brauchst du irgendwas?«, fragte er.

Zähneknirschend dachte sie darüber nach, wie nutzlos sie in ihrer aktuellen Lage war. »Nein.« Manchmal kannte er sie so gut und in der nächsten Minute schien sie ihm völlig fremd zu sein.

Williams seufzte. »Dann gehe ich jetzt den Kleinen besuchen. Vielleicht werde ich beim nächsten Mal deine Gastfreundschaft nicht ganz so schnell überstrapazieren.«

Ihre Blicke begegneten sich kurz, dann verließ er den Raum.

Nora las den OP-Plan auf der Tafel der Traumastation. Irgendetwas Interessantes musste es doch geben, mit dem sie sich die Zeit vertreiben konnte. Etwas entfernt stand einer Gruppe aus Assistenzärzten, die sie nicht zu bemerken schienen, und Nora schnappte Bruchstücke ihrer Unterhaltung auf.

»Mir gefällt *Herrin der Sünde*. Das hat Stil.«

Klatsch und Tratsch war ein kindischer Zeitvertreib, daher überraschte es sie wenig, dass Dr. Taylor Fuller sich daran beteiligte.

»Schhh!«

»Ach was, die hat nur ihre Arbeit im Kopf. Sie hört uns bestimmt nicht.«

Sie hatten sie also doch bemerkt und Taylor besaß noch nicht einmal den Anstand, leiser zu sprechen.

»Dreier sind ja auch gar nicht so unanständig, solange man nicht Peitschen und Fesseln auspackt.«

»Das macht sie mit Sicherheit auch. Allerdings hätte ich nicht gedacht, dass sie so anhänglich ist. Rader möchte nichts mit ihr zu tun haben, aber sie will einfach nicht loslassen. Erbärmlich.« Taylor Fuller schien voll in ihrem Element.

Nora straffte ihre Schultern. Es war nicht schwer, zu erraten, um wen sich diese Unterhaltung drehte. Die Gerüchte waren banal, einfallslos und eindeutig ein jämmerlicher Versuch Raders, seine Würde zu wahren. Er musste seinen Ruf aufrecht erhalten und dank seiner gekränkten Männlichkeit, musste Nora ihren nun auch schützen. Sie konnte ihre Wut gut verbergen, aber manchmal wünschte sie sich, sie auch genauso gut offen zeigen zu können.

»Dr. Fuller?«, unterbrach Nora die Unterhaltung.

»Taylor, ich habe dir doch gesagt, dass sie dich hört!«, flüsterte Dr. Crowder barsch.

»Sie kann ich auch deutlich hören, Dr. Crowder«, sagte Nora bestimmt. »Da offensichtlich keiner von Ihnen beschäftigt ist, –«

»Oh, ich arbeite unter Dr. Rader.« Dr. Fuller deutete auf den OP-Plan.

Noras Mundwinkel zuckten. »Das glaube ich gerne.«

Ihre Kollegin wurde rot und wandte den Blick ab.

Diese Reaktion verschaffte Nora zumindest ein gewissen Maß an Genugtuung. Taylor hatte wie ein unreifes Mädchen reagiert, während Nora der Situation wie eine erwachsene Frau gegenübergetreten war. Sie trat von der Tafel weg. »Sie beide, folgen Sie mir bitte.«

Auf dem Gang wurde Nora langsamer. Das wütende Flüstern hinter ihr, bestätigte sie darin, die richtige Entscheidung getroffen zu haben. Sie blieb abrupt stehen und drehte sich um. Die beiden Assistenzärztinnen liefen fast in sie hinein. » Da die Chirurgie Sie offenbar nicht ausreichend fordert, werden Sie den Tag damit verbringen, Ausschläge zu untersuchen, Fremdobjekte aus Patienten zu entfernen und Pflaster aufzukleben.«

Taylor riss ihre blauen Augen auf. »Wie bitte? Hier muss ein Miss–«

»Wenn das so wäre, dann hätten Sie nicht so viel Zeit übrig für sinnlose Konversation.« Nora lächelte höflich.

»Ich wünsche Ihnen einen produktiven Tag«, fügte sie hinzu und ging.

In ihrer Position hatte Nora viele Neider, die sie aus verschiedenen Gründen erniedrigen wollten, aber sie hatte sich gegen derartige Angriffe gestählt. Sie ließ nichts mehr an sich heran. Was sie Dr. Fuller soeben angetan hatte, war nicht aus Rache geschehen, sondern aus Berechnung. Nora blickte auf ihre Armbanduhr und lächelte. In weniger als einer Stunden hatte sie eine OP vor sich, bei der sie sich nicht langweilen würde.

Eine angenehme Müdigkeit überkam Nora. Die Operation war erfolgreich gewesen und der Patient wurde nun unter ständige Beobachtung gestellt, um Komplikationen auszuschließen. Sie sah ein paar Krankenakten durch und machte sich dann an ihre letzte Runde, um die Arbeit ihrer Assistenzärzte zu prüfen und nach dem Wohl ihrer Patienten zu sehen, bevor sie den Dienst für diesen Abend beenden würde.

Als ihr Weg sie an Kellis Zimmer vorbeiführte, zögerte sie. Es gab keinen wirklichen Grund für sie, das Zimmer zu betreten. Kellis Genesung verlief ohne Komplikationen. Dennoch hielt sie vor der Tür an. Ihre Neugier hatte gesiegt. Nora wusste unterschwellig, dass es sich nicht um eine rein berufliche Neugier handelte. Die Auseinandersetzungen mit dieser Patientin waren die aufrichtigsten Unterhaltungen gewesen, die sie seit langem mit einem anderen Menschen geführt hatte. Nach dem unangenehmen Zwischenfall mit den beiden Assistenzärztinnen wusste Nora, dass bereits ein kurzer Austausch mit Kelli alles wieder ins rechte Licht rücken würde.

Sie betrat das Zimmer. Der Fernseher beleuchtete flackernd das leere Bett. Nora sah verwirrt auf die zerknitterten Bettlaken. Kelli war noch so gut wie bewegungsunfähig. Die Augen der Ärztin tasteten den Raum ab und blieben an dem Lichtstrahl hängen, der unter der geschlossenen Badezimmertür hindurchdrang. Sie trat näher und nahm dann auch den unverwechselbaren Klang einer Dusche war.

Plötzlich ertönte ein metallisches Rumpeln aus dem Badezimmer. »Miss McCabe?«, rief Nora besorgt.

Als Antwort bekam sie lediglich lautes Stöhnen zu hören. In Sekundenschnelle traf Nora eine Entscheidung.

»Miss McCabe, ich komme rein.« Sie zögerte nicht, als sie das Badezimmer betrat. Drinnen hatte sie heißen Dampf erwartet, aber nicht den Anblick, der sich ihr bot: Kelli lehnte bekleidet, eindeutig erschöpft und völlig verkrampft an der Wand der winzigen Duschkabine. Vor ihren Füßen lagen ihre Metallkrücken.

Die Haare klebten an ihrem Kopf, ihre Augen waren weit aufgerissen und schmerzverzerrt. Abgesehen von ein paar roten Flecken auf ihren Wangen und der bläulichen Färbung ihrer Lippen war Kellis Gesicht leichenblass und sie zitterte am ganzen Körper. Ihr Seahawks-Pyjama war vollkommen durchnässt.

Es erschreckte Nora, Kelli so vorzufinden, aber ihre Gesichtszüge waren gut trainiert und spiegelten ihr Entsetzen nicht wider, da war sie sich sicher. Sie ignorierte das laute Trommeln ihres Herzschlags und trat nach vorn. Die ohnehin schon angespannte Patientin presste sich noch enger an die Wand. Nora erkannte den Panikzustand sofort. Jetzt war nicht der richtige Zeitpunkt, um auf Förmlichkeiten zu beharren. »Kelli.«

Endlich schaute die Patientin sie an. Nora hob eine ausgestreckte Hand. »Ich möchte das Wasser etwas wärmer machen.«

Kelli nickte ruckartig und folgte jeder von Noras Bewegungen mit ihrem Blick. Nora drehte den Regler und hielt ihre Finger unter den Wasserstrahl, bis dieser eine angenehme Temperatur erreicht hatte. Dann ging sie wieder auf sichere Distanz und richtete ihren Blick auf Kellis Füße. »Sie haben ihre Krücken verloren. Soll ich sie für Sie aufheben, damit Sie wieder zurück ins Bett können?«, fragte Nora ruhig. Trotz Kellis offensichtlicher Schmerzen, wollte Nora ihr die Chance auf ein gewisses Maß an Eigenständigkeit nicht verwehren, bevor sie ihr weitere Hilfe anbot.

»Geht nicht. Tut weh.« Kelli benetzte ihre Lippen. »Ich … wollte nur, dass es aufhört.«

Instinktiv wusste Nora, dass »es« nichts mit körperlichen Schmerzen zu tun hatte, war sich aber trotzdem nicht ganz sicher, was »es« war. Das tat aber momentan auch nichts zur Sache. »Hat *es* denn aufgehört?«, fragte sie sanft.

Kelli schüttelte energisch den Kopf und krächzte: »Nein.«

Auf einmal verspürte Nora einen Anflug von aufrichtigem Mitleid. Dieses Gefühl war ihr völlig fremd und versetzte ihren Körper in einen Ausnahmezustand. Ihr wurde regelrecht schwindelig, aber sie kämpfte erfolgreich gegen den Angriff von Emotionen auf ihr Nervensystem an. »Möchten Sie etwas, das Ihnen beim Einschlafen hilft?«

Kelli wandte den Blick ab. Sie wirkte beinahe beschämt. »Ich glaube … das muss wohl sein.«

»Ich hole eine Schwester.«

»Nein! Die –«

»Keine Schwester«, unterbrach Nora, als sie die gestresste Reaktion der Patientin sah.

»Holen Sie es bitte selbst«, bat Kelli.

Die Ärztin schluckte, hielt Kellis Blick aber stand. Zwischen Ihnen entstand ein Moment blinden Vertrauens.

»Wenn ich Ihnen einen Rollstuhl bringe, lassen Sie sich dann von mir helfen, wieder trocken ins Bett zu kommen?«

Kelli schloss kurz die Augen und die Spannung in ihrem Körper schien sich zu lösen.

»Ja.«

Nora wartete nicht länger und machte sich daran, die nötigen Dinge zu besorgen.

Die diensthabenden Schwestern beäugten sie fragend, sagten aber nichts. Wieder im Zimmer, durchsuchte sie den Schrank und fand einen frischen Schlafanzug. Ihre Hände zitterten. Das verwirrte sie, aber zum Nachdenken hatte sie momentan keine Zeit.

Im Badezimmer verharrte Kelli in unverändert verkrampfter Position. Ihre Augen waren geschlossen und ihr Gesicht war vor Schmerzen verzogen. Wasser plätscherte über sie.

»Kelli«, flüsterte Nora.

Langsam öffnete Kelli die Augen.

»Ich werde jetzt das Wasser abschalten.«

Kelli blieb still, als Nora den Hahn zudrehte.

»Können Sie auf mich zukommen?«

Die Patientin schüttelte den Kopf und murmelte: »Nein.«

Ohne ein weiteres Wort stieg Nora in die Dusche und trat an Kellis gesunde Seite. »Stützen Sie sich auf mich.«

Ohne Zögern befolgte Kelli diese Anweisung. Sie war kräftig gebaut, aber nicht zu schwer. Nora handelte schnell. Innerhalb weniger Minuten war Kelli trocken und wieder in ihrem Bett. Die Ärztin nahm eine Spritze in die Hand, die sie auf dem Nachttisch gelassen hatte, und verabreichte schweigend das Beruhigungsmittel.

Kellis Unbehagen war deutlich zu erkennen. Ihre Augen waren wieder geschlossen und ihr Gesicht zu einer schmerzhaften Grimasse verzerrt.

»Die Spritze sollte auch den Schmerz hemmen.«

Die Patientin ließ sich nicht anmerken, ob sie Nora gehört hatte. Als sich die Stille zwischen ihnen ausbreitete, begann Nora, sich unwohl zu fühlen. Sie machte sich daran, das Zimmer zu verlassen.

»Nora.«

Es war zwar nur ein leises Flüstern, hielt sie aber dennoch vom Gehen ab. Nora wandte sich wieder dem Bett zu. »Ich bin hier.«

Unter gesenkten Lidern schaute Kelli ihre Ärztin an. »Bleiben Sie, bis ich eingeschlafen bin?«

Nora nickte langsam und setzte sich auf den Stuhl am Bett. Sie wand sich innerlich. Ihre Kleidung war feucht und diese gesamte Situation war mehr als verwirrend. Dennoch konnte sie sich nicht einfach aus dem Staub machen. Später würde sie noch genügend Zeit haben, über die Geschehnisse nachzudenken.

KAPITEL 6

Noras Küche war modern und steril. Sie wurde regelmäßig genutzt und noch häufiger gereinigt. Der rostfreie Stahl und die polierten Granitoberflächen schimmerten im Sonnenlicht, das durch die Fenster fiel. Auf der Anrichte standen noch die Überbleibsel ihres mickrigen Frühstücks und ruinierten den ansonsten perfekten Anblick. Es war kein großer Aufwand, die Kaffeetasse und die Schüssel, an deren Rand noch ein paar Joghurtreste klebten, wegzuräumen. Dennoch stand Nora nur regungslos da und starrte auf etwas, das nur sie sehen konnte. Das letzte Zusammentreffen mit Kelli hatte sie aus der Bahn geworfen. Die ganze Woche über hatte sie bereits versucht, diesen unerklärlichen Anflug von Gefühlen entweder loszuwerden oder zu verstehen. Aber es war zwecklos.

Nora bereute es nicht, Kelli geholfen zu haben. Als Ärztin war das schließlich ihr Job. Es war die vorübergehende Aufgabe aller abstandshaltender Etikette, die ihr zu schaffen machte. Zwar war ihr Verhalten in dieser Situation notwendig gewesen, aber Nora hatte den Eindruck, dass sie an jenem Abend eine Seite von Kelli gesehen hatte, die sie Fremden – oder auch Freunden – normalerweise nicht zeigte. Dieser Punkt verunsicherte Nora.

Und auch über sich selbst war sie überrascht. Sie hatte nicht gewusst, dass sie eine solche Warmherzigkeit, wie die, die sie Kelli entgegengebracht hatte, überhaupt besaß. Dass sie dieses Verhalten instinktiv gezeigt hatte, ohne zuvor darüber nachzudenken, erschütterte sie bis ins Mark.

Ein Blick auf die schmale Rolex an ihrem Handgelenk verriet ihr, dass es 7:27 Uhr war. Sie hinkte ihrer normalen Routine bereits um zwölf Minuten hinterher. Heute würde sie also noch später dran sein als gestern. Trotzdem blieb sie in der Küche stehen und stützte sich mit den Handflächen an der Arbeitsplatte ab, als würde sie sich für einen weiteren Schwall an Emotionen bereitmachen müssen. Sie hörte, wie die Haustür zugezogen wurde. Ihre letzte amouröse Begegnung, die sich bis in die frühen Morgenstunden hingezogen hatte, war zwar passabel gewesen, hatte ihr jedoch nur eine kurzfristige Ablenkung verschafft. In dieser Situation war offenbar mehr als nur sexueller Spannungsabbau gefordert, um ihre innere Balance wiederherzustellen.

Das Geräusch trottender Schritte erregte ihre Aufmerksamkeit. Phineas ging auf seinen Futternapf zu, der mit frischem Gemüse und Graspellets gefüllt war. Wenn ihre Gäste von seiner Existenz erfuhren, reagierten sie oft schockiert und angewidert von der Tatsache, dass sie sich ihre Wohnung mit einem Schwein teilte.

Phineas war zwar kein gewöhnliches Haustier, aber er war treuer und intelligenter als die meisten Tiere. Nora war sich sicher, dass er sie verstehen konnte, wo es ihre Mitmenschen noch nicht einmal versuchten. Eine Welle der Zuneigung überkam sie und für einen kurzen Augenblick auch ein Anflug von Neid. Er war eine liebenswerte Kreatur und blieb oft gerne für sich. Ab und zu aber suchte er aktiv nach ihrer Aufmerksamkeit und brauchte sie dafür nur mit seiner Schweinsnase anzustupsen. Er führte ein einfaches Leben.

Nach einer ähnlichen Existenz sehnte sich auch Nora. Manchmal arbeitete sie sogar darauf hin, aber immer wieder gab es Hindernisse, die ihren Fortschritt aufhielten. Gerüchte waren eines dieser Hindernisse. Neugierige Assistenzärzte, die sich um ihre eigenen Angelegenheiten kümmern sollten und stattdessen versuchten, sie mit sich herunterzuziehen. Es gelang ihnen jedoch nicht. Nora hätte es niemals zugelassen. Diese Menschen waren noch Lichtjahre davon entfernt, ihr überhaupt etwas anhaben oder sie beeinflussen zu können.

Ganz anders dagegen war Kelli. Sie war alles andere als vorhersehbar und einfach, genauso wenig wie ihre Auswirkungen auf Nora. Nora verfluchte sich dafür, dass diese Frau ihre Gedanken derart beherrschte und viel zu viele Emotionen in ihr auslöste. Das musste aufhören. Deshalb hatte Nora Kellis Zimmer in den vergangenen Tagen weiträumig umgangen und weitere Zusammentreffen vermieden, aber auch das schien keine Lösung. Sie hatte es mit Analyse und Verdrängung versucht, ihre Gedanken drehten sich trotzdem weiter um sie. Die einzige Option, die Nora noch blieb, war Konfrontation.

Sie blickte noch einmal auf die Uhr. Es war 7:38 Uhr. Sie hatte schon viel zu viel Zeit und Gedanken an Kelli McCabe verschwendet. Sie musste wieder zu ihrem *Status quo* zurückfinden.

»Lüg mich nicht an, Tony. Du wurdest nicht gefeuert. Den Job hat es doch mit Sicherheit nie gegeben.«

»Kelli.« Der Tonfall ihrer Mutter gab ihr das Gefühl, gleich den Hintern versohlt zu bekommen.

»Ach komm schon, Mom. Der Dackelblick, den er draufhat, sollte selbst bei dir inzwischen nicht mehr funktionieren.«

Carina warf die Hände in die Luft. »Er ist dein Bruder.«

»Das weiß ich und genau deshalb werde ich seinen Arsch nicht länger in Watte packen.«

»Er versucht doch, sich zu ändern. Siehst du das nicht?«

Kelli warf ihrer Mutter einen bösen Blick zu. »Du willst gar nicht wissen, was ich sehe.«

Antony stand währenddessen mit gesenktem Kopf da und guckte auf seine Schuhe.

Das machte Kelli nur noch wütender. »Du hast mal wieder gar nichts dazu zu sagen, oder? Lässt wie immer alle anderen für dich sprechen.«

Antony zuckte mit den Schultern. »Ist doch egal. Du und Sean, ihr werdet mich immer für einen Versager halten.«

Kelli schaute zu Sean. Dieser saß etwas abseits und hielt seine Polizeimütze in den Händen.

»Möchtest du auch etwas dazu beitragen, Sean?«

Sean blickte auf. »Was hat das denn für einen Zweck?«

Carina schnappte wütend nach Luft. »Es ist unglaublich, wie ihr beide euren Bruder behandelt.«

»Es ist okay, Mom.«, sagte Antony.

Kelli betrachtete Tony. Sein Körper war steif und die Muskeln seines Kiefers so angespannt, dass ihr Spiel sich unter der Haut abzeichnete. Sie fuhr sich mit der Hand über das Gesicht. Sie war zu müde für all das. Ihre Albträume ließen sie kaum noch schlafen, und so sehr sie sich auch anstrengte, sie wurde sie nicht los, denn sie konnte verdammt noch mal nicht zaubern. Einen kurzen Moment lang erhaschte sie Antonys Blick, bevor er wieder zu Boden schaute. Kelli machte den Mund auf, um Antworten zu fordern.

»Ich höre mir diesen Mist nicht länger an.« Carina wurde laut. »Ich habe verdammt noch mal keine Arschlöcher großgezogen!«

Kelli atmete tief ein und ignorierte dabei die Schmerzen in ihrer Brust. Langsam atmete sie wieder aus und hoffte, sich dadurch einen kurzen Moment der inneren Ruhe zu verschaffen.

Durch ihre offene Zimmertür beobachtete sie das tägliche Krankenhaustreiben und wünschte sich, sie könnte daran teilhaben.

»Hast du gehört, was ich gesagt habe?«, fragte ihre Mutter.

Eine bekannte Gestalt erschien im Türrahmen.

»Obwohl wir nicht auf der Intensivstation sind, schreibt die Krankenhausordung trotzdem vor, den Lärmpegel auf das Nötigste zu reduzieren.« Nora trat ein. »Da die Mehrheit der Schwestern sich geweigert hat, die Nachricht für mich zu überbringen, ...« Sie warf Kelli einen Blick zu, »...habe ich beschlossen, es selbst zu tun.«

Schwer schluckend blickte Kelli zur Seite. Die Ärztin hatte vor einigen Tagen genug gesehen. Sie wollte nicht noch mehr offenbaren.

»Es ist mir egal, wer Sie sind, Lady, aber wir führen hier eine Familienunterhaltung.« Carina war in Schwung gekommen.

»Wir sind hier in einem Krankenhaus. Miss McCabe ist vielleicht der Mittelpunkt Ihres Universums, aber in meinem kann sie es leider nicht sein. Im Interesse der übrigen Patienten bitte ich Sie, Ihre Unterhaltung leiser zu führen.«

Das Gesicht von Kellis Mutter wurde rot und fleckig, aber sie sagte nichts. Kelli war beeindruckt. Nicht vielen Menschen gelang es, Carina zum Schweigen zu bringen.

Sean stand auf. »Ich wollte ohnehin gerade gehen.« Er nickte Nora zu. »Doktor.« Er schenkte seiner Schwester ein aufgesetztes Lächeln und verließ das Zimmer.

»Ich muss wohl auch los.« Carina drückte Kellis Hand. In ihrem Blick las Kelli Enttäuschung. »Komm, Tony.«

Pflichtbewusst folgte Tony seiner Mutter. Als er sich Nora näherte, hielt er kurz inne, aber ein lauter Klaps auf den Hinterkopf versetzte ihn wieder in Bewegung. Kelli hätte beinahe laut aufgelacht. Nora war auf jeden Fall einen Blick wert. Kelli schloss die Augen, in der Annahme, dass auch Dr. Whitmore den Raum verlassen würde. Sie brauchte Schlaf. Vielleicht konnte sie ihren Körper zum Einschlafen überlisten.

»Die Schwestern haben mir berichtet, dass Sie diese Woche nicht einmal um ein Beruhigungsmittel gebeten haben. Warum nicht? Offenbar haben Sie es dringend nötig.«

Überrascht öffnete Kelli die Augen wieder und wandte sich Nora zu, die geblieben war. Stille machte sich breit. Nora schob sich eine Strähne aus dem Gesicht und Kelli fragte sich, ob es sich dabei um eine nervöse Geste handelte. Kelli schluckte. Sie fühlte sich verwundbar. Die Ärztin wiederholte ihre Frage. Kelli blieb still.

Nora sah so verunsichert aus, wie Kelli sich fühlte, und trat unbehaglich von einem Bein aufs andere. Kelli benetzte ihre Lippen, wusste aber nicht, was sie sagen sollte.

»Kelli?«

Scheiße. Waren sie auf einmal Freunde? Es überraschte sie, ihren Vornamen zu hören. Sie hatte sich mittlerweile an »Miss McCabe« gewöhnt. Die Ärztin hatte sie während der letzten Begegnung mehrfach überrascht. Kelli hatte nicht mit Noras Sanftmütigkeit gerechnet und sie hatte auch nicht erwartet, dass die Ärztin bei ihr bleiben würde, nachdem die Wirkung des Schlafmittels eingesetzt hatte, aber Nora hatte an ihrer Seite gewartet.

»Das ist nun schon das dritte Mal, dass Sie meinen Vornamen benutzen. Ein neuer Rekord.«

Nora trat einen Schritt zurück. »Ich muss mich entschuldigen. Das war sehr unprofessionell von mir.«

Nora verfiel in alte Muster, obwohl Kelli kaum etwas gesagt hatte. Dank Noras Stimmungswechsel bewegten sie sich wieder auf vertrautem Terrain. Hier kannte Kelli sich aus. »Na ja, Sie haben mich nackt gesehen.«

Das Gesicht der Ärztin nahm einen Rotton an, den Kelli noch nie gesehen hatte. »Es war nur kurz und ich versichere Ihnen, dass –«

Kelli konnte nicht anders. Sie lachte laut und es fühlte sich gut an.

»Meine Güte, Nora. Machen Sie sich doch mal locker.« Sie führte ihren Zeigefinger ganz nahe an ihren Daumen. »Sie sind ein winziges Bisschen angespannt.«

»Es ist nichts falsch daran, wenn ich unsere Unterhaltungen auf einem professionellen Niveau halten möchte.«

»Ich habe auch nicht gesagt, dass es falsch ist. Es ist nur entsetzlich langweilig.«

»Ich ziehe es vor –«

»Langweilig zu sein?« Kelli hob fragend eine Augenbraue.

Schweigend legte Nora den Kopf zur Seite und betrachtete Kelli eindringlich. Diese wurde sich der Blicke auf einmal sehr bewusst. Verunsichert schaute sie zur Seite und zupfte an ihrem Trägershirt herum.

»Was? Ist mir ein Nippel rausgerutscht?« Humor war schon immer ihr liebster Abwehrmechanismus gewesen und in letzter Zeit hatte sie sehr oft davon Gebrauch machen müssen.

»Sie haben meine ursprüngliche Frage nicht beantwortet und Ihre ständigen, offensichtlichen Versuche, vom Thema abzulenken, sind mehr als kontraproduktiv.«

Kelli blieb das Wort im Halse stecken. Diese Frau war aufmerksamer, als sie gedacht hatte. »Kontra-was? Ich weiß noch nicht mal, was das heißt.

Nora schnaubte. »Das ist nicht wahr. Ich bin mir sicher, dass sich hinter Ihrer unflätigen Ausdrucksweise irgendwo ein intelligenter Mensch versteckt.«

Kellis Mund blieb einen Moment offen stehen. Dann machte sie ihn langsam wieder zu. »Haben Sie mir gerade ein Kompliment gemacht?«

»Nein, ich habe nur auf das Offensichtliche hingewiesen, aber Sie tun es schon wieder.«

»Was tue ich?«

»Sie versuchen, um eine Antwort herumzukommen. Mir ist das ebenso unangenehm wie Ihnen.«

»Dann lassen Sie uns einfach nicht darüber reden. Ich streite mich viel lieber mit Ihnen, als über andere Dinge zu reden. Geht es Ihnen nicht genauso?«

»Ja, aber …« Nora brach ab.

Kelli lachte. »Es ist okay. Sie können es ruhig zugeben.«

Die Ärztin presste die Lippen zusammen und wirkte nachdenklich. »Es ist aber auch okay, nach einem Beruhigungsmittel zu fragen.«

Kelli machte den Mund so ruckartig zu, dass sie sich beinahe auf die Zunge gebissen hätte.

»Was interessiert Sie das denn eigentlich?«

Nora wich ihrem Blick aus. »Das kann ich nicht genau sagen. Diese Unterhaltung ist nicht so verlaufen, wie ich es geplant hatte.«

Über diese Aussage musste Kelli zweimal nachdenken, bevor sie fragte: »Was?« Ihre Abwehrstellung hatte sich in vollkommene Verwirrung verwandelt.

»Dr. Rader ist Ihr zuständiger Arzt, nicht ich. Trotzdem muss ich mich immer wieder unfreiwillig mit Ihrem Fall auseinandersetzen. Ich weiß nicht, warum ich überhaupt noch mit Ihnen spreche.« Die Worte sprudelten geradezu aus Nora heraus. »Sie sind ungehobelt …«

Plötzlich ergaben Noras Worte einen Sinn. Es war, als hätte ihr jemand einen Klaps auf den Hinterkopf verpasst. »Sie … mögen mich«, fiel ihr Kelli ins Wort.

Nora wurde ganz blass. »Das ist lächerlich. Ich mag –«

»Keine Menschen?«

»Na ja …nein«, erwiderte Nora.

»Das ist seltsam, wenn man bedenkt, in welchem Berufsfeld Sie tätig sind. Aber erinnern Sie sich? Ich hatte Sie gewarnt, dass ich jedem irgendwann ans Herz wachse.«

Noras Augen wurden zu Schlitzen.

Kelli lachte und zuckte mit den Schultern. »Ich werde mir trotzdem nicht Justin Bieber mit Ihnen anhören. Ich höre lieber Alternative oder Rock.«

»Ich habe immer noch keine Ahnung, wer Justin Bieber ist.«

»Ist auch nicht so wichtig. Vielleicht stelle ich Ihnen irgendwann einmal Metallica vor.«

»Was für ein furchtbarer Name für eine Person.«

Kelli seufzte. »Das ist der Name einer Band.«

Nora trat einen Schritt zurück und sah aus, als wollte sie jeden Moment aus dem Zimmer rennen.

»Sie wollen mich nicht mögen, oder, Nora?«

Die Ärztin blickte zur Seite.

»Das ist schon okay. Sie sind auch nicht der Typ Mensch, mit dem ich normalerweise abhänge.« Kelli hatte keine Ahnung, was sie hier tat. Nora hatte sie in ihrem schwächsten Moment erlebt. Anfangs hatte Kelli sich absichtlich für Grausamkeit entschieden, um davon abzulenken, aber diese Frau hatte sich trotz aller Beleidigungen nicht abwimmeln lassen. Diese Ärztin war an ihrer Seite geblieben, obwohl sie es nicht musste, und zumindest dafür hatte sie Respekt verdient. »Das muss aber nichts bedeuten.«

Der Blick, mit dem Nora sie nun bedachte, schien leer und emotionslos. Ihr Pokerface war nicht zu verachten.

»Sie sind blass, Miss McCabe und die Verfärbung unter Ihren Augen ist ein typisches Anzeichen für Erschöpfung. Sie schlafen nicht genug.« Nora hielt inne und murmelte dann leiser: »Ich habe Ihnen zusätzlich zu Ihren normalen Medikamenten ein leichtes Beruhigungsmittel verschrieben. Wird das ausreichen?« Der Blick der Ärztin zeigte Mitleid, aber auch etwas anderes. Kelli wusste nur nicht, was es war.

Für den Moment warf sie ihren Stolz über Bord und sagte: »Ja.«

Nora machte sich daran, zu gehen, aber Kelli war danach, sie aufzuhalten.

»Nora?«

Die Ärztin drehte sich noch einmal zu ihr um.

»Ich bin anders. Ich fordere Sie heraus. Deshalb mögen Sie mich.« Kelli hatte es eigentlich als Frage gemeint, aber so hatten die Worte leider nicht geklungen. Ohne es zu wollen, hatte sie sich arrogant angehört. Für gewöhnlich kuschten Leute vor Nora oder brachten ihr kaum verhohlene Missgunst entgegen. Kelli hatte es mit eigenen Augen gesehen. Sie selbst forderte die Ärztin heraus.

Kelli meinte, einen gewissen Funken in Noras Blick zu entdecken.

»Ich wünsche Ihnen einen schönen Tag, Miss McCabe.«

Der Fahrstuhl hielt an und die Türen öffneten sich. Mit einem Tunnelblick lief Nora schnell den Gang entlang und ignorierte dabei das Gerede der Leute, denen sie begegnete. Ein Gefühl der Erleichterung überkam sie, als sie in den Flur einbog, der zu den Rufdienst-Zimmern führte. Mit zitternder Hand drehte sie den Knauf der ersten Tür, aber die war verriegelt. Sie versuchte es an zwei weiteren Türen, das Ergebnis war dasselbe. Zwar hätte sie ihren Schlüssel nutzen können, aber sie hatte keine Lust auf weitere Überraschungen, die hinter verschlossenen Türen lauern konnten.

Endlich gab eine der Türen nach. Nora trat ein, ohne das Licht einzuschalten. Mit dem Rücken an die hinter ihr geschlossene Tür gelehnt, entspannte sie sich in der Dunkelheit ein wenig. Kellis Worte drangen wieder an ihr Ohr. *Sie … mögen mich.* Nora legte eine Hand an ihre Brust, um ihr rasendes Herz zu beruhigen. Es war nicht möglich, Kelli McCabe zu mögen. Sie war unhöflich, unflätig, unerträglich und unvorhersehbar. Dennoch musste Nora widerwillig zugeben, dass sie auch eine andere Seite hatte. Sie hatte es geschafft, sie brachte die Mauern zum Wanken, die Nora in jahrelanger Arbeit um sich errichtet hatte. Sie hatte es geschafft, sie aus dem Konzept zu bringen. Wie konnte das überhaupt möglich sein?

Während ihres Medizinstudiums und ihrer Zeit am Seattle Memorial Hospital war sie Menschen begegnet, deren Meinung sie zu schätzen wusste, aber es hatte sich immer um einen rein professionellen Respekt gehandelt. Die Menschen, mit denen sie das Bett teilte, waren ihr abgesehen von der sexuellen Komponente völlig egal. Was Kelli McCabe dagegen in ihr auslöste, hinterließ tiefe Verwirrung.

Mochte sie die Polizistin wirklich? Ja. Die einfache Antwort war Ja. Allerdings konnte sie nicht verstehen, wie ein einziges Gefühl sie so furchtbar durcheinanderbringen konnte. Sowohl ihre tägliche Routine als auch ihre Konzentration litten darunter. Was sich gerade in Kellis Zimmer abgespielt hatte, war ebenfalls allein diesen Gefühlen zuzuschreiben. Die Worte, die Nora sich zurechtgelegt und im Vorfeld einstudiert hatte, um ihren persönlichen Gesprächen ein für alle Mal ein Ende zu setzen, waren vergessen, sobald sie mit der Patientin allein gewesen war. Sie hasste es, die Kontrolle zu verlieren und sich auf ein solches Niveau herabzulassen. Doch trotz der Besorgnis, die dieses Gefühl in ihr auslöste, musste sie zugeben, dass sie sich lange nicht mehr so lebendig gefühlt hatte. Das wiederum gefiel Nora sehr. Plötzlich verspürte sie ein Kribbeln im Bauch, dass sich seinen Weg nach oben bahnte. Bei dem Versuch, es aufzuhalten, presste sie die Lippen zusammen, aber sie konnte nichts dagegen unternehmen und gab schließlich nach. Zum ersten Mal seit langer Zeit erlaubte sie sich ein Lächeln.

Kelli gab sich nicht mit Smalltalk ab, als die Schwester sie den Gang entlang schob. Der Zug war abgefahren und es kümmerte sie wenig, dass die Schwestern sie für ein überhebliches Arschloch hielten.

Als sie auf Travis' Zimmer zugeschoben wurde, schnappte sie ein paar Fetzen des Gesprächs auf, dass drinnen geführt wurde.

»Scheiße … einfach nur Scheiße. Das ist einfach nicht fair!« Das war eindeutig Seans Stimme.

»Ich weiß. Ich habe eine Scheißangst.« Travis' Stimme klang kehlig.

Die Unterhaltung brach ab, als Kelli ins Zimmer geschoben wurde.

Ihr Bruder saß auf Travis' Bett. Die Luft war zum Schneiden dick. Das machte die Anspannung, die herrschte, noch greifbarer. Kelli verspürte ein ungutes Gefühl in der Magengegend.

Obwohl Sean sich die Augen bemüht unauffällig mit dem Handrücken abwischte, konnte Kelli sehen, dass er geweint hatte. Travis schaute sie noch nicht einmal an. Seine Schultern waren eingefallen und seine Atmung war stoßartig.

»Kann mir bitte jemand erklären, was los ist?«, bat Kelli.

Niemand sagte etwas.

Ein Muskel in Kellis Unterkiefer fing an zu zucken. »Ich wusste doch, dass …« Sie atmete zitternd aus. »Sagt es mir einfach.«

Einen Augenblick lang betrachtete Sean sie eindringlich. Seine Augen waren gerötet und sein Gesichtsausdruck war leer. Kelli schluckte die Panik herunter, die sie ergriffen hatte. Er entzog sich ihrem Blick und schaute Travis an. »Ich denke, du solltest es ihr sagen.«

»Ja …«

»Spuck es endlich aus«, forderte Kelli barsch. Sie konnte einfach nicht die nötige Sensibilität aufbringen.

Travis sah sie an. Die Traurigkeit in seinen Augen war erdrückend. »Ich wollte nichts sagen, bis die Schwellung ganz abgeklungen war, weil ich noch auf gute Neuigkeiten gehofft hatte, aber ich … ich bin gelähmt, Kelli.«

Kelli schnappte nach Luft. »Nein.«

»Kelli«, flüsterte Travis.

»Nein, das kann nicht wahr sein. Du kannst doch nicht –«

»Es ist … wahr.« Seine Stimme brach ab und er wischte sich die Tränen aus dem Gesicht.

»Wir wollten dich nicht belügen, aber du musstest dich erst einmal auf deine eigene Genesung konzentrieren«, sagte Sean.

Vollkommen überfordert senkte Kelli den Blick. Schließlich fasste sie sich und rollte näher an Travis' Bett heran. Sie griff nach seiner Hand, um ihm so viel ihrer Kraft wie möglich zu geben.

KAPITEL 7

»Erinnern Sie sich an Dr. Fuller, Miss McCabe?«

Kelli antwortete mit einem Grunzen und schaute weiter aus dem Fenster. Voller Faszination beobachtete sie die Staubflocken, die im Licht tanzten, das von draußen ins Zimmer drang. Das war immer noch besser, als über Travis' Zustand nachzudenken.

»Sie sitzt im Dunkeln. Sind Sie sicher, dass sie bei vollem Bewusstsein ist?«, fragte Dr. Fuller.

Kelli verdrehte die Augen.

»Ja«, entgegnete Dr. Rader. »Sie ist generell nicht sehr reaktionsfreudig.«

Kelli grinste.

Rader blätterte in ihrer Akte und sagte: »Also dann, Miss McCabe. Ihre Werte sind sehr gut. Wir planen, Sie nächsten Mittwoch zu entlassen. Danach müssen Sie mit der Krankengymnastik weitermachen, bis Sie wieder vollkommen bewegungsfähig sind.«

Kelli wandte sich ihnen zu und nickte. Es wurde auch Zeit! Trotzdem lag ihre Entlassung noch eine ganze Woche in der Zukunft und sie steckte immer noch knietief in der Gegenwart fest. Zunächst einmal musste sie sich darauf konzentrieren, ihre Gedanken zu ordnen, um sich nicht von dem ganzen Scheiß der letzten Tage überwältigen zu lassen. Immer wieder musste sie an Travis denken. Sie war zwar keine Ärztin, aber sie konnte ihm etwas geben, das die Mediziner nicht verschreiben konnten: Kraft und Unterstützung. Ihre eigenen Emotionen – Angst, Trauer, Wut – mussten vorerst warten. In diesem Zustand durfte er sie einfach nicht sehen. Seine Bedürfnisse gingen vor.

»Ehrlich gesagt, hatte ich etwas mehr Freude über diese Neuigkeiten erwartet.« Rader lächelte und Kelli schaute ihn misstrauisch an. Wie immer war er einfach zu sehr bemüht.

»Ich freue mich ja.« Mit größter Anstrengung entblößte sie ihre Zähne, um zumindest den Eindruck eines Grinsens zu erwecken. Ihr letztes aufrichtiges Lächeln lag schon einige Tage zurück. Rader schüttelte den Kopf. »Wir werden Sie mit Sicherheit vermissen – besonders die Schwestern.«

Kelli sah ihn verächtlich an und er hob abwehrend die Hände. »Allerdings habe ich gehört, dass sich die Stimmung zwischen ihnen schon ein wenig verbessert hat.«

Dr. Fuller prustete los, schaute jedoch eilig zur Seite, als Kellis wütender Blick sich auf sie richtete. Diese Reaktion erheiterte Kelli zumindest für einen kurzen Moment.

»Oh.«

Gleichzeitig schauten alle zur offenen Tür, woher der überraschte Ruf gekommen war. Im Türrahmen stand Nora in ihrer üblichen lilafarbenen Uniform und ihrem Kittel. Ihre honigblonden Locken fielen nicht wie sonst lose um ihr Gesicht, sondern waren nach hinten hochgesteckt. Der elegant geschwungene Hals der Ärztin fiel Kelli sofort ins Auge. Ein paar dünne Strähnen umrahmten Noras Gesicht und ließen es freundlicher wirken. Unter all der Arroganz und den geschwollenen Reden steckte tatsächlich eine Frau. Noras Weiblichkeit ließ sich nicht leugnen. Warum sie darauf bisher nicht weiter geachtet hatte, konnte sich Kelli nicht erklären. Sie schluckte.

»Ich wollte Sie nicht unterbrechen.« Nora schaute zuerst die Assistenzärzte und dann Kelli an.

Kelli war verwirrt. Bisher schien es Nora vollkommen egal gewesen zu sein, wer in ihrem Zimmer war. Normalerweise trat sie einfach ein. Aber das war vor all den Erkenntnissen und … na ja … anderen Dingen gewesen. Ohne etwas dagegen tun zu können, musste Kelli lächeln. »Nora.«

Als wäre das eine Einladung gewesen, ging Nora an ihren Kollegen vorbei und kam näher ans Bett.

Rader und Fuller folgten ihr mit ihren Blicken. Fasziniert bemerkte Kelli die wachsende Anspannung zwischen den Ärzten.

Nora nickte den beiden steif zu. »Arbeiten Sie immer noch unter Dr. Rader, Dr. Fuller?«

Ein interessanter Rotton machte sich auf dem Gesicht der jungen Frau breit und sie stürmte wie von der Tarantel gestochen aus dem Zimmer.

Raders Blick verriet, wie angefressen er war. Nora sah ihn herausfordernd an, als wartete sie nur darauf, dass er einen Kommentar abgab. Die Frau hatte es faustdick hinter den Ohren. Das gefiel Kelli. Beinahe hätte sie gelacht.

Ihre Blicke wanderten zwischen den beiden Ärzten hin und her, als würde sich vor ihr ein besonders spannendes Tennismatch abspielen. Zwischen den beiden hatte sich ganz offensichtlich ziemlich viel Unmut angestaut, es fehlte nur noch das Einsetzen dramatischer Musik, wie man es von schlechten Seifenopern kannte.

Mit einem erzwungenen Lächeln warf Rader Kelli noch einen letzten Blick zu und verschwand. Mit ihrer Präsenz hatte Nora ihm derart den Wind aus den Segeln genommen, dass ihm gar nichts anderes übrigblieb. Als sie alleine waren, schien Nora sich zu entspannen, ihre Schultern lockerten sich.

»Mann, sie wissen wirklich, wie man ungewollte Gäste loswird. Den Trick müssen Sie mir bei Gelegenheit mal näher erklären«, sagte Kelli belustigt.

Ihre Blicke trafen sich und Noras Gesichtsausdruck wurde sanfter.

»Ihnen auch einen guten Morgen, Miss McCabe.« Sie setzte sich auf den Stuhl neben dem Bett.

Kelli hob eine Augenbraue. »Sind wir nun wieder beim Nachnamen angekommen?«

»Das sind wir.« Noras Augen funkelten.

»Hmm. Ich bin aber nicht Ihre Patientin.«

»Sie sind aber Patientin in diesem Krankenhaus.«

»Ab nächsten Mittwoch werden Sie mich dann also Kelli nennen?«

Nora hielt inne. »Das glaube ich nicht.«

»Dann bin ich aber keine Patientin mehr.«

»Na ja, eine ambulante Patientin sind Sie dann schon noch. Deshalb –«

Kelli lachte. »Sie sind wirklich nicht leicht rumzukriegen. Das gefällt mir.«

»Das war ja schließlich auch mein Ziel.«

Es fühlte sich gut an, zu reden, zu lachen, und bissige Bemerkungen auszutauschen. »Innerhalb von vierundzwanzig Stunden haben Sie mich nun schon zwei Mal mit ihrer Anwesenheit beehrt, Dok. Wieder ein neuer Rekord.«

Nora atmete langsam und hörbar aus. »Einer der Gründe für meinen Besuch ist Mr. Travis.«

»Sind Sie seine Ärztin?«

»Aufgrund der ärztlichen Schweigepflicht kann ich dies weder bestätigen noch verleugnen. Aber ich habe getan, was ich für das Beste gehalten habe.«

»Ich nehme das als Ja.« Die vage Antwort störte Kelli nicht. Sie war froh, ihren Partner in guten Händen zu wissen.

»Wenn Ihnen das hilft.« Nora legte den Kopf leicht zur Seite.

»Das muss es wohl.« Vielleicht würde ihnen ein Themenwechsel guttun. Kelli fühlte sich nicht bereit, über Travis' Zustand zu reden – zumindest noch nicht.

»Nicht, dass ich mich beklagen will, aber was ist der andere Grund für Ihren Besuch?«

»Wie bitte?«

»Sie haben gesagt, dass Travis' Zustand einer der Gründe ist.«

»Ach so.« Nora wirkte ein wenig verloren. »Ich bin mir nicht ganz sicher.«

Kelli schnaubte. »Wir haben ja doch etwas Gemeinsam. Ich habe nämlich auch keine Ahnung, was ich hier mache.«

Sie sahen einander an.

»Mr. Travis bedeutet Ihnen sehr viel, nicht wahr?«, fragte Nora.

Der zögerliche Gesichtsausdruck der Ärztin verwirrte Kelli. »Natürlich tut er das. Er ist mein Partner. Genaugenommen ist er eher wie ein Bruder für mich. Was für eine Frage …« Mitten im Satz verstand sie es plötzlich. »Sie haben keine Geschwister, oder?«

»Nein, ich bin Einzelkind.«

»Warum? Wollten Ihre Eltern es nicht mit zwei Exemplaren Ihrer Sorte aufnehmen?«, neckte Kelli.

»Ich weiß es nicht. Sie haben es mir nie gesagt.«

»Sie sollten sie danach fragen.«

Nora schüttelte den Kopf. »Das geht nicht.«

»Sind Ihre Eltern verstorben?«

Mit einem unberührten Gesichtsausdruck nickte die Ärztin.

»Das tut mir leid.«

Nora blinzelte nicht einmal.

»Ich wollte Sie nicht beleidigen«, fügte Kelli hinzu, weil sie nicht wusste, was sie sonst sagen sollte.

»Das haben Sie nicht.«

Das Gespräch hatte eine seltsame Wendung genommen.

In Kellis Kopf fügten sich auf einmal die Puzzleteile der bisherigen Unterhaltung zu einem klaren Bild zusammen.

»Sie haben gar niemanden, oder?« Das war traurig und Kelli konnte nicht verstehen, warum es so war. Man musste sich einfach nur ein wenig Zeit nehmen, um hinter ihre Fassade zu schauen. Nora war viel zu interessant, um allein zu sein. »Keine Freunde?«

Noras Blick schweifte ab und Kelli wusste, dass sie zu weit gegangen war.

»Das ist offenbar kein gutes Thema. Wir können gerne über etwas anderes sprechen.«

Mit einem unlesbaren Gesichtsausdruck blickte Nora sie an. »Ich hatte nie Freunde. Die High Society, in der ich aufgewachsen bin, fand mich immer etwas schwerverdaulich und dieses Gefühl beruhte auf Gegenseitigkeit. Heute habe ich immer noch keine Freunde.«

»Scheiße. Na ja, das ist deren Verlust. An Ihrer Stelle könnten die mich kreuzweise.«

Nora sah sie verblüfft an.

»Bitte entschuldigen Sie die Ausdrucksweise. Tut mir leid.«

»Das tut es nicht.« Beinahe hätte Nora gelächelt. Das konnte Kelli an den zuckenden Mundwinkeln erkennen.

»Es tut mir aber leid, wenn ich Ihnen zu nahegetreten bin«, räumte Kelli ein und grinste.

»Ich dachte, es macht Ihnen Spaß, mich zu verunsichern.«

»Ja, aber ich mache Sie lieber ein wenig nervös, als Sie auf persönlicher Ebene zu beleidigen.« Sie legte den Kopf zur Seite und schenkte Nora ein breites Lächeln.

Die Ärztin schaute zu Boden.

»Das meine ich mit *nervös*.«

Nora räusperte sich. »Ich verstehe.«

»Themawechsel?«, fragte Kelli.

»Ja, bitte.«

»Sie mögen Dr. Rader also nicht.«

»Ich werde keinen meiner Kollegen schlechtmachen«, erwiderte Nora.

»Das müssen Sie auch nicht. Er sah aber aus, als würde er sich gleich in die Hosen machen, als Sie zur Tür reinkamen.« Kelli grinste. »Das war ganz schön scharf.«

Nora seufzte. »Miss McCabe, –«

»Na gut. Aber Sie müssen schon zugeben, dass es ziemlich lustig war. Und als Sie erwähnt haben, dass er mit Ihrer Kollegin schläft –«

»Das habe ich nie gesagt.« Nora schüttelte heftig den Kopf.

»Okay, dann eben angedeutet.«

Nora presste die Lippen zusammen.

»Lächeln Sie jemals?« Sie hatte eigentlich etwas anderes fragen wollen, aber nun war es heraus.

Der Blick der Ärztin verdüsterte sich und Kelli musste lachen. »Lassen Sie uns nicht näher darauf eingehen.«

»In Ordnung«, stimmte Nora zu.

»Haben Sie und Dr. Schleimbeutel eine Vorgeschichte?«

»Eine Geschichte kann man das nicht wirklich nennen.«

Nora gab tatsächlich Informationen über sich preis. In den vergangenen Minuten hatte Kelli bereits mehr über die mysteriöse Frau erfahren als bei allen bisherigen Besuchen zusammen.

Kellis Neugier war geweckt. »Erzählen Sie.«

»Wenn ich eine passende Definition finde, lasse ich es Sie wissen.«

»Einverstanden. Ich muss aber zugeben, dass ich ihn auch nicht besonders mag«, sagte Kelli leise. »Auch wenn ich mir nicht sicher bin, warum.«

Ihr Blick wanderte zum Fenster und sie musste wieder an Travis denken.

»Wie geht es ihm?«

Nora nahm sich ein wenig Zeit, bevor sie erwiderte: »Travis? Ich habe leider noch keine zufriedenstellende Antwort für Sie.«

Kelli schloss die Augen und sah die Wut und die Tränen ihres Partners deutlich vor sich. »Ich kann es immer noch nicht glauben. Ich wusste, dass etwas nicht stimmt, aber damit habe ich wirklich nicht gerechnet.«

»Er hat Ihnen seine Lähmung verheimlicht?«

»Ja. Er und mein Bruder wollten mich schonen. Können Sie sich das vorstellen? *Mich* schonen.«

Nora schwieg und das war genau das, was Kelli brauchte.

»Wenn ich wenigstens für ein paar Minuten von hier verschwinden könnte, um eine andere Perspektive zu bekommen. In diesem verdammten Bett kann ich einfach nicht klar denken.«

Das Gesicht der Ärztin nahm einen nachdenklichen Ausdruck an. »Ich bin gleich wieder da.«

Kelli sah zu, wie sie das Zimmer verließ. Diese Frau war ein wandelndes Puzzle und Kelli konnte es kaum erwarten, die Teile zusammenzufügen, um zu sehen, welches Bild sich am Ende ergab.

Kurze Zeit später kehrte Nora mit einem Rollstuhl zurück.

»Oh, bitte nicht. Ich kann ihn in dem Zustand nicht sehen.«

»Wir gehen nicht auf die Intensivstation«, entgegnete Nora.

»Wohin dann?«

»Nach draußen, Miss McCabe.«

Plötzlich hatte Kelli einen Kloß im Hals und wusste nicht, was sie sagen sollte. Jedenfalls hatte sie soeben ein weiteres Puzzleteil gefunden. Sie wusste nur noch nicht, wo es hingehörte.

Nora blinzelte ins morgendlichen Sonnenlicht. Die Landschaft schien ihr vollkommen fremd, obwohl sie sie schon unzählige Male gesehen hatte. Aber es machte einen großen Unterschied, ob man nur hindurchhuschte, oder ob man sich die Zeit nahm, den gepflegten Garten näher zu betrachten. Die Hecken waren zu präzisen, symmetrischen Mustern zurechtgeschnitten und bildeten einen angenehmen Kontrast zu Noras aufgewühltem Innenleben.

Die vergangenen Tage waren ein emotionales Durcheinander gewesen. Nora war sich aber sicher, dass es ihr helfen würde, ihre innere Balance wiederherzustellen, wenn sie herausfinden würde, was genau sie so durcheinanderbrachte. Zu Beginn hatte sie gedacht, diese neuen und fremden Emotionen einfach als nichtig abtun zu können. Das war naiv gewesen. Heute Morgen war sie noch verwirrter aufgewacht als an den vorherigen Tagen. Glücklicherweise hatte sie sich soweit zusammenreißen können, dass sie es schaffte, um acht Uhr das Haus zu verlassen.

Als sie im Krankenhaus angekommen war, hatte sie sich sofort in den Arbeitsalltag gestürzt. Ihre tägliche Routine gab ihr ein Gefühl von

Sicherheit. Die innere Ruhe, die dadurch entstand, bewahrte sie sich für die gesamte Dauer der Dienstbesprechung, die sie generell verabscheute, weil es dabei grundsätzlich nur um Finanzen ging, nicht um das Wohl der Patienten. Sie kam erst dann wieder vollständig aus dem Konzept, als sie mit Gerald Travis Jr. sprach. Er sprach so liebevoll über seine Partnerin, dass sie sich zumindest für den Moment erlaubte, ihre eigene, neugewonnene Zuneigung für Kelli zu akzeptieren. Sie verspürte eine neue Art von Wärme und ließ sich von diesem Gefühl zu Kellis Zimmer treiben. Der Anblick von Dr. Rader und Taylor Fuller im Zimmer der Patientin hatte sie jedoch verstört. Sie konnte sich nur nicht erklären warum. Was war nur los mit ihr?

Nora blickte nach unten. Kellis stachelige, rotbraune Haare bewegten sich sanft in der Morgenbrise. Sie schluckte. Diese Frau brachte eine gewisse Aufregung in ihr Leben, der sie sich einfach nicht entziehen konnte. Sie war sich nicht mal sicher, ob sie sich ihr überhaupt entziehen wollte. Nora schob den Rollstuhl langsam und gemächlich entlang des Weges und genoss die angenehme Stille zwischen ihnen, während um sie herum der hektische Alltag weiterging.

»Ich will nicht, dass er so leben muss.« Kelli blickte über ihre Schulter nach oben und krallte sich an den Armlehnen des Rollstuhls fest. »Ich will nicht, dass er den Rest seines Lebens in so einem Teil hier festsitzt. Ich fühle mich selbst komplett hilflos, wenn ich mich von anderen Leuten herumschieben lassen muss … ich kann mir einfach nicht vorstellen, wie es ist, in dieser Hinsicht keine Wahl zu haben.«

Nora hielt an einer Parkbank an. Sie schob Kelli daneben und setzte sich. Da sie nicht wusste, was sie mit ihren Händen anstellen sollte, legte sie sie in ihren Schoß. Sie wollte Kelli dazu bringen, ihr zuzuhören, wusste aber nicht, wo sie anfangen sollte. Also blickte sie die Polizistin an und wartete.

»Ich träume jede Nacht von der Schießerei«, flüsterte Kelli. »Auch wenn ich tagsüber schlafe.«

Das plötzliche Eingeständnis überraschte Nora, aber es sorgte dafür, dass die Wärme, die sie in Kellis Gegenwart in sich spürte, wieder stärker wurde. Wenn es so weiter ging, würde das Gefühl langsam zur Gewohnheit werden, sobald sie beide zusammen waren. Nora fühlte eine Art kleines Glück darüber, dass Kelli sich ausgerechnet ihr anvertraute.

»Die Medikamente helfen«, sagte Kelli und wandte den Blick ab. Ein Muskel in ihrem Kiefer spannte sich sichtbar an. »Allerdings kann ich die Tabletten als Polizistin nicht dauerhaft nehmen. Ich hoffe, die Albträume verschwinden mit der Zeit von allein.« Sie hielt inne und ihr Gesicht nahm einen seltsamen Ausdruck an. »Ich kenne Sie kaum, Nora. Warum sitze ich also hier und schütte Ihnen mein Innerstes aus?«

»Das fragen Sie die falsche Person.« Nora staunte über sich selbst.

Kopfschüttelnd und mit einem leichten Grinsen fuhr Kelli fort: »Williams, mein früherer Partner, hat ewig auf mich eingeredet, damit ich mit ihm darüber spreche, aber ich habe es nicht getan. Und dann kommen Sie und ich rede drauflos …« Sie endete mit einem Kichern. »Das ist komisch.«

Nora stimmte zu. Diese ganze Situation, diese ungewöhnliche Verbindung zwischen ihnen, die war wirklich seltsam.

Ihre Blicke begegneten sich und Nora konnte einfach nicht wegschauen. Kelli fuhr sich mit einer Hand durchs Haar. »Er lebt noch. Immer wieder versuche ich mir vor Augen zu führen, dass das das Wichtigste ist, aber er ist Polizist. Das war schon immer der einzige Job, den er machen wollte. Ohne seine Beine –«

»Wird er auch weiterleben«, fiel Nora ihr ins Wort.

»Ja. Ich weiß, Sie dürfen mir nicht viel erzählen, aber ich habe trotzdem das Gefühl, dass Sie mir die Wahrheit sagen werden, wenn ich Sie darum bitte.«

»Ich kann Ihnen nur allgemeine Informationen geben. Ist das in Ordnung?«

Kelli schaute sie an. »Ja.«

»Seine Verletzungen sind schwer und die Chancen auf Heilung stehen schlecht. Mehr kann ich leider nicht dazu sagen, ohne die ärztliche Schweigepflicht zu verletzen.« Nora versuchte, sich etwas weniger trocken und klinisch anzuhören. Kelli hatte mehr verdient. »Ich wünschte, ich könnte mehr sagen und ich wollte nicht kalt –«

»Nein, ich verstehe. Außerdem habe ich eine Dosis Realität nötig gehabt.« Kelli streckte die Hand aus, hielt aber kurz vor Noras Arm inne und zog sie wieder zurück.

Nora hielt die Luft an. Lange war es her, dass jemand sie ohne professionellen oder sexuellen Hintergrund berührt hatte, und plötzlich war ihr brennend danach, zu erfahren, wie es sich anfühlte.

»Ich muss meinen eigenen Scheiß von seinem trennen. Alles andere wäre selbstsüchtig.« Kelli sah Nora an. »Normalerweise kann ich das sehr gut, aber dieses Mal … wie soll ich das nur anstellen?«

Der Blick der Polizistin war eindringlich, aber Nora wusste, dass sie ihm standhalten konnte.

»Das fragen Sie mich?«

Kelli setzte ein paar Mal an, bevor sie schließlich sagte: »Ich denke schon.«

Auf einmal hatte Nora das Gefühl, sie könnte durch Kelli hindurchblicken und alle Facetten ihrer Persönlichkeit erkennen. »Sie werden es einfach tun.«

»Machen Sie das genauso?«, fragte Kelli sanft.

Noras Herzschlag beschleunigte sich. Sie war es nicht gewohnt, verstanden zu werden.

»Ja.«

Sie fühlte sich entblößt und verwundbar, aber sie hatte das Gefühl, dass es Kelli nicht anders ging. Als sie sich erhob, blickte Kelli zu ihr hoch. Ihr Gesichtsausdruck bestätigte Noras Vermutung. Wortlos schob Nora sie wieder auf den Eingang des Krankenhauses zu. Die Türen des Fahrstuhls schlossen sich und Nora drückte den Knopf für Kellis Stockwerk.

»Ich will noch nicht zurückgehen. Können Sie mich zur Krankenhauskapelle bringen?« Kellis Hände verkrampften sich in ihrem Schoß.

»Sind Sie religiös?«, fragte Nora überrascht.

»Nicht wirklich. Nicht nach allem, was ich in meinem Job gesehen habe. Aber wir wurden katholisch erzogen. Mein Vater war irischer und meine Mutter ist italienischer Abstammung. Da hatten wir leider keine andere Wahl, als sonntags in die Kirche zu gehen. Erst als wir älter wurden, haben meine Eltern ein wenig lockergelassen und wir durften unseren eigenen Weg gehen.«

»Aber wenn Sie nicht an Gott glauben, warum möchten Sie dann …?«

Kelli zuckte mit den Schultern. »Keine Ahnung. Alte Gewohnheit vielleicht.«

Kurz darauf sah Nora aus der letzten Reihe dabei zu, wie Kelli mehrere Kerzen anzündete. Die Kapelle war still und friedlich. Nach einer Weile blickte Kelli über ihre Schulter.

»Ich habe meine Meinung geändert. Können Sie mich zu ihm bringen?« Nora erkannte die wilde Entschlossenheit in Kellis Augen und wusste, dass es nicht ratsam war, ihr diesen Wunsch auszuschlagen. Sie nickte und schob Kelli in Travis' Zimmer. Trotz der Nähe, die zwischen ihr und Kelli entstanden war, fühlte sie sich plötzlich wie ein Eindringling. Sie verließ leise das Zimmer, ließ aber die Tür offen und wartete davor.

»Hey.« Kellis Stimme war rauer als sonst.

»Selber hey, was …?«

»Wir müssen dieser scheiß Lähmung in den Arsch treten«, unterbrach ihn Kelli.

Nach einem angestrengten Lächeln erwiderte er: »Das stimmt. Die ist wirklich ein ziemliches Arschloch.«

»Gut, aber du weißt auf jeden Fall –«

»Ich weiß«, fiel ihr Travis ins Wort.

»Wirklich?«

»Dass du für mich da bist? Ja,« führte er ihren Satz zu Ende.

Die Unterhaltung berührte Nora. Zum ersten Mal verstand sie, warum Freundschaften so wichtig waren. Vielleicht sehnte ein Teil von ihr sich doch danach.

Als sie den Gang entlanglief, versuchte sie, sich mit Gedanken an ihre bevorstehenden Operationen abzulenken.

»Nora?«

Instinktiv drehte sie sich um, auch wenn es nur James war, der sie gerufen hatte.

Dr. Rader joggte auf sie zu. Sie überlegte es sich anders, drehte um und ging bestimmt in die entgegengesetzte Richtung.

»Nora, warte!«

Er packte sie am Ellbogen, sie zog ihren Arm weg. Seine schiere Anwesenheit trübte die Klarheit, die sie mit Kelli erlangt hatte.

Sein Blick war sanftmütig und flehend. »Danke, dass du angehalten hast.«

»Ich hatte ja keine andere Wahl.« Sie versuchte, weiterzugehen, aber James folgte ihr.

»Ich weiß, dass du es eilig hast. Ich brauche nur eine Minute.«

Abrupt hielt Nora an und wählte ihre Worte mit Bedacht.

»Verstehen Sie denn nicht, dass es zwischen uns nichts zu besprechen gibt? Ihr Verhalten grenzt inzwischen sehr an Belästigung. Das wird sofort aufhören, wenn Sie weiterhin eine professionelle Beziehung zu mir haben möchten. Ansonsten werden Ihnen meine nächsten Schritte nicht gefallen.«

Er brachte kein Wort heraus.

»Sie sind doch ein intelligenter Mann. Ist Ihnen ein derartiges Verhalten nicht peinlich?«

James Gesicht verwandelte sich in eine wütende Grimasse. Die Wut erleichterte Nora. Damit konnte sie besser umgehen, als mit seinem erbärmlichen Winseln.

»Bist du überhaupt ein Mensch?« Sein Tonfall war bedrohlich und er trat näher an sie heran. »Musst du denn wirklich so kalt sein, wenn es um uns beide geht? So kannst du mich nicht behandeln, Nora. Hör auf, mich vor Patienten und Kollegen bloßzustellen. Ich warne dich ...«

Nora ließ sich nicht einschüchtern. Dieser Mann war vollkommen verblendet. Er sollte ein für alle Mal verstehen, dass sie keine Angst vor ihm hatte.

»Für jede Aktion gibt es eine passende Reaktion, Dr. Rader,« unterbrach sie ihn. »Wie ich Sie behandle, ist eine angemessene Reaktion darauf, was Sie sich mir gegenüber in den letzten Tagen geleistet haben. Wenn Sie reif genug wären, würden Sie die Verantwortung dafür übernehmen und es gut sein lassen.«

»Hast du mir gerade gesagt, ich solle erwachsen werden?«

»Sehr fein beobachtet.«

»Was hat mir nur jemals an dir gefallen?« Er hielt inne. »Ach ja. Die Art, wie du meinen Schwanz gelutscht hast.« Er grinste süffisant.

Nora ließ sich von seiner Bemerkung nicht beeindrucken. »In den Genuss wirst du leider nicht mehr kommen.«

Die Kinnlade ihres Kollegen fiel herunter. An seinem schockierten Gesichtsausdruck konnte sie ablesen, dass er eine andere Reaktion von ihr erwartet hatte. Nun stand er wie versteinert auf dem Gang. Nora lief um ihn herum. Sie würde sich nicht von ihm aufhalten lassen. Vor ihr lag ein viel besserer Weg.

KAPITEL 8

Als Nora ihre Küche betrat, bemerkte sie zum ersten Mal die Kälte, die von dem rostfreien Stahl ausging. Dem gesamten Raum fehlte eine persönliche Note. Das war ihr nie aufgefallen, aber an diesem Morgen störte es sie massiv. Phineas' Futternapf war der einzige Farbklecks in der ansonsten so sterilen Umgebung, die sich plötzlich so fremd anfühlte. Allerdings war jetzt nicht der Zeitpunkt, etwas dagegen zu unternehmen. Wie programmiert machte sie den Kühlschrank auf und nahm griechischen Joghurt und Erdbeeren heraus. Im letzten Augenblick entschied sie, dass Heidelbeeren die bessere Option waren. Ein Blick auf ihre Uhr verriet ihr, dass sie doch wieder einige Minuten hinter ihrer normalen Morgenroutine hing.

Bisher hatte ihr Tag im Krankenhaus damit begonnen, dass sie im Kopf ihre anstehenden Operationen und die Namen ihrer Patienten durchging. Seit Kurzem gab es aber einen weiteren Punkt auf ihrer Liste: Kelli war ebenfalls Teil ihrer Morgenroutine geworden. Zwar wusste Nora nicht genau, wie es dazu gekommen war, aber sie hatte ihren Zeitplan soweit angepasst, dass sie über den Tag verteilt mehrere Besuche bei der jungen Polizistin unterbringen konnte, die ihr jedes Mal schon im Vorhinein Freude bereiteten. Kelli schien sie zu akzeptieren und fühlte sich offenbar wohl in ihrer Gegenwart. Zum ersten Mal in ihrem Leben fühlte Nora sich nicht mehr nur toleriert. Sie hatte keine Ahnung gehabt, wie gut sich das anfühlen konnte.

Die Veränderung war so plötzlich über Noras Leben hereingebrochen, dass sie gar keine Zeit gehabt hatte, funktionierende Abwehrmechanismen aufzubauen. Sie konnte sich lediglich an die neue Situation anpassen, bevor ein weiteres Stück aus ihrem Schutzschild brach. Es bereitete ihr immer noch Sorgen, dass sie in Kellis Gegenwart keinen geistigen Filter zu haben schien, aber es kümmerte sie nicht mehr so sehr wie am Anfang. Ob sie es wollte oder nicht, die Veränderung in ihr fand statt und es war an der Zeit, sich einzugestehen, dass sie den Kontrollverlust in gewisser Hinsicht sehr stimulierend fand.

Nora spülte das Geschirr kurz ab, bevor sie es in die Spülmaschine stellte. Ein Blick auf die Uhr verriet, dass es 7:19 Uhr war – trotz leichter Verspätung eine deutliche Verbesserung zum Vortag. Auf einmal hielt Nora inne. Die Anwesenheit von Kelli in ihrem Leben schien zu einer Art neuen Normalität zu werden, die ihr gefiel. Aber Gefühle waren immer unberechenbar und Umstände änderten sich oft sehr plötzlich. Sie sollte sich in Acht nehmen, sich nicht zu sehr darauf einstellen, nicht zu viel investieren. Nora atmete tief durch und verdrängte diesen Gedanken, bevor sie die Küche verließ. So gefährlich konnte Kelli schließlich nicht sein.

Kelli stieß ein lautes Grunzen aus, das eher von ihrer Erschöpfung herrührte als von Schmerzen.

»Bewegen Sie das Knie so weit es geht auf Ihr Kinn zu.«

Sie wischte sich den Schweiß von der Stirn und funkelte den Krankengymnasten böse an.

»Dan, bei allem Respekt, Sie sind ein netter Kerl, aber ich hasse Ihre gottverdammte Stimme.«

Dan lachte. »Nur noch ein kleines Stückchen. Sie schaffen das.«

Wutschnaubend entgegnete Kelli: »Und Ihren dämlichen Afro hasse ich auch.«

»Sie können mich beleidigen, so viel Sie wollen, solange es Ihnen bei der Genesung hilft. Jetzt möchte ich, dass Sie ohne Hilfe aufstehen und sich selbst in den Rollstuhl setzen.«

Schweiß rann über Kellis Gesicht und ihre Beine zitterten. Trotz des Ziehens in ihrem Brustkorb schaffte sie es, sich aufzusetzen. Dan trat beiseite. Er hatte den Rollstuhl absichtlich etwa einen halben Meter vom Bett entfernt abgestellt. Kellis Füße berührten den Boden. Langsam verlagerte sie ihr Gewicht nach vorn und stützte sich auf. Sie würde es schaffen – egal, wie sehr ihr Körper sich auch dagegen wehrte.

Auf einmal stand sie.

Mit ihrem gesunden Bein trat sie nach vorn, biss die Zähne zusammen und zog das verletzte Bein nach.

»Scheiße, ja.«

»Gut. Gut!«

»Ficken Sie sich, Dan«, sagte Kelli und lächelte.

»Miss McCabe, müssen Sie denn jedem Krankenhausangestellten gegenüber unflätig werden?«, fragte eine vetraute Stimme.

Kelli grinste. »Ja, das muss ich. Außerdem war das ein freudiges Ficken.« Sie zuckte zusammen, als sie bemerkte, was sie gesagt hatte. »Sie wissen schon, was ich meine«, fügte sie leise hinzu.

Nora schüttelte den Kopf, woraufhin Kelli noch breiter grinste.

»Guten Morgen, Nora.« Kelli bewegte sich zentimeterweise vorwärts und schnaufte, als sie sich in den Rollstuhl setzte. Es fühlte sich gut an, sich wieder selbständig zu bewegen. Sie blickte Dan an und fragte: »Soll ich mich selbst in den Trainingsraum rollen?«

Dan lachte. »Nein, das übernehme ich.«

»Ich habe übrigens guten Morgen gesagt, Nora.«

Noras Mundwinkel zuckten. »Guten Morgen, Miss McCabe. Es freut mich, Sie so putzmunter zu sehen.«

»Hätte Sie das beinahe zum Lächeln gebracht?«, fragte Kelli. Das freudige Funkeln in Noras braunen Augen war ihr nicht entgangen. Inzwischen sah sie das Ganze als eine Herausforderung: noch vor ihrer Entlassung würde sie Nora zum Lächeln bringen.

Die Ärztin seufzte. »Ich sollte gehen. Sie müssen weiter zur Krankengymnastik.«

Kelli wollte nicht, dass sie ging. »Sie sind heute Morgen etwas spät dran.« In den vergangenen Tagen hatte sie sich so sehr an Noras Besuche gewöhnt, dass ein Morgen nicht vollständig gewesen wäre, ohne ihr Gesicht nicht mindestens einmal gesehen zu haben.

Nora räusperte sich. »Die Visite hat heute etwas länger gedauert als sonst.«

»Ich vergebe Ihnen, wenn Sie mich zur Krankengymnastik begleiten.«

»Ich denke nicht, dass –«, setzte Nora an.

Dan zuckte mit den Schultern. »Mich stört es nicht.«

»Ich mag Ihre Stimme tausendmal lieber als seine.«

Dan versuchte, sein Lachen mit einem Husten zu vertuschen.

Nora wurde rot und Kelli verspürte ein angenehmes Zucken in der Magengegend. Sie wollte nicht, dass dieser Moment zu Ende ging.

»*Après votre, Mademoiselle.*« Kelli wartete nur darauf, dass Nora ihren französischen Grammatikfehler korrigierte.

Als sie das Zimmer verließen, hörte Nora murmeln: »Ich glaube, es heißt *après vous*.«

»Das weiß ich. Ich wollte nur sehen, ob Sie mir zuhören.«

Kelli warf den Medizinball zurück zu Dan. Ihre Muskeln brannten, aber es war ein gutes Gefühl. Sie blickte in Noras Richtung. Diese hatte sich diskret in eine Ecke gesetzt und sah elegant wie immer aus. Kelli war froh, dass sie da war, aber das allein genügte ihr nicht. »Reden Sie mit mir, Dok.«

Noras Blick wanderte zu Kelli und dann zurück zu Dan.

Kelli grinste. Wenn sie allein waren, war Nora gewissermaßen ein offenes Buch und auch Kelli gab dann ihre Geheimnisse preis. Da sie heute aber Gesellschaft hatten, musste sie ein unverfängliches Thema finden. »Haben Sie Haustiere?«

»Ja, Phineas.«

»Hund?«

»Nein.«

»Katze?«

»Hausschwein«, antwortete Nora schließlich.

Kelli hätte beinahe den braunen Lederball nicht gesehen, der auf ihr Gesicht zugeflogen kam. Im letzten Moment fing sie ihn ab. »Wie bitte?«

»Ein stubenreines Schwein mit Fell.«

Kelli ließ den Ball in ihren Schoß fallen und ihr schallendes Gelächter klang erst dann ab, als sie bemerkte, dass Nora sich keinen Scherz erlaubt hatte.

»Ist das Ihr Ernst?«

»Das ist es.«

Neugierig fragte Kelli: »Halten Sie es im Haus?«

Nora sah sie an, als wartete sie auf etwas. »Was?«

»Ich hatte mehr Gelächter erwartet. Ich kann mir vorstellen, wie komisch sich das anhört.«

Kelli zuckte mit den Schultern. »Ich finde es eher interessant als lustig.«

Nora stand auf und ging auf sie zu. »Er wiegt ungefähr einhundert Kilo.«

»Wow. Ein ganz schöner Fetts–«

»Miss McCabe«, tadelte Nora.

»Größer als ich dachte, wollte ich sagen.«

»Er hat einen Auslauf im Garten, aber er kann durch eine Klappe ins Haus kommen. Er besucht mich sehr oft.« Nora hielt inne. »Haben Sie Haustiere?«

»Ich hatte einen Kater namens Satan. Ich durfte ihn nicht anfassen oder auf den Arm nehmen. Er hat sich mit Klauen und Krallen gewehrt. Das Mistvieh ist vor ein paar Monaten weggelaufen.«

»Das tut mir leid.«

Kelli schnaubte. »Mir nicht. Ich bin mir sicher, dass er mindestens einmal versucht hat, mich im Schlaf umzubringen.«

Noras Mundwinkel bogen sich leicht nach oben.

»Darf ich Sie etwas fragen?«

»Klar«, erwiderte Kelli.

»Wie lange sind sie schon bei der Polizei?«

»Zwölf Jahre … seit acht Jahren als Detective. Lassen Sie mich raten. Sie wollen wissen, warum ich Polizistin geworden bin, stimmt‘s?« Kelli wartete ihre Antwort nicht ab. »Als Kind wollte ich immer eine Superheldin werden. Polizistin war also die nächstliegende Wahl.«

Nora blickte sie fragend an. »Ist das Ihr …?«

»Ernst? Nein. Nicht wirklich.« Kelli grinste.

Dan räusperte sich und Kelli fuhr zusammen. Sie hatte vollkommen vergessen, dass er auch noch da war.

»Lassen Sie uns zur Stange gehen und noch ein paar Dehnübungen machen.«

Kelli ignorierte den Schweiß, der ihr in die Augen lief und knurrte bei jedem Schritt vor Schmerzen. Um sich abzulenken, schaute sie zu Nora.

»Es freut mich, dass Sie hier sind, aber ich hoffe, ich halte Sie nicht von etwas Wichtigem ab.«

»Ich habe in fünfundvierzig Minuten eine OP.«

»Müssen Sie jetzt los?«

»Normalerweise, mache ich mich immer eine Stunde vorher bereit …«

Ihre Blicke trafen sich und Kelli erkannte, dass Nora nicht hier war, weil sie sie darum gebeten hatte, sondern weil sie es wollte. »Danke.«

Nora nickte lediglich.

Kelli wechselte das Thema. »Der Neurologe für Travis ist heute im Haus. Sie haben sich heute mit ihm getroffen. Deshalb waren Sie spät dran.«

Nora wirkte überrascht.

»Travis hat mir davon erzählt und er hat ein Formular unterschrieben, das mich und meine Familie von der ärztlichen Schweigepflicht ausschließt.«

»Ja, das weiß ich. Der Neurologe hat sich für eine hoch-experimentelle Operation entschieden. Sie ist für morgen früh angesetzt. Da Mr. Travis‘ Zustand stabil ist, wollte er nicht länger warten.«

Kelli spürte, wie ihre Beine nachließen. Sie hielt sich an der Stange fest, bis das Gefühl der Schwäche vorüberging. Nichts davon war fair.

»Wenn Sie möchten, kann ich zur Beobachtung dabei sein.« Noras Tonfall war sanftmütig und zögerlich. Kelli atmete scharf ein. Die Erleichterung, die sie verspürte, war überwältigend. Sie selbst konnte nicht für Travis da sein, aber Nora konnte es. Das Angebot der Ärztin bedeutete die Welt für sie. Ihr standen Tränen in den Augen, als sie fragte: »Das würden Sie für mich tun?«

Nora stand auf.

»Warum?«, fragte Kelli. Zwischen ihnen war zwar eine Art Bindung entstanden, aber Nora war trotzdem noch immer eine Fremde. Kaum hatte sie den Gedanken gedacht, wurde ihr bewusst, dass sie vollkommen falsch lag. Niemals würde sie einer Fremden jene Dinge anvertrauen, die sie mit Nora geteilt hatte.

»Ich … ich weiß es nicht.« Nora sah ebenso verwirrt aus, wie Kelli sich fühlte.

»Okay … okay.« Kelli nickte und stützte sich an der Stange ab.

Plötzlich öffnete sich die Tür und eine lachende Gruppe Menschen trat ein. Dan ging auf sie zu. Abgelenkt schaute Kelli zum Eingang. Dann fand sie Noras Blick wieder.

»Danke«, flüsterte sie.

Nora trat näher. Als sie nur noch eine Armlänge von ihr entfernt war, konnte Kelli dem Drang, sie zu berühren, kaum noch widerstehen. Berührungen waren noch nie ihr Ding gewesen, aber bei Nora war ihr danach.

»Kelli, ich –«

»Sie benutzen meinen Vornamen immer nur dann, wenn Sie glauben, dass ich gestresst bin«, fiel Kelli ihr ins Wort.

»Es scheint Sie zu beruhigen.«

Kelli lächelte. »Das tut es.«

»Entschuldigung. Assistenzärzte. Die wollten sich Teile des Krankenhauses anschauen, die sie vorher noch nicht gesehen haben«, sagte Dan.

Kelli schenkte ihm keine Beachtung. Nora war wesentlich interessanter. Die Ärztin blickte auf ihre Armbanduhr und für Kelli stellte diese Geste ein weiteres Puzzleteil dar.

»Sie sind besessen von der Zeit.«

Nora blickte auf. »Das stimmt. Ich finde, ein geregelter Tagesablauf erhöht die Produktivität.«

»Bin ich Teil Ihres geregelten Tagesablaufes?« Obwohl sie die Antwort bereits kannte, wollte sie es aus Noras Mund hören.

Zum x-ten Mal lief Nora rot an. »Ja, so könnte man es ausdrücken.«

Verdammt noch mal. Heftiges Kribbeln machte sich in Kellis Magen breit. »Deshalb haben Sie mich jeden Tag um dieselbe Zeit besucht.«

»Wenn Ihnen das komisch vorkommt –«

»Nein, das tut es nicht. Es gefällt mir.«

Mit einer erhobenen Augenbraue blickte Nora Kelli an.

Kelli grinste. »Was? Bin ich deswegen komisch?«

»Vielleicht.« Wieder zuckten Noras Mundwinkel leicht.

Mit einem Schulterzucken sagte Kelli: »Man hat mir schon schlimmere Dinge an den Kopf geworfen.« Kelli schaute auf die Uhr, die an der Wand hing. »Sie sollten besser zu Ihrer OP gehen. Ich sehe Sie dann um eins.«

Nora ging rückwärts Richtung Tür und blickte Kelli noch einen Moment in die Augen, bevor sie sich umdrehte und den Raum verließ. Kelli sah ihr nach. Mit einem Räuspern schaffte es Dan, den Augenblick zu ruinieren.

»Was?«

Dan lachte. »Ich habe nur gerade gedacht, dass wir etwas von ihrer Zauberkraft, die Sie ganz eindeutig besitzen, in Flaschen abfüllen und Dr. Whitmore eine tägliche Dosis davon verabreichen sollten. Den Assistenzärzten wäre das bestimmt mehr als recht.«

Kelli schnaubte, aber es stimmte. In Ihrer Gegenwart war Nora anders. Genaugenommen waren sie beide anders, wenn sie zusammen waren. Die Freundschaft, auf die sie eindeutig hinarbeiteten, war zwar alles andere als normal, aber aus irgendeinem Grund schien sie zu funktionieren.

Als Nora den OP betrat, wurde sie von ihrem Team wortlos angestarrt, das dabei war, die OP vorzubereiten. Sie war zwar nicht zu spät dran, aber ihre Kollegen waren es gewohnt, dass sie mit Vorlauf zu ihren Operationen erschien. Heute war sie pünktlich. Mit einem Nicken gab sie ihnen zu verstehen, weiterzumachen.

Die Jazzklänge, die aus den Lautsprechern drangen, gingen von sanften Tönen in ein Crescendo über. Dabei musste sie an Kelli denken. Wenn Kelli wollte, konnte sie ruhig und gelassen sein. Meist war sie jedoch so voller Energie, dass sie andere um sich herum – unter anderem auch Nora – damit beeinflusste. Sie atmete tief ein. Jetzt war nicht der richtige Moment für solche Gedanken. Sie musste sich konzentrieren.

»Zehner-Skalpell.«

Nora drückte auf die freiliegende Haut am Abdomen. Blut trat aus dem Einschnitt und floss über das Bauchfell.

»Absaugen.«

Als die Fläche vom Blut befreit war, blickte sie zu Dr. Lang auf, die ihr assistierte, und fragte: »Was sehen Sie?«

»Die Milz ist doppelt so groß, wie sie sein sollte, was auf eine mögliche Infektion hindeutet. Übermäßiger Blutfluss aus der Leber.«

Nora wartete.

»Ist das … sollten wir auch den Dünndarm untersuchen? Dort scheint eine Entzündung vorzuliegen.«

»Sehr gut. Eventuell finden wir dort sogar abgestorbenes Gewebe.«

Die Assistenzärztin blickte Nora voller Überraschung an.

»Gibt es ein Problem, Dr. Lang?«, fragte Nora.

»Nein, ich hatte nur nicht erwartet …« Sie brach ab.

Nora seufzte. Dr. Lang hatte nicht erwartet, ein Kompliment von ihr zu bekommen. Um ehrlich zu sein, war Nora ebenso überrascht. Nach jedem Zusammentreffen mit Kelli, war sie irgendwie weichherziger als sonst. War das falsch? Es fühlte sich jedenfalls nicht falsch an. Auf einmal verspürte sie einen Anflug von Panik. Kelli führte Veränderungen herbei, aber das war bei Weitem nicht alles. »Fahren Sie fort.«

Nach der Operation legte Nora Handschuhe und Kappe ab und ließ ihre Haare herab, bevor sie sich die Hände wusch. Um sie herum war Gelächter zu hören. Sie drehte sich um, als andere Kollegen den Raum betraten.

Patricia, eine der OP-Schwestern, lächelte sie an. Nora fühlte sich sofort unwohl und entfernte sich von der Gruppe. Es war seltsam: Zwar fühlte sie sich mit jedem Tag wohler in Kellis Gegenwart, aber ihre Gefühle anderen Menschen gegenüber hatten sich nicht verändert.

Der Blutdruckmesser wurde von Kellis rechtem Arm gerissen.

»Hey. Müssen Sie so grob sein?«

Die Schwester verdrehte die Augen.

»Das habe ich gesehen«, sagte Kelli.

»Mit Sicherheit«, entgegnete die Schwester und hielt Kelli einen medizinischen Apparat vors Gesicht. »Das hier ist ein Pulsoximeter. Damit sollten Sie ja vertraut sein und sollten daher wissen, dass es nicht wehtun wird. Soll ich trotzdem lieber Ihre Mutter rufen?« Mit einem Grinsen klemmte sie das Messgerät an Kellis Finger.

Die Frau wurde immer frecher. Kelli musste sich bald richtig anstrengen, um mit ihr mitzuhalten. »Nein, aber vielleicht hilft es, wenn Sie sich auf meinen Schoß setzen.« Sexuelle Andeutungen hatten insbesondere bei Fremden meist den gewünschten Effekt. Die Schwester antwortete nicht.

Der Pulsmesser piepte und die Krankenhausangestellte verließ das Zimmer so schnell, dass Kelli glaubte, Rauchwolken hinter ihr zu erkennen. Grinsend dachte sie darüber nach, wir unangebracht ihre Äußerung gewesen war, aber wenigstens hatte sie zu dem gewollten Ergebnis geführt.

Kaum war die Schwester durch die Tür verschwunden, trat Tony ein.

»Scheiße, war die heiß. Vielleicht sollte ich mich auch anschießen lassen.« Er lachte über seinen eigenen Witz, den Kelli ganz und gar nicht lustig fand. Sie betrachtete ihn eindringlich. Sein Gesicht war blass und er schwitzte übermäßig. In ihrem Bauch machte sich ein ungutes Gefühl breit.

In diesem Augenblick betrat ihre Mutter das Zimmer. »Da bist du ja. Warum hast du denn nicht auf mich gewartet?«

Tony schniefte und zuckte mit den Schultern. »Wen interessiert's?«

»Hey, Moment mal. Was soll das denn?«, fragte Kelli. »Was ist denn nur los mit dir?«

Tony lachte nur, statt ihr eine Antwort zu geben.

Kelli schaute ihre Mutter an, die nur mit den Schultern zuckte.

»Kelli hat recht. Guck dich doch an. Du hast mindestens fünf Kilo verloren, seit ich dich das letzte Mal gesehen habe und ich sehe dir an, dass du in letzter Zeit nicht viel geschlafen hast. Du bist einfach überarbeitet. Erzähl Kelli von deinem neuen Job.« Carina strahlte Kelli an. »Er arbeitet in der Nachtschicht.«

»Ja«, nuschelte Tony. Er widmete sich einem verkrusteten Kratzer an seinem Arm.

»Antony.« Seine Mutter sprach seinen Namen so laut aus, dass die Leute am Ende des Gangs es mit Sicherheit ebenfalls klar und deutlich hatten hören können.

Sein Kopf fuhr zu ihr herum. »Ja. Nachtschicht. Auf dem Bau.« Tony blickte Kelli an und lächelte, bevor er seine Aufmerksamkeit wieder auf seinen Kratzer richtete.

»Was redest du denn da? Das war doch dein letzter Job, jetzt machst du doch Security«, sagte ihre Mutter.

Das ungute Gefühl in Kelli wurde immer lauter und ihre Nackenhaare standen senkrecht. Tonys Augen waren gerötet und seine Pupillen deutlich geweitet. *Was zur Hölle?* Kelli wusste was los war. Seit einer Weile hatte sie gewusst, dass etwas nicht stimmte, aber sie hatte gehofft, dass es nicht schon wieder Drogen waren. Aber die Anzeichen waren eindeutig. Tony war rückfällig geworden und als wäre das nicht genug, war er nun auch noch zugedröhnt vor der eigenen Mutter.

Zuerst überkam Kelli Wut, dicht gefolgt von Traurigkeit und zuletzt Hoffnungslosigkeit. Sie sagte kein Wort.

»Scheiße, Mann! Schaut euch das an.« Er drehte an der Stange, mit der man die Rollläden verstellen konnte. Die Läden gingen auf und zu. »Das ist wie im Zeichentrickfilm. Wenn ich ganz schnell drehe … Spongebob. Die Leute und die Autos bewegen sich wie irre.«

Was er sagte ergab überhaupt keinen Sinn.

»Ich muss es selbst ausprobieren. Kelli, du steuerst die Rollläden. Schau mir zu. Wie im Zeichentrickfilm.« Sein Lachen war jetzt schrill und furchterregend. Er rannte aus dem Raum.

Kelli sah ihre Mutter an. Carina schüttelte den Kopf und seufzte. »Dieser Junge. Ich habe ihm gesagt, dass er nicht so viel Kaffee trinken soll.«

Da war sie wieder, die Verdrängung. Was auch immer Kelli jetzt sagte, würde als bösartige Lüge abgestempelt werden.

»Ich habe dir ein süßes Stückchen mitgebracht. Gegenüber gibt es eine nette, kleine Bäckerei.« Carina stellte die weiße Papiertüte, die sie die ganze Zeit in der Hand gehalten hatte, auf den Nachttisch.

»Mom?« Kellis Stimme klang schrill. Sie konnte nichts dagegen tun.

»Es tut mir leid, aber ich gehe ihn besser suchen. Ich bin seine Mitfahrgelegenheit und wenn ich auf ihn warten muss, bin ich nachher bestimmt spät dran.« Sie strich ihrer Tochter eine Strähne aus dem Gesicht und gab ihr einen schnellen Abschiedskuss.

Kelli ließ es zu und schloss die Augen. Als sie sie wieder öffnete, warf Carina ihr einen seltsamen Blick zu.

»Ich ruf dich später an, ja?«

Nickend schaute Kelli ihrer Mutter nach.

Kaum war sie aus dem Raum, brachen all die unterdrückten Gefühle aus Kelli heraus. Mit einem einzigen Schwung ihres Arms fegte sie alles auf den Boden, was auf dem Nachttisch gestanden hatte – auch das süße Stückchen.

Den stechenden Schmerz, der in ihrem Brustkorb explodierte, genoss sie regelrecht. Schlimmer konnte es schließlich nicht werden. Wie sollte sie das, was Antony betraf, nur Sean beibringen? Plötzlich verkrampften sich ihre Innereien. Sie begriff, dass dieser ganze Mist so sehr zum Himmel stank, dass auch Sean den Braten bereits gerochen haben musste. Warum hatte er sie darauf nicht angesprochen?

Es verletzte sie, dass Tony wieder den Drogen verfallen war, aber die Tatsache, dass Sean es ihr verheimlicht haben musste, so wie er auch Travis' Gesundheitszustand für sich behalten hatte, tat noch mehr weh. Sie musste sofort mit ihm sprechen. Mit einer ihrer Krücken zog sie das Telefon zu sich, das ebenfalls auf dem Boden gelandet war. Ihre Schmerzen ignorierte sie dabei vollkommen. Mit zitternden Händen wählte sie Seans Nummer.

»McCabe.« Er klang erschöpft.

»Tony war hier. Keine Geheimnisse mehr, Sean. Wir müssen reden.« Sie konnte sich gerade noch so weit zusammenreißen, ihn nicht anzuschreien, aber ihre Wut war deutlich zu hören.

Ihr Bruder war so still, dass Kelli im Hintergrund gedämpfte Stimmen aus dem Polizeifunkgerät vernehmen konnte.

»Ich bin in fünfzehn Minuten bei dir«, flüsterte Sean, »Kel, ich –«

»Nein. Nicht am Telefon«, unterbrach ihn Kelli. Sie musste erst einmal tief durchatmen. Und sie musste sich beherrschen. Sean den Arsch aufzureißen, würde die Situation nicht verbessern.

Innerhalb von zehn Minuten war Sean bei ihr. Er blieb ein Stück vom Bett entfernt stehen, schaffte es aber, seiner Schwester in die Augen zu schauen. Sie konnte sehen, dass er Angst hatte und dass es ihm leid tat.

»Er war so high, dass er aus dem Weltall auf uns herabschauen konnte. Ich wusste doch, dass etwas nicht stimmt. Du benimmst dich schon die ganze Zeit so merkwürdig.« Kopfschüttelnd sah sie ihn an. »Wie lange schon?«, knurrte sie. Ihre Geduld war am Ende.

Sean wandte den Blick ab. »Etwa einen Monat.«

»Scheiße«, flüsterte sie. »Scheiße!« wiederholte sie wesentlich lauter. »Du hättest es mir sagen sollen. Immerhin verdrängst du es nicht wie Mom. Das ist das einzig Positive an der ganzen Sache.«

Sean ließ den Kopf hängen. Ihn so zu sehen, erinnerte Kelli unwillkürlich an ihre Kindheit. Er hatte es noch ertragen können, wenn sie ihn kritisierte, selbst wenn er es verdient hatte.

»Ich dachte, ich tue das Richtige. Ich wollte dich nicht noch mehr belasten in deiner Situation. Aber es hat nicht funktioniert. Er muss mitspielen. Wenn er nicht clean werden will, kann ihm auch nicht geholfen werden. Ich dachte, ich könnte ihm das deutlich machen. Es tut mir leid, Kelli.« Sean trat näher ans Bett heran und streckte seine Hand nach ihr aus.

»Lass es«, murmelte Kelli. Ruckartig zog er seine Hand zurück. Es machte zwar Sinn, was er sagte, aber sie war noch nicht soweit, seine Entschuldigung annehmen zu können.

»Es geht hier nicht um uns beide, egal, wie sauer ich auf dich bin.« Sie konnte ihn kaum anschauen.

»Ja, wir brauchen einen Plan«, stimmte er zu.

Als Kelli aufblickte, stellte sie fest, dass sie nicht allein waren. Im Türrahmen stand Nora und ihr schockierter Gesichtsausdruck verriet Kelli, dass sie mehr als genug gehört hatte.

»Ich kann später wiederkommen«, sagte Nora.

»Nein«, entgegnete Sean. »Ich sollte besser gehen. Wir können heute sowieso nicht alles aus der Welt schaffen.« Mit traurigen Augen schaute er Kelli an und richtete sich auf.

»Wir werden das schon hinkriegen.«

»Ja«, stimmte Kelli zu und hoffte, dass er recht behalten würde. »Ich verstehe, warum du es mir verschwiegen hast, aber ich denke trotzdem, dass es die falsche Entscheidung war.«

Sean nickte. »Bis dann«, murmelte er und ging.

Kelli schaute ihm hinterher. Ihre Reaktion hatte ihn verletzt, aber seine Heimlichtuerei hatte ihr ebenfalls wehgetan. Warum glaubten die Leute plötzlich, sie müssten ihr Dinge verheimlichen?

Sie fühlte sich, als hätte man sie zu Boden geschlagen und all ihre Probleme würden über ihr schweben, während sie auf dem Rücken lag und zusah. Sie hatte keine Ahnung, wie sie sich wieder aufrichten sollte.

Da kam Nora langsam auf sie zu. Ihr Gesichtsausdruck war sanft, aber unsicher.

Tränen brannten in Kellis Augen und sie versuchte, sie wegzublinzeln. Es half nichts. Nora stand inzwischen vor ihrem Bett. Es gab so vieles, was Kelli gerne gesagt hätte, aber sie konnte einfach keine Worte finden.

»Kelli, ich bin hier.«

Kelli wollte sich nicht mehr allein und isoliert fühlen. Sie streckte ihre Hand aus und hoffte, dass Nora verstand, was sie brauchte. Als Noras Finger sich um ihre schlangen, spürte sie die Berührung am gesamten Körper. Ihr Magen überschlug sich. Auf Noras Gesicht lag der Ausdruck von Überraschung.

Ein schrilles Piepen unterbrach die Stille.

»Es tut mir leid«, flüsterte Nora. Sie wühlte in der Tasche ihres Kittels und holte ihren Pager hervor. »Es ist ein Notfall.« Sie hörte sich enttäuscht an.

»Es ist aber nicht Travis, oder?« Nach all den Ereignissen des heutigen Tages, wäre Kelli davon nur wenig überrascht gewesen.

»Nein, aber ich muss trotzdem los.«

Kelli schluckte und nickte.

Nora blickte auf ihre Hand, die Kellis noch immer umschlossen hielt. Es schien, als wollte sie nicht loslassen.

»Ich bin so schnell es geht wieder da.«

Dieses Versprechen genügte Kelli, um sich etwas zu entspannen. Sie ließ die Hand los, aber Nora rührte sich trotzdem nicht sofort. Als sie schließlich verschwunden war, fühlte Kelli sich vollkommen nutzlos. Um sie herum brach alles zusammen und es gab nichts, was sie dagegen unternehmen konnte. Glücklicherweise hatte Nora damit überhaupt nichts zu tun. Aus genau diesem Grund konnte Kelli in ihrer Gegenwart ein wenig aufatmen. Niemand hatte jemals zuvor einen solchen Effekt auf sie gehabt. Allein deshalb hatte sie die Ärztin gern um sich. Ihre Gesellschaft war etwas, worauf Kelli sich freuen konnte.

Endlich konnte Kelli die Krücken ohne allzu große Schmerzen nutzen. Das machte es einfacher und auch würdevoller, auf die Toilette zu gehen. Sie schaltete das Licht im Badezimmer aus. Das Flimmern des Fernsehers beleuchtete den Raum ausreichend, um ihr den Weg zurück zum Bett zu weisen. Als sich ihre Augen an das Dämmerlicht gewöhnt hatten, sah sie eine weibliche Silhouette neben dem Bett stehen. Zuerst dachte Kelli, dass es sich um eine Schwester handeln musste, aber ihr Herzschlag beschleunigte sich rapide, als sie ihre Besucherin schließlich erkannte. »Nora, hey.«

»Ich wollte eigentlich nicht so lange wegbleiben, aber ich musste eine Notoperation durchführen.«

»Das macht nichts. Sie können ja nichts dafür«, erwiderte Kelli. Sie ging zur anderen Seite des Bettes. Je näher sie kam, desto mehr konnte sie erkennen. Vor ihr stand nicht die Nora, die sie kannte. Anstelle der lilafarbenen Uniform trug sie einen hautengen, dunklen Rock, der ihre Kurven betonte, die sie sonst unter ihrem unförmigen Kittel versteckte. Der Rock hörte über dem Knie auf und zeigte Beine, die lang genug waren, um sich zweimal um den Körper einer glücklichen Liebhaberin zu schlingen. Die rosafarbene Bluse betonte ihr Schlüsselbein und deutete auf ein Dekolleté hin, von dem Kelli gerne mehr gesehen hätte.

Ihre Kehle war staubtrocken und ihr Magen in die Kniekehlen gerutscht. Bei allem, was sich zurzeit um sie herum abspielte, war sie überrascht, dass sie die Anziehung, die von Nora ausging, überhaupt verspüren konnte. Der Zeitpunkt dafür war allerdings vollkommen unangebracht. So wie die Sterne zurzeit standen, konnte sich selbst etwas Gutes sehr schnell zum Schlechten wenden. Sie durfte im Moment einfach nicht auf diese Weise über Nora nachdenken. Stattdessen kroch sie unter ihre Bettdecke und nahm sich einen Augenblick Zeit, um sich zu sammeln.

»Sind Sie fertig für heute?«, fragte Kelli.

»Ja, aber ich wollte nicht gehen, ohne bei Ihnen vorbeizuschauen.« Noras Stimme war sanft und besorgt.

Kelli seufzte. »Es geht mir schon wieder etwas besser.«

»Ich kann mir nicht vorstellen, wie ich mich in ihrer Situation fühlen würde.«

»Manchmal weiß ich das selbst nicht. Ich weiß gar nicht, wo ich anfangen soll. Antony war schon zweimal auf Entzug. Nach dem Tod unseres Vaters ist er ziemlich abgestürzt und er scheint sich nicht wieder fangen zu können.« Ohne nachzudenken, gab sie schon wieder intime Details über sich und ihre Familie preis und es fühlte sich auch diesmal vollkommen in Ordnung an.

»Ich weiß ehrlich gesagt nicht, was ich sagen soll.« Nora klang unsicher.

Kelli war dankbar, dass sie nicht wieder ihre Hand genommen hatte. Sie wusste nicht, ob sie Noras Berührung an diesem Abend würde standhalten können.

»Sie müssen nichts sagen.«

Kelli war zwar verschlafen, aber sie war nicht taub. Obwohl sie keinen besonders leichten Schlaf hatte, wurde sie von der Diskussion geweckt, die am Fußende ihres Bettes stattfand. Glaubten die beiden wirklich, dass sie flüsterten? Kelli war kurz davor, ihnen die Meinung zu geigen, als sie begriff, wer die beiden waren. Als sie ihre Augen ein Stück weit öffnete, sah sie Dr. Rader und die Vorsitzende seines Fanclubs im schwachen Licht des lautlosen Fernsehers stehen. Es bedurfte keiner besonderen Anstrengung, ihrer Unterhaltung zu folgen.

»Ich hoffe, du hast Recht«, zischte Taylor Fuller.

»Natürlich habe ich Recht. Vertrau mir. Es wird funktionieren und du wirst jeden Moment davon genießen.«

Kelli hoffte inständig, dass sie nicht mit anhören musste, wie Rader versuchte, seine Kollegin zu einem abscheulichen Sexakt zu überreden. Ein Schauder überkam sie. Unwillkürlich musste sie an medizinische Gerätschaften denken. War es möglich, ein Gehirn zu waschen? Ihres fühlte sich nämlich gerade extrem schmutzig an.

»Lass uns später weiterreden. Jetzt ist nicht der richtige Zeitpunkt«, bat Rader. »Ich will mir nur noch den letzten Vermerk der Schwester in ihrer Akte anschauen, dann können wir gehen.«

Ein paar Sekunden später flüsterte er: »Fertig. Lass uns verschwinden. Denk einfach daran, dass sie ohnehin niemand leiden kann. Wen soll es also kümmern?«

Kelli wartete, bis sie weg waren. Dann murmelte sie: »Was zur Hölle?«

KAPITEL 9

Der Lärm der Maschinen, an die Travis angeschlossen war, erfüllte den Raum. Sie schloss die Augen zu und hoffte, dass alles anders sein würde, wenn sie sie wieder öffnete. Ihr Partner sah aus, als wäre er an einen Folterapparat gefesselt. Gerätschaften umfassten Brustkorb und Hals und gingen in einen Ring um seinen Kopf über, der ihn ruhig halten sollte, damit er sich nicht selbst verletzte. Die Schwester hatte das Konstrukt einen Heiligenschein genannt. Was für ein Scheißname für einen Apparat, der an einen Kopf festgeschraubt wurde.

Kelli wagte gar nicht, sich vorzustellen, welche Schmerzen Travis haben musste, aber die Narkose betäubte ihn hoffentlich so gut es ging. Gerry Travis war zwar kein großer Kerl, aber so wie er da lag, wirkte er fast wie ein Kind und so verletzlich. Es bestand eine dreißig prozentige Chance, dass er wieder würde laufen können. Eigentlich hörten sich dreißig Prozent gar nicht so schlecht an, aber ihrer Meinung nach, war die Operation zu riskant. Sollte sie schiefgehen, würde Travis zu einem kompletten Pflegefall.

Sie wollte Vertrauen haben, aber es war zu lange her, dass sie es in jemand anderen als sich selbst und ihren beruflichen Partner gehabt hatte. Die Situation lag vollkommen außerhalb ihrer Kontrolle. Ein Zustand, den sie kaum ertragen konnte. Sie stützte sich auf ihre Krücken und ging auf ihn zu. Niemand hatte ihr gesagt, dass es nicht erlaubt war, ihn zu berühren. Vielleicht konnte sie ihm auf diese Weise ein wenig Hoffnung vermitteln. Sie drückte seinen Arm und versuchte, ihm einen Teil ihrer Kraft abzugeben. Gleichzeitig hoffte sie auch, einen Teil seiner Kraft auf sich selbst zu übertragen.

In ihrer Brust pochte es und Kelli rieb sich die Narbe, doch der Schmerz saß zu tief. Sie nahm Beruhigungsmittel, um die Albträume loszuwerden, aber gegen die Realität gab es keine Medikamente. Ihre Blicke wanderten. Sein Zimmer unterschied sich kaum von ihrem, aber in seinem befanden sich wesentlich mehr Blumen und Ballons. Sie hatte schon immer gewusst, dass die Arschlöcher bei der Mordkommission ihn lieber mochten als sie. Ein paar der Jungs hatten sie zwar besucht, aber sie war sich sicher, dass die gesamte Belegschaft bei Travis ein und aus ging. Beinahe hätte Kelli gelächelt. Ihr Blick fiel auf einen Strauß aus dem noch das Kärtchen herausragte. Sie nahm die Karte und las laut vor: »Wir können es kaum erwarten, bis du uns wieder die Hölle heißmachst.«

Ein Lächeln machte sich um ihren Mund breit. Die Karte erinnerte sie an die Dinge, auf die sie sich freuen konnte. Zum einen freute sie sich darauf, wieder mit Travis zusammenzuarbeiten und zum anderen war da noch Nora. Es war schon komisch: Sie steckte gerade mehr als knietief in der Scheiße und beim bloßen Gedanken an diese Frau vergaß sie alles – zumindest für eine Weile. Nora ging ihr wirklich unter die Haut.

Sie blickte auf, als jemand das Zimmer betrat. Es war Sean.

»Hi«, flüsterte er und senkte den Kopf.

»Ebenfalls Hi.« Trotz der Anspannung zwischen ihnen war sie froh, ihn zu sehen.

»Wie geht es ihm?« Sean trat weiter ins Zimmer.

»Unverändert. Es hilft aber schon, dass ich hier bin und sehen kann, dass er noch an einem Stück ist.«

»Ja, ich weiß, was du meinst. Sein Vater kommt heute Abend vorbei. Vielleicht hilft ihm das irgendwie.« Er hielt inne. »Kelli, es ist jetzt zwei Tage her und du wirst am Mittwoch entlassen.«

»Das weiß ich.« Sie versuchte, nicht allzu barsch zu klingen, war dabei aber nur mäßig erfolgreich.

»Ich weiß, dass du enttäuscht und wütend auf –«

»Ich bin nicht wütend. Ich verstehe es doch. Ich habe nur etwas Zeit zum Nachdenken gebraucht.«

»Mom weiß, dass etwas nicht stimmt.«

»Das ist mir klar, aber wir müssen uns mit ihr zusammensetzen und sicherstellen, dass sie uns auch wirklich zuhört. Es bringt nichts, wenn wir uns hier mit ihr unterhalten. Ich habe es ernst gemeint, als ich dir erzählt habe, wie sie reagiert hat. Tony hat komplett am Rad gedreht und sie hat es auf den Kaffee geschoben. Ein klassischer Fall von Verdrängung.«

Sean blickte auf seine Schuhe. »Vielleicht. Mir ging es aber anfangs nicht anders. Ich habe geglaubt, ich könnte das Problem allein lösen und habe es nur schlimmer gemacht. Dabei wollte ich dich doch nur schonen, verstehst du?« Er seufzte. »Aber ich bin einfach nicht wie du und ich habe keine Ahnung, wie du es schaffst, dir so viel Mist von anderen Leuten aufzubürden.«

Manchmal wusste sie das selbst nicht, aber seine Worte halfen ihr zumindest, seine Beweggründe zu verstehen.

»Ich weiß«, sagte sie. »Es ist unmöglich, nicht wütend auf Tony zu sein, aber wir müssen ihm klarmachen, dass wir für ihn kämpfen werden. Wie es aussieht, müssen wir wohl eine weitere Intervention planen.«

Ihre Blicke begegneten sich.

»Bist du sicher, dass zwischen uns alles okay ist?«

Kelli ging auf ihn zu, bis sie nahe genug war, um ihn zu berühren. »Wir beide müssen zusammenhalten. Du hast eine Menge an der Backe gehabt, ohne mich. Du hast einfach nach bestem Wissen gehandelt.«

Er schluckte schwer. »Ich wollte nur –«

»Was geschehen ist, ist geschehen. Sean.« Kelli streckte ihre Hand nach ihm aus und drückte seinen Arm, wie sie es auch bei Travis getan hatte. »Es gibt genug anderen Kram, um den wir uns kümmern müssen.«

Als Nora die Schwesternstation erreichte, schnappte sie Bruchstücke einer Unterhaltung auf. Zwei Schwestern hinter dem Empfangstresen hatten ihr den Rücken zugekehrt.

»Ich habe gehört, dass Fuller aus Gagnes Büro gekommen ist. Denkst du, sie hat eine Beschwerde gegen Whitmore eingereicht?«

»Wo hast du das denn her? Es gibt ungefähr eine Million Gründe, warum sie dort gewesen sein könnte.«

»Ach komm schon. Von wem reden wir denn hier? Natürlich hat sie sich über irgendetwas beschwert, und soweit ich weiß, jammert sie jeden Tag über Whitmore.«

»Aber tut das nicht jeder? Nenn mir eine einzige Person, die sie nicht merkwürdig findet. Die Frau verfügt über keinerlei menschliche Emotionen.«

»Das stimmt. Vielleicht hat sie aber auch Beschwerde gegen Rader eingereicht. Das könnte man ihr wirklich nicht verübeln. Der Typ ist ein Perversling. Hast du gesehen, wie er ihr hinterhersteigt? Den sollte man unbedingt melden.«

Die Schwestern lachten.

»Vielleicht hat sich aber auch jemand bei Gagne über Fuller beschwert und sie war deshalb da. Man weiß ja nie.«

Nora blendete die Unterhaltung aus. Wie immer, wenn es um sie ging, war es nichts als alberner Klatsch und Tratsch. Taylor Fuller würde es nicht wagen, der Verwaltung eine Lüge aufzutischen. Nie im Leben.

Nora griff nach einer Krankenakte und vertiefte sich hinein, als sie bemerkte, dass vorbeigehende Kollegen und Schwestern ihr Blicke zuwarfen und hinter ihrem Rücken tratschten. Plötzlich war ihr dieser Zustand unangenehm. Es beunruhigte sie merkwürdigerweise, war sie es doch eigentlich gewöhnt. Das neue Unwohlsein musste wohl dadurch zustande kommen, dass sie dank Kelli erfahren hatte, wie es sich anfühlte, wie ein normaler Mensch behandelt zu werden.

Ihr Pager vibrierte und ein Blick auf das Display verriet ihr, dass die Chefin der Chirurgie versucht hatte, sie zu erreichen.

Nora wendete sich an eine der Schwestern, die kurz zuvor über noch über sie geredet hatten. Diese blickte sofort zu Boden, als fühlte sie sich ertappt. Nora wurde die Situation immer unangenehmer. »Kann ich bitte das Telefon haben?«

Statt einer Antwort erntete sie lediglich ein Blinzeln.

»Das Telefon, bitte«, wiederholte Nora langsam.

Einen Augenblick später reichte die Schwester ihr den Apparat.

Sie gab die Durchwahl der Chefärztin ein und wartete auf das Freizeichen. Als die Sekretärin sich meldete, sagte Nora: »Dr. Whitmore hier für Dr. Gagne.«

»Sie möchte Sie sehen«, antwortete die Sekretärin in freundlichem Ton.

»Ich habe eine OP …«

»Sofort, Dr. Whitmore.« Der Tonfall wurde bestimmter.

»Selbstverständlich.« Ein ungutes Gefühl machte sich in Noras Magengegend bemerkbar. Verschiedenen Szenarien gingen ihr durch den Kopf. Vielleicht war an den Gerüchten doch etwas dran.

Nora stellte das Telefon wieder auf dem Empfangstresen ab und versuchte, ihr Unwohlsein beiseitezuschieben. Es gab nur eine Möglichkeit, herauszufinden, worum es wirklich ging. Nachdem die Schwester das Telefon wieder an sich genommen hatte, blieb Nora noch einen Moment lang an der Rezeption stehen, um sich zu sammeln. Sie würde sich davon nicht aus der Ruhe bringen lassen. Ohne weitere Umschweife ging sie dann zum Fahrstuhl und fuhr nach unten. Als sie die Verwaltungsetage erreicht hatte, stieg sie aus und ging auf das Büro der Chefärztin zu. Der Korridor war ungewöhnlich leer und ein wenig unheimlich. Wieder kämpfte sie gegen das ungute Gefühl an, klopfte und trat ohne zu zögern ein.

»Gehen Sie einfach durch, Dr. Whitmore.«

Die Sekretärin schaute ihr hinterher, Nora konnte es fühlen. Hinter der geöffneten Bürotür saß Dr. Lisa Gagne an ihrem Schreibtisch. Sie war nach vorn gebeugt und unterhielt sich mit zwei Herren, die ihr gegenübersaßen. Das Gespräch endete abrupt, als Nora den Raum betrat.

»Guten Tag, Nora.« Dr. Gagne lächelte ein wenig. »Treten Sie ein und schließen Sie die Tür«, sagte sie mit ihrem ausgeprägten Südstaatenakzent.

Nora tat wie ihr geheißen und bemerkte, dass sie von allen dreien angestarrt wurde. Sie nickte jedem von ihnen zur Begrüßung zu.

»Setzen Sie sich, Nora.«

Es machte sie nervös, dass die Chefärztin ihren Vornamen benutzte. Irgendetwas stimmte hier ganz und gar nicht.

»Ich stehe lieber.«

Dr. Gagne nickte. »Wie Sie möchten.« Sie wandte sich ihren Besuchern zu und deutete auf den Mann mit der scheußlichen grünen Krawatte. »Das ist Mr. Post, einer unserer Anwälte und das hier ist –«

»Mr. Lane von der Personalabteilung«, unterbrach Nora sie kühl.

»Möchten Sie sich nun setzen, Nora?«, fragte Lisa.

»Nein, aber ich würde es bevorzugen, wenn Sie mich mit Dr. Whitmore ansprechen.«

»In Ordnung.«

»Danke«, erwiderte Nora. »Kann ich davon ausgehen, dass eine Beschwerde gegen mich eingereicht wurde?« Sie hatte keine Lust mehr, hingehalten zu werde. Es war an der Zeit, herauszufinden, ob an den Gerüchten etwas dran war.

Dr. Gagne beugte sich vor und stützte ihre Ellbogen auf dem Schreibtisch ab. »Ja, aber es ist in diesem Fall etwas komplizierter. Wir schätzen Sie hier sehr, aber die Interessen des Krankenhauses haben Vorrang.«

Verwirrt fragte Nora: »Können Sie das bitte näher erläutern?«

»Gegen Sie wurde eine Beschwerde wegen sexueller Belästigung einer Assistenzärztin eingereicht.«

Nora wurde schwindelig und ihr Magen verkrampfte sich. Zwar setzte sie sich nicht, krallte sich aber an einem der gepolsterten Stühle fest. Selbst nach allem, was sie von den Schwestern gehört hatte, war dies das Letzte, womit sie gerechnet hatte. »Das ist hoffentlich ein schlechter Scherz.« Ganz offensichtlich spielte ihr hier jemand einen grausamen Streich, an dem ganz und gar nichts Lustiges zu finden war.

»Leider nein, Dr. Whitmore.«

Es war nicht nötig, zu fragen, wer dafür verantwortlich war. »Taylor Fuller«, sagte Nora bestimmt.

»Darf ich Sie daran erinnern, dass Racheakte extrem unangebracht sind und strenge Konsequenzen nach sich ziehen können?«, fragte Mr. Post.

»Wie bitte? Ein Racheakt?« Nora sah ihn verwirrt an, aber er ging nicht weiter darauf ein.

»Sie haben das Recht, zu erfahren, wer diese Anschuldigungen gegen Sie vorgebracht hat, und wie Sie korrekt vermutet haben, handelt es sich in um Dr. Fuller.«

Die Wut, die Noras gesamten Körper durchfuhr war nur schwer aufzuhalten und richtete sich direkt gegen den Mann, den sie für all dies verantwortlich machte: James Rader. »Das ist absolut lächerlich. Wie können Sie einer so offensichtlichen Lüge nur die geringste Beachtung schenken?«

»Weil wir keine andere Wahl haben, egal wie unangenehm das für Sie ist. Sie sollten darüber nachdenken, sich einen Anwalt zu nehmen. Solche Anschuldigungen lösen sich normalerweise nicht einfach in Luft auf. Sie wird mit allem was sie hat gegen Sie vorgehen. Das ist in einer solchen Situation üblich«, erwiderte Lisa Gagne.

Nun setzte Nora sich doch und konzentrierte sich auf die Polsterung des Stuhls, die hart aber ungemein bequem war. Es war ihre Art der Ablenkung, um sich innerlich wieder sammeln zu können. Sie spannte die Muskeln ihrer Hände wiederholt an, um dem Stress entgegenzuwirken, der sich rasend schnell in ihr aufbaute. Sie versuchte, an Kelli zu denken, um sich zu fangen, aber selbst das half nichts.

»Leider ist das noch nicht alles«, fügte Gagne hinzu.

Nora sah auf. Was konnte denn jetzt noch kommen? Das Krankenhaus war ihr Leben und sie hatte einen Ruf zu verlieren, ohne den sie sich ausgeliefert und verwundbar fühlen würde.

»Sie sind ein geschätztes Mitglied unserer Belegschaft, aber der Aufsichtsrat hat beschlossen, dass sie sich eine bezahlte Auszeit nehmen sollten, um das Krankenhaus und auch sich selbst zu schützen«, sagte Mr. Post.

Noras sah ihn langsam an. Ihr Blick blieb an seiner Krawatte hängen. Die Farbe war wirklich geschmacklos. Seine Worte zerstörten sie innerlich. Sie versuchte, sich zu beruhigen, aber ihr Körper weigerte sich.

»Sie waren heute für eine Whipple- und eine Darm-OP eingeteilt. Die wurden bereits anderen Kollegen zugewiesen und dasselbe ist auch mit Ihren Patienten geschehen«, krönte Gagne die Unterhaltung.

Nora schloss die Augen und wandte sich ab. Mit jedem Wort fühlte sie sich kleiner.

»Trotz allem genießen Sie immer noch den Respekt des Krankenhauses und meinen. Gehen Sie freiwillig, aber gehen Sie gleich. Kann ich mich auf Sie verlassen?« Dr. Gagnes Tonfall wurde milder.

»Ja.« Nora schluckte die Säure herunter, die in ihrer Speiseröhre emporgestiegen war, und erhob sich langsam. Wenn es Raders und Fullers Plan gewesen war, sie zu zerstören, so war es ihnen zumindest für den Moment gelungen.

Lisa nickte. »Machen Sie es gut, Dr. Whitmore.«

Nora senkte den Kopf. Die beiden Männer waren ungewöhnlich still, aber es gab vermutlich nichts weiter zu sagen. Im Fahrstuhl sah sie auf ihre Uhr und stellte fest, dass es nach eins war. Kelli würde sich wundern, wo sie blieb. In ihrer Kehle bildete sich ein Kloß, der sich seinen Weg in ihren Magen bahnte. Schwerfällig stützte sie sich auf die Haltestange im Aufzug. Nur so konnte sich aufrecht halten. Der Gedanke daran, Kelli nicht mehr zu sehen, gab ihr den Rest. Zwar machte es überhaupt keinen Sinn, so zu empfinden, aber was machte momentan überhaupt einen Sinn?

Kelli schaute auf die Uhr. Der einzige Grund aus dem Nora jemals zu spät kam, war ein Notfall. Sie musste an Travis denken und befürchtete das Schlimmste. Unter Anstrengungen setzte sie sich auf und drückte den Rufknopf für die Krankenschwester.

»Kann ich Ihnen helfen, Miss McCabe?« Dr. Rader blieb einen Moment im Türrahmen stehen, bevor er eintrat.

Statt zu antworten, fixierte Kelli ihn. Nora konnte Rader nicht ausstehen, das wusste sie, aber er konnte ihr mit Sicherheit sagen, wo sie war. Kelli beschloss, es zu riskieren. »Nora ist nicht da und ich wollte wissen, wie es Travis geht.«

»Er ruht sich aus.«

Kelli entspannte sich ein wenig. »Okay, aber was ist mit –«

Dr. Rader fiel ihr ins Wort: »Dr. Whitmore wird in absehbarer Zukunft nicht wiederkommen.«

Ihr lief ein eiskalter Schauder über den Rücken. In seinen Augen bemerkte sie ein Funkeln und sie war überzeugt, den Anflug eines selbstgefälligen Grinsens zu erkennen. »Was zum Teufel soll das heißen?«

»Leider steht es mir nicht frei, diesen Fall mit Ihnen zu besprechen.« Sein Tonfall war frech.

Hurensohn. Kelli hatte von Anfang an gewusst, dass etwas an ihm mehr als faul war. Arschlöcher konnte sie immer schon auf mehrere Kilometer riechen. »Sie widern mich an.«

Rader verzog kurz das Gesicht, lächelte dann aber weiter. Er sah aus wie ein Lackaffe.

»Nun ja, ich –«

»Halten Sie die Schnauze. Ich bin noch nicht fertig. Ich hab keine Ahnung, was hier vor sich geht, aber Typen wie Sie kriegen am Ende immer, was Sie verdienen. Merken Sie sich das«, fauchte Kelli und sah ihn siegessicher an. Sie triumphierte innerlich, als er den Blick zuerst abwandte.

Rader trat einen Schritt zurück. »Ich bin keine Krankenschwester, Miss McCabe.«

»Nein. Sie sind ein arroganter Drecksack, der sich aus meinem Zimmer verpissen kann.«

Ein Muskel in seinem Unterkiefer zuckte. »Wenn Sie mit meiner Arbeit nicht zufrieden sind, können Sie gerne um einen anderen Arzt bitten.«

Das würde ihm so passen, aber diesen Gefallen würde sie ihm nicht tun. »Dafür ist es ein bisschen spät, meinen Sie nicht? In ein paar Tagen bin ich hier weg. Solange werden wir es wohl noch miteinander aushalten müssen.« Mit einem übertriebenen Grinsen entblößte sie ihre Zähne. Manchmal war es besser, seine Feinde in der Nähe zu behalten, wo man ein Auge auf sie haben konnte.

Raders Gesichtsausdruck verhärtete sich und Kelli schnaubte: »Die Fresse können Sie sich sparen. Mir machen Sie keine Angst.«

Er rührte sich nicht.

»Worauf warten Sie noch? Verpissen Sie sich endlich.«

Ohne ein weiteres Wort verschwand er.

Eine ganze Weile noch blickte Kelli durch den leeren Türrahmen, in der Hoffnung, dass Nora doch noch auftauchen würde. Aber es war bereits nach zwei Uhr und sie würde offensichtlich nicht mehr kommen. Die Tatsache war einfach beschissen und Kelli fühlte sich vollkommen leer. Noch schlimmer aber war, dass Nora in Schwierigkeiten zu stecken schien. Das konnte Kelli spüren. Sie nahm das Telefon in die Hand und wählte blitzschnell. Beim vierten Klingeln schnaubte sie ungeduldig.

Endlich hob er ab. »Williams.«

»Du musst ein paar Informationen für mich besorgen.«

Eine Pause entstand.

»McCabe? Für einen Augenblick habe ich geglaubt, dass du schon wieder im Dienst bist.«

»Williams!«, ermahnte ihn Kelli.

»Okay, was brauchst du?«

»Adresse und Telefonnummer von Nora Whitmore.«

KAPITEL 10

Nora erwachte ruckartig und kniff ein paarmal die Augen zusammen, um sich an die Morgensonne zu gewöhnen. Verwirrt blickte sie sich um. Es dauerte eine Weile, bis sie begriff, dass sie sich in einem ihrer Gästezimmer befand. Auf ihrem Brustkorb lag ein schwerer Arm. Es beunruhigte sie, von einer fremden Person umschlungen aufzuwachen. Sie war nicht der Typ zum Kuscheln. Nora betrachtete den Arm und den Mann, dem er gehörte etwas genauer. Beide waren muskulös und wohlgeformt. Mit seinem gemeißelten Kinn und dem kräftigen Körperbau hatte sie ihn für den richtigen Kandidaten für die vergangene Nacht gehalten. Deshalb hatte sie ihn mit nach Hause genommen. Leider hatte er auf ganzer Linie versagt.

Genervt von seiner Anwesenheit und seiner enttäuschenden Leistung am Vorabend, schob sie seinen Arm beiseite. Es überraschte sie, dass sie trotz des Übernachtungsgastes die gesamte Nacht durchgeschlafen hatte. Sie funkelte ihn böse an. Sein Name war ihr entfallen, aber sie entschied, dass er ohnehin nichts zur Sache tat.

Sie hatte sich einfach nur von den kraftvollen Hüften eines Mannes zermalmen lassen wollen, der selbstbewusst genug war, Befehle zu erteilen. Um sich wieder aufrappeln zu können, und eine bessere, widerstandsfähigere Version ihrer selbst zu werden, musste sie sich zuerst vollkommen erniedrigen lassen. Als sie feststellte, dass er ihre Bedürfnisse nicht erfüllen konnte, versuchte sie, sich zu nehmen, was sie brauchte, aber auch das hatte nicht funktioniert.

Während sie ihn so ansah, wurde sie von einer Vielzahl an Gefühlen heimgesucht, die von Wut bis zu vollkommener Hilflosigkeit reichten. In den vergangenen Tagen war dieses emotionale Auf und Ab zu einem Dauerzustand geworden und sie wusste nicht, wie sie es aufhalten konnte. Stattdessen verfiel sie wieder in alte Gewohnheiten und nahm fremde Männer mit ins Bett. Es war einfach, so furchtbar einfach und doch so unbefriedigend.

Der Fremde rührte sich und öffnete die Augen. Sie waren grün und erinnerten Nora sofort an Kelli. Das machte die Situation nicht besser. Sie wollte ihren Kopf nicht auch noch mit Gedanken an eine Person füllen, die sie noch mehr aus der Balance bringen konnte. Der Mann schenkte ihr ein Lächeln, bei dem andere Frauen mit Sicherheit weiche Knie bekommen hätten.

»Nikki«, flüsterte er.

»Geh bitte«, erwiderte Nora kühl.

Er guckte sie verdutzt an. »Meinst du das ernst?«

»Ja, das tue ich und du brauchst auch nicht wiederzukommen.«

Er setzte sich auf und warf die Bettdecke von sich. Grinsend und vollkommen nackt saß er vor ihr. Nora wurde übel.

»Du weißt gar nicht, was dir entgeht. Morgens bin ich besonders potent.«

»Du gibst also zu, dass das gestern Abend nicht der Fall war?« Nora hatte keine Ahnung, warum sie ihre Energie an ihn verschwendete, obwohl sie ihn einfach nur loswerden wollte.

»Ich hatte etwas zu viel Wein«, entgegneter er mittlerweile doch leicht verunsichert.

»Ich rufe dir ein Taxi.« Trotz der abstrusen Situation zeigte er deutliche Anzeichen von Erregung und aus einer Laune heraus, änderte sie ihre Meinung.

Sie stand auf, ging um das Bett herum und blieb vor ihm stehen. Nora wollte sich von Rader nicht alles verderben lassen und Sex war für sie schon immer die wirksamste Methode gewesen, ihre Probleme zu vergessen. Sie zog ihn grob zu sich und küsste ihn.

Er stöhnte. Nora dagegen dachte an Kelli. Zuerst verspürte sie Erregung, die aber kurz darauf durch Panik ersetzt wurde. Sie schnappte nach Luft, riss sich los und trat einen Schritt zurück.

Er schaute sie verwirrt an. »Ach, komm schon. Du hast es doch auch –«

Sie fiel ihm ins Wort: »Vergiss deine Sachen nicht, wenn du gehst.«

Die Wut stand ihm deutlich ins Gesicht geschrieben und er ballte die Fäuste. »Dreckige Schlampe.«

Nora musste prompt an Rader denken. Ein weiterer Kerl, der glaubte, er hätte das Recht, sie zu beschimpfen. Zorn stieg in ihr auf, aber sie weigerte sich, ihn zu zeigen, und es gelang ihr. Es fühlte sich gut an, zumindest einen Teil ihrer Selbstkontrolle wiedererlangt zu haben. Nora drehte sich um und ging zur Tür. Als sie das Zimmer verließ, blickte sie über ihre Schulter und informierte ihn beiläufig: »Ich rufe jetzt ein Taxi.«

»Warum kriege ich nur immer die Verrückten ab?« murmelte er.

Dem hatte sie nichts entgegenzusetzen. Sie fühlte sich tatsächlich ein wenig irre.

Nachdem er gegangen war, setzte Nora sich auf die Couch und trank ihren inzwischen lauwarmen Kaffee. Auf ihrem Tablet ging sie die Nachrichten des Tages durch, aber nichts davon weckte ihr Interesse. Es fiel ihr schwer, sich an ihre neu gewonnene Freizeit zu gewöhnen und das Herumsitzen raubte ihr sämtliche Energiereserven. Sie erhob sich und ging vor dem Sofa auf und ab. Irgendwie musste sie diese Gefühle doch abschütteln können – wenn auch nur vorübergehend.

Früher hatte es sie nie gestört, allein zu sein, aber plötzlich fühlte sie sich einsam. Auf einmal schien ihr etwas zu fehlen und Nora war sich nicht mehr sicher, ob die Einsamkeit tatsächlich ein neues Gefühl war, oder ob sie sie früher nur nicht bemerkt hatte. Unwillkürlich musste sie an Kelli denken und für den Bruchteil einer Sekunde fühlte sie sich besser.

Nora setzte sich wieder und rief Google auf ihrem Tablet auf. Die Suche nach Kellis Namen führte zu mehreren Artikeln. Einige davon enthielten Bilder von ihr und Nora schmunzelte, als sie sah, wie unwohl sich Kelli im Rampenlicht zu fühlen schien. Der verkrampfte Ausdruck auf ihrem Gesicht amüsierte sie.

Kelli McCabe war eine bekannte und hochgeschätzte Polizistin, was Nora nicht wirklich überraschte. Aus eigener Erfahrung wusste sie, dass sich hinter Kellis taktlosem Gehabe eine intelligente und großzügige Frau versteckte. Sie ließ sich von den Erinnerungen an ihre letzten Begegnungen mit Kelli trösten, aber sie wusste auch, solange sie sich nicht aktiv um eine Freundschaft mit ihr bemühte, würde dieser Trost nicht lange anhalten. Dann würde der

Kontakt im Sande verlaufen. Sie schüttelte den Gedanken ab und ignorierte die Enttäuschung, die damit einherging. Kelli war nicht die Lösung ihrer Probleme.

Nora schaltete ihr Tablet aus und nahm einen Schluck von ihrem Kaffee. Der war inzwischen vollkommen kalt und bitter. Sie trank ihn trotzdem und für einen kurzen Augenblick verlor sie sich in dem Gefühl der Normalität, das eine Tasse Kaffee in der vertrauten Umgebung ihrer Wohnung in ihr auslöste. Der Augenblick verflog leider viel zu schnell und Nora versuchte, ihre Emotionen einzeln unter die Lupe zu nehmen. So konnte es einfach nicht weitergehen. Sie wollte nicht länger von unvorhersehbaren Panikattacken heimgesucht werden. Und dann war da noch diese Wut, die zu ihrem ständigen Begleiter geworden war. Seit Raders Versuch, sie zu ruinieren, hatte sie sich verändert. Ihr Selbstbewusstsein hatte sich in Unsicherheit verwandelt, sie war nervös, sie war verwundbar und sie musste den tieferliegenden Grund für diese Emotionen finden. Ohne lange nachdenken zu müssen, wurde ihr der Fehler bewusst, der ihr Leben ins Wanken gebracht hatte.

Angefangen hatte alles damit, dass sie sich Kelli gegenüber geöffnet hatte. Sie konnte sich nicht erklären, wie Kelli sich an all ihren Abwehrmechanismen hatte vorbeischmuggeln und sie so hatte aufweichen können. Nichts davon ergab einen Sinn – am allerwenigsten der Anflug von Erregung, der sie am Morgen beim Gedanken an die Polizistin heimgesucht hatte.

Sie war von ihrer eigenen Reaktion überrascht worden. Kelli war sicherlich attraktiv, aber es war einfach nicht Noras Art, auf diese Weise an Patienten zu denken. Diese ganze Situation war lediglich ein Produkt der äußeren Umstände. Eine andere Erklärung gab es nicht.

Nora spürte, dass ein Großteil ihrer Wut sich gegen sie selbst richtete. Beim Versuch, ihre Gefühle unter Kontrolle zu bringen, ballte sie die Fäuste und grub ihre Fingernägel in ihre Handflächen. Der daraus resultierende Schmerz war immer noch besser als das Chaos, das sich um sie gebildet hatte. Sie öffnete ihre Hände wieder und fuhr mit den Daumen über die Mondsicheln, die ihre Fingernägel auf der Haut hinterlassen hatten. Die Symbolik dieser Handlung entging ihr nicht: Sie war selbst für ihren Schmerz verantwortlich und Kelli war irgendwie dazwischengeraten. Noras Herz fing heftig an zu pochen, so heftig, dass ihr die Luft wegblieb.

Rader, Kelli, die Suspendierung – Nora war nicht mehr sicher, mit all dem umgehen zu können. Sie drohte, zu ertrinken, aber noch verstörender war die Tatsache, dass sie sich offenbar so fühlen wollte. Sie beruhigte sich schließlich ein wenig und stand auf. Nora erkannte sich nicht wieder. Viel zu leicht hatte sie sich in letzter Zeit den verletzlichen Aspekten ihrer Persönlichkeit geöffnet und nun, da sie ohne den Kontakt zu Kelli eine Chance hatte, wieder zu ihrer früheren, emotionslosen Existenz zurückzukehren, gab es einen Teil von ihr, der sich gegen die Rückkehr zum *Status quo* eindeutig zur Wehr setzte.

Wieder ballte sie ihre Hände zu Fäusten, wieder schmerzte es, wieder tat der Schmerz gut. Sie war stark und sie musste sich zusammenreißen. Andernfalls würde ihre Schwäche zu ihrem Verderben führen.

Kelli hielt den Atem, an als Travis Augenlider flatterten und sich schließlich öffneten. Seine Augen waren blutunterlaufen und unkonzentriert. Sie trat näher. Zwar befanden sich auch andere besorgte Personen im Zimmer, aber sie wollte die erste Person sein, die er wahrnahm. Es war ihr egal, wie egoistisch das war.

Travis stöhnte.

»Junge?« Gerald Travis Sr. stand hinter Kelli. Er war ein Berg von einem Mann, aber seine Stimme klang schwach und besorgt.

Travis schaute unter größter Anstrengung Kelli an. »Hey.«

Sie war so erleichtert, dass sie beinahe angefangen hätte, zu lachen, konnte sich aber gerade noch beherrschen. Stattdessen flüsterte sie: »Morgen.« Sie spürte, wie jemand hinter ihr nähertrat und drehte sich ein Stück weit um, als Sean ihr auf die Schulter klopfte.

Sie grinsten einander an.

»Ist mein Vater da?«, fragte Travis.

»Ja.« Kelli trat beiseite.

Gerald Sr. räusperte sich und ergriff die Hand seines Sohnes. »Ich bin hier.«

Kelli war Travis' Vater schon häufiger begegnet, aber dies war das erste Mal, dass sie eine Berührung zwischen den beiden beobachtete. Es war schade, dass es erst einer Lähmung bedurfte, um die beiden zueinander zu führen. Glücklicherweise hatte Travis bei ihnen eine Ersatzfamilie gefunden. Kelli schluckte den Kloß herunter, der sich in ihrem Hals gebildet hatte.

»Hat es funktioniert?«, fragte Travis vorsichtig, aber voller Hoffnung.

Gerald Sr. zögerte einen Moment lang und schaute dann zu Kelli.

»Das wissen wir erst, wenn die Schwellung abgeklungen ist«, antwortete diese.

Travis Vater lächelte mit glänzenden Augen und nickte.

Travis selbst verzog das Gesicht und atmete angestrengt aus. »Ich habe das alles so satt.«

Kelli spürte, wie Tränen in ihre Augen stiegen und sie versuchte, sie zu unterdrücken. Wütend auf sich selbst, trat sie beiseite und kämpfte um ihre Fassung. Sie musste positiv bleiben, für ihn. Das war nicht der richtige Moment, um die Kontrolle zu verlieren.

»Das glaube ich, aber wir sind alle für dich da«, sagte Sean und ging einen Schritt auf ihn zu.

»Ich weiß«, murmelte Travis. »Was für ein Folterinstrument hab ich da am Kopf?«

»Die Schwester hat gesagt, dass es als Heiligenschein bekannt ist«, erläuterte Kelli.

»Fühle mich nicht engelsgleich.«

Kelli lächelte. Derselbe Gedanke war ihr auch durch den Kopf geschossen, als sie ihn zum ersten Mal so gesehen hatte. Manchmal war es erstaunlich, wie ähnlich sie einander waren. Sie sah, wie Travis' Augenlider schwer wurden und seine Atmung sich verlangsamte. Kelli konnte es ihm nicht verübeln. Sie war ebenfalls furchtbar erschöpft, obwohl sie keine langwierige Operation hinter sich gebracht hatte.

Auf ihren neuen Gehstock gestützt, sah sie ihm beim Schlafen zu. Sean stupste sie an. »Mom hat mir gerade geschrieben. Sie kommt gleich vorbei, um bei deinem Entlassungstermin dabei zu sein.«

Kelli nickte. Es gefiel ihr nicht wirklich, dass ihre Entlassung an Bedingungen geknüpft war, aber sie war froh, das Krankenhaus endlich hinter sich zu lassen. Die Tatsache, dass Travis wach war, war ein netter Bonus.

»Sie wollte sich den Tag eigentlich freinehmen, aber du weißt ja, wie sie ist«, sagte Sean.

»Ja, ich weiß. Also, lass uns gehen.« Kelli hatte eine Mission erfüllt und bereitete sich geistig auf die nächste vor. In der Tür hielt sie inne und drehte sich noch einmal um. Zwar war ihr eigenes Selbstvertrauen ein wenig angekratzt, aber sie hatte mehr als genug Vertrauen in Gerry Travis Jr.

Ihre Mutter wartete bereits im Zimmer auf sie, und wühlte in Kellis leeren Schubladen herum.

»Mom, ich habe schon alles gepackt.« Sie deutete auf die Sporttasche, die auf dem Bett stand.

»Ich wollte nur sicher gehen. Man weiß ja nie. Antony wollte auch kommen, aber er arbeitet heute leider Doppelschicht.«

Kelli warf ihrem Bruder einen vielsagenden Blick zu. Das war eine von Tonys beliebtesten Lügen. »Ja, okay.«

Ihre Mutter lächelte. »Für jemanden, der zwei Kugeln abbekommen hat, siehst du wirklich gut aus.«

Kelli winkte ab.

»Guten Morgen, verehrte McCabes. Ich nehme an, dass unsere Polizistin es kaum erwarten kann, uns zu verlassen.«

Kelli bedachte Rader mit einem vernichtenden Blick, als er das Zimmer betrat. »Sparen Sie sich das Gequatsche und geben Sie mir die Papiere, die ich unterschreiben muss.« Was für ein Arschloch. Am liebsten hätte sie ihm eine verpasst.

»Kelli!«, rief Carina aus. »Wo sind denn deine Manieren? Dieser Mann hat sich gut um dich gekümmert.«

Kelli schaute ihre Mutter an. »Na klar hat er das.« Sie wandte sie sich Rader zu, aber dieser wich ihren Blicken aus. »Wichser«, zischte sie.

»Es ist schon in Ordnung Mrs. McCabe. Sie ist nicht ganz pflegeleicht, aber wir freuen uns, dass es ihr besser geht.« Rader grinste.

Kelli widerstand dem Drang, ihm einen Schlag mit ihrem Stock zu verpassen. Allerdings fiel es ihr nicht leicht. Stattdessen stellte sie es sich bildlich vor, was ihr zumindest ein wenig Genugtuung verschaffte.

Mit schmieriger Stimme fügte Rader hinzu: »Ich bin mir sicher, dass Nora gerne gekommen wäre, wenn sie nur könnte.«

Kelli schenkte ihm ihr breitestes Lächeln und zeigte ihre Zähne. Er bewegte sich auf dünnem Eis und Kelli wollte sichergehen, dass er sich dessen bewusst war.

Er blickte zu Boden.

»Wo ist Dr. Whitmore eigentlich?«, fragte Sean und sah sich im Zimmer um, als hätte er sie übersehen.

»Wer?« Carina schien kurz zu überlegen. »Die seltsame Hübsche?«

»Ja, das ist sie, aber nenn sie bitte nicht seltsam.«

»Ich mag sie«, sagte Sean.

»Ich auch«, stimmte Kelli zu und warf Rader einen bösen Blick zu, der auf einmal sehr an seinen Schuhen interessiert schien.

Schließlich räusperte er sich und sagte: »Also, Miss McCabe. Sie müssen mit Ihrer Krankengymnastik weitermachen und noch einen weiteren Termin mit mir auf ambulanter Basis vereinbaren, ehe Sie sich von Ihrem Hausarzt behandeln lassen können.«

»Fantastisch«, erwiderte Kelli zynisch.

»Es tut mir wirklich leid, Herr Doktor«, schaltete sich Carina ein. »So habe ich sie mit Sicherheit nicht erzogen. Könnten Sie ihr bitte erklären, dass es besser für sie wäre, wenn sie erst einmal wieder bei mir einzieht, bis sie wieder ohne Stock gehen kann?«

»Mom! Du hast mir doch den Stock besorgt, dann lass mich ihn auch benutzen. Ich werde schon in meiner Wohnung zurechtkommen.«

Mit herausforderndem Blick wartete Kelli darauf, dass Rader es wagte, ihr zu widersprechen. Dann würde sie sich nicht länger beherrschen können und ihm auf jeden Fall eins mit ihrem Stock überbraten. Der Wichser hätte es verdient.

»Sie kann bereits wieder gehen, also sollte sie auch allein zurechtkommen«, stimmte Rader zu.

»Hörst du, Mom? Habe ich es nicht gesagt?« Kelli grinste breit.

»Okay, okay, aber ich komme nach der Arbeit vorbei. Du wirst sicher Lebensmittel brauchen.«

»Na gut«. Kelli gab sich geschlagen. Ihre Mutter würde ohnehin auftauchen.

»Also dann. Eine Schwester wird demnächst mit Ihren Papieren und weiteren Anweisungen vorbeikommen.« Mit diesen Worten verließ Rader das Zimmer.

Carina starrte ihre Tochter an. »Was ist denn nur los mit dir? Erst terrorisierst du die Krankenschwestern und jetzt sind die Ärzte dran, oder wie?«

Kelli verdrehte die Augen und winkte ab. »Der hat es verdient, Mom. Der Typ ist ein Drecksack und nun habe ich auch Beweise dafür.«

»War Dr. Whitmore die einzige Ärztin, zu der du nett warst?«

Kelli zuckte mit den Schultern. »Vermutlich.«

Sean kicherte. »Aber nur, weil sie heiß aussieht.«

»Stimmt nicht«, verteidigte sich Kelli. »Ein paar von den Schwestern waren auch nicht übel.«

Carina warf verärgert die Hände in die Luft. »Ist ja auch egal. Immerhin bin ich froh, dass sie dich nicht verklagen können. Jetzt muss ich aber zur Arbeit.« Ehe Kelli protestieren konnte, wurde sie von ihrer Mutter innig umarmt. »Wir sehen uns heute Abend.«

»Ja, ja.«

Nachdem Carina das Zimmer verlassen hatte, trat eine Schwester mit Rollstuhl und Klemmbrett ausgerüstet ein.

»Oh, nein. Ich setze mich bestimmt nicht wieder in dieses Teil. Zum ersten Mal seit Wochen habe ich Straßenkleidung an, also werde ich diesen Laden hier auch zu Fuß verlassen«, sagte Kelli bestimmt.

Zwar schien die Schwester zunächst protestieren zu wollen, besann sich dann aber offenbar eines Besseren und hielt Kelli das Klemmbrett hin. »Unterschreiben Sie einfach auf den gepunkteten Linien. Ich möchte Ihnen auch von Herzen sagen, wie froh wir sind, Sie loszuwerden.« Ihr Lächeln wirkte aufrichtig und Sean musste lachen.

Kelli warf ihm einen bösen Blick zu. »Also gut.«

Das Sonnenlicht blendete Kelli und es dauerte eine ganze Weile, bis sich ihre Augen an die Helligkeit gewöhnt hatten. Sie wartete vor dem Eingangsbereich des Krankenhauses darauf, dass Sean mit dem Dienstwagen vorfuhr. Am

Himmel waren vereinzelte Wolken zu sehen, aber nicht allzu viele. Seltsam. Es war April in Seattle. Eigentlich sollte es wie aus Eimern schütten. Kelli atmete die frische Luft ein, die trotz der Schwüle rein gar nichts mit der künstlichen und abgestandenen Krankenhausluft gemeinsam hatte. Endlich war sie wieder so etwas wie ein freier Mensch, auch wenn sie Dank des verdammten Stocks und ihrer Besorgnis um Nora und Tony ihre Entlassung nicht richtig genießen konnte.

Tony war eindeutig wieder abhängig und möglicherweise in noch viel schlimmere Dinge verwickelt. Außerdem hatte sie keine Ahnung, was mit Nora los war. Was immer es auch war, es schien Rader ekelhaft glücklich zu stimmen. Kelli konnte nicht mehr klar denken. Auch wenn sie versuchte, sich von dem zu distanzieren, was derzeit um sie herum passierte, war es nicht leicht. Sobald sie versuchte, sich auf eine der Baustellen zu konzentrieren, geschah an einer anderen Stelle etwas, das sie herausriss.

In den vergangenen Tagen hatte Kelli das Telefon unzählige Male in die Hand genommen, um Nora anzurufen, aber sie war zu feige gewesen, die Nummer zu wählen. Sie musste sie sehen. Anders ging es nicht. Die Anziehung, die von Nora ausging, war verdammt eigenartig, aber warum sollte sie sich dagegen wehren?

Seans Auto hielt vor ihr. Er stieg aus und beeilte sich, um die Beifahrertür für sie zu öffnen. Kelli stolperte beim Einsteigen ein wenig und fluchte.

»Alles okay?«, fragte Sean.

»Ja, alles klar. Lass uns fahren.«

»In Ordnung. Müssen wir irgendwo anhalten, bevor ich dich zu Hause absetze?«

»Ja.« Sie fischte ein Stück Papier aus ihrer Hosentasche und las eine Adresse vor, die im nobleren Teil der Stadt lag.

Sean stieß einen anerkennenden Pfiff aus. »Das ist auf dem West Mercer Island.«

»Ich weiß.« Kelli versuchte, ihre Nervosität zu unterdrücken. Was, wenn Nora ihr die Tür vor der Nase zuschlagen würde? Ihr Besuch überschritt mehrere professionelle und persönliche Grenzen. Um sich abzulenken, wechselte sie das Thema, auch wenn das neue nicht weniger anstrengend war. »Hast du Antony gesehen?«

Sean seufzte. »Nein. Er hat sich in den letzten Tagen rar gemacht. Vielleicht hat er ja bemerkt, dass er Scheiße gebaut hat, als er stoned im Krankenhaus aufgetaucht ist.«

»Ja, vielleicht. Ich hoffe nur, dass er nicht einfach verschwindet.« Jetzt, da alles für Travis getan war, konnte sie sich mehr auf ihren kleinen Bruder konzentrieren. »Wir müssen so bald wie möglich mit Mom reden, bevor es zu spät ist.«

»Du hast recht. Ich glaube übrigens nicht, dass der Blödsinn, den er treibt, sich auf den Konsum beschränkt. Irgendwie schafft er es auch, an Geld zu kommen.«

»Glaubst du, er kooperiert mit einem Dealer?« Kelli war sich nicht sicher, ob sie die Antwort hören wollte.

»Im Moment würde mich nichts überraschen. Ich werde seine üblichen Plätze abklappern.«

»Das macht Sinn.« Kelli seufzte.

Das Funkgerät knackte. Wie sie diesen Klang vermisste. Wann immer sie dieses Geräusch hörte, wusste sie, dass sie die Chance haben würde, einem Menschen zu helfen. Zurzeit war daran allerdings nicht zu denken. Als sie die Murrow Memorial Bridge überquerten, ließ sie ihren Blick über den Lake Washington schweifen, der so voller Boote war, dass man das Wasser kaum sehen konnte.

»Also, zu wem sind wir denn gerade unterwegs?«, fragte Sean.

»Nora.« Kelli sah stur geradeaus und hoffte, dass ihr Bruder seine Meinung für sich behalten würde.

»Dr. Whitmore?« Sean sah sie an. »Warum willst du … ach, ich verstehe.« Er grinste.

»Es ist nicht so, wie du denkst. Sie steckt in Schwierigkeiten. Das weiß ich einfach, auch wenn ich mir nicht sicher bin, was passiert ist.«

»Und warum meinst du, dass du dich darum kümmern musst?«

»Weil sie sich um mich gekümmert hat.« Kelli hatte keine Ahnung, was geschehen würde. Sollte ihre Entlassung das Ende ihrer merkwürdigen Art von Bekanntschaft sein, so würde sie sich gleich wenigstens von Nora verabschieden können. Allerdings gefiel ihr dieser Gedanke ganz und gar nicht. Zwischen ihnen war einfach zu viel geschehen, um einfach so Abschied zu nehmen.

An einer roten Ampel hielten sie an und Sean wirkte verwirrt.

»Fahr einfach hin.« Kelli seufzte.

»Weiß sie, dass du kommst?«

»Nein.«

»Das ist ein Witz, oder?«

»Nein.« Kellis Stimme wurde eine Oktave höher.

»Bist du wahnsinnig?«

Kelli antwortete mit einem finsteren Blick.

»Und ich soll einfach im Auto warten?«

»Ja«, erwiderte Kelli.

»Ist vielleicht besser so. Sie denkt bestimmt, dass du eine Stalkerin bist.«

»Kannst du nicht einfach deine Klappe halten?«

»Warum? Was habe ich denn gesagt?« Sean grinste.

Kelli zuckte mit den Schultern. Wenigstens einer von ihnen konnte darüber lachen. Sie selbst fand das alles nämlich ganz und gar nicht komisch.

»Meine Fresse«, murmelte Sean, als sie in Noras Wohngegend einbogen. »Hier sieht es aus wie an einem Filmset. Alles glänzt und es gibt nicht ein einziges Schlagloch.« Er schüttelte den Kopf. »Ich hätte doch Arzt werden sollen.«

»Was du nicht sagst.« Kelli rieb ihre plötzlich klammen Hände an ihrer Jeans trocken. Ganz offensichtlich lebte Nora in einer vollkommen anderen Welt. Diese Tatsache machte sie noch nervöser, aber sie beschloss, sich nicht davon beirren zu lassen. Die Verbindung, die sie zu der Ärztin verspürte, ging weit über finanzielle Dinge hinaus. Sie waren einfach zwei Menschen, die sich mochten. Nicht mehr, aber auch nicht weniger.

Schweigend ließ sie ihren Blick über die gepflegten Häuser und Vorgärten gleiten. Auf einmal wurde Sean langsamer und bog in eine Auffahrt ein, in der kein Auto parkte. Kelli hoffte, dass Noras Wagen in der Garage stand. Andernfalls wäre die ganze Reise umsonst gewesen.

»Okay, wir sind da. Bist du dir ganz sicher, dass du das tun willst?« Sean sah sie mit großen Augen an. Offensichtlich fühlte er sich nicht ganz wohl bei der Sache.

»Ganz sicher.«

»Also gut. Brauchst du Hilfe beim Aussteigen?«

»Nein. Geht schon.« Langsam stieg sie aus dem Auto und schaute sich um. Noras Rasen war genauso gepflegt wie alle anderen in der Straße. Ihre Hecken waren zu Würfeln zurechtgeschnitten und die Blumen sahen aus, als hätte sich ein Malkasten darüber erbrochen. Das Haus selbst war mittelgroß und hob sich nicht von den anderen Weißen Häusern in der Gegend ab.

Ihr Bein fing an zu pochen, aber sie biss die Zähne zusammen und humpelte die Auffahrt hinauf. Als sie sich der Tür näherte, verspürte sie ein vertrautes Kribbeln im Bauch. Es waren mehrere Tage vergangen, seit sie Nora das letzte Mal gesehen hatte und seitdem hatte sich das Kribbeln nicht mehr breitgemacht. Kelli lauschte. Im Haus schien alles still zu sein. Trotzdem klingelte sie. Das Läuten schallte bis zu ihr nach draußen, aber drinnen rührte sich nichts. Enttäuscht drehte sich Kelli um und blickte zu Sean. Er zuckte lediglich mit den Schultern.

Dann hörte Kelli auf einmal, wie ein Schlüssel im Schloss gedreht wurde. Die Tür öffnete sich. Vor ihr stand Nora in einer schwarzen Jogginghose und einem beigefarbenen Oberteil. Kellis Herz hämmerte so hart, dass sie das Gefühl hatte, in ihrem Körper würde ein Trommelseminar abgehalten.

»Was machen Sie denn hier?«, fragte Nora erschrocken. Wirklich zu freuen schien sie sich nicht.

Scheiße. Aber was hatte Kelli erwartet? »Hey.«

»Wie haben Sie …?«

»Ich bin bei der Polizei, Nora, und meinst du nicht, dass wir uns langsam endlich duzen könnten?«

Nora räusperte sich und blickte zur Seite. Als sie Kelli wieder anschaute, war ihr Ausdruck weiter abweisend. »Ich weiß immer noch nicht, warum du hier bist.«

Bei dem kühlen Blick, den Nora ihr dann zuwarf, lief Kelli ein eiskalter Schauer über den Rücken. Ihr fehlten die Worte und daher sagte sie das Erste, was ihr in den Sinn kam: »Einfach so.«

»Einfach so? Weißt du eigentlich, wie unangebracht das ist? Ich kann mich nicht erinnern, dich hierher gebeten zu haben.«

Kelli stützte sich schwer auf ihren Stock. Der Schmerz wurde schlimmer, aber sie musste einfach wissen, was los war. »Hör zu, ich weiß, dass ich dich überrumpelt habe, aber was du gerade gesagt hast, ist kompletter Blödsinn.«

Nora schnappte nach Luft. »Wie bitte?«

»Du hast mich schon verstanden.« Sie hielt Noras Blicken stand. Irgendwie würde sie es schaffen, zu ihr durchzudringen.

»Du solltest jetzt gehen.« Nora sah wütend aus. Ihre Lippen waren zu einer schmalen Linie zusammengepresst. Hätte sie die Fähigkeit besessen, Laserstrahlen aus ihren Augen abzufeuern, wäre von Kelli inzwischen nicht mehr viel übrig.

Kelli konnte es einfach nicht begreifen. »Warum bist du so wütend auf mich? Doch nicht nur, weil ich hier bin.«

»Warum bist du hier?« Nora ließ nicht locker.

»Weil ich Rader gesehen habe.«

Daraufhin schien Nora ein Stückchen zu schrumpfen. »Er hatte kein Recht, dir irgendetwas zu erzählen.«

»Das hat er auch nicht.« Kelli fing an zu schwitzen und ihr Bein forderte sie lautstark auf, sich endlich hinzusetzen. »Ich verstehe, dass du sauer bist, aber du kannst mich auch drinnen zusammenstauchen. Mein Bein bringt mich um. Ich muss mich setzen.«

Zwar starrte Nora sie weiterhin an, aber ihr Gesichtsausdruck schien etwas weicher zu werden. Schließlich trat sie beiseite und erlaubte Kelli ins Haus humpeln. Kelli ließ sich auf das Sofa fallen und rieb sich den Schenkel, während Nora mit verschränkten Armen vor ihr auf und ab ging.

»Er hat mir wirklich nichts erzählt, Nora. Er wollte mir nur seine Freude über deine Abwesenheit unter die Nase reiben, der verdammte Bastard. Daher wusste ich, dass er irgendetwas damit zu tun haben musste. Deshalb bin ich hier. Okay?«

Nora hielt inne und wandte sich ihr zu. Ihre Blick verriet Irritation.

»Warum?«, fragte sie aufgebracht.

»Weil ich weiß, dass du sonst niemanden hast.« Eigentlich hatte Kelli sagen wollen, dass sie hier war, weil Nora ihr etwas bedeutete und dass sie auch gekommen wäre, wenn Nora tausende Freunde um sich gehabt hätte, aber nun war es zu spät.

»Auf dein Mitleid kann ich verzichten. Du kennst mich doch gar nicht!«

Nora hatte Kellis Aussage eindeutig vollkommen missverstanden und baute sofort wieder an der Mauer um sich.

Wieder fing sie an, auf und ab zu gehen. Trotz der Schmerzen streckte Kelli ihre Hand aus und ergriff Noras Arm. Diese fuhr herum, blickte auf Kellis Hand an und entzog sich ihr.

Da stand Kelli auf und packte Nora bei den Schultern, um sie zu schütteln. »Ich will dich aber kennenlernen! Verstehst du das denn nicht?«

Nora starrte sie an. Kelli starrte zurück.

Obwohl sie nicht genau wusste, warum sie so sehr um Nora kämpfte, sagte ihr Bauchgefühl ihr doch, dass es die richtige Entscheidung gewesen war, hierher zu kommen. »Nora … du hast mir gefehlt.«

Nora fing an, zu zittern und das Schluchzen, das folgte, fuhr Kelli bis ins Mark. Als hätte sie es schon tausendmal getan, zog sie Nora an sich und drückte sie. Nora krallte sich weinend an ihr fest während sie von Kelli gehalten wurde.

Kelli fühlte, wie Noras Tränen ihr Shirt durchnässten. Wie gern hätte sie weiter so dagestanden, aber der Schmerz in ihrem Bein zwang sie zurück auf das Sofa. Ohne jede Eleganz ließ sie sich fallen und zog Nora mit sich. Sie hielt sie weiter in ihren Armen und flüsterte tröstende Worte in Noras Haar.

Nach einer ganzen Weile erst löste sich Nora langsam von ihr. Sie wischte sich die Tränen aus dem Gesicht und wandte den Blick ab. Kelli war nicht bereit, wieder Distanz zwischen ihnen entstehen zu lassen. Deshalb ergriff sie Noras Hand und drückte sie fest. »Du musst dich vor mir nicht schämen.«

»Kelli«, flüsterte Nora.

Wärme floss durch Kellis Brustkorb und von dort weiter durch ihren gesamten Körper. »Sprich mit mir«, bat sie.

»Ich … ich weiß gar nicht, wo ich anfangen soll.«

Kelli zuckte mit den Schultern. »Wo immer du willst.«

»Wartet draußen nicht jemand auf dich?«

»Oh.« Ihren Bruder hatte Kelli vollkommen vergessen. Sie sollte ihn besser anrufen, aber ihr Handy war der Schießerei zum Opfer gefallen. »Darf ich dein Telefon benutzen?«

Nora nickte und reichte ihr einen schnurlosen Hörer.

Kelli bemerkte, dass sie noch immer Noras andere Hand hielt und sie hatte nicht vor, diese in naher Zukunft loszulassen. Das Freizeichen ertönte.

»McCabe.«

»Ich bin's«

»Hast du mich vergessen?«

»Kann man so sagen.«

»Aha.«, erwiderte er amüsiert, was Kelli ignorierte.

»Ich werde mir später ein Taxi nehmen.«

»Vielleicht kann sie dich auch einfach behalten.«

»Ich lege jetzt auf, Sean.«

Kelli drückte ihn weg und legte das Telefon neben sich. »Also, erzähl.«

Anfangs zögerte Nora, aber als sie die ersten Sätze hinter sich gebracht hatte, sprudelten die Worte nur so aus ihr heraus.

Kelli schwankte zwischen Ungläubigkeit und rasender Wut. Um Nora nicht ins Wort zu fallen, musste sie sich regelrecht auf die Zunge beißen, bis die Ärztin ihre Ausführungen beendet hatte.

»Mein Bauchgefühl lässt mich nie im Stich. Ich wusste, dass an dem Typen etwas oberfaul ist. Zwei Millionen Dollar Schmerzensgeld. Wie kommt sie denn auf diese Summe? Und was zur Hölle heißt hier Behinderung des Ausbildungsprozesses?«

»Durch meine sexuellen Avancen habe ich sie von den anderen Assistenzärzten isoliert und dadurch ihren Fortschritt gehemmt«, erläuterte Nora sarkastisch. »Ihr Anwalt arbeitet schnell. Schon zwei Tage nach meiner Suspendierung habe ich eine Vorladung erhalten. Mein Anwalt hat bereits einen Termin für meine Anhörung organisiert, damit sich die Geschichte nicht unnötig hinzieht.«

»Wann geht es los?«

»Diesen Freitag.«

»Ich begleite dich«, sagte Kelli bestimmt.

Nora distanzierte sich ein wenig von ihr. »Kelli, ich glaube nicht –«

»Keine Widerrede. Es wird dir helfen.« Sie ließ sich nicht von Noras abwehrender Haltung beirren. Auch wenn sie es nicht zugeben wollte, Kelli würde ihr den Rücken stärken.

Mit einem Nicken deutete Nora an, dass sie sich geschlagen gab.

»Versprochen.« Kelli widerstand dem Drang, Nora die Hand auf die Schulter zu legen. Die Ärztin seufzte, aber ihre Mundwinkel deuteten den Hauch eines Lächelns an.

Trotz der unglaublichen Neuigkeiten verspürte Kelli einen Anflug von Hoffnung. Sie hatte gerade Unglaubliches erreicht und das war schon mal ein guter Anfang.

»So, und wann darf ich dein Schwein kennenlernen?«, fragte Kelli mit ihrem charmantesten Lächeln.

Nora schmunzelte, was ausreichte, um einen Schwarm Schmetterlinge in Kellis Magen zu pflanzen.

KAPITEL 11

Kelli setzte sich im Bett auf. Die Bettdecke lag lose um ihre Hüften. Kühle Luft strich über ihren Oberkörper, der so verschwitzt war, als hätte sie gerade einen Verdächtigen verfolgt. Ihr Herz pochte in ihrer Brust. Mit zitternder Hand wischte sie sich den Schweiß von der Stirn und versuchte, den Albtraum zu vergessen. Es half nichts, aber irgendwann musste sie sich daran gewöhnen. Sie schob die Bettdecke beiseite und ließ die Beine herunter. Die Narbe ihrer Schussverletzung war deutlich zu sehen. *Traumhaft … einfach nur traumhaft.*

Sie fuhr sich durch das verschwitzte Haar und stöhnte erschöpft, während sie eine Inventur an ihrem Körper durchführte. Alles tat weh und Kelli wusste, dass das eher am Stress lag, als an den tatsächlichen Verletzungen. Am meisten schmerzten ihre Schultern, aber auf denen lag schließlich auch das meiste Gewicht. Immerhin hatten dort nicht nur ihre eigenen Dämonen ihre Ärsche geparkt, sondern auch die von Travis und ihrer Familie. Und die von Nora. Kelli fragte sich, ob sie das alles tatsächlich würde stemmen können. Aber solange sie es leisten konnte, würde sie alles auf sich nehmen, wenn es ihren Mitmenschen das Leben erleichterte. So war sie einfach.

Als sie ihren Nacken wieder etwas besser bewegen konnte, blickte Kelli sich in ihrem Schlafzimmer um, in der Hoffnung, es würde sie weiter ins Hier und Jetzt holen und den Traum vergessen lassen. Der Raum war wie immer, als wäre in der Zwischenzeit nichts geschehen: maskulin, schlicht und in Braun, Grün und Schwarz gehalten. Abgesehen von ihrem Flachbildfernseher waren die Wände kahl. Auf dem Nachttisch standen eine Digitaluhr und eine Lampe, die zum allgemeinen Dekor passten. Das Zimmer war spärlich und pragmatisch eingerichtet. Die wenigen Kissen, die sie besaß, hatte sie wegen der Bequemlichkeit ausgewählt, nicht, weil sie hübsch anzusehen waren. Die flauschige Daunendecke und die elegante Bettwäsche waren der einzige Luxus, den sie sich gegönnt hatte. Ihr Bett war ihr liebster Platz. Es war ihr Zufluchtsort, wenn sie eine Pause brauchte, und ihr Büro, wenn sie Papierkram mit nach Hause nahm. Das Zimmer bot ihr immer genau das, was sie brauchte: Sport im Fernsehen, Bier, und gelegentlich Frauen. Nachdem sie sich ein paarmal an einer Beziehung versucht hatte, hatte sie feststellen müssen, dass sie nicht bereit oder fähig dazu war, wirklich eine einzugehen.

Ihre Arbeit ging vor.

Kelli schaute auf die Uhr. Nur noch zweieinhalb Stunden bis zu Noras Anhörung. Sie wollte rechtzeitig dort sein, obwohl Nora ihr aus dem Weg ging. All ihre Anrufe blieben unbeantwortet. Kelli konnte es verstehen, auch wenn sie nicht glücklich darüber war. Nora war vor ihr zusammengebrochen und sie wusste genau, wie viel Wert Nora darauf legte, unverwundbar zu erscheinen. Sie kannte das Gefühl selbst nur zu gut. Nachdem Kelli von der Ärztin in der Dusche gefunden worden war, als sie von ihrer Panikattacke gequält worden war, hatte sie sich so sehr geschämt, dass sie ebenfalls erst einmal auf Abstand gegangen war. Es war kein schönes Gefühl gewesen.

Aber genau weil sie sich in diesem Punkt so gut in Nora hineinversetzen konnte, wusste sie auch, dass ihr Rückzug nicht bedeutete, dass sie von Kelli in Ruhe gelassen werden wollte. Kelli wurde gebraucht, da war sie sich sicher. Und sie wollte da sein – egal wie stur sich Nora benahm.

Kelli atmete langsam aus und schluckte, als sie sich an die Weichheit und die Wärme von Noras Körper erinnerte und daran, wie schön es gewesen war, sie im Arm zu halten. Es hatte sich angefühlt, als wären sie füreinander gemacht. Ihre Gefühle für Nora wurden immer stärker, aber jetzt war einfach nicht der richtige Zeitpunkt dafür, ihnen nachzugeben. Sie musste Nora Raum geben und sie unterstützen. Kelli stand bestimmt vom Bett auf, zog das durchgeschwitzte Tanktop aus und warf es zu Boden. Sie gähnte, streckte sich und ließ auch ihre Shorts auf den Boden gleiten. Splitternackt machte sie sich auf den Weg ins Badezimmer.

Heiße und entspannende Wassertropfen prasselten auf sie herab und Nora hielt ihr Gesicht in den Wasserstrahl. Sie wünschte sich, dass das Wasser mehr als nur abgestorbene Hautzellen wegwaschen würde. Als die letzten

Seifenrückstände im Abfluss verschwanden, musste sie feststellen, dass Wasser eben doch nur Schmutz abwusch und nicht zu Wundern fähig war. Ihre innere Unruhe ließ sie nicht los. Trotz aller Versuche, wieder auf die Beine zu kommen, hatte sich nichts verändert, und dann war auch noch Hurrikan Kelli über sie hereingebrochen und hatte alles weiter aufgewühlt. Warum ließ sie sich von ihr so sehr beeinflussen?

Statt sich von Kelli zu distanzieren, öffnete sie sich ihr gegenüber immer weiter und zeigte ihr Seiten, die sie an sich selbst noch nie gesehen hatte. Sie fühlte sich ausgelaugt und überreizt. Jedes Zusammentreffen mit Kelli sorgte dafür, dass verborgene Teile ihrer Persönlichkeit ans Licht traten, ob sie wollte oder nicht. Ihrer letzte Begegnung hatte an ihrem innersten Kern gekratzt und, um ehrlich zu sein, hatte Nora Angst davor, etwas über ihr eigenes Gefühlsleben zu erfahren. Wo kam auf einmal diese Wärme her? Früher hatte sie nie jemanden gebraucht, sondern war froh gewesen, allein zu sein. Jetzt sehnte sie sich nach Nähe, fühlte aber auch, dass sie noch nicht bereit dazu war. Nachdenklich lehnte sie sich gegen die Wand ihrer Dusche und schloss die Augen.

Ihr Innenleben war vollkommen durcheinandergeraten, was ihr bei dem Chaos, das sie in der Außenwelt umgab, ganz und gar nicht in den Kram passte. Seit Tagen hatte Nora nicht mehr richtig geschlafen und wenn sie es doch tat, wurde sie von Albträumen heimgesucht. Es waren immer dieselben Träume: Sie war kurz vor dem Ertrinken und wann immer sie ihren letzten Atemzug nahm, wachte sie, nach Luft schnappend, auf. Es erforderte ihre gesamte Selbstbeherrschung, nicht den Hörer in die Hand zu nehmen und Kelli anzurufen, um sie um Hilfe zu bitten. Immerhin war sie zum großen Teil dafür verantwortlich, dass Nora so durcheinander war.

Nora fror, trotz des heißen Wassers, das über ihren Körper rann. Und sie konnte sich nicht ewig hier verstecken. Sobald sie aus der Dusche treten würde, würde sie sich wieder mit der Realität auseinandersetzen müssen, das war ihr schmerzlich bewusst.

Es war nicht nötig, Kelli anzurufen. Sie hatte versprochen, bei der Anhörung dabeizusein und sie würde ihr Versprechen halten. Nora hatte die Entschlossenheit in den Augen der Polizistin wohl bemerkt. Schließlich schob sie die Glastür auf und trat aus ihrem improvisierten Kokon.

Sie wickelte sich in ein großes Badetuch und ging zum Waschbecken. Mit einer Hand wischte sie über den beschlagenen Spiegel darüber. Das Bild, das sich ihr bot, gefiel ihr überhaupt nicht. Die dunklen Ringe unter ihren Augen sahen fast aus wie blaue Flecken. Erschöpfung und Stress hatten tiefe Furchen auf ihrer Stirn hinterlassen und Falten um ihre Mundwinkel gezogen. Der Anblick beunruhigte Nora ebenso wie der brennende Schmerz in ihrem Brustkorb. So sehr sie sich auch gegen die äußeren Einflüsse wehrte, die auf sie einprasselten, sie verlor den Kampf jedes Mal. Ihr blieb keine Wahl, als sich der Situation zu stellen und so viel wie möglich von der Frau zu bewahren, die sie einmal gewesen war. Das einzige Problem war, dass sie keine Ahnung hatte, wie sie mit der wachsenden Bindung zu Kelli umgehen sollte, um in ihr altes Gleichgewicht zu kommen.

Sie versuchte, sich auf die bevorstehende Anhörung zu konzentrieren. Obwohl ihre gesamte Karriere davon abhing, empfand Nora das Verfahren gegen sie als das geringere Problem. Zwar drohten Raders und Fullers Lügen, ihr beruflich zu schaden und erfüllten sie mit einer rasenden Wut, aber Nora war sich sicher, dass sie sich irgendwann davon erholen würde. Kelli war eine ganz andere Art von Bedrohung, denn sie war dabei, Noras Leben völlig auf den Kopf zu stellen.

Schwer auf ihren Gehstock gestützt wartete Kelli geduldig an der Rezeption der Kanzlei Thomas, Young und Partner. Die Empfangsdame lächelte sie an, als sie ihr Telefongespräch beendet hatte.

»Wie kann ich Ihnen helfen?«

»Ich bin wegen der Whitmore-Anhörung hier.«

»Name?« Sie schaute auf ihren Computer.

»Kelli McCabe. Sie werden mich nicht auf ihrer Liste finden. Ich bin nur zur moralischen Unterstützung hier.« Ein Blick auf das Namensschild der Rezeptionistin verriet Kelli, dass sie Judy hieß. Judy runzelte die Stirn.

»Ich weiß, dass ich nicht mit ihrem Anwalt sprechen oder bei der Anhörung dabei sein kann. Ich will einfach nur hier im Foyer warten, damit sie weiß, dass ich hier bin. Wenn Sie mir einen Kaffee und eine Zeitung organisieren, werde ich mich so gut wie unsichtbar machen.« Sie lächelte verschmitzt. Es hatte noch nie geschadet, ein wenig zu flirten.

Judy seufzte. »Okay. Das sollte kein Problem sein. Wie trinken Sie Ihren Kaffee?«

Fantastisch. »Das mit dem Kaffee war eigentlich ein Witz, aber wenn Sie ohnehin welchen machen, nehme ich meinen schwarz mit zwei Löffeln Zucker. Könnten Sie mir zeigen, wo der Wartebereich ist?«

»Natürlich. Gleich hinter der Glastür. Dort finden Sie auch Zeitungen und Magazine.«

»Großartig. Wenn Nora ankommt, könnten Sie ihr dann bitte sagen, wo ich bin?«

»Selbstverständlich, Miss McCabe.«

Kelli schnappte sich eine Ausgabe der New York Times und ließ sich in einen Sessel fallen. Interessiert betrachtete sie die Kaffeemaschine und das Tablett mit Brot und Früchte, beschloss aber, sie den zahlenden Klienten zu überlassen. Das Foyer sah aus, als wäre es von einem Roboter entworfen worden. Alles war schwarz, weiß und grau, abgesehen von den beiden roten Vasen, in denen sich Kelli locker hätte verstecken können.

Die Zeit verging, ohne dass Judy mit einem Kaffee erschien. Kelli betrachtete wieder die Kaffeemaschine und überlegte gerade, sie doch zu benutzen, als sich die Tür zum Warteraum öffnete.

Judy grinste sie an und reichte ihr einen bis zum Rand gefüllten Becher. Dabei berührten ihre Finger ganz sanft Kellis Handrücken. »Sie werden sehen, das Warten hat sich gelohnt. Ich mache fantastischen Kaffee.«

Das Flirten hatte ganz offensichtlich gewirkt, aber Kelli zog ihre Hand zurück. Sie räusperte sich und sagte lediglich: »Danke.«

Judys Lächeln schwand, aber sie blieb freundlich. »Ich werde Miss Whitmore Bescheid geben, dass Sie hier sind.«

Kelli nickte und kurz darauf war sie wieder allein.

Plötzlich vibrierte ihr Handy, sie erschrak beinahe und fischte es aus ihrer Tasche. Es war eine Nachricht von Sean.

Glaube Tony will abhauen. Habe ihn bei einem seiner Mädchen gefunden. Hat die letzten zwei Nächte dort verbracht. Viel los da. Jemand hat irgendwas vor. Muss mich heute Nacht darum kümmern. Brauche einen Plan, um ihn da rauszuholen.

Kelli beugte sich vor. Ihre Schultern schmerzten wieder, dabei war das erst der Anfang. Sie seufzte und tippte ihre Antwort.

Ja, haben lange genug gewartet. Ich ruf ein paar Leute an und organisier was.

Sean antwortete beinahe sofort.

Okay, halt mich auf dem Laufenden.

Kelli nahm einen Schluck von ihrem Kaffee. Tony, Travis, Rader und Fuller ... der Haufen Scheiße wurde einfach immer größer. Aber Kelli hatte vor, ihm die Stirn zu bieten.

Kelli wechselte den Platz und setzte sich auf einen Sessel am anderen Ende des Wartebereichs, um eine bessere Aussicht auf das Foyer zu haben. Kaum hatte sie sich hingesetzt, ging die Tür auf und Nora trat ein. Kelli lächelte »Hey«, grüßte sie.

»Kelli.« Nora wirkte hölzern und ihr Tonfall war arktisch und passte perfekt zu dem grauen Rock und der schneeweißen Bluse, die sie trug. Sie sah aus wie eine Bibliothekarin – eine sehr scharfe Bibliothekarin.

Für einen kurzen Augenblick vergaß Kelli, zu atmen. Sie hatte sich immer noch nicht daran gewöhnt, dass Nora sie mit dem Vornamen ansprach, egal, in welchem Tonfall sie ihn benutzte. »Du hast gewusst, dass ich hier sein würde?«

»Ja.« Nora nickte.

Kelli hielt ihrem Blick stand und fügte hinzu: »Klingt, als hättest du mich lieber einfach hier sitzenlassen.«

Etwas in Noras Blick veränderte sich. »Ich habe kurzzeitig darüber nachgedacht.«

»Offenbar hast du es dir doch noch anders überlegt.«

»Korrekt.«

Der Tonfall war noch immer ziemlich frostig.

»Ich bin hier, weil ich hier sein möchte, Nora. Ohne Hintergedanken. Ich will nichts von dir.«

»Doch, das tust du.«

Einen Moment noch sahen sie einander wortlos an, dann machte Nora kehrt und verließ das Foyer. Kelli folgte ihr in einen leeren Konferenzraum, wo Nora sich setzte. Nun, da sie abgeschirmt von eventuellen neugierigen Blicken waren, wollte Kelli keine Zeit mehr verlieren. »Hast du darum meine Anrufe ignoriert? Weil du dachtest, ich will etwas von dir?«

»Du hast gesagt –«, setzte Nora an.

»Ich habe gesagt, dass ich dich kennenlernen will«, beendete Kelli den Satz.

Nora wirkte unglaublich vornehm und unnahbar, wie sie da so steif auf einem Stuhl saß und die manikürten Finger vor sich auf den Tisch gelegt hatte, aber Kelli wusste, was sich hinter Noras piekfeinem Äußeren abspielte. Sie hatte es mit eigenen Augen gesehen.

»Ja … und ich glaube nicht, dass das für mich infrage kommt. Dafür bin ich einfach nicht gemacht.«

Kelli trat einen Schritt auf sie zu. »Da hatte ich aber einen anderen Eindruck.«

Noras Wangen färbten sich rosa und man sah ihr an, wie sehr sie um ihre Fassung bemüht war. »Wovon redest du?«

»Glaubst du etwa, dass dieses Arschloch Rader für mich getan hätte, was du getan hast?«

»Nicht wirklich«, erwiderte Nora.

»Da hast du verdammt recht. Und warum hast du mir geholfen?«

»Ich weiß es nicht. Es schien mir einfach das Richtige –«

»Das weiß ich. Aber da ist mehr. Du hast mich an meinem absoluten Tiefpunkt erlebt und bist trotzdem zurückgekommen. Du warst nicht meine Ärztin und hast mir trotzdem geholfen, obwohl du es nicht hättest tun müssen. Und ich bin froh, dass du da warst.« Kelli atmete tief durch. Ihr Herz raste und ihre Atmung hatte Schwierigkeiten, mitzuhalten.

Noras Ausdruck wurde weicher. »Darf ich auch mal ausreden, bevor diese Unterhaltung zu Ende ist?«

»Natürlich. Tut mir leid.«

Nora sagte eine Weile nichts, aber das störte Kelli wenig. Es genügte ihr vollkommen, sie anzuschauen.

»Ich weiß nicht, wo ich anfangen soll. Ich habe keine Ahnung, wie ich mit dir oder dieser verdammten Situation umgehen soll.«

Kelli setzte sich an das gegenüberliegende Ende des Tisches und Widerstand dem Drang, Noras Hände zu berühren. Sie hätte alles dafür geben, diesen verlorenen Ausdruck auf Noras Gesicht verschwinden zu lassen.

»Du solltest nicht vergessen, dass *ich* nicht deine Feindin bin und du nicht gegen *mich* ankämpfen musst. Spar dir deine Kräfte für Rader und seine Fotze.«

»Kelli!«

Obwohl Nora nicht wirklich entrüstet wirkte, versuchte Kelli, sich zu korrigieren.

»Schlampe.« Beschwichtigend hob sie die Hände. »Ich meinte Schlampe.«

Nora seufzte. Kelli sah sie weiter an. Sie konnte einfach nicht wegschauen.

»Meine Unerfahrenheit mit zwischenmenschlichen Beziehungen muss ziemlich ermüdend sein«, sagte Nora und wandte den Blick ab.

»Heißt das übersetzt, du willst wissen, warum ich nicht schreiend weglaufe?«

Nora nickte.

»Erstens, kann ich nicht rennen.« Kelli deutete auf ihr Bein und Nora schmunzelte ein wenig. »Und zweitens finde ich dich nicht ermüdend.«

Nora guckte ungläubig und Kelli sah, wie ihr Kehlkopf hüpfte. Nora schien schwer zu schlucken zu haben. Es dauerte einen Moment, bevor sie antwortete: »Das wirst du schon noch.«

Noras Aussage war so bestimmt, dass Kelli sie als Herausforderung betrachtete.

»Das werde ich nicht.«

Nora blickte zur Seite.

Da war er wieder – der Drang, sie zu berühren. Kelli juckte es in den Fingerspitzen.

»Zwar kann ich nichts versprechen, aber du hast gewonnen, ich werde dieser Freundschaftsgeschichte eine Chance geben«, sagte Nora plötzlich.

Die Tür öffnete sich und ein weißhaariger Mann lugte herein. »Es ist so weit.«

Elegant stand Nora auf. »Danke, Tom.«

Kelli lächelte. »Die haben gar nichts gegen dich in der Hand.«

Nora nickte.

Erst als die Tür geschlossen wurde, konnte Kelli wieder durchatmen. Je mehr Nora sich zurückzog, desto näher wollte Kelli ihr kommen. Und es machte ihr nichts aus, dass sie sich dafür anstrengen musste. Sie hatte das Gefühl, dass es sich auf jeden Fall auszahlen würde.

Nora lief neben ihrem Anwalt, Tom Young, her und hörte ihm aufmerksam zu.

»Denken Sie daran, dass dies nur die erste von vielen Anhörungen ist. Fullers Anwältin wird sofort versuchen, Sie zu verunsichern.«

»Ich verstehe.« Sie versuchte, einen klaren Kopf zu bewahren, aber es war aussichtslos. Egal, was ihr als Nächstes bevorstand, sie konnte nur noch an Kelli denken. Noch nie hatte sie einen solchen inneren Zwiespalt erfahren. Das ganze Hin und Her mit Kelli war äußerst anstrengend, aber offenbar war sie noch nicht erschöpft genug, um die Sache endlich zu beenden.

»Ich habe dieses Treffen für maximal eine Stunde angesetzt. Es sollte demnach nicht allzu tiefgründig werden. Für die Zukunft sollten Sie wissen, dass Sie nicht an einer Anhörung teilnehmen müssen, wenn Sie nicht aussagen. Das gesamte Verfahren wird gefilmt, damit ich die Aufnahmen mit Ihnen durchgehen kann, sollte es nötig sein.«

Nora schwieg. Diese gesamte Situation war ein einziges Desaster. Tom ergriff sie am Ellbogen und sie zuckte bei der unerwarteten Berührung zusammen. Sie mochte es nicht, angefasst zu werden.

»Es tut mir leid, aber Sie sind gerade am Konferenzraum vorbeigelaufen.«

Bevor sie den Raum betraten holte sie noch einmal tief Luft und fasste den Entschluss, Kelli aus ihren Gedanken zu verbannen und sich allein auf das bevorstehende Gespräch zu konzentrieren. Sie trat ein und setzte sich wortlos. Nora betrachtete die Frau, die ihr gegenübersaß, und bei der es sich um die Anwältin der Gegenseite handeln musste. Sie war etwa Mitte fünfzig und auf künstliche Art und Weise attraktiv. Ihr Lächeln war zu perfekt für echte Zähne. Es war wirklich schade, dass manche Frauen einfach nicht in Würde altern konnten. Unter dem Kinn der Frau und an ihrem Haaransatz befanden sich mit Sicherheit kleine Narben. Nora hätte sie zu gern danach gefragt und ihr Geheimnis für alle Anwesenden gelüftet. Wenn man bedachte, für wen sie arbeitete, wäre es nur gerecht gewesen.

»Miss Whitmore, ich bin Angela Perkins.«

»Dr. Whitmore.«

»Wie bitte?«

»Ich würde es vorziehen, wenn Sie mich mit Dr. Whitmore ansprechen.«

Angela räusperte sich. »Ich verstehe. Lassen Sie uns also beginnen.«

Für die Aufzeichnung nannte jeder seinen Namen und Nora wurde vereidigt. Danach legte sie ihre Hände in den Schoß und wartete.

»Dr. Whitmore, wissen Sie, warum wir heute hier sind?«

»Ja.«

»Sie vergeben Operationen für Sex.«

Ohne mit der Wimper zu zucken sah Nora sie an. »Das ist nicht korr–«

»Würden Sie das bitte umformulieren, Miss Perkins?«, bat Tom.

»In Ordnung. Dr. Whitmore, gegen Sie wurde Klage erhoben wegen der Erschaffung eines feindseligen Arbeitsumfeldes und wegen sexueller Belästigung. Um genau zu sein, sind Sie hier, weil Sie eine untergebene Kollegin zu sexuellen Gefälligkeiten erpresst haben. Ist das korrekt?«

»Nein, das ist nicht korrekt. Entgegen der Anschuldigungen durch Dr. Fuller habe ich nichts dergleichen getan.«

»Das sagen Sie alle, aber lassen Sie uns fortfahren. Auf wie viele sexuelle Beziehungen mit Assistenzärzten haben Sie sich in Ihrer Zeit am Seattle Memorial Krankenhaus eingelassen?«

»Sieben«, entgegnete Nora, ohne zu zögern.

Angela hielt inne. »Sowohl männlich als auch weiblich?«

»Fünf männlich, zwei weiblich.«

»Und Sie möchten uns weismachen, dass all diese Beziehungen einvernehmlich waren?«

»Das waren sie.«

»Wie viele davon haben stattgefunden, seit Sie selbst keine Assistenzärztin mehr sind?«

»Eine.«

»Sie hatten also nur einmal Sex seit sie Oberärztin geworden sind?«, spottete die Anwältin.

»Nein, ich hielt es nur für angebracht, außerhalb des Krankenhauses nach Partnern zu suchen.«

»Warum das?«

»Weil ich verhindern wollte, dass meine Beziehungen als unangebracht eingestuft werden«, erwiderte Nora.

»Ich denke nicht, dass Ihnen das gelungen ist.«

»Miss Perkins, wir werden diese Unterhaltung beenden, wenn Sie sich weiter auf diesem Terrain bewegen.« Tom untermalte seine Aussage, indem er mit dem Zeigefinger auf den Tisch tippte.

Nora wandte sich an ihren Anwalt. »Ich weiß, worauf sie hinaus möchte, und halte es für wichtig, dass ich antworte.«

»Sind Sie sicher, Nora?«

»Ja.«

»Miss Perkins, möchten Sie Ihre Frage umformulieren?«, fragte Tom.

Angela nickte. »Sind Sie der Ansicht, dass Sie all Ihre Beziehungen unter Kontrolle hatten?«

»Nein. Mein letzter Partner – Dr. James Rader – hatte Schwierigkeiten, sich mit dem Ende unserer sexuellen Beziehung abzufinden, hat sich aber seither mit Ihrer Mandantin eingelassen.«

Die Anwältin lächelte. »Sie klingen verbittert. Haben Sie sich deshalb an sie rangemacht? Weil Sie sich an ihm Rächen wollten?«

»Ich habe keinerlei sexuelles Interesse an Dr. Fuller.«

»Aber Sie haben Interesse?«

Nora wartete auf eine Erklärung.

»Meine Mandantin hat Zwischenfälle geschildert, in denen sie von Ihnen vor Kollegen und Patienten erniedrigt wurde.«

»Ich habe sie nicht anders behandelt als andere Assistenzärzte, deren Leistung und Arbeitseinstellung auch zu wünschen übriglässt.«

»Dr. Whitmore, ich habe hier eine Liste mit acht verschiedenen Vorfällen, bei denen sie von Ihnen erniedrigt wurde. Darunter findet sich unter anderem Ihre Forderung nach Sex im Austausch gegen Dr. Fullers Teilnahme an einer Operation.«

»Ich kenne die Vorwürfe.« Nora bewahrte sich ihre undurchdringliche Fassade. Schließlich hatte sie jahrelange Übung darin, unangenehme Dinge von sich abprallen zu lassen.

»Und was haben Sie dazu zu sagen?«

»Ich denke, das habe ich eben bereits deutlich gemacht.«

»Sie weichen der Frage aus, *Miss* Whitmore.«

Angelas Unverschämtheiten zum Trotz sagte Nora nichts und blieb nach außen ruhig. Ihrer Meinung nach hatte sie die Frage bereits beantwortet.

»Haben Sie ein Gewissen, Miss Whitmore? Mir scheint, Sie haben keins.«

»Okay, das wars. Miss Perkins, unsere Zeit ist um für heute.« Tom erhob sich.

Schnaubend packte Angela ihre Sachen zusammen und ging.

Tom schaltete die Kamera aus. »Sie waren großartig, Nora. Können Sie Ihre Emotionen auch weiter im Zaum halten? Ich denke, das würde wirklich helfen.«

»Das sollte kein Problem sein«, sagte Nora in einem Tonfall, der ebenso kontrolliert war wie ihre Emotionen.

»Glauben Sie immer noch, dass Dr. Fuller und Rader gemeinsame Sache machen?«

»Das tue ich, aber ich nehme an, dass die Beweise gegen uns sprechen.«

»Das stimmt. Ich frage Sie noch einmal. Fallen Ihnen gar keine potenziellen Zeugen ein, die die beiden zusammen gesehen haben könnten?«

»Wie bereits erwähnt, fallen mir einige ein, aber ich kann Ihnen leider keinen bestimmten Namen nennen. Es könnte sicherlich nicht schaden, die anderen Assistenzärzte zu befragen oder auch die Schwestern. Allerdings sind die meisten von ihnen vermutlich nur daran interessiert, die Gerüchteküche weiter anzuheizen.« Nora dachte über die Worte nach, die sie am Tag ihrer Suspendierung auf der Schwesternstation vernommen hatte, und fragte sich, ob die Schwester gerade die Tatsache feierte, dass sie mit ihrer Vermutung über Fullers Beschwerde Recht behalten hatte.

»Glauben Sie, dass darunter irgendjemand auf Ihrer Seite sein könnte?«

Nora dachte einen Augenblick lang nach. Während ihrer Zeit am Krankenhaus hatte sie mehrere Anfreundungsversuche abgewehrt. Nach einer Weile hatten ihre Kollegen es aufgegeben und gingen ihr seitdem aus dem Weg. Heute bereute sie diese Entscheidung und fragte sich, ob sie sich ebenfalls in dieser Lage befinden würde, wenn sie sich damals anders verhalten hätte. Aber sie konnte die Vergangenheit nicht ändern. Wenn sie Kelli früher begegnet wäre, würde sie heute vielleicht ein ganz anderes Leben führen. Vielleicht wären ihre Tage dann voller Freude und Wärme, aber es brachte nichts, darüber nachzudenken, was hätte sein können. Sie brauchte eine Antwort, die auf der aktuellen Realität basierte. »Ich bin mir nicht sicher.« Nora ging die Bemerkungen der Schwestern im Kopf noch einmal durch und beschloss, Tom davon in Kenntnis zu setzen, auch wenn es nicht notwendigerweise hilfreich war.

»Es ist nur so, dass einige glauben, Dr. Rader sei selbst fähig zu sexueller Belästigung.«

»Ich weiß nicht, ob das für Sie relevant ist, aber ein Vergleich wäre in diesem Fall auch eine Möglichkeit.«

»Nein«, entgegnete sie. »Ich habe nichts falsch gemacht.«

»Leider ist das manchmal egal.« Toms Tonfall war eine Mischung aus Mitleid und geübtem Zynismus.

»Wollen Sie damit sagen, dass die anderen gewinnen werden?«, fragte Nora brüsk.

»Nein. Sie haben nicht viel in der Hand, aber der Prozess kann sich ziemlich lange hinziehen.«

Nora stand auf. »Tun Sie was für Ihr Geld, Mr. Young.«

»Gern, aber normalerweise habe ich mehr Anhaltspunkte, mit denen ich arbeiten kann.«

»Ich bin mir sicher, dass die Sicherheitsleute im Krankenhaus auch so einiges gesehen haben.«

»Meinen Sie, dass einige der Wärter bereit wären –«

»Ich kann nicht sagen, dass ich mich bisher eingehend mit Ihnen befasst hätte.« Für Nora war die Unterhaltung beendet. »Einen schönen Tag, Mr. Young.«

Als Nora wieder im Foyer ankam, blätterte Kelli gerade in einer Zeitschrift. Sie blieb unbemerkt stehen und beobachtete sie. Kelli schien so freigiebig mit ihrer Zeit und ihrer Freundschaft zu sein, was Nora nach ihrem ersten Eindruck nicht von ihr gedacht hatte. Und sie wusste mit Sicherheit, dass Kelli nicht jedem gegenüber so großzügig war, denn nicht nur Nora hatte sich verändert, sondern auch Kelli legte eine neue Seite an den Tag.

Möglicherweise waren sie es, die diese neue Seiten aneinander zum Vorschein brachten. Dieser Gedanke faszinierte sie.

Als Nora näherkam, blickte Kelli auf und schaute sie voller Sorge an. »Alles in Ordnung?«

Noras Herzschlag setzte kurz aus. Es war schon seltsam: Im Krankenhaus, ihrem bisherigen Leben, war ihr niemand wohlgesinnt gewesen, und hier saß eine Person, die sie bis vor Kurzem nicht einmal gekannt hatte, und sorgte sich aufrichtig um sie.

»Ich denke schon.«

»Wenn du fertig bist, begleite ich dich zu deinem Auto.«

Nora nickte.

Der Fahrstuhl war vollbesetzt, sie standen eng beieinander und Kelli blickte sie eindringlich an. Nora konnte die Schwere des Blickes buchstäblich fühlen. Die Türen des Fahrstuhls öffneten sich und die übrigen Fahrgäste stiegen aus. Nun waren sie allein.

»Ich kann doch sehen, dass nicht alles in Ordnung ist.«

Nora verspürte wieder diese ihr bisher unbekannte Wärme, die Kelli nun schon öfter in ihr ausgelöst hatte, und war davon wie benebelt. Niemand hatte sich je Zeit für sie genommen. Und sie hatte Vertrautheit nie zugelassen.

»Du hattest Recht.«

»Womit?«

»Als du gesagt hast, dass ich niemanden habe. Ich wollte es aber nicht anders.« Nora schaute Kelli an und versuchte, zu begreifen, was an dieser Frau so besonders war.

»Willst du es immer noch so?«, fragte Kelli sanft.

»Ich weiß es nicht.«

Der Fahrstuhl hielt auf der Parketage und Nora verspürte den plötzlichen Drang zu flüchten. Ehe sie es jedoch aus dem Aufzug schaffte, wurde sie von Kelli am Arm gepackt. Die Berührung brannte beinahe und Nora atmete scharf ein. Ihre Blicke begegneten sich. Die Sanftmütigkeit in Kellis Augen ließ Noras Fluchtwunsch noch größer werden. Sie konnte nicht atmen. Und obwohl sie nicht an Hexerei glaubte, war sie sich sicher, dass Kelli irgendwelche merkwürdigen Kräfte besitzen musste. Anders war ihre Wirkung auf sie nicht zu erklären.

»Du hast gesagt, dass du es versuchen willst«, flüsterte Kelli.

»Na, da schau her. Der Tag wird ja immer besser.«

Beide fuhren herum und sahen James Rader, der neben seinem Auto stand. Er trat auf sie zu.

»War das der Grund, Nora? Stehst du einfach mehr auf Frauen?«

Augenblicklich sah Nora rot. Sie stürzte auf ihn zu, aber ehe sie etwas sagen konnte, stellte Kelli sich vor sie.

»So dämlich kannst du doch gar nicht sein, du widerliches Stück Scheiße, dass du sie im Parkhaus ihres Anwalts ansprichst.«

Rader stand inzwischen direkt vor ihnen.

»Ich nehme es zurück. Offensichtlich bist du doch so blöd«, sagte Kelli mit einem humorlosen Lachen.

»Halt du dich da raus!«

»Du bist erbärmlich, aber komm ruhig näher. Ich bin mir noch nicht ganz sicher, was ich mit dir anstellen werde, aber es wird bestimmt lustig.«

Rader hielt inne. »Soll das eine Drohung sein?«

»Ich kann mich nicht erinnern, eine Drohung ausgesprochen zu haben.« Kelli tippte mit ihrem Gehstock auf den Boden.

Nora beobachtete den Schlagabtausch voller Faszination. In Ihrem Brustkorb brannte ein Feuer. Kelli tat all das nur ihretwegen. Niemand hatte sich je so für sie eingesetzt – zumindest nicht auf diese Weise. Verhielten sich so Menschen, denen nicht alles egal war?

»Geh uns einfach aus dem Weg, Arschloch.«

Noras Magen fuhr Achterbahn. Ihr blieb die Luft weg.

»Dieser Staat ist momentan einfach nicht groß genug für uns beide. Steig einfach in dein Auto und verschwinde.« Kelli deutete auf seinen Wagen.

Rader starrte sie an und Kelli sah herausfordernd zurück.

»Leck mich!«, presste er schließlich hervor.

Kelli lächelte und winkte ab. »Nein danke.«

Daraufhin schwang Rader sich in sein Auto und fuhr davon. Kelli drehte sich um und nahm Nora bei den Schultern. Langsam strichen ihre Hände an Noras Armen hinab und umfassten ihre Handgelenke. »Geht es dir gut?«

Kellis Berührung hatte ein statisches Kribbeln in Nora ausgelöst. Sie war vollkommen überrumpelt von der Wirkung dieser Berührung.

»Nora?«

Hilflos blickte sie Kelli in die Augen. Hier war definitiv Hexerei im Spiel.

»Geht es dir gut?«

Nora brauchte Sauerstoff und Zeit zum Nachdenken. Sie befreite sich aus Kellis Griff.

»Ja, ich …« Ihr fehlten die Worte.

Kelli wurde blass. »Bist du sauer? Bitte sei mir nicht böse. Ich weiß, dass du dich selbst verteidigen kannst, aber der Typ bringt mich einfach auf die Palme.«

»Ich bin nicht sauer.« Nora fing an zu laufen. Sie musste sich einfach bewegen. Nicht allzu weit hinter sich konnte sie Kelli hören. Als sie ihr Auto erreichte und sie in ihrer Handtasche nach dem Schlüssel suchte, stellte Nora fest, dass ihre Hände zitterten.

»Was bist du dann?«, flüsterte Kelli hinter ihr.

So sehr Nora sich auch umdrehen wollte, sie konnte es einfach nicht. »Ich weiß es nicht.« Aus ihrem Mund kam die Wahrheit. Diese Gefühle waren einfach noch zu neu, um sie zu verstehen.

»Nora?« Kellis Stimme klang unsicher.

Nora antwortete, hatte aber keine Ahnung, woher die Worte kamen. »Ich versuche es wirklich, aber jetzt muss ich hier weg.«

Kelli erwiderte nichts, doch Nora deutete ihr Schweigen als Verständnis. Sie entriegelte ihren Mercedes und ließ sich auf den Fahrersitz gleiten. Aus dem Augenwinkel sah sie, dass Kelli sie noch immer beobachtete. Nora hob kurz den Blick.

Kelli hob eine Hand und trat zurück.

Sie ließ den Motor an und flüchtete.

Kelli schleppte sich ins Haus ihrer Mutter. Nach dem Tag, den sie hinter sich hatte, wusste sie nicht, ob sie dafür bereit war, aber sie hatte keine Wahl. Ihre Familie brauchte sie jetzt.

»Mom?«

»Ich bin in der Küche!«

»Kannst du bitte herkommen?«

Ihre Mutter wischte sich die Hände an einem Geschirrtuch ab, als sie das Wohnzimmer betrat, in das Kelli es immerhin geschafft hatte.

»Was ist los? Ist alles in Ordnung? Ich kann ein paar Kissen holen, damit du dein Bein hochlegen kannst.«

»Meinem Bein geht es gut, Mom.« Das war eine Lüge. Es tat höllisch weh.

»Was ist es dann?«

Kelli benetzte ihre Lippen und ging zum Sofa. Sie winkte ihre Mutter zu sich. Sobald sie sich gesetzt hatten, sagte Kelli: »Sean kommt auch und er bringt Antony mit.«

Carina lächelte. »Wunderbar. Vielleicht können wir alle zusammen zu Abend essen. Es ist so schwer, euch drei unter ein Dach zu bekommen.«

Kelli seufzte. »Ich weiß, aber hör zu. So sehr du dir auch wünschst, dass er okay ist, Mom, das ist er nicht. Das musst du einsehen.«

»Von wem redest du?« Ihre Mutter verzog das Gesicht und rutschte von ihr weg.

»Tony. Komm schon, Mom. Du siehst es doch selbst. Ich weiß, dass du versuchst, es zu ignorieren, aber du kannst doch nicht ewig so tun, als wäre alles in Ordnung.«

»Ich weiß nicht, was du meinst.«

»Tony ist wieder auf Crystal Meth.« Kelli sprach es einfach aus.

»Was? Nein, er war schon immer ein wenig hibbelig. Warum musst du immer gleich das Schlimmste von ihm denken?« Carinas Augen wurden glasig.

Kelli hatte gewusst, dass das Gespräch kein Spaziergang werden würde.

»Spongebob? Weißt du das nicht mehr? Er hat vollkommenen Unsinn geredet. Koffein ist ein wunderbares Zeug, aber es macht Menschen nicht dermaßen verrückt. Denk doch mal nach, Mom. Alle Anzeichen sind da. Ich weiß, dass du es weißt.«

Carina brach in Tränen aus. »Ich hatte so gehofft, er würde wirklich versuchen, sich zu bessern.«

»Ich bin mir sicher, dass er es anfangs auch versucht hat, aber im Moment sind die Drogen einfach stärker als er.«

Ihre Mutter verbarg das Gesicht in ihren Händen und schluchzte heftig.

Vorsichtig ergriff Kelli ihre Hand und sah sie an. Solche Zärtlichkeiten zwischen ihnen waren selten, aber in diesem Augenblick schien es ihr angebracht. »Wir müssen ihm helfen.«

»Ich weiß aber nicht wie.«

»Wir müssen es trotzdem versuchen. Ich habe ein paar Gefallen eingefordert und eine Zwangseinweisung arrangiert. Die Polizei wird bald hier sein und ihn ins Krankenhaus bringen, bis wir ihm einen Platz in der Entzugsklinik besorgt haben.«

»Was hat es mit dieser Zwangseinweisung auf sich?«

Sanft drückte Kelli die Hand ihrer Mutter. Sie wusste, dass es nicht einfach mit anzusehen sein würde. Auf einmal fühlte sie einen Anflug von Schuldgefühlen, aber sie schob sie beiseite. »Ich konnte eine zweiundsiebzigstündige Beobachtung in der Psychiatrie organisieren und wir müssen hoffen, dass zwischenzeitlich ein Platz in der Klinik frei wird.«

Ihre Mutter riss sich los. »Aber er ist doch nicht verrückt. Was hast du denen denn erzählt?«

»Mom«, sagte Kelli vorsichtig, da wurde die Wohnungstür aufgestoßen. Ins Haus stolperte Sean, der einen stöhnenden Tony über seine Schulter geworfen hatte. Mit einem lauten Grunzen legte er den Bruder auf das freie Sofa, dann stützte er sich nach Luft schnappend mit den Händen auf seine Oberschenkeln ab.

Tony roch, als hätte er sich in Urin und Alkohol gesuhlt. Es brannte beinahe in den Augen. Der Anblick brach Kelli das Herz.

»Was hast du mit ihm angestellt?«, schluchzte Carina und eilte zu ihrem Jüngsten.

Für einen kurzen Augenblick wirkte Sean verletzt. Kelli drückte seine Schulter, um ihm zu verstehen zu geben, dass sie stolz auf ihn war.

»Was ich tun musste«, erwiderte Sean schließlich. »Ich bin ihm in eine Gegend gefolgt, die nicht ganz so schön ist.«

»Was soll das heißen?«

Kelli blickte Sean an und antwortete, damit er es nicht musste. »Mom, wir haben doch gerade darüber gesprochen. Schau ihn dir doch an.«

»Vielleicht sollten wir ihm einfach nur ein bisschen Zeit geben, sich selbst zu helfen.« Carina strich Tony eine Locke aus dem Gesicht und versuchte, ihn wachzurütteln.

»Das habe ich auch schon versucht und es hat nichts gebracht«, sagte Sean.

Antony stöhnte laut. Plötzlich schlug er ohne Vorwarnung um sich und Carina ging zu Boden. »Lass mich in Ruhe!« Mit dem Ärmel wischte er sich den Rotz von der Nase und stand auf. Zwar schwankte er heftig, schaffte es aber doch, auf den Beinen zu bleiben.

Sean half Carina auf, was Kelli erlaubte, Tony im Blick zu behalten.

Sie studierte ihn eindringlich und versuchte, seinen nächsten Schritt zu erahnen. Er war vollkommen high, was ihn extrem unberechenbar machte. »Antony. Du bist zu Hause«, sagte sie ruhig. »Du bist an einem sicheren Ort.«

»Fick dich!«

Kelli hob ihre Hände. »Ich verstehe, dass du sauer bist, aber wir wollen dir helfen. Wir lieben dich und wollen, dass es dir besser geht.«

Antony lachte. »Die heilige Kelli kapiert es einfach nicht!« Er stürzte sich auf sie.

Kelli versuchte, auszuweichen, schaffte es aber nicht rechtzeitig. Ihr Bein machte ihr einen Strich durch die Rechnung und Tony riss sie zu Boden. Sie schrie vor Schmerz auf und versuchte, zur Seite zu rollen, aber ihre Reflexe versagten. Sie war erschöpft. Tonys Hände legten sich um ihre Kehle und sie hatte nicht die Kraft, ihn davon abzuhalten.

Sean schlang seine Arme um Tonys Brustkorb und versuchte, ihn wegzuziehen. Tony knurrte wie ein wildes Tier. Es war nicht zu leugnen, dass er eine Gefahr für andere darstellte und daher war die Psychiatrie mit Sicherheit nicht die schlechteste Option.

Trotz offensichtlicher Anstrengungen schaffte es Sean, Tony zu überwältigen.

Tonys Augen waren blutunterlaufenen, er brüllte weiter wie ein Irrer und aus seinem Mund hing ein Speichelfaden, der eine Verbindung mit seinem völlig versifften Shirt einging.

Im Hintergrund schrie Carina.

Als Kelli endlich befreit war, lehnte sie sich an die Wand und schloss die Augen.

Erst das Schrillen der Klingel holte Kelli wieder in die Realität zurück. Ihre Mutter rannte zur Tür.

Kelli kannte die beiden uniformierten Polizisten nicht, die Tony auf die Beine zogen und ihm in Sekundenschnelle Handschellen anlegten. Sean lehnte sich gegen das Sofa und Carina stand weinend in der offenen Tür. Obwohl Antony sich benahm wie eine Furie, zerrten ihn die Polizisten ohne Probleme aus dem Wohnzimmer und zur Tür. »Das einzig freie Zimmer in der Psychiatrie ist im Seattle General«, sagte einer der Beamten.

Mit dem Rücken noch immer zur Wand stand Kelli langsam auf.

»Dafür hasse ich dich«, spie Tony und funkelte sie böse an.

Mit einem Nicken verabschiedeten sich die Beamten und schlossen die Tür hinter sich.

Dann waren sie allein.

Vorsichtig half Sean Kelli auf das Sofa, wo sie noch einen Moment schweigend beisammensaßen.

KAPITEL 12

Die altmodische Kaffeemaschine fauchte und tröpfelte langsam Kaffee in die Kanne. Ungeduldig funkelte Kelli sie an, auch wenn es momentan sowieso nichts weiter für sie zu tun gab. Die Wände der Küche waren blassgelb, was im Kontrast zu den grellweißen Schränken und den grauen Arbeitsflächen stand. In den letzten fünfzehn Jahren hatte sich hier kaum etwas verändert. Sie fühlte sich fast wieder wie zu Hause. Es war ein warmes Gefühl, das sie an bessere Zeiten erinnerte, die ihr inzwischen sehr weit weg erschienen. Kelli versuchte, die Gedanken abzuschütteln. Sie gähnte und kratzte sich am Hals. Dieser verdammte Kaffee sollte sich beeilen. Erschöpfung war nicht mehr das richtige Wort, um ihren Zustand zu beschreiben.

Ein Blick auf die Uhr verriet ihr, dass es noch nicht einmal sieben Uhr dreißig war, aber wegen der Krankengymnastik und ihres letzten Arzttermins war sie heute früher als sonst aufgestanden. Bei diesen Aussichten hatte sie keinerlei Hoffnung, dass dies ein guter Tag werden würde. Die Treppe, die ins Wohnzimmer führte, knarrte laut. Kelli neigte den Kopf und lauschte. Als sie ein deutliches Schiefen vernahm, schloss sie die Augen. Ihre Mutter bereitete ihr große Sorgen und es sah nicht so aus, als würde sie in naher Zukunft mit dem Weinen aufhören können. Es kam eben auch nicht jeden Tag vor, dass eines ihrer Kinder in Handschellen abgeführt wurde.

Kellis Hand wanderte zu ihrer Kehle. Glücklicherweise hatte Tony nicht allzu fest zugepackt. Sie bekam sehr leicht blaue Flecken und derartige Male wären nur schwer zu erklären gewesen. Sie wollte die Ereignisse am liebsten vergessen.

»Oh, hallo, Schatz.« Carina versuchte krampfhaft, fröhlich zu klingen, während sie sich die Tränen aus den Augen wischte. Der Anblick hätte Kelli beinahe selbst zum Weinen gebracht. »Mom, es ist okay. Du darfst ruhig weinen.«

»Ich weiß, aber ich bin es langsam leid. Ich fühle mich, als hätte ich schon jahrelang geweint. Eigentlich müsste ich vollkommen ausgetrocknet sein.«

Nickend schenkte Kelli ihrer Mutter eine Tasse Kaffee mit extra Sahne ein, wie sie es mochte.

»Dieses Mal muss er es einfach schaffen. Ist das nicht der Zweck eines Entzugs? Ich verstehe nicht, warum es bei ihm nicht klappen will.«

Auf die Anrichte gestützt gab Kelli ihrer Mutter die einzige Erklärung, die ihr einfiel. »Er muss es auch *wollen*, Mom. Vielleicht wird es dieses Mal anders.«

Carina schüttelte den Kopf und nahm einen Schluck aus ihrer Tasse. »Wenn ich dich und Sean anschaue, verstehe ich es einfach nicht. Wir haben euch alle gleich aufgezogen. Mit viel Liebe. Es gibt sogar einen Betrieb, der darauf wartet, übernommen zu werden. Was ist an diesem Leben denn so schlimm?« Geistesabwesend stellte sie ihre Tasse auf die Anrichte.

Kelli seufzte. Jahrelang hatte sie selbst nach einer Erklärung gesucht und war zu der Einsicht gekommen, dass manche Leute einfach ein erhöhtes Suchtpotenzial hatten. »Ich weiß es wirklich nicht.«

»Vielleicht ist es ein geistiges Problem? Vielleicht hat er einfach keine Kontrolle über seine Handlungen.«

Kelli schluckte schwer. »Mom, lass es. Bitte hör auf, dich selbst zu belügen.«

Carinas Augen waren voller Schmerz und die Tränen kehrten mit aller Gewalt zurück. Ihre Mutter fiel in ihre Arme und Kelli versteifte sich wie sie es bei Körperkontakt immer tat. Die Luft blieb ihr im Hals stecken und sie versuchte, die eigenen Tränen, die sich anbahnten, herunterzuschlucken. Die hilflosen Laute ihrer Mutter machten das jedoch unmöglich. Kelli umarmte sie fester und ließ auch ihren Tränen freien Lauf.

»Jetzt habe ich uns beide zum Heulen gebracht. Es tut mir leid. Ich weiß, dass du immer versuchst, für alle stark zu sein.« Carina löste sich von ihr.

Kelli schwieg und schluckte. Ihre Mutter hatte recht.

»Wir dürfen einfach die Hoffnung nicht aufgeben. Mehr können wir momentan ohnehin nicht tun, nicht wahr?« Carinas Stimme klang alles andere als hoffnungsvoll.

Trotzdem nickte Kelli und wischte sich die Wangen trocken. Zumindest für eine Weile musste ihre Mutter daran glauben und Kelli wollte ihr das nicht vorenthalten.

»Ich hab dich lieb. Das weißt du hoffentlich und du sollst auch wissen, dass es auch für dich vollkommen in Ordnung ist, zu weinen. Die Dinge beschäftigen dich genauso wie mich und du nimmst dir auch immer alles sehr zu Herzen, du steckst den Mist nur besser weg als andere.«

Zumindest tue ich so. Zum Glück besaß sie die Fähigkeit Stärke vorgaukeln zu können. Kelli schaute auf ihre nackten Füße, aber eine Berührung an ihrem Kinn zwang sie, wieder aufzublicken.

»Danke, dass du bei mir geblieben bist, aber wenn du willst, kannst du ruhig wieder nach Hause gehen, Schatz. Es ist in Ordnung.«

Offensichtlich brauchte ihre Mutter wieder ihren Freiraum und auch Kelli war aus dem Gröbsten raus und konnte endlich wieder nach vorn blicken. »Okay«, stimmte sie zu.

Carina schenkte ihr ein schwaches Lächeln. »Ich muss los zur Arbeit. Gib Travis einen Kuss von mir. Wenn ich nach Hause komme, erwarte ich, dass du weg bist.«

Die Direktheit ihrer Mutter brachte Kelli zum Lachen. Es war ziemlich eindeutig, von wem sie ihre eigene Offenheit geerbt hatte. »Okay.«

Als sie wieder allein in der Küche war, leerte sie die Kaffeereste ihrer Mutter aus und dachte über die vergangenen Tage nach. Die Person, die Sean ins Haus gebracht hatte, war nicht wirklich ihr Bruder Antony gewesen. Klar, äußerlich glich er ihm bis aufs Haar, aber innerlich war er mit Sicherheit nicht ihr Bruder. Es war, als wäre er besessen gewesen. Anders konnte man es nicht beschreiben. Seine Drogensucht war auch früher schon schlimm gewesen, aber so hatte sie ihn noch nie gesehen. Kelli hatte einen unbändigen Hass auf dieses Zeug, das es schaffte, Familien auseinanderzureißen und Freundschaften zu zerstören. Ihre Mutter hatte von Hoffnung gesprochen, aber nach allem, was sie gesehen hatte, war die fast aussichtslos.

Mithilfe ihres Gehstocks ging sie ins Wohnzimmer. Sie setzte sich auf die Couch und krempelte ihre Shorts nach oben, bis die beinahe verheilte Wunde an ihrem Bein frei lag. Sie war ungleichmäßig und geradezu abstoßend. Das Ding sah aus wie eine hässliche Raupe, die sich an ihrem Bein festgesaugt hatte. Kelli berührte die Narbe. Sie tat nicht mehr wirklich weh, sondern verursachte nur ein leichtes Ziehen, wenn sie ihre Muskeln anspannte.

Kelli lächelte düster. Es war seltsam, wie der körperliche Schmerz beinahe verschwunden war, der seelische aber immer stärker zu werden schien. Manchmal hasste sie ihr Leben. Glücklicherweise hielt das Gefühl normalerweise nur ein paar Minuten lang an und statt in Selbstmitleid zu versinken, griff Kelli nach ihrem neuen Handy und suchte in ihrem Telefonverzeichnis nach dem Eintrag Nora. Sie hatte Mühe, die Nummer nicht zu wählen. Nach allem, was sich nach der Anhörung abgespielt hatte, brauchte Nora bestimmt Zeit für sich. Dieses Mal würde Kelli ihr diese auch gewähren.

Die Krankengymnastik machte Kelli schwach und hibbelig, aber sie begrüßte diese Gefühle. Sie gaben ihr das Gefühl, der gesamten Welt in den Arsch treten zu können. Es war ein deutliches Zeichen dafür, dass sie sich auf dem Weg der Besserung befand. Verschmitzt lächelte sie den Schwestern zu, als sie sich auf den Weg zu Travis' Zimmer machte. Bevor sie Rader für die letzte Untersuchung gegenübertreten musste, brauchte sie dringend eine Dosis Aufmunterung, war es doch unwahrscheinlich, dass es Noras Prozess zuträglich sein würde, wenn sie ihn seiner Leber entledigte.

Travis war nicht allein.

Williams blickte auf und grinste. »Ja, leck mich am Arsch. Wen haben wir denn hier?«

»Danke für die blumige Begrüßung.«

»Wie? Sagt ihr Kids das heutzutage nicht so?«

»Nein, wir *Kids* können uns benehmen.« Travis schüttelte grinsend den Kopf.

»Egal. Jedenfalls ist es schön, euch beide in einem Raum zu sehen.« Williams zuckte mit den Schultern.

Kelli setzte sich auf einen Stuhl neben Travis' Bett. Es war schön, ihn lächeln zu sehen. Sie zeigte auf seinen Bart. »Du meinst es also wirklich ernst damit? Sieht zwar besser aus als vorher, aber der bärige Serienkiller-Look ist trotzdem nichts für dich.« Kelli stichelte ein wenig, weil sie wusste, dass Travis diesen Kommentar nicht einfach ignorieren würde.

»Es wird noch Wochen dauern, bis er wie Grizzly Adams aussieht«, warf Williams ein, als wäre es die natürlichste Antwort der Welt.

Travis und Kelli schauten ihn fragend an.

»Ihr wisst schon, der Typ, der mit seinem Bär im Wald lebt?«, erläuterte Williams.

»Was hat das denn mit meinem Kommentar von eben zu tun?« Kelli schüttelte den Kopf. Wie hatte sie diese sinnlosen Diskussionen doch vermisst.

»Du alter, seniler Sack. Wie kommst du denn von Serienkillern auf einen Typen, der auf Bären steht?«, fragte Travis.

Williams seufzte. »Das ist eine interessante Sendung. Die findet man bestimmt im Internetz.«

Kelli zuckte mit den Schultern. »Im Internetz?«, äffte sie Williams Fehler nach.

Sie bemerkte den verschmitzten Ausdruck in seinen Augen. Williams hatte einen totalen Dachschaden, aber schaffte es wirklich, seine Mitmenschen von Dingen wie Lähmung und Drogenabhängigkeit abzulenken. »Gibt's das noch nicht auf Netflix?«, fragte Kelli mit einem Grinsen.

Williams sah jetzt ehrlich verwirrt aus. »Ich weiß nicht, was das ist.«

Travis prustete. »Das ist eine neue Pornoseite.«

»Warum sollten die denn Grizzly Adams zeigen?«

Travis wirkte nachdenklich. »Hört sich für mich nach einem Pornotitel an. Wir Kids stehen total auf Sex mit Tieren. Hast du noch nichts davon gehört?«

Williams warf ihm einen vernichtenden Blick zu. »Nee, nee, auf solche Themen lasse ich mich bestimmt nicht ein.«

Travis kicherte, verstummte aber plötzlich. »Ich bin Polizist«, flüsterte er. »Ich bin bei der verdammten Mordkommission. Das war schon immer mein Traumberuf und in ein paar Tagen erfahre ich vielleicht, dass ich ihn nie wieder ausüben kann.«

Blitzartig schlug die Stimmung um.

Travis blickte Kelli an. »Ich werde vielleicht nie wieder laufen können.«

Kelli hielt seinem Blick stand. Er schien auf etwas zu warten. Ein paar Sekunden später verstand sie, dass er ihre ehrliche Meinung hören wollte.

»Ja, das stimmt. Vielleicht nie wieder.«

Travis zuckte zusammen. Dann nickte er. »Ich weiß nicht, ob ich nur ein halber Polizist sein kann, der hinter seinem Schreibtisch festsitzt.«

»Ich verstehe, dass du vielleicht nicht unbedingt ein Schreibtischmensch bist, aber es besteht immer noch die Möglichkeit, dass du hier doch auf eigenen Beinen wieder rausläufst.

Einen Augenblick lang schwieg Travis und die Stille wog schwer. Dann sagte er: »Das stimmt.«

Kelli atmete tief durch und nickte. Sie musste auf alle Eventualitäten vorbereitet sein. Das war der einzige Weg, ihm zu helfen.

Als Kelli in den Fahrstuhl stieg und sich noch einmal umdrehte, sah sie, wie Williams auf sie zulief. Sie hielt die Tür für ihn auf und beäugte ihn misstrauisch. Dieser Mann hatte die Fähigkeit, jedes Geheimnis aus ihr herauszubekommen und dabei störte es ihn kein bisschen, dass sie nicht allein waren.

»Warum schaust du mich so an?«, fragte Williams.

»Ich bereite mich mental nur schon auf das übliche Verhör vor«, antwortete Kelli.

Er lachte. »Ich wollte dich nur fragen, wie es dir geht.«

»Verarsch mich doch nicht.« Kelli grinste ihn schräg an.

»Ernsthaft. Ich will dich nicht ausfragen. Du erzählst mir nur, was du möchtest – die Kurzfassung oder die lange Version. Also, wie geht‘s dir?«, fragte er mit einem erwartungsvollen Lächeln.

Sie sah ihn nur weiter an. Einige der anderen Fahrgäste verließen den Aufzug.

Williams war schon immer ein Meister darin gewesen, mit wenigen gezielten Fragen Informationen aus ihr herauszuquetschen, die sie nicht preisgeben wollte. Dabei fühlte es sich nicht selten an wie ein grausamer Eingriff in ihre Privatsphäre. Ein Beispiel hierfür war die Art, mit der er sie dazu gebracht hatte, ihre Albträume zuzugeben.

»Kurzfassung«, antwortete sie knapp.

Er betrachtete sie eindringlich. Kelli war sich nicht ganz sicher, was genau er sah, aber er grinste sie an, als wüsste er von einem Geheimnis.

Kelli rutschte auf dem Untersuchungstisch nach hinten. Nichts konnte diese verdammten Teile bequem machen und das weiße Schutzpapier entwickelte wie üblich ein Eigenleben. Ihre Laune war eine wilde Mischung aus Erschöpfung und einer erhöhten Bereitschaft, miese Dinge zu bewältigen.

Rader öffnete die Tür und trat ein. Immerhin schenkte er ihr dieses Mal kein gekünsteltes Grinsen. Am liebsten hätte sie ihn verprügelt, aber er schaute sie nicht einmal an, sondern vergrub sein Gesicht in ihrer Akte.

Kelli schnaubte.

Hinter ihm betrat eine Schwester das Zimmer und grinste dämlich.

»Ist das ihr Bodyguard?«, fragte Kelli und deutete auf die Schwester.

»Sie ist nur zur Sicherheit hier … für uns beide«, antwortete Rader.

»Aha.«

Er stellte sich an die Seite ihres verwundeten Beins, streckte die Hand danach aus, zog sie aber sofort wieder zurück.

Kelli beschloss, diesen Moment der Unsicherheit auszunutzen. Ihr war auf dem Weg zum Krankenhaus nämlich etwas eingefallen und das wollte sie mit Sicherheit gegen ihn verwenden.

»Wussten Sie, dass ich einen sehr leichten Schlaf habe? Ein Glück für Nora. Zuerst dachte ich, dass Sie sich mit ihrer kleinen Freundin über irgendwelchen sexuellen Schweinkram unterhalten, da nachts in meinem Zimmer, aber so, wie es aussieht, ging es um ein viel interessanteres Thema.«

Sie wusste, dass sie sich auf unsicherem Terrain bewegte, aber sie hatte eine Ahnung und sie konnte dem Drang nicht widerstehen, ihn ein wenig aufzurütteln. Kelli beugte sich vor und fuhr fort: »Sie werden einen Fehler machen und wenn Sie es tun, werden wir alles geben, um Sie plattzumachen …«

Die Schwester schnappte nach Luft.

»Ich habe keine Ahnung, wovon Sie sprechen. Können Sie bitte Ihre Wunde freilegen?« Raders Stimme war eintönig, aber er schaffte es noch immer nicht, ihr in die Augen zu schauen.

»Natürlich.« Kelli schob den Kittel zur Seite. »Nora muss wirklich etwas ganz Besonderes sein, wenn Sie wegen ihr zu solchen Mitteln greifen. Sie wissen schon, dass man eine derartige Lüge nicht einfach hinter sich lassen kann?«

»Bitte beachten Sie, dass diese Unterhaltung vor Zeu–«

»Ja, ja, ich verstehe schon. Sie ist eine Zeugin.« Kelli lächelte in Richtung der Schwester. »Mir ist das egal. Ihnen auch?«

Rader räusperte sich. »Bitte machen Sie ihren Oberkörper frei, damit ich –«

Ehe er den Satz beenden konnte, hatte Kelli bereits ihre Brüste entblößt.

»Atembeschwerden?« Er drückte auf dem Gewebe um ihre Wunde herum.

»Nein«, entgegnete Kelli.

»Irgendwelche abnormalen Schmerzen?«, fuhr Rader fort. »Atmen Sie bitte tief ein.«

»Nein, nicht wirklich.« Kelli holte tief Luft und musste sich daran erinnern, dass sie nicht gewalttätig werden durfte, wenn er sie anfasste – egal, wie sehr er sie auch anwiderte.

»Gut.«

»Aha.«

»Ihr Blutbild war auch negativ, daher können Sie ihre Behandlung von nun an mit ihrem Hausarzt fortsetzen. Vielleicht müssen wir uns nie wieder begegnen.«

Kelli lachte düster. »Das würde Ihnen sicherlich gefallen, aber ich glaube, dass wir uns schon sehr bald wiedersehen werden.«

Nun schaute er sie zum ersten Mal direkt an. Sein Blick war eiskalt. Er baute sich vor ihr auf und schien auf einmal vor Selbstvertrauen zu strotzen. Der Wichser schien tatsächlich zu glauben, dass er in dem Prozess eine Chance hatte. »So ist es wohl. In diesem Fall sage ich auf Wiedersehen, Miss McCabe.«

Als Kelli das Krankenhaus verließ, war sie völlig neben der Spur. Rader spukte durch ihren Kopf. Das musste ein Ende haben. Sie straffte die Schultern, atmete zweimal tief aus und ein und beschloss, lieber an Nora zu denken.

Sie griff nach ihrem Handy. Zum x-ten Mal rief sie ihre Nummer im Telefonverzeichnis auf und ihr Magen rumorte, als sie ihre letzte Begegnung noch einmal im Kopf durchspielte. Es war nicht zu leugnen, dass zwischen ihnen eine Verbindung bestand. Das wusste Kelli aber bereits. Der Schmerz, den sie auf einmal verspürte, war neu. Kelli mochte die Person, in die sie sich verwandelte, wenn Nora in der Nähe war. Sie kehrte ihre sanftmütige Seite hervor.

Nora fuhr mit dem Einkaufswagen durch den Gang, in dem das Müsli zu finden war. Die anderen Kunden sorgten dafür, dass sie sich etwas weniger isoliert fühlte – auch wenn es Fremde waren. Zu Hause war sie mit ihren Gedanken allein und die waren zurzeit keine gute Gesellschaft. In ihrem Kopf herrschte Durcheinander. Es war wie eine komplexe Gleichung, zu der ständig neue Informationen hinzugefügt wurden. Die Situation mit Kelli war nur ein weiteres Teil dieses Puzzles, das sie an den Rand eines Systemzusammenbruchs führte.

Sie nahm eine Packung Bio-Müsli aus dem Regal und las die Liste der Zutaten durch. Lautes Gelächter erregte ihre Aufmerksamkeit. Als sie sich umdrehte, sah sie ein junges Pärchen, das fröhlich miteinander schäkerte. Zwar konnte sie nicht hören, worüber die beiden sprachen, bemerkte aber den Gesichtsausdruck des Mannes. Seine Blicke waren eine Kombination aus Zärtlichkeit und …

Ehe sie den Gedanken zu Ende führen konnte, küssten sich die beiden. Eilig wandte sie den Blick ab und warf die Packung Müsli in den Einkaufswagen.

Sie mochte den Gedanken nicht, der jetzt in ihr hochkam, aber sie musste sich eingestehen, dass ihre Reaktion auf die eigentlich so alltägliche Szene, die sie da eben beobachtet hatte, viel mehr über ihr eigenes Innenleben verriet, als ihr lieb war. Nora konnte nicht länger leugnen, dass sie sich einsam fühlte, und sie konnte auch nicht verdrängen, dass sie sich besser fühlte, sobald sie an Kelli dachte. Natürlich hatte sie auch vor Kelli gewusst, wie sich Anziehung anfühlte, aber bisher war die für Nora immer nur ein vorübergehendes Gefühl gewesen und hatte geendet, sobald sie ihre Bedürfnisse befriedigt hatte. Dieses Mal war die Anziehung beständig und sie brannte in ihrer Brust. Nora überkam eine unerträgliche Unruhe und sie hastete Richtung Kasse, ohne noch einen Blick in die Regale zu werfen.

Drei Tage waren seit ihrer letzten Unterhaltung mit Kelli vergangen. Keine von beiden hatte die andere seitdem angerufen. Zwar jagte ihr diese neue Art der Anziehung gewaltige Angst ein, aber sie sehnte sich mehr als je zuvor nach Kontakt mit der Polizistin. Nora wusste, dass sich zumindest dieses Problem ganz einfach mit einem Anruf oder einer SMS lösen ließ, aber nach ihrem letzten Zusammentreffen war sie sich nicht mehr sicher, ob Kelli überhaupt darauf reagieren würde.

Wieder in ihrem Auto verwandelte sich Noras Angst in Wut, gemischt mit einer Dosis Hilflosigkeit. Sie war das Herumsitzen leid, das sie für diesen Ansturm an Emotionen verantwortlich machte. Wie sehr wünschte sie sich endlich inneren Frieden.

Zu Hause angekommen entkorkte Nora einen 2010er Sierra Mar Chardonnay und stellte ihn auf die Anrichte, um den Wein atmen zu lassen, während sie ihre Einkäufe verstaute. Als sie fertig war, hatte der Wein die optimale Temperatur erreicht. Erpicht darauf, sich endlich zu entspannen, füllte sie ihr Glas und ein fruchtiger Duft erfüllte den Raum. Sie nahm einen Schluck und ließ die verschiedenen Aromen auf ihrer Zunge explodieren. Genussvoll schloss sie die Augen und fand endlich einen kleinen Moment der Freude.

Das Klingeln ihres Handy riss sie aus der Entspannung. Als sie Kellis Namen auf dem Display sah, fing sie vor Aufregung an zu zittern. Sie ließ sich keine Zeit, darüber nachzudenken, sondern nahm das Gespräch sofort entgegen.

»Hallo?«

»Hey.«

Der vertraute Klang von Kellis rauchiger Stimme verwandelte ihre Aufregung in einen glühenden Feuerball. Nora trank einen großen Schluck von ihrem Wein.

»Du bist dran gegangen.«

Nora räusperte sich. »Ja.«

»Eigentlich hatte ich gar nicht damit gerechnet. Ich war mir nicht sicher, ob –«

»Kelli?«

»Ja?«

»Es tut mir leid, dass ich deine Anrufe letzte Woche nicht angenommen habe.« Nora war sich nicht sicher, ob sie diese Worte tatsächlich hatte aussprechen wollen, aber nun konnte sie sie nicht mehr zurücknehmen.

»Mir tut es leid, dass ich dich überrumpelt habe.«

Nora grinste. »Nein, das tut es nicht.«

Kelli kicherte. »Das stimmt, aber es hat sich doch gut angehört, oder?«

»Das betrachte ich einfach als rhetorische Frage.«

»Eigentlich wollte ich dich schon am Wochenende anrufen, dachte aber, dass du mit Sicherheit ein wenig Freiraum brauchst. Ich habe wirklich versucht, geduldig zu bleiben, aber ich konnte einfach nicht länger warten.«

Kellis Tonfall klang so entschuldigend, dass Nora sich regelrecht schlecht fühlte. Es gab noch so viele andere Probleme in Kellis Leben und Nora musste zumindest versuchen, sich genauso viel Mühe zu geben wie sie. »Gibt es irgendwelche Fortschritte mit deinem Bruder?«

Kelli lachte düster. »Du passt gut auf. Ja, ich habe meine Beziehungen spielen und ihn verhaften lassen. Er geht mal wieder in den Entzug. Ich hoffe nur, dass sie ihn dort zum Bleiben überreden können.«

»Geht es dir gut?«, fragte Nora, obwohl ihr die Frage abgedroschen klang.

»Nicht wirklich«, erwiderte Kelli. »Meine Mutter hört nicht auf zu weinen, Travis ist ein Wrack und zu allem Übel hatte ich noch einen Termin mit Rader. Ich habe keine Ahnung, wie ich es geschafft habe, ihm keine reinzuhauen. Stattdessen habe ich ihn aber wütend gemacht. Was hast du nur jemals an dem Typen gefunden? Klar, er sieht gut aus, aber auf eine ziemlich schmierige Art und Weise.«

»Rückblickend kann man meine Geschichte mit Rader nur als gewaltige Fehleinschätzung einstufen.« Anders war die Affäre wirklich nicht zu beschreiben. Kellis Bedürfnis, sie zu verteidigen, war nicht zu überhören, und ein angenehmes Kribbeln machte sich in Noras Bauch breit. Es sah so aus, als stünde sie nun offiziell unter Kellis Schutz und das war ein gutes Gefühl.

»Ich weiß, dass du gerade eigene Sorgen hast. Deshalb will ich dir nicht auch noch meinen Scheiß aufhalsen, aber immer, wenn ich mit dir spreche, sprudeln diese Dinge einfach aus mir heraus.«

»Das ist schon in Ordnung. Manchmal weiß ich nur nicht, wie ich darauf reagieren soll.«

»Du könntest mich reinlassen.«

Einen Augenblick lang war Nora verwirrt, aber dann verstand sie und ihr Herz fing an zu rasen.

»Du stehst vor der Tür?«

»Ja, aber ich wollte nicht einfach auftauchen, ohne vorher anzurufen.«

»Aber –«

»Lässt du mich rein oder nicht?«

»Okay.«

Kelli beendete das Gespräch ohne jedes weitere Wort.

Nora legte das Handy weg und nahm ihr iPad in die Hand. Nachdem sie ihre PIN eingetippt hatte, betrachtete sie das Bild, das von ihrer Überwachungskamera gesendet wurde, und fragte sich, was Kellis Besuch für ihr Verhältnis zueinander bedeutete. Nora beobachtete Kelli nachdenklich, bis sie schließlich an der Tür klingelte und sie sich in Bewegung setzten musste.

Als sie die Türe öffnete, lächelte Kelli sie, auf ihren Gehstock gestützt, schief an.

Noras Körper reagierte unerwartet auf den Anblick. Ihr Herz stand für einen Moment still, nur um sich gleich darauf doppelt so schnell wieder in Bewegung zu setzen. Das Gefühl brachte sie vollkommen durcheinander, aber dank ihrer guten Erziehung schaffte sie es trotzdem, ihren Gast hereinzubitten.

Kelli runzelte die Stirn und trat näher. Sie streckte die Hand nach Nora aus, berührte sie aber nicht. »Alles okay?«

Ganz offensichtlich konnte Nora ihre Emotionen doch nicht so gut verbergen, wie sie geglaubt hatte. Sie trat einen Schritt zurück. »Ja, alles okay. Komm rein.«

Nora ging Richtung Wohnzimmer, wo das Glas Wein auf dem Couchtisch mit dem Versprechen auf alkoholisierte Entspannung lockte. Sie nahm einen tiefen Schluck. Als sie sich wieder umdrehte, sah sie, dass Kelli sie argwöhnisch beobachtete. »Du nimmst keine Schmerzmittel mehr, oder?«, fragte Nora.

Kelli schüttelte den Kopf und kam näher. »Nur noch, wenn ich sie brauche. Ich habe aber seit Freitag keine mehr genommen.«

»Möchtest du dann ein Glas Wein?«

Kelli rümpfte die Nase. »Ich bin zwar eher eine Biertrinkerin, werde ihn aber sicherlich nicht ausspucken.«

»Wenn du hier weiterhin willkommen sein möchtest, wäre das besser.«

Kelli brach in schallendes Gelächter aus. »Ist notiert.«

Allein in ihrer Küche, nahm sich Nora einen Augenblick, um sich zu sammeln. Sie stellte ein frisches Glas auf die Anrichte und bemerkte, dass ihre Hände immer noch fürchterlich zitterten.

Im Wohnzimmer hatte Kelli sich bereits aufs Sofa gesetzt und Nora nahm in respektvollem Abstand ebenfalls Platz.

»Wo ist Phineas?«

»Der treibt sich mit Sicherheit irgendwo im Garten herum.«

»Ich habe zwar keinen Sattel, aber ich schwöre, wenn ich mit der Krankengymnastik fertig bin, werde ich auf dem Schwein reiten.«

Zum ersten Mal seit einer Ewigkeit unterdrückte Nora das Lachen nicht, das in ihr aufstieg. Es war so lange her, seit sie zuletzt gelacht hatte, dass sie erschrocken die Hand vor den Mund hielt.

Kelli grinste nur breit. »Ich glaub, ich werd verrückt. Dafür hätte ich eine Medaille verdient.« Sie nahm einen Schluck von ihrem Wein.

Nora beschloss, diesen Moment nie zu vergessen.

»Wow, ist der lecker.«

»Freut mich, dass er deinen hohen Ansprüchen genügt«, erwiderte Nora sarkastisch.

»Also, bekomme ich die normale oder die VIP-Tour?«, fragte Kelli und ehe Nora protestieren konnte, wanderten sie schon von einem Raum zum nächsten. Für einen Großteil der Runde schwieg Kelli und stieß nur gelegentlich einen anerkennenden Pfiff aus.

Wieder im Wohnzimmer sagte sie: »Ich wusste ja, dass Ärzte nicht schlecht verdienen, aber das hier …«

»Ich habe geerbt.«

»Oh«, entgegnete Kelli.

Nora sah sie an. »Stört dich das?«

Kelli zuckte mit den Schultern. »Ich urteile nicht, aber was macht es da noch für einen Sinn zu arbeiten?«

Nora suchte für einen Moment nach den passenden Worten. Sie wollte sich richtig verhalten und Fortschritte mit Kelli machen.

»Ich bin nicht wirklich für die High Society gemacht, in der ich aufgewachsen bin, und wollte mich nicht in der Klatschpresse wiederfinden. Mit Medizin kann ich mich identifizieren, mit Geld nicht.«

Ihre Blicke begegneten sich.

»Das kann ich verstehen.«

In Kellis Blick erkannte Nora echtes Verständnis und sie wäre gern darin versunken. Widerwillig schaute sie weg. »Das mit deinem Bruder tut mir leid.«

Kelli atmete hörbar aus. »Mir auch, aber ich habe getan, was getan werden musste. So, wie ich es immer mache. Irgendwann werde ich dafür noch büßen müssen.«

»Ich wünschte, ich könnte dir irgendwie helfen«, sagte Nora. »Das meine ich ernst, auch wenn ich bisher eher mit Abwesenheit geglänzt habe.«

Einen Augenblick lang schwieg Kelli. Schließlich sagte sie: »Das hört sich jetzt vielleicht blöd an, aber alles, woran ich in den letzten Tagen denken konnte, war, hierher zu fahren. Ich musste dich einfach sehen. Ich habe versucht, mich fernzuhalten und dir Freiraum zu geben, aber das hat irgendwie nicht funktioniert.«

Nora schien plötzlich vergessen zu haben, wie man atmete. Sie schaute überall hin, nur nicht zu der Person, die sie am liebsten angeschaut hätte. Trotzdem trafen sich ihre Blicke und Nora hatte das Gefühl, als flögen Funken zwischen ihnen.

»Mehr Wein?«, fragte sie schrill.

»Kelli nickte heftig. »Ja, bitte.«

Kelli schloss die Augen und lehnte sich gegen ihre Tür. All die Gefühle in ihr waren zu viel. Sie war müde, aber daran hatte sie sich inzwischen gewöhnt. Es war die Situation mit Nora, die Wärme, die Aufregung und das Verlangen, die sie erfüllten und die ihre Beine butterweich werden ließen Ein lautes Klopfen an der Tür ließ sie zusammenfahren. Sie trat einen Schritt zurück. »Ja?«

»Kelli McCabe?«, fragte eine Männerstimme.

»Was wollen Sie?«

»Ich habe eine Lieferung für Sie, für die ich eine Unterschrift brauche.«

Kelli öffnete die Tür einen Spalt breit und grüßte den jungen Mann, der davorstand. Er streckte ihr einen Umschlag und ein Klemmbrett entgegen. Zwar war sie verwirrt, öffnete die Tür aber dennoch ganz.

Kelli nahm das Klemmbrett entgegen und unterschrieb. »Es ist eine Vorladung.«

Kaum hatte sie die Tür hinter ihm geschlossen, riss sie den Umschlag auf. *Verdammt nochmal.* Es war eine Vorladung für den Prozess um Nora. Sollte sie tatsächlich aussagen müssen, würde sie es diesen Arschlöchern mit Sicherheit nicht leicht machen.

»Wichser«, murmelte sie.

KAPITEL 13

Nora roch an ihrer Kaffeetasse. Das Aroma war kräftig und reichhaltig, wie kolumbianischer Kaffee eben sein sollte, aber genießen konnte sie ihn nicht. Früher hatte sie Ruhe und Kraft in ihrer täglichen, eintönigen Routine gefunden. Heute sehnte sie sich nach einem Farbtupfer. Nora begriff immer mehr, dass Kelli dieser Farbtupfer war. Wann immer sie zu Besuch kam, war das Haus auf einmal voller Leben. Ohne Kelli war es einfach nur schrecklich leer und Nora erfreute sich nicht länger an der Stille, die ihr früher so wichtig gewesen war.

Zwischen ihr und Kelli sprühten Funken, aber das war noch lange nicht alles. In ihrer Gegenwart fühlte sie sich wohl und akzeptiert. Selbst eine humorvolle Seite entdeckte sie an sich.

Beim gestrigen Besuch war aus Wein ein gemeinsames Mittagessen geworden, das wiederum in ein Abendessen übergegangen war. Vor weniger als zehn Stunden hatte sie die erfüllteste und schönste Zeit ihres bisherigen Lebens gehabt. Zwischen ihnen entstand derart schnell Vertrautheit, wie es nach so kurzer Zeit eigentlich gar nicht möglich sein sollte.

Kellis Fähigkeit, sie zum Lachen zu bringen, schockierte und faszinierte Nora. Sie hatte festgestellt, dass Kelli allgemein sehr geschickt darin war, Gefühle in ihr auszulösen. Allein beim Gedanken daran, wurde ihr heiß.

Zwar glaubte Nora, dass die körperliche Anziehung mit der Zeit nachlassen würde, aber an den anderen Vorteilen, die Kelli mit sich brachte – Freundschaft, Freude und Verständnis – wollte sie um jeden Preis festhalten. Nach einem Blick auf die Uhr überlegte sie, ob sie in diesem Schneckentempo weitermachen sollte, oder ob es eine gute Idee wäre, Kelli zu verstehen zu geben, dass sie jederzeit willkommen war.

Nora traf ihre Entscheidung, ohne weiter darüber nachzudenken.

Als ihr Telefon klingelte, stöhnte Kelli auf, drehte sich um und zog die Bettdecke über ihren Kopf. Erst vor wenigen Stunden war sie endlich eingeschlafen und sie war bereit den Anrufer, der ihren Schlummer störte, zu ermorden. Endlich gab der Anrufer auf, nur um es kurze Zeit später noch einmal zu versuchen. Kelli sah mit verschwommenem Blick an die Decke, um sich zu sammeln, während sie neben sich nach ihrem Handy tastete.

»Hm?«

»Hab ich dich geweckt?«

Jede Faser in Kellis Körper war schlagartig wach – abgesehen von ihren Stimmbändern natürlich. Sie setzte sich auf und versuchte, ihren Mund in Bewegung zu setzen. »Äh.«

»Ich kann später wieder anrufen.«

»Nein! Nein, ist schon okay. Ich wollte sowieso gerade aufstehen.«

»Lügnerin.«

Kelli staunte. Hatte sich das gerade nach Necken angehört? »Mit wem spreche ich bitte?«

Nora seufzte. »Du bist unglaublich witzig.«

»Ich bin einfach nur überrascht von deinem Anruf. Das ist ein klaren Fall für Mulder und Scully.«

»Ich weiß leider nicht, was das bedeutet.«

Kelli lachte. Es erstaunte sie immer wieder, wie weltfremd Nora in mancher Hinsicht war.

»Es soll einfach heißen, dass ein Anruf von dir nicht jeden Tag vorkommt.«

»Vielleicht muss man sich einen Anruf von mir erst verdienen«, konterte Nora.

Einen kurzen Augenblick lang blieb die Leitung still, aber die Stille war irgendwie sexy. Kelli liebte es, Nora zu necken.

»In dem Fall bin ich sehr dankbar.«

»Gern geschehen. Möchtest du nun auch wissen, warum ich anrufe?«, fragte Nora.

»Selbstverständlich.«

»Ich …«, setzte Nora an und hielt gleich wieder inne.

»Es ist okay«, versuchte Kelli sie zu ermutigen. »Hast du vergessen, dass es mir auch schwerfällt, über manche Dinge zu sprechen?«

»Normalerweise scheinen wir beide dieses Problem miteinander eher selten zu haben.«

»Dann sollte es dir ja doch leichtfallen.«

»Theoretisch vielleicht.«

»Und auch praktisch«, sagte Kelli bestimmt.

»Ich …« Nora räusperte sich. »Ich mag unsere Unterhaltungen«, beendete sie den Satz eilig.

»Ich …«, setzte Kelli an.

»Ich war noch nicht fertig.«

»Oh, tut mir leid«, entschuldigte sich Kelli und musste lächeln.

»Ich habe den Großteil meines Lebens allein verbracht und habe mir immer nur jeweils kurzlebige Wegbegleiter ausgesucht, wann immer es nötig war. Ich bin gerne in deiner Gesellschaft, Kelli, und ich wollte dir eigentlich nur sagen, dass diese *Freundschaft* auf Gegenseitigkeit beruht.«

Kelli fühlte sich, als hätte man ihr eine warme Decke umgelegt. Noras Aussage gefiel ihr, aber aus irgendeinem Grund, fühlte sie sich durch sie auf einmal auch sehr verwundbar. Deshalb ging sie wie immer in solchen Momenten zu Humor über.

»Mit anderen Worten: Ich bin dir ans Herz gewachsen?«

»Ja.«

»Wie ein Schimmelpilz«, sagte Kelli und grinste.

»Du bist wirklich unerträglich. Aber die Tatsache, dass ich diese Antwort erwartet habe, zeigt, wie gut wir uns schon kennen.«

Mit jeder Minute wuchs Kellis Faszination für diese Frau.

»Könntest du mich jetzt bitte reinlassen, bevor deine Nachbarn mich für eine Stalkerin halten?«

Nora stand vor der Tür. Hier. Vor ihrer Wohnung. Für einen kurzen Augenblick vergaß Kelli, zu atmen. »Was … wie? Woher hast du –?«

»Das Internet ist eine wunderbare Welt, in der Privatsphäre nicht existiert«, erläuterte Nora. »Eine schöne Aussicht hast du hier. Ich habe Kaffee und Frühstück mitgebracht, aber wenn es dir gerade nicht passt –«

»Nein! Ich bin einfach nur ein bisschen langsam. Das ist heute schon das zweite Mal, dass du mich überraschst. Dafür wirst du büßen.« Kelli kroch aus dem Bett und suchte verzweifelt nach etwas, das einer Hose ähnelte.

»Ich freue mich schon darauf.«

In Kellis Hals bildete sich ein Kloß. Das hatte sich gefährlich nach Flirten angehört und brachte sie vollkommen aus dem Konzept. Zwar war sie kein Teenager mehr, aber das hier war *Nora.* Sie bedeutete ihr etwas – mehr als Kelli bereit war, zuzugeben. »Ähm …«

»Ich meinte, dass ich mich darauf freue, dich zu sehen«, korrigierte sich Nora und klang dabei ein wenig außer Atem.

»Okay, ich muss nur erst eine Hose finden.«

»Wegen mir brauchst du keine Hose anzuziehen.«

Was? Kelli nahm den Hörer vom Ohr und starrte mit offenem Mund das Telefon an, bevor sie antwortete: »Äh … was …?«

»Ich wollte damit nur sagen, dass du dich für mich nicht herausputzen musst«, erläuterte Nora.

Kelli lachte. Mit Nora wurde es nie langweilig. Endlich fand sie ihre Jeans und zog sie über.

»Vielleicht solltest du dich beeilen, bevor ich noch mehr unangebrachte Dinge von mir gebe«, murmelte Nora.

»Ich frage mich, was du wohl gesagt hättest, wenn ich gerade aus der Dusche gekommen wäre«, erwiderte Kelli, als seien diese mittlerweile eindeutigen Flirtereien ein ganz alltägliches Ereignis.

»Kelli!«

»Ja?«

»Diese Zimtschnecken sind die besten, die man in der ganzen Stadt bekommt, und die sollte man essen, solange sie noch frisch sind.«

»Ich mache mir gerade den Reißverschluss zu. Bin gleich bei dir.« Kelli beendete das Gespräch. Ihr Bein war noch immer ein wenig steif, deshalb humpelte sie zum Badezimmer, wo ihr Stock an die offene Tür gelehnt war. Ein Blick in den Spiegel zeigte ihr, dass sie aussah, als hätte ihr eine Kuh den Kopf geleckt. Sie fuhr sich mit der Hand durchs Haar, schlimmer konnte sie es damit schließlich nicht machen.

Als Kelli ins Wohnzimmer kam, fiel ihr Blick als Erstes auf die Vorladung, die auf dem Tisch lag. »Scheiße.« Die hatte sie beinahe vergessen. Wenn Fuller und ihre Anwältin glaubten, dass sie Kelli manipulieren konnten, stünde ihnen eine böse Überraschung bevor. Bei Nora sah es allerdings anders aus. Sie würde die ganze Sache entweder logisch betrachten oder verdammt sauer sein. Kelli wollte auf alle Eventualitäten vorbereitet sein. Als sie ihre Wohnungstür öffnete, ging auch die Tür der Nachbarin auf. »Es ist in Ordnung, Mrs. Landau. Sie ist eine Freundin.«

Mrs. Landau schaute die beiden merkwürdig an und verschwand dann wieder in ihrer Wohnung.

Kelli konzentrierte sich auf Nora und schluckte den Golfball herunter, der sich in ihrer Kehle gebildet hatte. Noras Anblick war atemberaubend und es fiel Kelli schwer, das nicht laut auszusprechen. Nora hätte bei einem solchen Kompliment vermutlich prompt die Flucht ergriffen. Stattdessen lächelte Kelli nur und sagte: »Hey. Komm rein.«

Nora lächelte ebenfalls ein wenig und trat ein. »Habe ich nicht gesagt, dass deine Nachbarn mich für verdächtig halten würden, wenn du mich so lange stehenlässt?«

»Mrs. Landau ist mein selbsternannter Schutzengel. Sie ist eine nette alte Dame.«

Als Nora ihre Wohnung betrat, fühlte Kelli auf einmal große Unsicherheit.

»Es ist nichts Besonderes. Schau also bitte nicht allzu genau hin.«

Nora blickte sich im Zimmer um und dann zurück zu Kelli. »Minimalismus passt zu dir. Du scheinst Geschmack zu haben.«

Auch Kelli betrachtete nun ihre schlicht gehaltene Wohnung und fühlte Freude im Bauch, dank Noras Lob. »Ich verbringe nicht viel Zeit hier.«

Nora stellte die Tüte mit den Zimtschnecken und zwei Becher Kaffee to go auf den Tisch. »VIP-Tour?«, fragte sie. Ihre goldbraunen Augen waren weich und urteilsfrei, zeigten aber einen Anflug von Nervosität. Aus unerfindlichen Gründen schwächte genau das Kellis eigene Aufregung etwas ab.

»Ja, wenn dich das ungemachte Bett nicht stört.«

»Das tut es nicht.«

Kelli nickte und führte sie zu ihrer kleinen Küche. In der Tür blieb sie stehen, weil sie davon ausging, dass Nora an ihr vorbeigehen und sich darin umsehen würde, aber damit lag sie falsch. Als sie über ihre Schulter blickte, stand Nora so dicht hinter ihr, dass Kelli sie riechen und spüren konnte. Sie versuchte, die Hitze zu ignorieren, die durch ihren Körper schoss. Um dem

Gefühlschaos entgegenzuwirken, das immer schlimmer wurde, atmete sie beruhigend tief ein und aus.

»Kochst du?«

»Selten«, entgegnete Kelli und grinste.

Nora lächelte sie an. Dann machten sie sich auf den Weg zum Schlafzimmer.

»Hier verbringst du also die meiste Zeit.«

»Ja.«

Nora sondierte den Raum. Kelli bemerkte, dass Nora etwas zu beschäftigen schien. Ohne darüber nachzudenken, legte sie Nora die Hand auf den Rücken. »Alles okay?«

Vor Überraschung zuckte Nora zusammen. Stocksteif stand sie da.

»Nora?«

Zwar drehte Nora sich kurz zu ihr um, wandte den Blick aber sofort wieder ab. »Ja, alles in Ordnung. Ich …« Sie benetzte ihre Lippen. »Ich bin es nur immer noch nicht gewöhnt, berührt zu werden.«

Augenblicklich zog Kelli ihre Hand zurück und vermisste sofort die Wärme, die von Noras Körper ausging. »Es tut mir leid. Ich hätte es wissen müssen.«

»Ist schon okay. Ich muss mich wohl erst daran gewöhnen, jemanden um mich zu haben, der so offen ist.«

Kelli schüttelte den Kopf und lächelte. Noras Ehrlichkeit beeindruckte sie. »Das ist es ja gerade. Eigentlich bin ich gar nicht so.«

»Seltsam«, flüsterte Nora.

»Das stimmt wohl.« Um etwas Abstand zwischen sich und Nora zu bringen, trat Kelli ein paar Schritte zurück. »Zimtschnecken?«

Nora nickte. »Die sollten immer noch warm sein.«

»Gut. Danach müssen wir uns unterhalten.«

Angespannt sah Kelli zu, wie Nora die Dokumente durchging. Es gefiel ihr gar nicht, dass sie alle Fortschritte, die sie mit Nora gemacht hatte, wieder aufs Spiel setzen musste, aber sie konnte ihr die Vorladung auch nicht einfach vorenthalten. Noras Gesichtsausdruck ging von erschrocken in zornig über.

»Was erhofft sie sich denn davon?«

»Keine Ahnung. Das Einzige, was mir einfällt, ist, dass ich im Zimmer war, als du sie verscheucht hast.«

Nora atmete scharf ein. »Als ich angedeutet habe, dass sie mit Rader schläft?«

»Ja.«

»Das kann doch aber nicht ausreichen, um –«

»Hört sich für mich so an, als würden sie versuchen, dir ein gewisses Verhaltensmuster anzudichten.«

»Es gibt aber kein Muster. Ich habe sie nicht außergewöhnlich behandelt!«

»Beruhige dich. Ich bin Polizistin. Die haben sich verkalkuliert. Aus mir werden die nichts Nützliches herausbekommen. Ich könnte ihnen eher schaden. Rader ist ein Arsch und noch dazu überheblich. Die werden sich ihr eigenes Grab schaufeln. Es gibt da nämlich etwas, dass ich bei all dem Stress der letzten Wochen vergessen habe. Es ist mir erst vor Kurzem wieder eingefallen. Ich bin mir fast sicher, dass ich mit angehört habe, wie die beiden sich gegen dich verschworen haben. Direkt vor meinem Bett. Sie waren nachlässig und früher oder später wird dieser Fehler sie einholen.«

»Ernsthaft? Ausgerechnet vor dir? Das beruhigt mich irgendwie, aber ich begreife immer noch nicht, warum sie tun, was sie tun. Warum sich all die Mühe machen?«

Kelli streckte die Hand nach ihr aus, zog sie aber in letzter Sekunde wieder zurück.

»Ist schon in Ordnung«, sagte Nora. »Vielleicht brauche ich das.«

Das musste sie Kelli nicht zweimal sagen. Sofort schloss sich ihre Hand um Noras und drückte sie leicht.

Nora betrachtete die verschlungenen Hände und ihr Mund öffnete sich ein Stück. Augenblicklich kehrte die Hitze zurück, nach der Kelli inzwischen süchtig war.

»Vielleicht kann dein Anwalt ja etwas mit dem anfangen, was ich da in der Nacht mitbekommen habe.«

Erschöpft schloss Nora die Augen. »Ich will einfach nur, dass es vorbei ist. Ich weiß nicht, was ich getan haben soll.«

»Glaubst du etwa, dass es deine Schuld ist? Auf dieser Welt gibt es furchtbare Menschen und Rader ist einer davon. Das konnte ich regelrecht riechen. Der Typ hat mir schon eine Gänsehaut verpasst, als ich ihn das erste Mal gesehen habe. Und Dr. Fuller … gleich und gleich gesellt sich eben gern.«

Nora presste die Lippen zusammen. »Warum habe ich es dann nicht gesehen?«

»Ich bin darauf trainiert, Arschlöcher zu erkennen, aber du distanzierst dich lieber von Leuten. Wie hätte es dir da auffallen sollen?«

Nora sah auf ihre Hände, die sich weiter hielten. »Von dir habe ich mich nicht distanziert.«

»Ich bin ja auch was ganz Besonderes«, erwiderte Kelli und grinste schief.

Auch Nora lächelte ein wenig. »Möglicherweise.«

Mit ihrer freien Hand berührte Kelli Noras Wange, ohne vorher darüber nachzudenken. Einige ihrer Körperteile schienen ein Eigenleben entwickelt zu haben. Ihre Fingerspitzen streichelten über Noras glatte Haut und bei all der Zartheit, fiel es ihr schwer, die Hand wieder zurückzuziehen. »Das muss ich wohl sein, bei dem, was ich in dir auszulösen scheine.«

Nora sah sie verblüfft an. »Ich weiß nicht, was du –«

»Du bist durcheinander, und das bist du scheinbar immer in meiner Nähe.«

Für einen Augenblick gab es für Kelli nichts weiter zu sagen, aber wegschauen konnte sie nicht. Zwischen ihnen war eine solche Spannung entstanden, dass sie die Funken beinahe knistern hörte.

»Ich denke, ich habe mich allmählich daran gewöhnt«, flüsterte Nora.

Kelli räusperte sich und lächelte. »Sehr gut.« Zwar hatte sie vermutet, dass sich durch die Vorladung etwas verändern würde, aber sie hatte nicht damit gerechnet, dass sie sich dadurch noch näherkommen würden.

»Vielleicht gefällt es mir sogar«, sagte Nora.

In Kellis Brustkorb und ihrem Bauch glühte ein Feuerball, der sie innerlich zu verbrennen drohte.

»Noch besser.«

KAPITEL 14

Nach zwei Bier war Kelli endlich eingedöst. Der Alkohol hatte es allerdings nicht geschafft, die Gedanken an Travis und ihre Familie wegzuwaschen. Glücklicherweise war sie dank dieser Sorgen noch wach genug, um das Telefon zu hören. Es gab mehrere potenzielle Anrufer, die sie nicht verpassen wollte: Nora oder ein Mitglied ihrer Familie. Kelli griff nach ihrem Telefon. Obwohl sie die Nummer auf dem Display nicht kannte, nahm sie den Anruf entgegen.

»Hallo?«, murmelte sie.

»Was ist los, Schwesterherz? So früh schon im Bett?«

Kelli setzte sich auf. »Antony?«

»Höchstpersönlich.« Tony klang klar – wütend, aber klar.

»Wie hast du –«

»Ich darf Anrufe tätigen.«

Dies würde mit Sicherheit kein normales Gespräch werden. Das konnte sie an seinem Tonfall hören und sie bereitete sich mental schon einmal auf den Mist vor, den er gleich in ihre Richtung schleudern würde.

»Dann solltest du vielleicht besser Mom anrufen.«

»Mach dir keine Sorgen um mich und Mom. Ich habe Rechte, Kelli, auch wenn du da anderer Ansicht bist. Ich weiß, dass du mich verpfiffen hast. Aber ich stelle weder eine Gefahr für mich selbst noch für andere dar. Hast du wirklich geglaubt, dass ich nicht dahinter komme, warum ich hier in der Psychiatrie sitze?« Seine Stimme war eiskalt.

Kelli fühlte sich irgendwie schuldig. Sie hatte nicht gewusst, wie es tatsächlich um seinen geistigen Zustand bestellt war, als sie die Zwangseinweisung veranlasst hatte, aber als die Beamten ihn abgeholt hatten, war er ganz eindeutig gewalttätig gewesen. Der Klang seiner Stimme erinnerte sie daran, wie heftig er sie gewürgt hatte. Kelli hielt das Telefon krampfhaft fest. Dieser Aussetzer seinerseits war mit Sicherheit erst der Anfang gewesen.

Sie hatte gewusst, dass ihr Eingreifen in sein Leben Konsequenzen nach sich ziehen würde. Wenn sie Glück hatte, bestanden diese nur daraus, am Telefon beschimpft zu werden.

»Hör zu, ich –«

»Was? Fick dich. Ich bin dein Bruder und du schmeißt mich einfach weg wie ein Stück Dreck!«

»Wie oft sollen wir das denn noch durchmachen, Antony? Wie viele Chancen haben wir dir denn schon gegeben? Du *bist* mein Bruder und genau deshalb will ich, dass es dir besser geht. Ich habe es aber langsam satt und Sean geht es genauso. Wenn du dir nicht selbst helfen willst, dann müssen wir es eben tun.« In ihrem Magen lag ein Klumpen aus Angst und Erschöpfung.

»Na klar, Sankt Kelli.« Antony hielt inne. »Du warst schon immer der Liebling. Du hast nie Scheiße gebaut.« Er lachte kalt. »Bis dein Partner fast wegen dir draufgegangen ist.«

»Du hast keine Ahnung, wovon du sprichst.« Der Klumpen in Kellis Bauch wurde schwer wie Blei. Am liebsten hätte sie aufgelegt, um ihm nicht weiter zuhören zu müssen, aber sie konnte es einfach nicht. Er war ihr Bruder. Sie musste ihm zuhören. Soviel war sie ihm schuldig. Immerhin war er ein Teil ihrer Familie.

»Na, wie fühlt es sich an, doch nicht so perfekt zu sein? Der Unterschied zwischen uns beiden ist nur, dass, wenn du Mist baust, sich jeder sofort auf deine Seite schlägt. Wenn ich Mist baue, werde ich in Handschellen abgeführt.«

»Übernimm gefälligst Verantwortung für deinen eigenen Mist!«

»Ich hasse dich. Seit Dads Tod haben du und Sean mich wie ein Stück Scheiße behandelt.« Seine Stimme zitterte.

Kelli wusste, worauf er hinauswollte. Er fühlte sich betrogen. Anders konnte er es nicht sehen. Ihr gefiel nicht, wie schwach er war und wie er versuchte, die Verantwortung für seinen Kram auf sie und Sean abzuwälzen. Kelli atmete tief durch.

»Das stimmt nicht und das weißt du auch. Du hast schon immer nach einer Abkürzung gesucht, um zu bekommen, wofür andere Leute hart gearbeitet haben, und wenn es nicht geklappt hat, hast du dich zugedröhnt. Ich habe getan, was ich für richtig halte, und ich hoffe, dass du irgendwann einsiehst, dass ich recht hatte.«

»Wie auch immer. Ich wollte dich nur wissen lassen, dass du dafür büßen wirst. Und ich werde sicherstellen, dass es richtig schön wehtut.«

»Wir tun alle, was wir tun müssen.« Kelli weigerte sich, den Köder zu fressen. Sollte Tony sie ruhig bedrohen. Sie wusste, dass an den Drohungen ganz und gar nichts dran war.

»Na klar. Ich hätte übrigens vor ein paar Tagen von hier verschwinden können. Glaub aber ja nicht, dass ich wegen dir in diesem Dreckloch bleibe. Ich bin nur noch hier, weil Mom mich angefleht hat.«

»Ach ja? Das freut mich. Der Grund ist mir egal. Aber Mom hat keine Ahnung, dass du noch nie ein Programm bis zum Ende durchgezogen hast«, fauchte Kelli. Sie versuchte erst gar nicht, die Emotionen in ihrer Stimme zu verbergen. Warum wollte er denn einfach nicht sehen, dass sie alles tun würde, um ihm zu helfen? Sie war nur einfach zu erschöpft und ihr waren die Optionen ausgegangen. Obwohl sie diesen abgewrackten Tony hasste, hatte sie den Mann furchtbar lieb, der sich unter all den Drogen versteckte.

»Wirklich? Dann braucht sie es jetzt auch nicht zu erfahren. Außerdem tut es auch gar nichts zur Sache«, sagte Tony.

»Das tut es sehr wohl. Sean und ich haben ihr nie etwas verraten, aber glaube nicht, dass ich dich weiterhin schützen werde. Ich habe einfach keine Energie mehr.« Der Schmerz in Kellis Brust fühlte sich an, als hätte ihr jemand mitten ins Herz gestochen. »Aber ich hab dich …« Sie beendete den Satz nicht. Die Worte würden nur noch mehr wehtun und er würde ihr ohnehin nicht glauben.

Einen Augenblick lang schwieg Tony, dann schnaubte er. »Na, dann macht es ja keinen Unterschied, wenn ich mache, was ich will.«

»Willst du ihr wirklich mit aller Gewalt das Herz brechen?« Sie spürte, wie er ihr entglitt und sie konnte nichts dagegen unternehmen. Ihre Hilflosigkeit machte es unmöglich, klar zu denken. Normalerweise war sie diejenige, die immer einen Plan hatte, die immer wusste, was zu tun war, und nicht zögerte, es auch zu tun. Sie war diejenige, die ihre Familie beschützte. Doch auf einmal war sie auch diejenige, die Antony in diese unschöne Lage gebracht hatte.

»Das geht nur mich und Mom etwas an. Du bist für mich gestorben.«

Er legte auf und alles, was Kelli noch blieb, waren das ohrenbetäubende Dröhnen des Freizeichens und der Schmerz in ihrer Brust.

Sie konnte nicht richtig atmen und ihr gesamter Körper schien zu brennen. Der Schmerz ließ sich einfach nicht ignorieren. In Zeiten wie diesen vermisste sie ihren Vater enorm. Sie hielt es nicht mehr aus, mit ihren Gedanken und Gefühlen allein zu sein und ohne nachzudenken, wählte sie Noras Nummer.

Es klingelte und klingelte.

»Hier ist Dr. Whitmore. Bitte hinterlassen Sie eine Nachricht.«

Kelli machte die Augen zu. Es war schon eine große Hilfe, nur ihre Stimme zu hören, auch wenn sie nur vom Band kam. Sie legte auf und kletterte aus dem Bett. Das Schlafen konnte sie für heute Nacht vergessen.

Kellis Augen fühlten sich an, als hätte sie sich die Pulverrückstände aus ihrer Waffe nach einem Tag auf dem Schießstand hineingerieben. Sie brannten vor Erschöpfung wie Feuer. Seit Antonys Überraschungsanruf am Vorabend waren ihre Gefühle Achterbahn gefahren. Wut war Reue gewichen, die sich in widerwilliges Verständnis gewandelt hatte. Und sie war ungeheuer gereizt. Um sich wieder etwas menschlicher zu fühlen, schenkte sie sich ihre dritte Tasse Kaffee ein. Es war fast wie auf der Arbeit – nur anders.

Als es anfing, zu dämmern, öffnete Kelli die Balkontür, um den Sonnenaufgang über dem Mount Rainier zu beobachten, der den Berggipfel in ein glühendes Rot tauchte. Einige Minuten später humpelte sie wieder zurück ins Schlafzimmer. Irgendeine Sportsendung musste es doch um diese Uhrzeit schon geben. Das Klopfen an der Tür machte ihr einen Strich durch die Rechnung. Es konnte sich nur um ihre Mutter handeln und sie war sich nicht sicher, ob sie in der Verfassung war, ihr gegenüberzutreten. Mit Sicherheit hatte Antony auch sie angerufen und deshalb stand sie jetzt vor der Tür, um die ganze Geschichte auszudiskutieren. Ein einfacher Anruf wäre ihr lieber gewesen. Kelli wollte kein »Ich hab's dir doch gesagt« hören, aber sie hatte wohl keine andere Wahl. Carina würde sich nicht ewig abwimmeln lassen und je länger sie wartete, desto mehr Ärger würde sich in ihrer Mutter aufstauen. Außerdem hatte ihre Mutter einen Schlüssel und würde sich früher oder später selbst in die Wohnung lassen, wenn Kelli nicht aufmachte. Nachdem sie die Kaffeetasse auf dem Tisch abgestellt hatte, ging sie zur Tür.

Vor ihr stand eine ehemalige Bettbekanntschaft, mit der sie nun wirklich nicht hatte rechnen können. Die kleine Brünette stürzte sich auf Kelli und umarmte sie heftig. Kelli wurde steif wie ein Stockfisch und behielt ihre Hände bei sich, obwohl die Schwäche in ihrem Bein sie ins Wanken brachte.

Kelli sah, wie Mrs. Landau die Tür öffnete und Ashley argwöhnisch betrachtete. Nach einem bittenden Blick von Kelli entschuldigte sie sich und verschwand wieder hinter ihrer Tür.

»Ashley, was zur Hölle?«

Ashley lächelte, Kelli nicht. Ashley ließ sie zwar los, stand aber immer noch zu dicht bei ihr. Kelli trat einen Schritt zurück.

»Die Alte ist ganz schön gruselig. Wie die einen anstarrt«, sagte Ashley. »Ich hab gehört, dass du aus dem Krankenhaus entlassen wurdest.«

»Wer hat dir das denn erzählt? Und Mrs. Landau starrt dich an, weil sie dich noch nie leiden konnte.«

Ashleys Augen wurden schmal. Es gab eine Zeit, in der ihre Blicke gewisse Auswirkungen auf Kelli gehabt hatten, aber heute empfand sie rein gar nichts mehr. Sie konnte den Streit, der folgen würde, schon riechen.

»Bullen quatschen, besonders in Bars. Ich hatte eigentlich erwartet, dass du dich bei mir meldest«, sagte Ashley vorwurfsvoll.

Kelli schnaubte. »Es ist schon ewig vorbei und wir sind nicht gerade im Guten auseinandergegangen.«

Ashley trat näher. Sie streckte ihre Hand aus und fuhr mit den Fingerspitzen an Kellis Schlüsselbein entlang. »Das hat dich aber, eine Woche nachdem wir uns getrennt haben, nicht von meinem Bett ferngehalten.«

»Das war eindeutig ein Fehler«, erwiderte Kelli trocken und schob Ashleys Hand beiseite.

»Du bist mir immer noch wichtig, auch wenn ich keine Ahnung habe, warum. Für dich war es nie eine richtige Beziehung, du bist nur gelegentlich für Sex vorbeigekommen. Aber als ich gehört habe, was passiert ist, musste ich daran denken, dass wir auch gute Zeiten hatten. Verdammt gute Zeiten.«

Kellis Ausdruck wurde milder. Es war eine große Sache, dass Ashley sich vor sie stellte und ihr Herz ausschüttete, auch wenn das Risiko, verletzt zu werden, groß war. Und sie hatte recht. Für Kelli war es nie eine wirkliche Beziehung gewesen. Kelli hatte Ashley immer nur als einen guten, verlässlichen Fick betrachtet. Je anhänglicher Ashley wurde, desto abweisender reagierte Kelli. Emotionen spielten für sie in dieser Sache keine Rolle. Machte sie das zu einem egoistischen Menschen? Die Antwort lautete ja und Kelli akzeptierte diese Tatsache.

»Wir hatten nie wirklich die Chance, zu sehen, was aus uns beiden werden könnte. Was, wenn wir einfach noch mal von vorn anfangen? Du könntest um einen Bürojob bitten.« Ashleys Stimme war voller Hoffnung, aber Kelli sah sie ungläubig an.

»Ist das dein Ernst? Mir ging es beschissen, als wir zusammen waren, und du hast versucht, mich zu einem Menschen zu machen, der ich einfach nicht sein will.«

»Ich wollte einfach nur mehr Zeit mit dir verbringen!«

»Die hatte ich aber nicht übrig! Du hast gewusst, dass mein Job immer an erster Stelle steht. Hast du das für einen Scherz gehalten, als ich dir das x-mal erklärt habe? Ich konnte damals nicht für dich da sein und heute möchte ich es gar nicht erst versuchen.« Kelli warf ihre Hände in die Luft. »Diese ganze Diskussion ist einfach nur dämlich. *Du* hast doch damals mit mir Schluss gemacht. In einer SMS.«

»Sei doch nicht so unendlich grob mit mir. Das hat dich doch damals kein bisschen gejuckt.«

Kelli funkelte sie böse an. »Ich will nicht gemein sein. Ich habe momentan einfach ziemlich viel um die Ohren.«

»Man, ich hatte ganz vergessen, was für ein Arschloch du sein kannst.«

Kelli lächelte. »Freut mich, dass ich dein Gedächtnis auffrischen konnte.«

Plötzlich klingelte Kellis neues Handy. Sie stöhnte auf und zog es aus der Tasche. Es konnte sich nur um weitere schlechte Neuigkeiten handeln. Ohne wirklich auf das Display zu schauen, nahm sie das Gespräch an.

»Was?«

Kurze Pause.

»Kelli?«

Mit Noras Stimme hatte sie nicht gerechnet. Sie schnappte nach Luft.

»Nora?«

»Mein Handy war lautlos gestellt heute Nacht. Was war los?«

Kelli wandte sich von Ashley ab und kehrte ihrer Vergangenheit damit buchstäblich den Rücken, um sich voll und ganz der Gegenwart zu widmen. Nora hatte ihre volle Aufmerksamkeit. Alles andere um sie herum war vergessen. »Ich dachte –«

»Ist alles in Ordnung?«, fiel ihr Nora ins Wort.

In Noras Stimme war aufrichtige Besorgnis zu hören und Kellis Knie wurden weich.

»Nein.« Sie wollte Nora alles erzählen. Selbst wenn diese nichts dazu zu sagen hätte, würde sie sich trotzdem besser fühlen.

»Sehen wir uns später noch? Irgendwie habe ich mich daran …« Nora sprach nicht weiter.

Kelli atmete hörbar aus. »Ich bin heute bestimmt keine gute Gesellschaft. Wir erwarten heute Travis' Testergebnisse und dann ist da noch der ganze Mist mit meiner Familie. Ich werde heute mit Sicherheit keine Witze reißen.«

»Komm trotzdem.«

»Okay.«

Hinter ihr räusperte sich Ashley und Kelli fuhr überrascht herum. Sie hatte vollkommen vergessen, dass sie nicht allein war.

Sie beschloss, Ashleys Todesblick zu ignorieren. »Bis später dann.« Nachdem sie das Gespräch beendet hatte, wandte sie sich an Ashley. »Zeit, dass du gehst, Ash.«

»Wer war das?«

»Das geht dich nichts an. Geh jetzt und komm nicht wieder.«

»Mit mir hast du nie so geredet. Noch nicht einmal bei unserem ersten Date. Offenbar weiß sie noch nicht, was für ein Miststück du sein kannst.«

Seufzend fragte sich Kelli, was sie je an dieser Frau gefunden hatte. »Hör zu, es tut mir leid.« Sie zeigte zuerst auf Ashley, dann auf sich selbst. »Aus uns ist damals nichts geworden und das wird es jetzt auch nicht. Bitte geh einfach.«

Trotz der Wut, die ihr ins Gesicht geschrieben stand, drehte Ashley sich um und ging zur Tür. »Die wirst du auch irgendwann einfach sitzen lassen«, rief sie über ihre Schulter.

»Nein, das werde ich nicht.«

Ashley knallte die Tür zu.

Kelli stand mitten in ihrem Wohnzimmer und dachte über ihre letzten Worte nach. Sie hatte es ernst gemeint. Nora hatte ihre Treue verdient. Ihre Gefühle für Nora waren neu und extrem furchterregend, aber sie würde daran festhalten, egal, was um sie herum geschah.

Nora legte das Telefon neben eine Auswahl an Farbtonmustern auf den Wohnzimmertisch. Ihr war nach Veränderung gewesen, aber nachdem sie die Sorge in Kellis Stimme vernommen hatte, erschien es ihr nicht mehr so wichtig, eine neue Farbe für die Küche auszuwählen. Sie wusste nur, dass sie irgendetwas unternehmen musste, um Kelli aufzuheitern. Es war ihr immer noch nicht ganz klar, wann genau Kelli ihr so wichtig geworden war, aber das war auch egal, sie war es einfach. Nora hatte nicht gewusst, dass sie die Fähigkeit besaß, echte Gefühle für einen Menschen aufzubringen, aber sie wusste genau, wer diese neue Seite an ihr hervorgekehrt hatte. Wenn sie mit Kelli zusammen war, wurde einfach eine bessere Person aus ihr und diese Erfahrung genoss sie sehr.

Mit jedem Besuch von Kelli, jedem Anruf und jedem Gedanken an sie wurden ihre Gefühle für diese Frau stärker und köchelten unaufhörlich in ihrem Hinterkopf. Nora war sich nicht sicher, ob diese Gefühle nicht irgendwann abkühlen würden, und verglich die Situation mit einem Topf, dem man einen Deckel aufsetzt und ihn schließlich von der Herdplatte nimmt. Der Gedanke gefiel ihr, auch wenn sie wusste, dass es sich hierbei nur um eine Metapher handelte.

Sie konnte warten, bis Kelli zu ihr kam, oder sie konnte selbst die Initiative ergreifen. In für sie ganz untypischer Manier, ohne die Vor- und Nachteile abzuwägen, ließ sich Nora von ihrem Bauchgefühl leiten und folgte ihm blind. Sie schnappte sich ihr Handy, ihre Schlüssel und ihre Handtasche und verließ das Haus.

Nora klopfte an Kellis Tür und wartete. Das laute Knarren der Nachbartür überraschte sie nicht. Zwar schaute sie Mrs. Landau nicht an, aber das leise Klicken, als die Tür wieder geschlossen wurde, verriet ihr, dass sie als nicht-feindlich eingestuft worden war.

Hinter der verschlossenen Tür konnte sie Kelli fluchen hören. Als die Tür endlich aufging, wurden Kellis Augen vor Überraschung groß und sie strahlte. Nora entging allerdings nicht, wie fertig sie aussah. Es war die richtige Entscheidung gewesen, hierher zu kommen.

»Hey«, sagte Kelli matt.

»Morgen.«

Kelli trat beiseite, um Nora in die Wohnung zu lassen.

»Mit dir hatte ich gar nicht gerechnet. Hab ich mich am Telefon so schlimm angehört?«

»Vielleicht kann ich inzwischen einfach deine Zwischentöne deuten.«

»Das bedeutet wohl *Ja, ich habe mich schlimm angehört.*«

Nora nickte. »Ja.«

Im Wohnzimmer setzten die beiden sich in respektvollem Abstand voneinander auf die Couch. Und Nora beobachtete Kelli schweigend.

Kelli fuhr sich mit der Hand durchs Haar, bis dieses in noch verrückteren Winkeln abstand als sonst. »Vielleicht sollte ich einfach zu dem herzlosen Miststück werden, für das mich die Leute ohnehin halten. Ich schaffe es einfach nicht, perfekt zu sein. Irgendwie tue ich immer nur das, was mein Bauch mir sagt, auch wenn andere das nicht für richtig halten.« Unter der Haut ihres Unterkiefers war deutlich zu erkennen, wie fest sie die Zähne zusammenbiss. »Ich habe Antony keine Drogen besorgt und ich werde bestimmt nicht zu einer Frau zurückgehen, die mich noch nie verstanden hat.« Mit einer Handbewegung untermalte sie ihre Aussage. »Ich wusste ja, dass die Zwangseinweisung nicht ohne Folgen bleiben würde, und ich fühle mich deswegen auch schuldig. Aber er musste einfach weg von der Straße. Meine Mutter weiß nichts davon, aber bei seinen letzten Entzugsversuchen hat er nie bis zum Ende durchgehalten. Wenn sie davon wüsste, würde es sie umbringen und die Lage ist auch so schon schlimm genug. Sean und ich, sind uns in dieser Hinsicht einig. Die Entzugsklinik ist der beste Platz für ihn und ich hoffe, dass er dieses Mal auch bleibt.«

Der Ausdruck auf Kellis Gesicht brach Nora das Herz. Sie wirkte so verloren. Ihre Augen waren glasig, hatten dunkle Ringe und sie war leichenblass. Als sich ihre Blicke begegneten, wurde der Drang, Kelli zu berühren, unerträglich. Nora ballte ihre Hände zu Fäusten, um den Impuls zu unterdrücken, aber es half nichts. Je länger sie wartete, desto schwieriger wurde es, zu widerstehen. Sie rutschte näher an Kelli heran und fuhr mit ihren Fingern über deren Hand, während sie versuchte, ihren nächsten Schritt zu planen. Schließlich nahm sie Kellis Hand und drückte sie. Als Kelli den Druck erwiderte, fuhr eine Hitzewelle durch Noras gesamten Körper.

»Ich bin froh, dass du hier bist.«

»Ich auch«, flüsterte Nora. Sie wählte ihre nächsten Worte mit Bedacht. »Als Oberärztin ist es meine Aufgabe, Assistenzärzte auszubilden und sie zu ermutigen, ihr Bestes zu geben. Dabei habe ich sicherlich nicht immer alles richtig gemacht, aber ich bin trotzdem nicht verantwortlich für die Fehler anderer Menschen«, sagte sie. »Und du bist das auch nicht.«

Kelli schnaubte und schüttelte den Kopf. »Du glaubst gar nicht, wie lange ich schon versuche, mir das einzureden.«

Etwas verunsichert von Kellis Antwort, entgegnete Nora: »Ich bewege mich hier auf unbekanntem Terrain. Bisher habe ich immer nur medizinische Ratschläge erteilt …«

Kellis Daumen, der ihre Fingerknöchel umkreiste, unterbrach Noras Gedankengang. Ihr wurde heiß.

»Nora, du hast Recht. Ich kann nicht weiter im Selbstmitleid versinken.«

Sie zog ihre Hand zurück und setzte dem intensiven Moment ein jähes Ende.

Enttäuscht blickte Nora auf ihre Hand. Ihre Haut prickelte, da, wo sie sich berührt hatten. Dann stellte sie fest, dass Kelli dabei war, weiterzusprechen, und sie riss sich zusammen, weiter zuzuhören.

»Ich kann so nicht weitermachen. Travis braucht mich jetzt mehr denn je und ich sollte mich darauf konzentrieren.« Kelli fuhr sich mit den Händen übers Gesicht.

Nora fragte sich, ob sie Kelli ebenfalls brauchte. Diesen Gedanken legte sie aber vorerst auf Eis. »Du setzt dich wirklich für die Leute ein, die dir wichtig sind.«

Mit einem Schulterzucken erwiderte Kelli: »Kann sein, aber so bin ich nun mal.«

Ein weiterer Gedanke ging Noras durch den Kopf und noch bevor sie ihn genauer überdenken konnte, sagte sie: »Bin ich einer dieser Menschen?« Als Nora die Frage ausgesprochen hatte, war ihr Gesicht dunkelrot.

Kelli grinste plötzlich breit und ungehemmt. »Ja, das bist du.«

Noras Freude über diese Antwort war so groß, dass es ihr unmöglich war, zu antworten.

»Das sollte dich eigentlich nicht überraschen.« Kelli runzelte die Stirn und zog ihre Augenbrauen zusammen.

Durchweg verlegen über ihre Reaktion, räusperte sich Nora und sagte: »Niemand hat je –«

Kelli fiel ihr ins Wort. » Die wissen ja gar nicht, was sie verpassen.«

Nora empfand jetzt eine ganz neue Art der Freude, ganz tief in ihrer Magengegend.

Kelli stand auf. »Sehen wir uns später noch? Ich muss gleich los ins Krankenhaus.«

»Ja.«

»Soll ich bei dir vorbeikommen?«

»Ja.« Zu mehr als zwei Silben war sie gerade nicht fähig.

»Du bist vollkommen konfus.«

Zunächst sah Nora Kelli lediglich an, erwiderte aber schließlich ihr Lächeln. »Ja.«

Die Spannung in ihr fing an, sich zu lösen.

»Da du zu allem Ja zu sagen scheinst: Kann ich eine Million Dollar haben? Die hätte ich auch verdient, weil ich das Wort konfus gebraucht habe. Ich wette, das hättest du nicht von mir erwartet.«

»Nein. Und doch.«

Kelli lachte. »Spaßbremse.« Dann wurde sie auf einmal ernst. »Falls es schlechte Nachrichten gibt, entschuldige ich mich schonmal im Voraus für die Laune, die ich später haben werde.«

Ihre Blicke trafen sich.

»Komm trotzdem.«

Je höher der Aufzug fuhr, desto nervöser wurde Kelli. Ihr Magen überschlug sich und sie schwitzte. Sie ignorierte die anderen Passagiere und konzentrierte sich aufs Atmen. Für Travis musste sie ruhig bleiben und das würde sie auch – egal wie.

Beim nächsten Stopp musste sie aussteigen. Mit einer gemurmelten Entschuldigung schob sie sich an den anderen Passagieren vorbei nach vorn. Der Aufzug hielt an und die Türen öffneten sich. Kelli atmete tief durch und stieg aus.

Die Korridore auf der Intensivstation waren beinahe leer und Kelli war froh darüber. Eine übellaunige Schwester, der sie bei ihrem Aufenthalt auf den Schlips getreten war, hätte ihr gerade noch gefehlt. Auf dem Weg zu Travis' Zimmer kam sie an der Schwesternstation vorbei, wo sich gerade ihre beiden Lieblingsmenschen unterhielten. Kelli schnaubte und beschloss, sich einen Augenblick Zeit zu nehmen, um Öl ins Feuer zu gießen. Diesen beiden Arschlöchern eins reinzuwürgen, würde ihr die Energie geben, die sie brauchte, um dem anstehenden Gespräch entgegenzutreten.

Als sie näherkam, bemerkte Kelli eine seltsame Spannung zwischen den beiden. Diese würde sie gleich noch ein wenig erhöhen. Direkt hinter ihnen hielt sie an und räusperte sich. Die Art, wie beide gleichzeitig herumfuhren, hatte etwas Komisches an sich. Kelli musste ein Lachen unterdrücken. »Guten Tag, die Damen.«

Rader funkelte sie böse an, sagte aber kein Wort.

Fullers Augen wurden schmal. Ihr Mund zuckte, als hätte sie damit zu kämpfen, ihn geschlossen zu halten.

»Ich habe eure Einladung bekommen. Kann's kaum erwarten«, sagte Kelli mit einem Augenzwinkern. Eine Reaktion wartete sie nicht ab, schließlich hatte sie Wichtigeres zu tun.

Kelli hatte Recht behalten. Das Zusammentreffen mit Rader hatte ihr genau den Adrenalinschub gegeben, den sie brauchte.

Die Tür zu Travis' Zimmer war verschlossen und Kelli blieb für einen Augenblick davor stehen, ehe sie eintrat. Um Travis' Bett hatten sich Williams, Sean, Carina und Gerald Sr. versammelt. Alle blickten sie an, als sie das Zimmer betrat.

»Was ist los, Schwesterherz? Wo hast du gesteckt? Ich dachte schon, ich müsste dich anrufen.«

»Bei mir gab es heute Morgen ein reges Ein- und Ausgehen. Glücklicherweise war Nora auch unter den Gästen.«

Seans riss die Augen auf und setzte an, etwas zu sagen.

»Fang gar nicht erst an«, ermahnte ihn Kelli.

»Womit?«, fragten Williams und Travis einstimmig.

Kelli funkelte ihren Bruder böse an. »Siehst du, was du angerichtet hast?«

»Ich habe gar nichts gesagt! Das hast du dir selbst zuzuschreiben.« Sean lachte.

Sie bedachte Williams ebenfalls mit einem finsteren Blick. Der hob nur abwehrend die Hände und grinste.

»Ach, was soll's.« Sie ging auf Travis zu und lächelte ihn an. »Du weißt doch, dass Sean nichts als Scheiße im Kopf hat.«

Travis grinste schief. »Das scheint in der Familie –« Er unterbrach sich und schaute Kellis Mutter an. »So habe ich das nicht gemeint, Mrs. McCabe.«

Kelli und Sean kicherten.

»Ach, wir haben doch alle manchmal Grütze im Kopf«, winkte Carina ab.

Alle lachten, auch wenn es ein wenig erzwungen klang.

Kelli betrachtete Travis eindringlich und fragte sich, ob sie überhaupt bereit war, zu hören, was der Arzt zu sagen hatte. War überhaupt irgendwer in diesem Raum bereit dafür? Die Angst stand Travis ins Gesicht geschrieben, aber Kelli sah auch eine wilde Entschlossenheit. Sein Nicken beantwortete ihre Frage und sein Lächeln untermalte die unausgesprochene Antwort. Letztendlich kam es genau darauf an: er gab sein Bestes, sich auf die Neuigkeiten vorzubereiten, egal ob gut oder schlecht.

»Deine Mutter hätte sich über die Familie gefreut, die du dir hier aufgebaut hast.« Gerald Sr. war ein Bär von einem Mann, aber seine Stimme war weich wie Butter.

»Warum, weil wir weiß und irisch sind?«, fragte Sean.

Kelli knuffte ihn in den Arm. »So was Dummes. Du hast seine Mutter gerade zu einer Rassistin gemacht.«

Sean rieb sich den Oberarm. »Au, was? Das war doch nur ein Witz. Ich hoffe, ihr wisst, dass ich das nicht ernst gemeint habe.«

Gerald Sr. lachte, was vermutlich eher mit ihrer Streiterei zu tun hatte als mit Seans schlechtem Scherz. Kelli richtete ihre Aufmerksamkeit wieder auf Travis. Er lächelte noch immer, wenn auch ein bisschen schwächer als zuvor.

»Nein, weil ihr weiß und verrückt seid«, sagte Gerald Sr.

Travis unterbrach das Gelächter, das wieder ausgebrochen war.

»Wenn es schlechte Nachrichten sind, ist das nicht deine Schuld, Kelli. Das meine ich ernst.«

Kelli war gerührt von Travis' Worten und wandte sich ab, damit niemand ihr Gesicht sehen konnten. Zu viele Menschen hatten sie in letzter Zeit in einem Moment der Schwäche erlebt.

»Bitte schau mich an.«

Kelli atmete hörbar aus und erwiderte seinen Blick widerwillig.

»Es ist nicht deine Schuld. Du kannst nicht jeden retten und du kannst nicht überall gleichzeitig sein«, sagte Travis.

»Ich weiß«, flüsterte sie. Eine Hand an ihrem Rücken ließ sie zusammenzucken. Es war ihr Bruder, der sie liebevoll anlächelte. Einen Augenblick lang duldete sie die Berührung, dann schüttelte sie sie ab. Hier ging es um Travis, nicht um sie.

»Du sollst dir keine Sorgen um mich machen. Es geht um dich.«

Zu Kellis Rechten stand Sean und Williams zu ihrer Linken und trotz der Situation, in der Travis sich befand, hatte sie das Gefühl, als wäre das Team endlich wieder vereint.

»Ich weiß«, erwiderte Travis leise.

Nun gab es keine Witze mehr.

»Es ist Zeit, der Wahrheit ins Gesicht zu blicken. Ich kann sie nicht länger ignorieren und will es auch nicht«, fügte Travis hinzu.

In diesem Moment ging die Tür auf. »Guten Tag, zusammen. Es tut mir leid, dass Sie warten mussten«, grüßte sie der Neurologe.

»Kein Problem, Dr. Randolph«, erwiderte Travis.

Der Arzt nickte. »Dann will ich Sie nicht länger hinhalten.«

Kelli hielt den Atem an und griff blind nach Travis' Hand. Er drückte so fest zu, dass es weh tat, aber Kelli hielt seine Hand gern.

»Nach der letzten Kernspintomographie sieht es so aus, als hätten wir das meiste Narbengewebe entfernt, das durch die Kugel verursacht wurde. Wenn die Schwellung abgeklungen ist, sollten sie ein leichtes Kribbeln in ihren Extremitäten verspüren. Sobald die Wunden ausreichend verheilt sind, werden sie mit der Physiotherapie beginnen. Wir rechnen mit einer sechsmonatigen Genesungsphase, gehen aber davon aus, dass Sie sich wieder vollständig erholen werden.«

In Kellis Ohren dröhnte es und sie brauchte einen Moment, um zu begreifen, dass es die Jubelschreie um sie herum waren. Sie schmeckte Salz auf ihren Lippen und als sie sich mit den Händen über das Gesicht fuhr, waren ihre Finger nass. Ohne es zu bemerken, waren sie in Tränen ausgebrochen, und dieses Mal kämpfte sie nicht dagegen an. Noch immer hielt sie Travis' Hand. Auch sein Gesicht war tränennass, aber sein Grinsen war so breit, wie sie es noch nie gesehen hatte.

Kelli schluchzte. Sie konnte es kaum erwarten, Nora von diesen Neuigkeiten zu berichten.

»Vielen, vielen Dank«, sagte Gerald Sr. und schüttelte Dr. Randolphs Hand.

Dieser lachte. »Es freut mich, dass ich helfen konnte. Machen Sie es gut.«

Auf einmal redeten alle wild durcheinander.

»Du kannst erst mal bei mir wohnen, in Seans altem Zimmer«, sagte Carina.

»Ich werde dafür sorgen, dass du die bestmögliche Pflege bekommst«, sagte sein Vater, während er sich mit einem Taschentuch über die Augen wischte und sich kräftig schnäuzte.

»Ich wusste, dass du es schaffst, Junge«, warf Williams ein.

Kelli nahm alles in sich auf und hielt einfach weiter die Hand ihres Partners.

Nora klebte ein Farbmuster an die Wand und trat einen Schritt zurück, um die Wirkung der Farbe besser einschätzen zu können. Der grelle Ton stand in krassem Gegensatz zu ihrer aktuellen Farbpalette, passte aber perfekt zu ihrer inneren Veränderung. Sie beschloss, diese Veränderung auch auf die anderen Räume in ihrer Wohnung zu übertragen.

Es war mehr als nötig.

An der Tür klingelte es – erst einmal, dann zweimal, bis ein erkennbares Muster entstand. Nora seufzte. Sie liebte Kellis spielerische Seite. Offensichtlich hatte sie im Krankenhaus gute Neuigkeiten erfahren.

Als sie die Tür öffnete, stand Kelli mit einem umwerfenden Lächeln vor ihr. Ihre Gesichtsfarbe war rosig und in ihren Augen war ein Glitzern zu sehen, dass Nora noch nicht kannte. Dies war nicht die Kelli, die sie heute Morgen besucht hatte. Kelli wartete nicht, bis sie hereingebeten wurde. Stattdessen hob sie Nora hoch und trug sie bis ins Wohnzimmer, während ihr Stock hinter ihnen mit einem lauten Knall zu Boden fiel.

»Er wird wieder ganz gesund werden«, jubelte Kelli und umarmte Nora so fest sie konnte. Mit rasendem Herzen erwiderte Nora die Umarmung. Ihr anfängliches Unbehagen verflog rasch. Nun nahm sie Kellis erdigen Duft in sich auf und schmiegte sich an ihren gestählten Körper. Als sie plötzlich Kellis Lippen in ihrem Haar spürte, blieb ihr kurzzeitig die Luft weg.

»Ich kann es kaum glauben«, murmelte Kelli.

So glücklich hatte Nora sie noch nie erlebt und sie freute sich, daran teilhaben zu dürfen.

Kelli fuhr mit ihren Fingern durch Noras Haar und ließ sie zu ihrer Nackenbeuge wandern, wo sie die glühende Haut sanft massierte. Nora lief ein Schauer über den Rücken.

Die Intensität von Kellis Blick fesselte sie und eine Welle aus Erregung schoss durch ihren gesamten Körper.

»Nora«, flüsterte Kelli mit einer solchen Eindringlichkeit, dass sie ihre Augen schließen musste, um dem Anschwellen ihrer Emotionen Einhalt zu gebieten. Sie wollte flüchten, wusste aber nicht, wohin. Kelli ließ ihre Fingerspitzen von Noras Wangen bis zu ihren Lippen wandern. Unfähig, sich dagegen zu wehren, gab sich Nora der Berührung hin. Sie krallte sich an Kellis Rücken fest, als hinge ihr Leben davon ab.

Als Kellis Lippen über ihre streiften, war Nora überrascht von der Zärtlichkeit des Kusses. Sie konnte Kellis Freude spüren, aber ehe sie den Kuss erwidern konnte, brach Kelli den Lippenkontakt ab. Noras Lider öffneten sich. Sie hielt den Atem an und schaute in Kellis brennende Augen.

»Es tut mir kein bisschen leid«, sagte Kelli sanft.

Als Kelli sie wieder küsste, verspürte Nora einen unbändigen Hunger. Sie ließ ihre Zunge über Kellis Lippen und dann geschickt in ihren Mund gleiten. Kelli stöhnte und Nora entfuhr ein Wimmern. Der Laut entfloh ihrem Mund ohne ihre Erlaubnis und in ihr breitete sich ein regelrechter Waldbrand aus, während sie sich in den Küssen verlor. Ihr Kopf war vollkommen leer und nichts existierte außerhalb dieses Augenblicks.

Als sie weiter ins Wohnzimmer hinein taumelten, stieß Nora gegen etwas Weiches, stolperte und fiel zu Boden. Vor Schmerz und Überraschung schnappte sie nach Luft. Phineas grunzte sie kurz an und trottete dann unbeirrt davon. Nora berührte ihre Lippen mit den Fingerspitzen und schaute dann zu Kelli auf.

Kellis erschrockener Gesichtsausdruck verwandelte sich in ein zufriedenes Grinsen.

»Das ist eine ganz neue Definition des Wortes umwerfend.«

KAPITEL 15

Nora nahm einen großen Schluck aus ihrer Kaffeetasse und betrachtete die gegenüberliegende Wand. Kelli war ein völlig neuer Faktor in ihrem Leben. Dieses Wissen war zwar nicht neu, aber die Veränderung, die ihre Präsenz mit sich brachte, hatte sich während ihres letzten Treffens drastisch verschärft.

In der Vergangenheit hatte Nora versucht, durch logisches Denken zu verstehen, wie eine einzelne Frau eine derartige Wirkung auf sie haben konnte. Nora war nicht einmal sicher, wie sie diese Sache, die da passierte, beschreiben sollte. Mit Logik kam sie jedenfalls nicht weiter. Selbst als Nora versucht hatte, sich von Kelli zu distanzieren, wo doch Distanz normalerweise eine ihrer leichtesten Übungen war, hatten eine einfache SMS, ein Anruf, ein Besuch oder ein simples Lächeln gereicht, um ihre Abwehrmechanismen in Staub zu verwandeln.

Sie leckte sich die Rückstände ihres süßen Milchkaffees von den Lippen und dachte an Kelli. Zwar war Nora keine Anfängerin, was das Küssen anging, aber Kelli hatte alles bisher Dagewesene in den Schatten gestellt. Nora hatte sich Kelli vollkommen hingegeben. Ihre Selbstkontrolle hatte sie in dem Moment verlassen, als sich ihre Lippen berührten. Ihre Gefühle zu Kelli waren befreiend und beängstigend zugleich und Nora wusste immer noch nicht, wie sie damit umgehen sollte. Als Chirurgin war sie es gewöhnt, komplizierte Prozesse zu überschauen und zu beherrschen und genauso sollte sie fähig sein, heftige Emotionen zu isolieren und abzutrennen, wie sie es mit Narbengewebe an lebenswichtigen Organen tat. In der Theorie war das alles so einfach, aber in der Realität hatte sie überhaupt keine Kontrolle mehr über das, was in ihr geschah.

Noch schien Kelli nicht darüber sprechen zu wollen, was vorgefallen war, und Nora war erleichtert darüber. Dennoch hatte sich etwas an der Art, wie Kelli sie ansah, verändert und, um Öl ins Feuer zu gießen, berührte sie Nora nun immer häufiger. Es fühlte sich beinahe an, als würde Kelli auf etwas warten.

Der Knoten in Noras Bauch erinnerte sie daran, wonach ihr Körper sich sehnte, wonach sie sich sehnte. Es war ein primitives Verlangen, dass ihr immer wieder die Sinne vernebelte. Ihr Körper schien eine vollkommen andere Sprache zu sprechen als ihr Kopf. Auf den war bisher Verlass gewesen und er hatte auch diesmal wieder Alarm ausgelöst, allerdings schrillte der nicht ganz so laut wie zuvor. Dieser Gedanke war mehr als beunruhigend.

Nora atmete tief durch und versuchte, den ständig wachsenden Feuerball in ihrem Inneren zu löschen. Sie schaute auf die Uhr und erschrak, als sie sah, wie spät es war. Kelli würde gleich zu einem gemeinsamen Termin mit Noras Anwalt hier sein. Noras Körper füllte sich mit einer Mischung aus Vorfreude und der noch immer vorhandenen Wut auf Rader und Fuller. Sie konnte das Ende der Anhörungsphase kaum erwarten, um endlich wieder zu einem halbwegs normalen Leben zurückkehren zu können.

Zuvor hatte sie trotz ihrer Unschuld daran gezweifelt, ob sie den Prozess gewinnen konnte. Inzwischen waren Rader und Fuller ihr genauso unwichtig wie Fliegen – und ebenso lästig. Sie war nicht mehr allein in ihrem Kampf und Kellis Freundschaft gab ihr Hoffnung, dass sie das Chaos überstehen würde. Wieder dachte sie nur an Kelli. Diese Unfähigkeit, sich auf andere, wichtige Dinge konzentrieren zu können, überforderte Nora und sie wischte sich die klammen Hände an ihrer Hose ab.

Noch hatte sie die Möglichkeit, zu flüchten, verwarf diese Idee jedoch schnellstens wieder. Das hatte schon früher nicht funktioniert und Kelli hatte etwas Besseres verdient. Nora wusste, dass auch sie selbst Besseres verdient hatte. Der Gedanke daran, zu ihrem alten Leben zurückzukehren, war nicht besonders verlockend. Dennoch hatte sie Angst davor, nach vorn zu schauen. Sie hatte Angst vor ihrer eigenen Unberechenbarkeit und ihren eigenen Bedürfnissen. Nora schloss die Augen und akzeptierte, dass sie verloren war. Kelli hingegen wirkte selbstsicherer als je zuvor. Trotz ihrer Angst fand Nora die Sicherheit, die Kelli bot, verlockend, und das an sich war ein weiterer Widerspruch auf einer immer länger werdenden Liste.

Als sie sich ihrem Chevy Impala näherte, entriegelte Kelli das Auto per Knopfdruck und hob ihre Schulter, um das Handy sicher unter das Ohr zu klemmen.

»Ich habe gestern mit Antony gesprochen. Er hat sich zwar positiv angehört, aber ich weiß, dass er zu kämpfen hat. Auf dich und Sean ist er immer noch ziemlich sauer, aber ich denke, dass es vorübergehen wird. Er braucht einfach nur jemanden, dem er die Schuld geben kann«, berichtete Carina am anderen Ende.

»Ja, vielleicht. Ich würde aber trotzdem nicht fest damit rechnen. Er war ziemlich angepisst, als ich neulich mit ihm gesprochen habe. Solange er sich dieses Mal Mühe gibt, ist mir das aber egal«, erwiderte Kelli.

»Trotzdem müssen seine Worte wehgetan haben.« Carinas Stimme war sanft und voller Sorge.

Kelli schluckte den Kloß im Hals herunter. »Es geht mir gut, Mom. Ich werde schon darüber hinwegkommen.«

»Okay.« Carina bohrte nicht weiter. »Sehe ich dich also zum Abendessen?«

»Ich weiß noch nicht, ob ich kommen kann. Ich habe noch ein paar Dinge zu erledigen. Sollen wir das einfach spontan entscheiden?«, fragte Kelli.

»Und das hat rein gar nichts mit der Ärztin zu tun, auf die du so fliegst? Bring sie doch einfach mit.«

»Ich flieg nicht auf sie. Sie ist nur eine Freundin.« Kelli verzog das Gesicht. Nicht einmal sich selbst konnte sie damit überzeugen.

»Aber du willst offenbar mehr. Sean hat gesagt –«

»Sean braucht ganz dringend eine eigene Frau. Dann ist er vielleicht nicht mehr so neugierig.«

»Ist sie netter als diese Ashley?«, fragte Carina, die offenbar beschlossen hatte, zu überhören, dass Kelli keine weitere Auskunft geben wollte.

Kelli stöhnte. Die Geschichte mit Ashley wollte sie um jeden Preis vergessen. »Mom …«

»Oder, wie hieß die andere noch? Dina? Die war hübsch, aber zu kalt.«

»Woher willst du das denn wissen, Mom? Du hast beide nur ein einziges Mal gesehen.« Kelli stellte erfreut fest, wie leicht es ihr ohne Gehstock fiel, die Autotür zu öffnen und einzusteigen.

»Zum Glück war es immer nur ein Mal«, spottete Carina.

Kelli seufzte. »Also, wie gesagt, ich bin mir wegen dem Abendessen noch nicht sicher.«

»Und, wie gesagt, du kannst sie gerne mitbringen.«

»Ich glaube nicht, dass wir schon so weit sind.«

»Du musst sie ja wirklich mögen«, sagte Carina.

Kelli navigierte vorsichtig um die Falle herum, die ihre Mutter gestellt hatte. »Sie ist nur eine Freundin und ich versuche, ihr zu helfen. Das ist alles. Außerdem wird sie bestimmt selbst etwas kochen, wenn wir später zu ihr fahren.«

»Ach wirklich?«

»Ja.«

»Ist sie denn eine gute Köchin?«

Kelli lächelte. »Ja. Sie wählt sogar jedes Mal einen passenden Wein aus.«

»Was du nicht sagst.«

»Doch.« Kelli wusste, dass Carina nach mehr Information brannte.

»Kelli, ich kenne dich. Du magst sie und wenn sie es geschafft hat, dich zum Weintrinken zu bewegen, muss sie etwas ganz Besonderes sein.«

Kelli verdrehte die Augen und verfluchte die Allwissenheit ihrer Mutter. »Ich werde mich nicht weiter auf dieses Gespräch einlassen. Ich bin eine erwachsene Frau.«

»Das heißt also: Ja.«

Und wie. Kelli biss sich auf die Unterlippe. In der Vergangenheit hatte sie sich immer kopflos auf Beziehungen eingelassen, bei denen das Ende bereits vorprogrammiert gewesen war, und genoss sie so lange, bis das Verfallsdatum eben erreicht war. Es war nicht immer die beste Entscheidung gewesen, oft aber die einfachste. Die Situation mit Nora war sehr schwer einzuschätzen und Kelli fühlte sich überwältigt von ihren Emotionen. Das Ganze war so neu und aufregend, dass sie einfach nicht widerstehen konnte, aber eben auch so neu und aufregend, dass sie nicht darüber reden wollte.

Feinsinn kannte Kelli nur als Polizistin. Den Rest des Lebens beschritt sie wie der Elefant im Porzellanladen. Aber irgendwie schien genau das bei Nora Früchte zu tragen, auch wenn Kelli bemerkte, dass Nora nicht selten aussah, als würde sie jeden Moment vor ihr die Flucht ergreifen. Aber bisher nahm sie jeden von Kellis Anrufen an und erlaubte ihr sogar, sie anzufassen. Gott sei Dank. Kelli hätte dem Drang, sie zu berühren, nämlich nicht einmal dann widerstehen können, wenn ihr Leben davon abgehangen hätte. Noras Angst schien manchmal so stark, dass Kelli sie förmlich riechen konnte, also hatte sie sich in den letzten Tagen zu Vorsicht und Zurückhaltung gezwungen. Aber es stand Veränderung bevor. Der Kuss war das deutlichste Zeichen dafür gewesen. Die Geschichte mit Nora barg viel Potential für Chaos, aber das störte Kelli nicht, denn eines hatte sie aus der Sache mit Travis gelernt: manchmal nahmen Dinge ein gutes Ende. Dieser Gedanke war wie Öl ins Feuer, er heizte ihr Verlangen nach Nora Whitmore weiter an.

»Ich weiß nicht, Kelli. Irgendwie ist sie schon ein bisschen seltsam«

»Sie ist einfach nur zurückhaltend. Wenn man sie besser kennt –«

»Willst du damit sagen, dass du sie doch besser kennst?«

»Verdammt.« Sie hatte es geschafft, einer Falle auszuweichen, nur um sofort in eine andere zu tappen. Ihre Mutter fand Nora also gar nicht seltsam. Sie hatte ihr nur geschickt weiter auf den Zahn gefühlt.

»Ich lege jetzt auf, Mom. Bis später.«

Sie startete den Motor und stieg eine halbe Stunde später vor Noras Tür aus. Nur noch leicht humpelnd und ohne Stock lief sie zur Tür und läutete auf die ihr eigene Art. Dieses Mal hatte sie sich für »Jingle Bells« entschieden.

Begrüßt wurde sie von einer entrüsteten Nora. »Es ist doch noch nicht einmal annähernd Weihnachten.«

Kelli grinste. »In meinem Herzen ist immer Weihnachten.«

Obwohl sie sich auf die Lippe biss, konnte Nora ein Lächeln nicht unterdrücken. Sie trat beiseite, um Kelli ins Haus zu lassen. »Heute ohne Stock?«

»Manchmal hatte ich das Gefühl, dass er mich in ein totales Miststück verwandelt hat.«

»Ich glaube, das hatte eher etwas mit Rader zu tun, als mit dem Stock«, erwiderte Nora trocken.

»Kann sein.« Kelli lachte und berührte Nora im Vorbeigehen ganz sachte am Arm. Sie ließ sich auf die Couch fallen. »Einen Kaffee und ein süßes Stückchen, bitte. Vielleicht probiere ich heute sogar was von deinem widerlichen griechischen Joghurt.«

»Das ist der beste griechische Joghurt –«

»Er hinterlässt einen pelzigen Belag in meinem Mund, Nora.«

Nora schnaubte. »Warum hast du dann darum gebeten?«

Kelli grinste. »Weil es immer noch furchtbar einfach ist, dich auf die Palme zu bringen.«

Nora stöhnte. Sie wandte den Blick ab und murmelte: »Der Kaffee ist frisch. Ich werde …«

Kelli sah Noras Nervosität. Und statt sie in die Küche entkommen zu lassen, griff sie nach ihrer Hand. Nora zuckte zusammen, schlang ihre Finger aber dennoch um Kellis.

Kelli drückte sie sanft und lächelte über das Kribbeln, das die Berührung ausgelöst hatte sowie über Noras hilflose Reaktion darauf. »Setz dich«, sagte sie behutsam. »Ich gehe ihn holen.«

Nora machte den Mund auf und wollte offenbar protestieren.

»Ich werde versuchen, nichts kaputtzumachen. Versprochen«, kam Kelli dem Widerspruch zuvor.

»In Ordnung.«

Als Nora sich setzte, stand Kelli auf. »Willst du auch etwas?«

Mit einem Kopfschütteln und ein wenig außer Atem sagte Nora: »Nein. Ich glaube nicht, dass noch mehr Koffein eine gute Idee wäre.«

Noras Aussage verwirrte Kelli. Es waren nicht die Worte an sich, sondern die Art, wie Nora sie geäußert hatte – als würde mehr dahinterstecken. Schweigend sah sie Nora an, aber diese wich ihren Blicken aus. Auf dem Weg in die Küche ließ sie ein Kribbeln im Nacken innehalten. Sie wurde beobachtet. Ein schneller Blick über die Schulter bestätigte den Verdacht. Kelli erkannte in ihren Augen Verlangen und Verwirrung.

»Ich habe Speckbrötchen«, flüsterte Nora.

»Was?« Kelli war sich nicht sicher, ob sie Nora richtig verstanden hatte.

»Speckbrötchen. Ich dachte, die magst du bestimmt.«

Kelli grinste. »Na klar. Fett ist gut. Besonders Speck-Fett.«

»Das glaube ich.« Noras Augen glitzerten.

Kelli machte kehrt und ging in die Küche.

Speckbrötchen. An so etwas konnte in so einem Moment wirklich nur Nora denken.

Kelli brummte genussvoll und schluckte den letzten Bissen herunter. »Meine Güte, das war –«

»Hatte ich also recht?«, fragte Nora.

»Ich glaube, das ist ziemlich offensichtlich. Hast du die selbst gemacht?«

»Nein, die habe ich bei einer Bäckerei in der Nähe gekauft. Ich könnte sie aber mit Sicherheit auch selbst machen. Ein bisschen Ahornsirup würde bestimmt gut passen, als Kontrapunkt zum salzigen Geschmack.«

»Bitte hör auf. Meine Mutter ist ohnehin schon neidisch genug auf dich.«

Noras Augenbrauen schossen nach oben. »Bitte was?«

Kelli grinste. »Sie ist eine großartige Köchin. Sie hat mich nach deinen –«

»Deine Mutter?«

»Ja. Die kleine, laute Frau mit den grünen Augen.«

»Ist mir bekannt. Ich verstehe nur nicht ganz, warum sie sich nach mir erkundigen sollte.«

Kelli zuckte mit den Schultern. »Sean quatscht ziemlich viel und offenbar muss ich lernen, meinen Mund zu halten.«

Nora wirkte perplex. »Ihr unterhaltet euch über mich?«

»Ja, schon.« Kelli hielt inne. »Findest du das seltsam?«

»Keine Ahnung.«

Kelli lachte. »Na ja, also normalerweise erzähle ich nicht viel über andere Leute. Deshalb sind sie ja so neugierig. Es wird Zeit, dass ich mich wieder an meine alten Regeln halte.«

»Und warum?«

»Weil ich dich mit niemandem teilen möchte.« Die Worte kamen aus Kellis Mund, ehe sie über deren Auswirkungen nachdenken konnte.

Kelli konnte sehen, dass Nora den Atem anhielt. Ihr Mund blieb offenstehen und ihre Augen füllten sich mit dunklem Begehren. Einen Augenblick lang saß sie vollkommen still da und sagte nichts. Die Temperatur im Raum schien sich um mehrere Grad zu erhöhen. Nora ballte ihre Hände zu Fäusten und Kelli fragte sich, welchen Impuls sie damit zu unterdrücken versuchte.

Der Moment endete abrupt, als Nora den Blick senkte.

»Vielleicht …« Sie räusperte sich. »Vielleicht brauche ich doch noch einen Kaffee«, beendete sie den Satz und stand auf.

Kelli tat es ihr gleich. Sie weigerte sich, Nora so einfach davonkommen zu lassen. Schweigend folgte sie ihr in die Küche, wo sie sich gegen die Anrichte lehnte. »Nervös?«

Nora schaute in ihre Richtung. »Wie bitte?«

Kelli versuchte gar nicht erst, ihr Grinsen zu verbergen. »Wegen dem Termin. Was hast du denn gedacht, wovon ich rede?«

Nora knabberte an ihrer Lippe.

»Ohne eine Überleitung war ich mir nicht ganz sicher, was du meinst.«

»Aha.« Wieder knisterte die Luft um sie herum und Kelli genoss das Gefühl.

»Um deine Frage zu beantworten: Nein. Kein bisschen. Der Termin wird diese lästige Sache endlich vorantreiben.« Mit zitternden Händen setzte Nora die Kaffeetasse an die Lippen.

Wie von einem unsichtbaren Faden gezogen, trat Kelli näher an sie heran. Nora stellte die Tasse auf die Anrichte und ging rückwärts in Richtung der Tür.

»Ich glaube, wir sollten jetzt besser mal los«, sagte sie mit erzwungener Beiläufigkeit.

Nora war schnell, aber Kelli war schneller. Sie griff nach Noras Unterarm und brachte sie zum Stillstand.

»Wir haben noch Zeit«, sagte Kelli.

Noras Blick wanderte zu Kellis Mund und wieder nach oben. Ihre Atmung stockte und das Geräusch, das dabei entstand, hätte Kelli beinahe umgehauen.

»Ich habe nicht vergessen, was zwischen uns passiert ist«, flüsterte Kelli. »Nur weil ich nichts gesagt habe, heißt das noch lange nicht, dass ich mich nicht daran erinnere. Ich kann es nicht vergessen.« Sie trat näher und aus den Funken in der Luft schienen lodernde Flammen zu werden. »Ich verstehe, dass du Angst hast, aber ich werde nicht aufhören.« Sie beugte sich vor und strich mit ihren Lippen über Noras Stirn.

Nora stieß einen hellen Laut aus.

»Ich bin mir übrigens auch relativ sicher, dass du es auch nicht vergessen hast«, fügte Kelli hinzu. Sie wusste, dass sie sich langsam vortasten musste, auch wenn ihr Körper das Gegenteil wollte. Sanft, ganz sanft küsste sie Nora. Ihre Lippen hielten aneinander fest, als sie sich einen Atemzug teilten. Noras Fingerspitzen gruben sich in Kellis Arme. Hatte sie Angst, sie loszulassen, oder hatte sie Angst, sie fester an sich zu ziehen? Kelli war sich nicht sicher.

Nora sagte nichts, aber das war auch nicht nötig.

Als Kelli ihr die Hand auf den Rücken legte, verkrampfte sich Nora ein wenig. Sie wusste, dass Kelli sie mit der Berührung ermutigen wollte, aber irgendwie hatte sie auch etwas Besitzergreifendes an sich. In Noras Kopf überschlugen sich Fragen und Gedanken. Hatte Kelli nicht schon durch den Kuss Besitz von ihr ergriffen? Sie kannte die Antwort bereits und konnte nichts dagegen unternehmen. Also beschloss sie, loszulassen, und ihren Widerstand dahinschmelzen zu lassen. Ihre Sinne kribbelten und sie war sich den Dingen in ihrer Umgebung extrem bewusst. Es war ein merkwürdiges Gefühl, genauso merkwürdig wie die gesamte Situation.

Sie betraten das Foyer von Thomas, Young und Partner und hielten am Empfangstresen an.

Die Rezeptionistin strahlte Kelli an, aber das Lächeln erlosch, als sie Nora bemerkte.

»Nora!« Tom Young löste sich aus der kleinen Gruppe, die ihn umgab. »Pünktlich wie immer. Ich bin gleich bei Ihnen.«

»Was für ein Service«, flüsterte Kelli.

»In der Tat.« Nora blickte über ihre Schulter und begegnete Kellis Blick.

»Was?« fragte Kelli und lächelte.

»Nichts. Ich bin einfach nur froh, dass du hier bist.«

»Ich hatte die Wahl, herzukommen oder den Tag vor dem Fernseher zu verbringen.« Kelli trat näher. »Ich finde, du bist einfach wesentlich anregender als die Flimmerkiste.«

Nora blickte zu Boden und versuchte, ihre Verlegenheit so gut es ging zu verbergen. Gegen die aufsteigende Hitze war sie machtlos.

Der Anwalt erschien wieder. »Meine Damen, folgen Sie mir bitte.«

Tom lehnte sich in seinem Stuhl zurück und schaute sie erwartungsvoll an. »Aufgrund ihrer Freundschaft wird Miss Fullers Anwältin Sie mit Sicherheit als Feindin der Anklage einstufen. Allerdings bin ich noch immer verwirrt über die Vorladung.«

Kelli zuckte mit den Schultern. »Ich glaube, sie versucht, Nora ein Verhaltensmuster anzukreiden. Als Patientin im Krankenhaus habe ich eine Unterhaltung zwischen Nora, Rader und Fuller mitbekommen, ich denke, darauf will sie hinaus.«

»Könnte uns diese Information schaden?«

»Nora hat nur gefragt, ob Fuller noch unter Rader arbeitet.«

Der Anwalt zog die Brauen zusammen. »Ist das alles?«

Kelli grinste. »Fuller hat ein bisschen zickig darauf reagiert, aber Nora hat sie nicht anders behandelt als die anderen Assistenzärzte.«

»Sie sagen also, dass Dr. Whitmore Ihrer Ansicht nach alle Assistenzärzte gleichbehandelt hat?«

»Ja, aber sie hatte damit auch angedeutet, dass die beiden miteinander schlafen. Sie hat es nur nicht direkt ausgesprochen.«

»Ich glaube aber, diese Tatsache war allgemein bekannt«, sagte der Anwalt.

»Das war sie«, stimmte Nora zu.

»Hat Dr. Whitmore sich verletzt oder eifersüchtig angehört?«

Kelli schnaubte. »Ich bin Polizistin. Ich habe schon so manche eifersüchtigen Partner erlebt, aber das war hier nicht der Fall. Sie hat im Gegenteil gesagt, dass es ein großer Fehler war, mit ihm zu schlafen. Für mich sah es so aus, als hätte Rader Schwierigkeiten, loszulassen.«

»Was genau meinen Sie?«, fragte Tom.

Nora schaute Kelli an. Ihr Gesichtsausdruck war ernst.

»Na ja, ich habe auch ein Gespräch zwischen Rader und Fuller in meinem Zimmer mit angehört. Sie haben wohl gedacht, dass ich schlafe. Ich bin mir ziemlich sicher, dass es darum ging, Nora vor den Bus zu stoßen. Fuller schien ihre Bedenken zu haben, aber Rader hat ihr versichert, dass es klappen und dass sich das Endergebnis lohnen würde.«

»Hat einer von den beiden Noras Namen erwähnt?«

»Leider nein.«

»Das ist schade, aber wenn ich den richtigen Moment abwarte, kann ich die Information vielleicht trotzdem nutzen. Die beiden sind nachlässig und ich bin mir sicher, dass sie bald einen Fehler machen.«

»Sie haben doch sicherlich Zugriff auf die Überwachungsvideos Ihrer Kanzlei, nicht wahr? Eingänge, Ausgänge, vielleicht auch das Parkhaus?«

»Das haben wir, ja. Sogar mit Ton. Sie glauben gar nicht, wie hilfreich das manchmal ist.«

»Gut. Lassen Sie sich die Aufnahmen vom ersten Tag der Anhörung geben. Sie werden schon sehen, was ich meine.«

»Alles sehr vielversprechend. Danke schön, Detective McCabe. Das sind gute Punkte. Wenn Sie uns nun entschuldigen würden. Meine Mandantin und ich –«

»Mir wäre es lieber, wenn sie bleibt«, unterbrach ihn Nora.

Kelli schaute grinsend in ihre Richtung. »Sie ist der Boss.«

Nora lächelte zurück.

Tom räusperte sich. »Das ist sie. Ich wollte Sie nur über den neuesten Stand der Dinge informieren. Unserer Ermittler sind immer noch dabei, das Sicherheitspersonal zu befragen, aber das hat bisher noch zu keinem Ergebnis geführt. Ich glaube, das bedeutet aber nur, dass wir bisher nicht die richtigen Fragen gestellt haben. Wir müssen uns auf den Tag konzentrieren, an dem die Anschuldigung gemacht wurde, ebenso wie auf die Tage kurz davor und danach. Und ich hoffe immer noch auf ein paar Aussagen des Personals, das könnten uns helfen, einiges zu veranschaulichen. Wie Sie vorgeschlagen hatten, habe ich mir auch die Akte von Mr. Travis geben lassen. Diese wird uns helfen, das Argument zu schwächen, dass Sie Dr. Fuller von wichtigen Operationen ausgeschlossen haben, weil Sie Ihren angeblichen Forderungen nicht nachgekommen ist.«

Nora nickte und verspürte neue Hoffnung.

Kelli schnallte sich an und blickte in Noras Richtung. »Das Ganze hat mich ziemlich hungrig gemacht.«

Nora startete den Mercedes. »Wirklich? Das Frühstück ist noch keine drei Stunden her.«

»Na ja, Reden verbrennt eben Kalorien. Außerdem war es doch ein positives Gespräch. Wir sollten feiern. In der Innenstadt gibt es einen Imbisswagen, der die besten Tacos der Welt verkauft.«

Nora fuhr aus dem Parkhaus. »Ein Imbisswagen?«, fragte sie misstrauisch.

Kelli grinste. »Willkommen in meiner Welt. Wir feiern mit Fleisch und Bier, auch wenn es von einem Imbisswagen kommt. Komm schon«, bettelte Kelli. »Leb ein wenig.«

Als Nora das Gesicht verzog, musste Kelli lachen. Ohne sie anzuschauen sagte Nora: »Als Ärztin kann ich von solchen Etablissements nur abraten.«

»Da wirst du mir wohl vertrauen müssen.« Kelli zeigte Nora, wo sie abbiegen musste. »Fahr hier nach rechts. Es tut mir schrecklich leid, aber ich glaube nicht, dass die dort deinen teuren Wein verkaufen. Vielleicht bekommst du aber Wein aus dem Karton.«

»Wer macht denn sowas? Bier wird doch auch nicht im Karton verkauft.«

»Igitt. Das wäre widerlich.«

»Siehst du. Eben.«

»Wusstest du, dass es gesetzlich verboten ist, Tacos ohne Bier zu konsumieren?«

»Das werde ich berücksichtigen.«

»Mach das. Fahr an der nächsten Kreuzung nach links und dann gleich wieder nach rechts auf die Vierte Straße. Danach dann auf den Yesler's Way. Normalerweise steht der Wagen irgendwo am Pioneer Square.« Kelli genoss die Unterhaltung und Noras Anspannung schien sich ebenfalls gelöst zu haben. »Ich habe deinen Wein probiert und da ist es nur gerecht, dass du jetzt mein Bier probierst. Ich würde dir auch kein Schlechtes vorsetzen. Nicht diese Elchpisse, die in Amerika literweise getrunken wird.«

»Das verstehe ich nicht.«

»Verdünnte Elchpisse. Mehr brauchst du nicht zu wissen. Vertrau mir.«

»Das klingt abstoßend.« Nora schüttelte den Kopf.

»Bier ist nicht anders als Wein. Es gibt den guten Stoff und es gibt mittelmäßiges Zeug und dann gibt es eben noch den letzten Mist.«

»Amerikas Favoriten.«

»Du lernst schnell.«

»Danke«, erwiderte Nora.

Kelli lächelte und sah aus dem Fenster, um nach einem Parkplatz zu suchen. »Fahr hier ran«, sagte sie und deutete auf eine freie Parklücke vor einer Bank. »Wir haben Glück. Ich hatte schon befürchtet, dass wir ein gutes Stück laufen müssen. Normalerweise ist hier nichts frei.«

Kelli sprang, so gut es mit ihrem Bein eben ging, voller Euphorie aus dem Wagen, ging zur Fahrerseite und öffnete Nora die Tür. Diese stieg zögernd aus.

Kelli versuchte, sie zu ermutigen: »Da ist immer eine Schlange, aber sie arbeiten sehr schnell.«

»*The Dirty Cat*?«, murmelte Nora vor sich hin.

Kelli betrachtete den roten Schriftzug auf dem Wagen und lachte.

»Ja, das kann man sich leicht merken. Travis liebt den Laden.« Auf einmal verstand Kelli, warum sie so aufgeregt war. Sie teilte gerade etwas sehr Persönliches mit Nora. Zwar war es nur ein kleines Puzzleteil in ihrem Leben, aber es war eines, das mit guten Erinnerungen verbunden war.

»*The Dirty Cat*«, wiederholte Nora und gucke weiterhin angewidert, was Kelli auf abstruse Weise bezaubernd fand.

»Lass dich von dem Namen nicht täuschen. Vertrau mir.« Sie legte Nora die Hand auf den Rücken. »Pass auf den Verkehr auf.«

Nora blickte über ihre Schulter. »Das tue ich.«

Kelli zog ihre Hand nicht zurück, sondern ließ sie ein Stückchen nach unten gleiten. »Du tust was?«, fragte sie ein wenig abgelenkt.

»Dir vertrauen.«

Kelli spürte, wie ihr Herzschlag aussetzte, nur um dann doppelt so schnell und heftig wieder einzusetzen. Sie grinste über beide Ohren. »Das ist das Beste, was ich heute gehört habe.«

Die Schlange bewegte sich so schnell, wie Kelli versprochen hatte. »Vielleicht hätte ich das vorher fragen sollen, aber magst du es scharf? Ich glaube, die kochen mit Serrano-Chilis.«

Nora blickte sie an. »Gibt es noch etwas, das ich wissen muss, bevor wir an der Reihe sind?«

»Negra Modelo«, sagte Kelli und grinste.

»Wie bitte?«

»Ein dunkles Bier. Sehr süffig. Das schmeckt dir bestimmt.«

»Das werden wir sehen«, erwiderte Nora.

Kellis Magen machte einen Salto. »Bestimmt.«

»McCabe! Wie geht's?«

»Gut. Und selbst, Julio?« Kelli grinste den großen und breiten Besitzer des Wagens an.

»Nicht schlecht. Ich esse und trinke wie immer zu viel,« erwiderte er und streichelte seinen Bauch. »Schön, dich mal wieder zu sehen. Wo ist Travis?«

»Immer noch im Krankenhaus.«

»Er wird doch aber hoffentlich wieder«, fragte Julio besorgt.

»Ja, aber es wird noch eine Weile dauern.«

»Weißt du was? Komm von jetzt an einfach hier vorbei, bevor du ihn besuchst. Sein Essen geht ab sofort aufs Haus.«

»Meinst du das ernst?« Kelli war baff.

»Jupp.«

Sie rückte näher an Nora heran. »Ich habe dir neue Kundschaft gebracht. Bekomme ich etwas dafür?«

Julio lachte. »Ewige Dankbarkeit?«

Aus den Augenwinkeln sah sie, dass Nora lächelte. Das war das Beste, was passieren konnte. »Wow. Davon kann ich mir viel kaufen«, erwiderte sie grinsend. »Wir nehmen vier Tacos und zwei Negra Modelos.«

»Tut mir leid, aber heute gibt es nichts Gezapftes. Der Monteur kommt in einer Stunde vorbei, um die Pumpe zu reparieren.«

Kelli ließ die Schultern hängen. »Hast du nichts aus der Dose?«

»Cola, Wasser, Te–«

»Bäh, sprich das Zeug gar nicht erst aus.« Kelli hielt inne. »Ernsthaft?«

Julio nickte.

»Was stimmt denn damit nicht?«, fragte Nora.

»Gar nichts. Sie ist einfach nur ein Bier-Snob. In Kalifornien und Mexiko geht das Zeug weg wie nix«, antwortete Julio.

Er erntete einen vernichtenden Blick von Kelli, den er mit einem Lächeln abwehrte.

»Wo ist also dein Problem?«, fragte Nora und sah Kelli an.

Diese beugte sich vor und flüsterte ihr ins Ohr: »Elchpisse.«

»So schlimm kann es doch gar nicht sein.«

»Ich dachte, du vertraust mir«, neckte Kelli.

Zwar senkte Nora den Blick, aber ihr Lächeln konnte sie nicht verbergen.

Kelli beschloss, mitzuspielen. »Okay, gib der Frau, was sie will. Eine Dose Bier, zwei Becher und zwei Flaschen Wasser, bitte. Wir halten die Schlange auf.«

Kurz darauf steuerten die beiden mit dem Essen in der Hand auf einen der kleinen Tische mit Sonnenschirm zu und setzten sich.

»Ich habe vergessen, eine Gabel zu holen«, sagte Nora.

Kelli kicherte. »Du bist süß. Es macht nichts, wenn du dir die Hände schmutzig machst. Versprochen.« Als Kelli die Dose Bier öffnete und den Inhalt auf die beiden Becher verteilte, sagte sie: »Schaffen wir das hier zuerst aus dem Weg. Danach wirst du nie wieder an mir zweifeln.« Einen Becher stellte sie vor Nora ab, den anderen vor sich selbst. »Prost.« Mit einem Schluck leerte sie den Becher und verzog dabei das Gesicht. Schnellstens spülte sie mit etwas Wasser nach. Erwartungsvoll schaute sie Nora an.

Nora sah auf ihren Becher und nahm dann einen großen Schluck. Ihre Augen gingen augenblicklich über und ihre Wangen blähten sich auf.

Kelli konnte sich vor Lachen kaum halten. »Vergiss das Schlucken nicht.«

Neben dem bösen Funkeln in Noras Augen, konnte Kelli auch ein warmes Glänzen erkennen. Sie schluckte und schnappte nach Luft. »Das war –«

»Elchpisse?«

»Ziemlich widerlich«, sagte Nora stattdessen.

»Sag ich doch. Iss deine Tacos, bevor sie kalt werden.«

Nora hustete. »Ganz offensichtlich nimmst du dein Bier sehr ernst.«

Kelli öffnete einen kleinen Behälter voll roter Soße und kippte sie über ihre Tacos. »Da hast du verdammt recht. Wenn ich Bier und Wackelpudding im Kühlschrank habe, bin ich glücklich.« Sie nahm einen großen Bissen.

»Ist das irgendein zusätzliches Gewürz?«, fragte Nora und deutete auf den halbleeren Behälter.

Mit erhobenem Finger kaute Kelli genussvoll zu Ende, dann sagte sie: »Das ist eine Knoblauch-Habanero-Mischung. Macht das Ganze ein wenig schärfer.«

»Ich habe nichts davon bekommen.«

»Danach musst du extra fragen. Ich bin hier aber so oft, dass Julio meinen Geschmack bereits kennt.«

Nora schraubte den Deckel von ihrer Wasserflasche. »Kann ich etwas von dir abhaben?«

Unsicher sah Kelli sie einen Augenblick lang an und fragte dann: »Bist du sicher?«

Nickend erwiderte Nora: »Absolut.«

Zögernd schob sie Nora die Soße hin. Ihre Finger berührten sich dabei kurz und Kelli war sich nicht sicher, ob ihr wegen der Berührung oder wegen der Chilis so warm wurde.

Noras Mundwinkel zuckten. »Danke«, murmelte sie sanft.

Damit war Kellis Frage beantwortet: Die Soße hatte nichts mit der Hitze zu tun.

Nora biss in ihren Taco und verzog keine Miene.

Verdammt, ist das sexy. Kelli konnte sich kaum sattsehen.

Während Nora langsam kaute, begegneten sich ihre Blicke. Nora stockte, nahm sich eine Serviette, um sich den Mund abzuwischen und fragte dann unsicher. »Habe ich etwas –«

»Im Gesicht?«, beendete Kelli Noras Frage.

Nora nickte.

»Nein, es ist perfekt«, erwiderte sie und sah sie weiter an. Zu spät bemerkte Kelli, was sie gesagt hatte. »Ich meinte …« Sie brach ab und ließ ihren Blick über jeden Zentimeter von Noras Gesicht wandern, um jedes Detail in sich aufzunehmen: ihre Porzellanhaut, die faszinierenden Augen, die im richtigen Licht golden schimmerten, die zerbrechlichen Züge und die vollen Lippen. Kelli wusste, wie sich Noras Haut anfühlte. Sie wusste, wie ihre Lippen schmeckten. Ihrer Ansicht nach gab es kein anderes Wort, dass sie besser beschrieb. »Ich meinte genau, was ich gesagt habe. Du bist perfekt.«

Nora klappte der Mund auf, sie schloss ihn aber sofort wieder. Ihr Gesicht wurde dunkelrot und ihr Puls schlug deutlich sichtbar in ihrem Hals. Mit düsterem Blick und einem verwundbaren Gesichtsausdruck versuchte sie, zu protestieren: »Nein … ich … Kelli …« Sie atmete tief ein und machte die Augen zu. Als sie sie wieder öffnete, wirkte sie vollkommen verwirrt. »Was du siehst, wenn du mich anschaust … das bin nicht ich.«

Einen Augenblick lang schwieg Kelli. Ihre nächsten Worte sollten Wirkung haben, daher wählte sie sie mit Bedacht. »Doch das bist du. Du kennst diese Seite an dir nur noch nicht.«

Falls das überhaupt möglich war, wurde Noras Ausdruck noch verwundbarer und erneut erkannte Kelli einen Anflug von Panik. »Wie … wer *bist* du?« Ihre Stimme zitterte und sie blickte Kelli an, als hätte sie noch nie etwas – jemanden – wie sie gesehen.

Kelli lächelte nur und aß den Rest ihres Tacos.

KAPITEL 16

Kelli betrat das Seattle Memorial Krankenhaus und lief zur Intensivstation. Als sie an der Schwesternstation vorbeikam, musste sie enttäuscht feststellen, dass ihre beiden Lieblingsärzte heute nicht dort waren. Leise kicherte sie vor sich hin. Schon bald würde sich für Nora alles zum Besseren wenden. Da war sie sich sicher.

Sie klopfte zweimal an Travis Tür und trat dann ohne abzuwarten ein, nur um sofort wieder stehenzubleiben, als sie Travis mit weißem Gesicht im Bett sitzen sah. Es dauerte einen Augenblick, bis ihr Gehirn das Bild verarbeitet und sie festgestellt hatte, dass es sich um Rasierschaum handelte.

»Ich dachte zuerst, dass du Make-Up trägst oder eine seltene Hautkrankheit entwickelt hast.«

Travis wischte sich die Hände an einem Handtuch ab und verdrehte die Augen. »Glaub mir, ich habe nicht das geringste Bedürfnis, so weiß zu werden wie Michael Jackson«, sagte er, während er Spiegel und Rasierer aus seinem Schoß nahm.

»Musst du das denn sagen, als wäre Weiß die schlimmste Sache der Welt?«, fragte Kelli und grinste.

Travis prustete. »Ich kann moonwalken. Was kannst du, Bleichgesicht?«

Kelli stöhnte. »Zu früh! Es ist gerade mal zehn Jahre her, seit er gestorben ist. Ich muss mich erst noch daran gewöhnen.«

Travis drehte sein Gesicht ein wenig zur Seite und setzte den Rasierer an.

»Warum willst du die Gesichtsschamhaare denn plötzlich loswerden?«, fragte Kelli.

»Weil sie aussehen wie angeklebt.«

»Aber du hattest doch schon fast vier ganze Haare im Gesicht«, erwiderte Kelli und grinste breit.

Travis funkelte sie böse an. »Eigentlich sagt man guten Freunden, wenn sie hässlich aussehen. Sag jetzt bloß nicht auch noch was zu meiner Frisur.«

»Was hast du denn? Ich finde sie gut. Du siehst damit ein bisschen geheimnisvoll aus. Wie Fu Manchu.«

Sein Blick wurde noch düsterer. »Ich kann nicht glauben, was du von dir gibst. Ich bin nicht mal ein bisschen chinesisch, sondern halb koreanisch. Oder hast du das vergessen?«

»Nein, aber du lässt dich einfach zu leicht ärgern«, erwiderte Kelli amüsiert.

»Ach so. Trotzdem hättest du rechtzeitig was zu meiner Optik sagen können.«

Kelli murmelte: »Bei allem, was in letzter Zeit los war, dachte ich, dass es nicht schaden würde, gewisse Dinge für mich zu behalten.«

Sein Blick wurde weicher. »Das stimmt.« Dann hielt er sich wieder den Spiegel vors Gesicht und Kelli beobachtete ihn schweigend. In diesem Augenblick fühlte es sich beinahe so an, als wäre alles normal und als müsste sie gerade auf ihn warten, weil er für die Arbeit spät dran war. Es fehlte nur der Geruch des Polizeireviers – eine Mischung aus abgestandenem Kaffee und Old Spice – und es fehlte auch seine Krawatte, für die sie ihn immer geneckt hatte. Ein Blick auf Travis Arm, der unkontrolliert anfing zu zittern, holte Kelli wieder in die Realität zurück.

»Scheiße. Meine Muskeln fühlen sich an wie Wackelpudding.« Travis zupfte am Saum seines weißen T-Shirts. »Immerhin kann ich das hier jetzt schon allein anziehen.«

Kelli ließ sich auf den Stuhl neben seinem Bett fallen. »Ist diese Muskelschwäche nicht völlig normal?«

»Kann schon sein. Ich kann aber nicht einfach so hier sitzenbleiben, mit der Pampe im Gesicht.« Travis wirkte unbehaglich. »Vielleicht könnte ich eine der Schwestern fragen. Sean ist schon wieder weg.«

»Ich mache es«, sagte Kelli und stand ohne lange nachzudenken auf.

»Hast du das denn schon mal gemacht?«, fragte Travis und grinste sie schief an.

»Nein, aber ich habe einen Film gesehen, in dem Rasieren eine Vertrauensübung war.«

»Und auch ein bisschen sexy.«

»Igitt.« Kelli nahm ihm den Rasierer ab und tauchte ihn in das Wasserglas, das auf dem Nachttisch stand, bevor sie sich neben ihm aufs Bett setzte.

Travis spitzte die Lippen und klimperte mit seinen Wimpern. »Was? Findest du mich etwa nicht sexy?«

»Fick dich!« Kelli lachte. »Sag mir lieber, was ich tun soll.«

Travis grinste. »Rasiere mit dem Strich, nicht dagegen.«

»Bitte was?«

»In dieselbe Richtung, in die meine Haare wachsen.«

»Ah, okay.« Mit ruhiger Hand setzte Kelli seine Arbeit fort und Travis schaute ihr durch den Spiegel interessiert zu.

»Hast du Sean mittlerweile verziehen?«

Kelli nickte. »Ich musste einfach darüber hinwegkommen, dass er mir die Sache mit Tony verschwiegen hat.«

»Bist du denn auch sauer darüber, dass er mit mir darüber gesprochen hat, und ich es für mich behalten habe?«

Mit einem Schulterzucken tauchte Kelli den Rasierer ins Wasser. »Nicht wirklich. Mit irgendwem musste er schließlich darüber sprechen. Ansonsten hätte es ihn von innen aufgefressen.« Sie nahm Travis' Kinn zwischen die Finger und drehte sein Gesicht zur Seite. »Irgendwie verstehe ich es nicht.«

»Was meinst du?«

»Du bist viel jünger als ich.«

Travis verdrehte die Augen. »Gerade mal sechs Jahre, verdammt nochmal.«

»In Hundejahren ist das ganz schön viel.«

»Na und. Worauf willst du hinaus?«

»Trotzdem bist du derjenige, an den wir uns mit unseren Problemen wenden. Wo hast du nur all deine Weisheit her?«

Travis kicherte. »Konfuzius sagt –«

Kelli hielt inne. »Fang gar nicht erst an, sonst muss ich dich schneiden.«

»Okay, okay. Jeder von uns hat eben eine ihm zugewiesene Rolle. Du bist die große Beschützerin, oder eben das Arschloch, je nach Tagesform, und ich der Weise«, erwiderte Travis und grinste.

Kelli lachte. »Halt den Mund und leg den Kopf in den Nacken.«

Zwischen ihnen entstand eine angenehme Stille. Nach einer Weile sagte Travis dann: »Also …« Seine Stimmlage ging um ein paar Oktaven nach oben.

»Jaaa?«

»Wie man so hört, hast du seit Kurzem was mit Dr. Whitmore.«

Kelli zog ihre Hand zurück. Noch war sie nicht bereit, über Nora zu sprechen. »Wirklich?«, knurrte sie.

Mit erhobener Augenbraue fragte Travis: »Ich hab hier halt nichts anderes zu tun, als mich mit Klatsch und Tratsch zu beschäftigen.«

»Das ist noch lange keine Entschuldigung.«

»Oh doch!«

»Wie auch immer. Jedenfalls solltest du mich jetzt nicht wütend machen.«

Das brachte ihn zum Lachen. »Solche Drohungen kannst du dir sparen. Mit dem Rasierer kannst du keiner Fliege etwas zuleide tun.«

»Ich will aber trotzdem nicht, dass dein Babyface mit Pflastern dekoriert werden musst.«

»Würdest du wirklich so weit gehen, um dein Geheimnis zu bewahren?«

»Ich habe kein Geheimnis.« Kellis seufzte erschöpft. Das war das Letzte, über das sie sich mit ihm oder irgendwem unterhalten wollte.

»Ach so.« Travis wirkte nicht überzeugt.

Wieder tauchte Kelli den Rasierer ins Wasser. »Wir sind nur –«

»Hör bloß auf. Ich habe es nicht verdient, belogen zu werden.«

Kelli schauderte.

»Sei doch kein Spielverderber. Ich kenne dich einfach zu gut.«

Mit einem Seufzen entgegnete Kelli: »Du weißt gar nicht, wie sehr du mir manchmal auf den Sack gehst.«

»Oh doch, das weiß ich.« Travis kicherte. »Aber ich hab in letzter Zeit so viel verpasst. Ich will wissen, was bei dir los ist.«

Auf einmal fühlte sie sich schuldig. Immerhin war es Travis und vielleicht sollte sie heute einfach mal großzügig sein. Einen Augenblick lang sahen sie einander an und allein sein Blick gab Kelli die Gewissheit, dass was auch immer sie sagte, diesen Raum nicht verlassen würde. »Okay, irgendwie ist da schon was am Laufen.«

»Irgendwie?« Travis wirkte verwirrt.

»Es ist kompliziert. Sie hat Angst.«

»Ist sie hetero?«

»Nein, das ist es nicht«, erwiderte Kelli.

Er sah sie fragend an, bis der Groschen endlich fiel. »Ach so, sie ist einfach eine Beziehungsphobikerin. Moment, aber das bist du doch auch. Weißt du überhaupt, was du da tust?«

Kelli lächelte. »Keine Ahnung.«

Lachend schüttelte Travis den Kopf. »Du steckst in Schwierigkeiten.«

»Irgendwie schon.« Sie rasierte sein Kinn. Für den Augenblick hatte er genug erfahren und würde sicherlich aufhören, weitere Fragen zu stellen.

»Kelli?« Sein Ausdruck war weich und nachdenklich.

»Ja?«

»Ich spüre manchmal ein Kribbeln in den Beinen.«

»Ein Kribbeln?«

»Irgendwie schon.«

»Ich flipp aus!«

Nora war von einer Malertruppe umzingelt und ihre Küche war komplett in Schutzfolie gepackt. Es fühlte sich gut an, Fortschritte zu machen, auch wenn es nur kleine Veränderungen an der Inneneinrichtung waren.

»Miss Whitmore?«

Sie drehte sich um. Die Stimme gehörte einem großen und muskulösen Mann. Sein rustikaler Charme wurde von einem breiten Lächeln betont, aber Nora sprang darauf nicht an. Kühl korrigierte sie ihn. »Dr. Whitmore, bitte.«

»In Ordnung, beim nächsten Mal weiß ich Bescheid«, sagte er.

»Danke.«

Ihm war deutlich anzusehen, wie attraktiv er sie fand. Ihr Kopf wusste zwar sein gutes Aussehen zu schätzen, aber ihre Libido schien es nicht bemerkt zu haben. »Sie wollten mich etwas fragen?«

»Ich wollte Ihnen nur Bescheid geben, dass Ihre Küche in ein paar Stunden fertig sein sollte. Danach können wir uns gleich Ihrem Wohnzimmer widmen.«

Nora nickte. »Das weiß ich. Ihr Vorarbeiter hat mich bereits darüber informiert.«

Er trat einen Schritt zurück. »Ich wollte nur sichergehen.«

»Danke.« Auf einmal störte sie der Geruch der frischen Farbe und sie rümpfte die Nase.

Der Mann nickte nur noch kurz und kehrte dann zu seiner Truppe zurück.

Da sie den Geruch nicht länger ertragen konnte, machte Nora sich auf den Weg ins Schlafzimmer.

Ihre ausbleibende körperliche Reaktion auf die deutlich sichtbaren Vorzüge des Handwerkers verwirrten sie. Vielleicht lag es einfach daran, dass ihr letzter Versuch eines sexuellen Abenteuers kläglich gescheitert war und vielleicht wollte ihr Körper sie nur vor weiteren Enttäuschungen bewahren.

Aber warum erwachte ihr Körper zum Leben, wenn Kelli in der Nähe war? *Nicht weiter darüber nachdenken.* Sie nahm die restlichen Farbmuster zur Hand und hielt verschiedene Rottöne an ihre Schlafzimmerwand. Rot wäre eine ziemlich starke Veränderung zum aktuellen Moosgrün. Dann betrachtete sie ein rosa Farbmuster und konnte sich bildlich vorstellen, wie Kelli darüber die Augen verdrehen und einen Kommentar über Vomex abgeben würde. Nora seufzte. Warum konnte sie nicht einmal *nicht* an Kelli denken? Sie sahen einander jeden Tag oder telefonierten zumindest. Kelli zog Nora vollständig in den Bann. Es war unvorstellbar, für sie, das auch nur einen Tag ausfallen zu lassen.

Ihr Handy klingelte und das Display verriet ihr, dass es offenbar tatsächlich möglich war, Kelli durch die Kraft der Gedanken herbeizuwünschen. Ihr Kopf riet ihr in einem plötzlichen Anflug von Vernunft, den Anruf zu ignorieren, aber ihr Herz wollte etwas anderes und sie hob ab.

»Hey! Ich hab mit deinem AB gerechnet, aber ich bin froh, dass du rangegangen bist.«

»Hallo, Kelli.« Nora musste lächeln und Kelli kicherte hörbar am anderen Ende.

»Du bist immer so förmlich. Ich freue mich schon auf den Tag, an dem du deine gute Erziehung das erste Mal vergisst. Dann stelle ich ein Video davon auf YouTube.«

Nora war sich sicher, dass Kellis Bemerkung keinerlei sexuellen Hintergedanken hatte, trotzdem regte sich etwas in ihrem Magen. »Das wird dann mit Sicherheit das erste Zeichen einer drohenden Apokalypse sein.«

Kelli blieb einen Augenblick lang still und sagte schließlich: »Hast du etwa gerade so etwas wie einen Witz gemacht?«

Auch Nora klang überrascht. »Ich weiß nicht. Habe ich das?«

Kelli brach in schallendes Gelächter aus. »Meine Fresse! Ich glaube, ich habe dich ganz schön verdorben.«

Nora wartete auf die leichte Nervosität, die mit jeder Unterhaltung mit Kelli einherging, aber sie kam einfach nicht. »Ganz offensichtlich.«

»Dieser Tag wird einfach immer besser. Heute Morgen durfte ich Travis rasieren und jetzt reißt Dr. Nora Whitmore Witze. Besser geht es nicht mehr.«

»Willst du frech werden?«

»Kein bisschen. Vielleicht schaffe ich es vor Ende des Tages, dich zum Lachen zu bringen.«

»Vielleicht.«

»Ich muss in fünfzehn Minuten zur Krankengymnastik. Was machst du gerade?«

»Ich verstecke mich vor dem Farbgestank in meiner Wohnung und habe gerade beschlossen, mein Schlafzimmer ebenfalls neu streichen zu lassen.«

»Ach ja? Welche Farbe?«

Noras Mundwinkel zuckten. »Ein cremiges Rosa.«

»Igitt. Meinst du wie Vomex?«

Nora grinste. Sie hatte es geahnt.

»Ich weiß, dass du das nicht ernst meinst«, fuhr Kelli fort. »Aber wenn du es bei dem Gestank nicht in deiner Wohnung aushältst, kannst du einfach in meine gehen. Da kannst du dich vor der Anhörung am Montag schon mal ein bisschen entspannen. Du wolltest später doch ohnehin vorbeikommen.«

Die Temperatur in Noras Brust erreichte den Siedepunkt. »Ich weiß nicht so recht«, sagte sie zögerlich.

»Ich beiße nicht«, neckte Kelli.

Der Kommentar schwebte über ihnen. Dieses Mal war ein deutlicher Unterton in Kellis Stimme zu hören gewesen und dieser Unterton war eindeutig erotischer Natur. Nora stellte sich vor, wie sich Kellis schwitzender Körper an ihrem rieb.

»Ähm, du weißt, was ich meine.« Kellis Stimme wurde tiefer. Offenbar beschäftigte sie ihr eigener Kommentar ebenfalls. »Außerdem bin ich ja ohnehin nicht da.«

»Ich werde darüber nachdenken.«

»Mrs. Landau hat einen Schlüssel.«

Es gab eine Pause und Nora konnte Stimmen im Hintergrund hören.

»Ich muss auflegen. Bin gerade Williams über den Weg gelaufen. Bis später?«

»Ja.«

Nora legte auf. Beim Anblick ihres Telefons fragte sie sich, wann sie die sozialen Fähigkeiten des Scherzens erworben hatte, die sie soeben bei der Unterhaltung mit Kelli angewendet hatte. Dieser Teil ihrer Veränderung war subtiler vonstattengegangen als alle anderen und war vielleicht deshalb leichter zu akzeptieren. Aus einem Bauchgefühl heraus beschloss sie, Kellis Angebot anzunehmen.

Nora eilte den Flur entlang und balancierte dabei mehrere prallgefüllte Einkaufstüten, die mit jeder Minute schwerer wurden. Es war bereits zur Gewohnheit geworden, dass sie Lebensmittel zum Kochen mitbrachte, wann immer sie Kelli besuchte. Andernfalls mussten sie Essen bestellen. Kellis Kühlschrank war in der Regel leer. Kurz bevor sie an Mrs. Landaus Tür klopfte, hielt sie inne, weil sie feststellte, dass die Musik, die sie im Treppenhaus schon gehört hatte, aus Kellis Wohnung drang. Neugierig beschloss sie, bei Kelli zu klopfen. Niemand öffnete. Sie stellte eine der Tüten ab und klopfte noch einmal. Noch immer reagierte niemand. Also drehte sie am Türknauf und die Wohnungstür öffnete sich. Die Musik bestand aus nichts weiter als elektrischen Gitarren, einem Schlagzeug und einem Mann, der sich die Seele aus dem Leib schrie. Nora schauderte und betrat die Wohnung. In der Küche stand Sean McCabe, der den Kopf in den Nacken gelegt hatte und ein Bier in sich hineinkippte. Mit seinem Handrücken wischte er sich den Schaum vom Mund und wippte im Takt der Musik mit dem Kopf, ohne Nora zu bemerken. Das Wippen wurde schlagartig zu einem heftigen Kopfnicken und er fing an, herumzuspringen, als hätte er eine Art epileptischen Anfall.

Nora fragte sich, ob sie es schaffen würde, unbemerkt wieder aus der Wohnung zu schleichen, aber just in diesem Moment, riss eine der Tüten und über den Boden ergossen sich Gouda, Zwiebeln und mehrere rote Paprika. Glücklicherweise war nichts Zerbrechliches dabei. Sie stellte die restlichen Tüten auf den Boden und sammelte die entflohenen Lebensmittel wieder ein. Als sie aufblickte, sah sie, wie Sean sie ungläubig anstarrte.

»Dr. Whitmore?«

Zwar konnte sie ihn aufgrund des Lärms nicht hören, aber sie konnte seine Lippen lesen. Nora deutete auf ihr Ohr.

Sean nickte und schaltete die Anlage aus. Endlich war es vorbei mit dem infernalen Lärm. Nora hob die Tüten auf, um sie in die Küche zu tragen, aber Sean kam ihr in die Quere.

»Die nehme ich.« Er schaute sie misstrauisch an. »Wie lange sind Sie denn schon hier?«

Statt zu antworten, sah Nora ihn scharf an.

»Oh je, so lange schon?«

Sie folgte ihm in die Küche.

»Ich hatte nicht erwartet, dass Kelli Besuch hat. Ich habe heute frei und manchmal komme ich hierher.«

Nora blickte sich um und bemerkte seine Schuhe und Socken auf dem Wohnzimmerfußboden, wo auch eine größere Anzahl leerer Chipspackungen lag. Kellis heißgeliebter Fernseher, der normalerweise an der Wand hing, stand auf einem wackeligen Fuß und Cartoonbilder rasten über den Bildschirm. »Ich verstehe.«

Er grinste verschämt. »Ich habe den Ersatzschlüssel bei Mrs. Landau abgeholt. Kellis Fernseher ist besser für Videospiele als meiner. Ich räume auf, bevor sie nach Hause kommt.« Er klang wie ein ertapptes Kind.

Nora nickte nur.

»Bitte rufen Sie sie nicht an. Ich mache das wirklich nicht oft.«

»Mr. McCabe –«

»Nennen Sie mich ruhig Sean. Wir könnten uns sowieso duzen, oder?«

»Sean.« Nora war überrascht, wie leicht es ihr plötzlich fiel, über ihren förmlichkeitsliebenden Schatten zu springen. Es stimmt, dass du vielleicht besser aufräumen solltest, aber ich wüsste nicht, warum ich Kelli anrufen sollte.«

Erleichtert atmete er aus und grinste. Der Gesichtsausdruck war dem von Kelli, wenn sie grinste, verdammt ähnlich. Sean begann, die Chipstüten einzusammeln. »Du bist also für den vollen Kühlschrank verantwortlich? Ich hatte mich schon gewundert, warum dort seit Kurzem mehr zu finden ist als Bier, Wackelpudding und chinesische Fastfood-Reste.«

Erwartungsvoll schaute er sie an und Nora erwiderte den Blick.

»Mir scheint, du hast einen guten Einfluss aus sie.«

»Wir essen gelegentlich zusammen. Manchmal hier und manchmal in meiner Wohnung. Mit der Zeit habe ich gelernt, dass es besser ist, etwas mitzubringen.«

Wieder grinste er. »Aha.« Er hielt seine Bierflasche hoch. »Habe ich dir auch Dirty Bastard zu verdanken?«

»Ja, bei Whole Foods gibt es eine ziemlich große Auswahl an Founders-Bieren.«

»Ach so. Du musst wissen, dass ich fest an die Trickle-down-Theorie glaube.«

»Was haben denn Wirtschaftswissenschaften mit unserer Unterhaltung zu tun?«

»Na ja. Was gut für einen McCabe ist, kann auch dem anderen nicht schaden. Wenn du ihr leckere Sachen kaufst, darfst du mir gerne auch etwas mitbringen.« Abgesehen von dem verschmitzten Funkeln in seinen Augen, schien er es vollkommen ernst zu meinen.

Nora runzelte die Stirn, aber sein Ausdruck änderte sich nicht. Das gab ihr den Rest. Sie presste die Lippen zusammen und musste sich unglaublich konzentrieren, um nicht zu grinsen. »Charmant.«

Sean seinerseits lachte ungehemmt strahlend. Sein Gesicht war voller Grübchen. »Charme liegt übrigens auch in der Familie.«

»Ich verstehe.« Nora grinste nun doch.

Sean wandte sich ab, um die Lebensmittel zu verstauen und Nora stellte fest, dass sie gerade eine Unterhaltung mit einem Fremden geführt hatte, *ohne* sich dabei unwohl zu fühlen. Anfangs hatte sie geglaubt es läge daran, dass er Kellis Bruder war, aber diese Theorie verwarf sie wieder. Er war ja trotz allem noch immer ein Fremder. Da sie nicht wusste, wie sie damit umgehen sollte, beschloss sie, sich zurückzuziehen.

»Ich sollte dich wieder deinem Spiel und der Musik überlassen«, sagte sie und trat einen Schritt zurück.

Sean blickte über seine Schulter. »Mass Effect 2 und Metallica.«

»Wie bitte?«

»Das Spiel und die Musik. Wegen mir musst du nicht gehen. Ich ziehe einfach ins Schlafzimmer um.«

Nora sah ihn an, als würde sie das für keine gute Idee halten und einer seiner Mundwinkel bog sich nach oben. »So gut kennst du sie also schon«, sagte er. »Dann lasse ich es besser sein.«

»Weise Entscheidung«, murmelte Nora.

»Trotzdem brauchst du nicht zu gehen. Bleib hier und überwach das Aufräumen.«

»Ich glaube nicht –«

»Hör zu, ich weiß nicht genau, was bei dir los ist, aber zwei Dinge weiß ich genau: Kelli versucht, dir zu helfen und sie will dich hier haben. Also bleib. Mach dich in der Küche nützlich, während ich aufräume. Okay? Du wirst gar nicht merken, dass ich da bin.«

Widerwillig gab Nora nach und nickte. Sie wartete, bis er die Küche verlassen hatte, dann nahm sie sich ein Schneidebrett und ein Messer. Kochen beruhigte sie, seit sie denken konnte.

Nach einer Weile kam Sean zurück.

»Meine Güte. Was riecht denn hier so gut? Ich möchte mein Gesicht darin vergraben.«

Nora blickte von der Pfanne auf, in der sie Pilze, Zwiebeln und Paprika anbriet.

Er schenkte ihr ein schiefes Grinsen. »Ich wollte dich nicht stören, aber ich konnte einfach nicht anders. Was kochst du?«

»Eine Frittata mit Gemüse und Käse.«

»Wie bitte? So was isst meine Schwester?«

Amüsiert entgegnete Nora: »Ja, das tut sie.«

Sean prustete. »Na ja, Käse mochte sie ja schon immer.«

Nora wandte sich wieder der Arbeitsfläche zu und fing an, Eier zu schlagen. Dabei konnte sie Seans Blicke spüren.

Er murmelte etwas.

»Wie bitte? Ich hab dich nicht verstanden.«.

»Eigentlich habe ich nur laut gedacht, aber vielleicht muss es doch gesagt werden.«

Offenbar wollte er ihre volle Aufmerksamkeit, also sah Nora ihn an.

»Kelli macht so etwas normalerweise nicht.«

»Was genau?«

»Was du hier tust. Du musst wirklich was Besonderes sein.«

Er sprach also ihre wachsende Beziehung zu Kelli an. Noras Brustkorb wurde von einer plötzlichen Panik schrecklich eng. Sie versuchte, durch die Angst hindurch zu atmen. Plötzlich war sie sich nicht mehr sicher, ob sie diese Art von Bindung überhaupt wollte. Da sie sich aber ohnehin nicht von Kelli fernhalten konnte, waren die Zweifel völlig überflüssig. Das wusste ihr Kopf. Das half ihr, sich ein wenig zu beruhigen.

Ehe Nora etwas erwidern konnte ging die Tür auf.

Kelli kam herein und funkelte ihren Bruder streng an. »Ich hoffe, dass ich dieses Mal noch Bier im Kühlschrank habe.«

»Nora hat noch welches mitgebracht«, entgegnete Sean und verdrehte die Augen.

Kellis Lächeln war breit genug, um den gesamten Raum zu erhellen und Noras Unsicherheit löste sich in Luft auf. Es war ein befreiendes Gefühl. Nora hatte bereits zwei Schritte getan, ehe sie feststellte, dass sie sich bewegte, aber Kelli war es nicht entgangen, das verriet ihr Blick.

Kelli räusperte sich und deutete auf ihren Bruder. »Er hat dich nicht belästigt, oder?«

Der unkontrollierte Moment ging vorüber und Nora hatte ihre Fassung zurück.

»Hey!«, protestierte Sean.

Als Nora in seine Richtung schaute, sah sie seinen flehenden Blick und sagte: »Nein, er hat mich ganz und gar nicht belästigt.«

»Aha.« Kelli klang ein wenig misstrauisch. »Was riecht hier eigentlich so gut?«

Nora spülte die Teller kurz ab, bevor sie sie in den Geschirrspüler stellte. Neben ihr wischte Kelli Anrichte und Herd ab. Die ausbleibende Konversation zwischen ihnen war dabei weder ungewöhnlich noch unangenehm, sondern Beweis eines stetig wachsenden Vertrauens.

Nora blickte über ihre Schulter. »Dein Bruder ist interessant.«

Kelli schnaubte. »Vorsicht. Er ist nebenan. Wenn er dich hört, wird sein Ego platzen.« Sie hielt inne. »Jetzt reibst du mir bestimmt gleich unter die Nase, dass er die männliche Ausgabe von mir ist, richtig?«

»Das hörst du wohl häufiger?«, fragte Nora belustigt.

»Jupp, von Travis, Williams und sogar von meiner Mutter.«

Nora stand leicht über den Geschirrspüler gebeugt, als Kelli hinter hier vorbei ging und sie sanft mit der Hand am Rücken berührte. Sofort richtete sie sich auf. Als sie den Kopf drehte, waren sie sich so nah, dass Nora die Luft anhielt.

Kelli räusperte sich. »Ich musste die Gewürze wegräumen.« Ihr Blick wanderte zu Noras Lippen.

Noras Magen zog sich zusammen und eine tiefe, heftige Erregung fuhr durch ihren gesamten Körper. Panik und Faszination wechselten sich ab. Schließlich gewann die Panik die Oberhand und Nora machte einen Schritt zurück. Ihr fielen Seans Worte ein: *Kelli macht so etwas normalerweise nicht.* Nora konnte sich in Kellis Wohnung frei bewegen. Kelli sprach mit ihrer Familie und ihren Freunden über sie. Offensichtlich bedeutete sie Kelli mehr, als sie angenommen hatte und damit ging eine riesige Verantwortung einher. Konnte sie mit dieser Verantwortung umgehen? Darüber musste sie erst nachdenken. Was, wenn sie Kelli nicht geben konnte, was sie wollte? Was, wenn …?

»Hey.« Kelli hob ihre Hände und flüsterte: »Hast du etwa gedacht, ich wollte dich küssen?«

Nora schluckte und wandte den Blick ab. Ein Teil von ihr wollte Kelli riechen, spüren und berühren. Sie wusste nicht, was sie sagen sollte.

»Nora?«

Etwas an der Art, wie Kelli ihren Namen sagte, versetzte ihre Synapsen in wilde Aufruhr und Nora konnte nichts dagegen tun. Eine ausführliche Analyse der Gefühle wäre sinnlos. So viel wusste sie mittlerweile. Die beiden sahen einander weiter an und das Knistern zwischen ihnen wurde fast unerträglich. Nora machte den Mund auf, um etwas zu sagen, brachte aber kein Wort heraus.

»*Willst* du, dass ich dich küsse?«, fragte Kelli heiser.

Nora wurden die Knie weich und ein Kribbeln schoss durch ihren Körper.

Kelli trat näher. Ihre Pupillen waren geweitet und ihr Atem stockte.

»Willst du?«

Mit einem tiefen Atemzug versuchte Nora, sich zu sammeln, aber es half alles nichts. Gott, wie sehr sie Kelli küssen wollte. Das Bedürfnis war so stark, dass es schmerzte, aber der andere Teil in ihr wollte noch immer flüchten. »Dein Bruder ist im –«

»Dann musst du dich wohl schnell entscheiden.« Mit einer Fingerspitze fuhr Kelli von Noras Nasespitze zu ihrer Unterlippe und der letzte Funke Kontrolle verließ Nora genau in diesem Augenblick. Sie öffnete ihre Lippen, glitt mit der Zunge über Kellis Fingerspitze und begann, an ihrem Finger zu saugen.

Kelli stöhnte. Gefesselt von dem Klang saugte Nora noch heftiger.

»Fuck«, flüsterte Kelli.

Zwischen Noras Beinen machte sich ein Pochen breit. Sie war so erregt, wie ein Mensch nur erregt sein konnte. Bei diesem dreckigen und verdorbenen Wort löste sich der letzte Rest ihrer Selbstkontrolle vollkommen auf und sie schnappte nach Luft. Ehe sie einen weiteren Atemzug nehmen konnte, küsste Kelli sie leidenschaftlich. Sie ergriff Noras Hüften und die Berührung fuhr wie ein Blitz durch Noras Unterleib. Sie krallte sich in Kellis Haar fest, als diese sie gegen die Anrichte presste. Ein Stöhnen drang aus ihrer Kehle, als Kelli an ihrer Unterlippe saugte, und Nora öffnete bereitwillig den Mund, um ihre Zunge hereinzulassen.

Plötzlich erklang ein männliches Räuspern, dicht gefolgt von einem Pfiff.

»Aha«, entfuhr es Sean belustigt.

»Dafür habe ich meine Anrichte noch nie verwendet.«, ertönte Carinas Stimme.

»Mom! Was …?« Ruckartig zog Kelli sich zurück. Noras Gesicht färbte sich dunkelrot und der Drang zu flüchten wurde überwältigend. Kelli berührte sie am Arm. In ihrem Blick las Nora nichts anderes als Zuversicht und Humor.

»Du bist diese Woche nicht zum Abendessen vorbeigekommen, deshalb habe ich gedacht, ich könnte hier etwas für dich kochen, aber ich sehe, du bist bestens versorgt.« Carina konnte sich ein Grinsen nicht verkneifen.

»Mom!«

»Was? Was habe ich denn gesagt?«

Nora war danach, vor Scham im Erdboden zu versinken.

Sean grinste breit.

KAPITEL 17

Kelli fuhr am Safeco Plaza vorbei und bog in die Second Street ein, um zur Marion zu gelangen. Das Radio war laut, abgesehen davon war es still. Zu still. Das gefiel Kelli überhaupt nicht. Sie warf Nora einen kurzen Blick zu. Nora saß vollkommen aufrecht und blickte regungslos aus dem Fenster. Zwischen ihnen hatte sich eine seltsame Spannung breitgemacht. Es war wie der Moment einer Filmszene, der eine katastrophale Wendung einläutet. Kelli schluckte den Kloß in ihrem Hals herunter. Da sie keine Ahnung hatte, wie sie sich verhalten sollte, entschied sie sich wie üblich für Humor. Schlimmer konnte es schließlich nicht werden.

Als sie an einer roten Ampel anhielten, schaute Kelli Nora an und sagte: »Weißt du, mir ist etwas aufgefallen: irgendwie bin neuerdings immer ich diejenige, die uns irgendwohin fährt. Ich denke, dass mich das eigentlich für den Mercedes qualifizieren sollte.«

Nora wandte sich ihr zu und hob nur eine Augenbraue.

Kelli krallte sich am Lenkrad fest, bis endlich die Ampel grün wurde.

Humor war diesmal also nicht der Schlüssel zum Erfolg. Das ganze Wochenende über hatte Nora sich so zurückhaltend verhalten. Zwar hatten sie immerhin ab und an miteinander gesprochen und Zeit miteinander verbracht, aber irgendetwas hatte nicht gestimmt. Die Leichtigkeit zwischen ihnen hatte gefehlt und das schmerzte wie winzige Nadeln, die unter Kellis Haut stachen. Sie wusste nicht, woher sie die Willenskraft nahm, überhaupt etwas zu sagen, aber sie hatte Angst, dass die Distanz zwischen ihnen nur noch größer würde, wenn sie den Mund hielt. »Du bist heute noch ruhiger als am Wochenende«, sagte sie schließlich.

Das Radio dröhnte weiter und Nora blieb schweigsam.

Als die Nadeln tiefer stachen, seufzte Kelli. »Hat das mit meiner Familie zu tun oder mit unserem Kuss?«

Nora saß weiter kerzengerade in ihrem Sitz.

»Wir haben uns schon früher –«

»Aber nicht so«, fiel Kelli ihr ins Wort. Wieder mussten sie an einer roten Ampel halten. Nora wagte einen Blick in Kellis Richtung und Kelli meinte, darin Zustimmung zu erkennen.

»Nur weil die beiden uns erwischt haben, heißt das noch lange nicht, dass wir unsere Beziehung definieren müssen.« Sie griff nach Strohhalmen und war sicher, dass sie sich ziemlich verzweifelt anhörte. Dennoch war sie nicht bereit, so einfach aufzugeben.

Die Ampel wurde grün und Kelli trat aufs Gas.

»Ich lasse mich nie auf so etwas ein. Es erschwert die Dinge nur. Unsere … Freundschaft hat mein –«

»… Leben schon zu sehr verkompliziert?«

»Ja, aber damit habe ich mich bereits abgefunden«, erwiderte Nora eilig. »Ich will nicht unsensibel sein und ich will dir mit Sicherheit nicht wehtun.«

»Das weiß ich.« Kelli nickte, während sie die Spur wechselte.

»Ich bin es gewohnt, allein zu sein, Kelli.«

»Auch das weiß ich, aber du bist nicht mehr allein.«

»Ich habe keine Ahnung, wie ich damit umgehen soll«, flüsterte Nora und klang dabei völlig hilflos. »Meine bisherige Lebensweise war wesentlich einfacher.«

Noras Lebensweise. Was das bedeutete, hatte Kelli vor einigen Wochen erfahren. Vollkommen emotionslos hatte Nora ihr ihre Ansichten bezüglich Sex und Beziehungen vorgetragen, während sie an einem Glas Chardonnay nippte. Dieses Leben sei einfacher ohne eine Beziehung, hatte sie gesagt. Kelli lebte ja selbst einen Teil davon, aber Noras Existenz musste furchtbar einsam sein.

»Du hast Angst. Das weiß ich«, sagte Kelli. Endlich wurde der Kern ihres Problems zur Sprache gebracht.

»Ich mag Ordnung und bisher bin ich damit sehr gut gefahren. Du bist das genaue Gegenteil.«

In Kellis Brust brannte es schlagartig. »Hurricane Kelli schlägt erneut zu, oder wie?«

»So ist es«, sagte Nora sanft.

Die Nadeln, die Kellis Körper traktierten, hatten sich in stumpfe Klingen verwandelt, die auf ihr herumhackten. Kelli bereitete sich mental auf den Schmerz vor, der folgen würde und fragte. »Ist das hier also die ›Lass uns Freunde bleiben‹-Ansprache?«

»Nein … ich …« Nora schnappte nach Luft. »Um ehrlich zu sein, weiß ich es nicht.«

Unerklärlicherweise gab Noras zögerlicher Tonfall Kelli ein wenig Hoffnung und auf dieses Gefühl konzentrierte sie sich.

»Ich weiß zwar nicht, was *es* ist, aber ein Teil von mir mag, was da zwischen uns ist«, sagte Nora vorsichtig.

Kelli verstand gut, was Nora meinte. Schließlich war sie selbst keine Expertin in Gefühlsdingen, aber diese Verbindung mit Nora war so stark, dass alle Zweifel an Bedeutung verloren hatten. Kelli war ihr vollkommen ausgeliefert und sollte das Ganze beschissen ausgehen, musste sie sich auf einen unerträglichen Batzen Herzschmerz einstellen.

Sie sah Nora eindringlich an. Diese hatte ihre Hände so verkrampft im Schoß gefaltet, dass die Fingerknöchel weiß durch die Haut schimmerten.

»Ich weiß nur nicht, ob ich dazu fähig bin«, fügte Nora entschuldigend hinzu.

»Du möchtest mich also warnen«, stellte Kelli fest.

»Ja«, murmelte Nora.

»Würdest du flüchten? Würdest du den Kontakt komplett abbrechen, wenn es dir zu viel wird?«, fragte Kelli. Die Antwort würde nichts daran ändern, was sie selbst wollte oder wie sie sich fühlte, aber sie musste es trotzdem wissen.

Hinter ihnen ertönte eine Hupe, die Ampel war scheinbar längst auf Grün gesprungen, aber Kelli blieb stehen und sah Nora weiter an. Sie konnte ihre Angst und Verwirrung deutlich sehen.

»Ich weiß es nicht.«

Kelli wandte sich ab und trat aufs Gas. Im Radio diskutierten mehrere Personen über die aktuelle Verfassung der Marines. Vermutlich wäre Weglaufen die schmerzfreiste Option für alle, aber allein der Gedanke daran verursachte Kelli schon üble Magenschmerzen.

Es erschien ihr einfach nicht richtig. Sie wusste, dass das Risiko, verletzt zu werden, groß war, aber der potenzielle Gewinn war einfach größer. »Ich bin ein großes Mädchen, Nora.«

»Kelli.« Nora hörte sich klein und verwundbar an.

»Ich meine es ernst.« Kelli hatte bereits zu viel in diese Sache investiert, auch wenn sie keine Ahnung hatte, wann genau das passiert war.

Nora sah wieder aus dem Fenster.

Im Radio sprachen die Moderatoren inzwischen über die Seahawks.

Sie liefen in Richtung des Aufzugs im Parkhaus von Thomas, Young und Partner. Kelli sondierte die Umgebung, um eine weitere überraschende Begegnung mit Rader auszuschließen. Aus Gewohnheit legte sie ihre Hand auf Noras Rücken, nur um ihren Fehler einige Sekunden später zu bemerken und sie wieder zurückzuziehen. Es war nicht ihre Absicht, die Spannung zwischen ihnen noch weiter zu erhöhen. Nora stoppte abrupt und drehte sich zu ihr um. Der verwirrte Ausdruck in ihren Augen war wieder da, aber da war noch mehr. Kelli hatte keine Ahnung, was es war.

»Es ist okay«, flüsterte Nora.

Kelli legte vorsichtig wieder ihre Hand auf Noras Rücken. Es fühlte sich richtig an, Nora zu berühren, egal, was zwischen ihnen vorgefallen war. Dennoch beunruhigte sie Noras Gesichtsausdruck und sie fragte sich, ob es möglich war, ihre Verwirrung wegzuküssen.

»Meine Damen!« Tom Young begrüßte sie mit seinem geübten Lächeln.

Er führte sie in sein Büro und sie setzten sich ihm gegenüber an die Kopfseite seines edlen, dunklen Schreibtischs. Kelli betrachtete Nora und suchte nach Anzeichen von Nervosität. Nora hielt ihrem Blick stand, während Kelli mit einem Lächeln versuchte, ihr Zuversicht zu vermitteln.

Das leichte Zucken in Noras Mundwinkeln reichte Kelli aus.

Tom räusperte sich und strahlte die beiden breit an. »Dank Ihrer Vorschläge sieht der Tag heute recht positiv aus, Detective. Wir haben vergangenen

Freitag die nötigen Informationen bekommen und unsere Ermittler haben das Wochenende damit verbracht, sie auszuwerten. Ich musste meine gesamte Vorgehensweise ändern. Dr. Fullers Anwältin wird heute Morgen mit Ihnen beginnen, Detective McCabe. Es wird ein wenig anders ablaufen, als Sie es gewohnt sind. Seien Sie locker und selbstbewusst. Wir sind hier nicht im Gerichtssaal. Hören Sie sich die Fragen genau an. Einige davon mögen Ihnen irrelevant vorkommen, aber das sind sie nicht. Wo die Anwältin Lücken lässt, die Sie füllen können, tun Sie es. Wir brauchen genügend Informationen in den Aufzeichnungen, die uns zu Gute kommen, in der Hoffnung, dass die Klage dann zurückgezogen werden muss. An einem Vergleich sind wir nicht interessiert. Nach Ihnen wird sie Dr. Rader befragen. Ich werde im Anschluss mit ihm sprechen und ihn dabei hoffentlich ordentlich verunsichern.«

Kelli beugte sich vor. Sie konnte die Selbstsicherheit, die von ihm ausging, beinahe riechen. Der Prozess schien sich zum Besseren zu wenden. »Sie stehen kurz davor, sie festzunageln, richtig?«

Tom Young grinste. »Das stimmt.«

Als Kelli in Noras Richtung blickte, sah sie Hoffnung.

Sie wandte sich wieder an den Anwalt. »Erzählen Sie mehr.«

Kelli erhob sich zur Vereidigung. Die Kameras liefen bereits. Sie schenkte Angela Perkins ein gewinnendes Lächeln. Die Anwältin starrte sie an, als wäre ihr ein zweiter Kopf gewachsen.

»Bitte nennen Sie Ihren Namen und Ihren Beruf für die Aufzeichnungen«, bat Angela.

»Kelli McCabe. Detective bei der Mordkommission, Seattle Police Department.«

»Danke, Miss McCabe. Obwohl die Zeugin hier ist, um für die Anklage auszusagen, möchte ich, dass sie als feindlich eingestuft wird.«

Tom nickte. »Kein Einspruch.«

Angela hielt inne und funkelte Kelli aus düsteren Augen an. »Miss McCabe, in welchem Verhältnis stehen Sie zu Dr. Whitmore?«

»Wir sind befreundet«, sagte Kelli knapp.

»Ist das passiert, nachdem Sie aus dem Krankenhaus entlassen wurden?«

»Nein. Es hat angefangen, als ich noch Patientin war.« Kelli lehnte sich zurück und machte es sich auf dem Stuhl bequem, um den Eindruck zu erwecken, als sei ihr all dies scheißegal.

»Sind Sie ein Paar?« Angela kläffte die Frage heraus wie ein lästiger Pinscher. *So viel zum Thema Finesse.*

»Nein«, erwiderte Kelli, ohne auch nur mit der Wimper zu zucken.

»Sind Sie sich darüber bewusst, dass Dr. Whitmore sowohl mit männlichen als auch weiblichen Partnern sexuell aktiv ist?«

»Das bin ich«, sagte Kelli mit einem Schulterzucken. Für sie war das keine große Sache, auch wenn die Anwältin scheinbar eine andere Reaktion erwartet hatte.

»Wissen Sie, worum es in diesem Prozess geht?«

»Ja.«

»Dr. Whitmore stammt aus einer wohlhabenden Familie und ist es vermutlich gewohnt, ihren Willen zu bekommen. Haben Sie diesen Eindruck ebenfalls?« Angela versuchte um jeden Preis Nora durch den Kakao zu ziehen.

»Sie meinen, sie verhält sich wie ein reiches, verwöhntes Mädchen? Nein, das tut sie nicht.«

»Ich verstehe. Würde es Sie überraschen, zu erfahren, dass sie sexuelle Beziehungen mit mehreren Assistenzärzten hatte?«

»Nein, das würde es nicht.«

»Eine Frau, die ihre Partner wie Unterwäsche wechselt. Hört sich das für Sie nicht verwöhnt an?«

Wieder zuckte Kelli mit den Schultern. »Für mich klingt das nach jemandem, der es genießt, Sex zu haben.«

Angela räusperte sich und grinste, als hätte sie ein Geheimnis. »Sie sind lesbisch. Ist das korrekt, Miss McCabe?«

»Das ist allgemein bekannt.«

»Dr. Whitmore ist eine attraktive Frau. Ich bin mir sicher, dass sowohl Männer als auch Frauen einiges für sie tun würden, wenn dies zu einer persönlichen Beziehung mit ihr führt. Sind Sie einer dieser Menschen?«

»Nein.«

»Warum sollten wir Ihnen das glauben?«

Kelli grinste. »Da müssen Sie sich wohl auf mein Wort verlassen.« Die Fragen der Anwältin gingen wahllos von einem Thema zum nächsten über. Kelli wusste, dass sie damit aus dem Konzept gebracht werden sollte. Mit dieser Taktik war sie mehr als vertraut.

»Bedenken Sie bitte, dass Sie unter Eid stehen.«

»Das hier ist nicht mein erstes Rodeo, Lady«, antwortete Kelli genervt.

»Ist Ihnen meine Mandantin Taylor Fuller bekannt?«

»Nicht wirklich. Ich weiß, wer sie ist, aber ich habe mich nie mit ihr unterhalten, als ich noch Patientin im Krankenhaus war. Normalerweise stand sie immer nur da und hing an Dr. Raders Arm.«

Angela seufzte. »Ich weise die Zeugin an, von zusätzlichen Kommentaren abzusehen, solange sie nicht darum gebeten wird.«

Kelli widerstand dem Drang, mit den Augen zu rollen.

»Sie haben also keine persönliche Meinung über Taylor Fuller?«

»Meinen Sie vor oder nach diesem Unsinn?« Kelli wollte sichergehen, dass sie die richtige Frage beantwortete, insbesondere, da sich ihre Meinung vor der Klage wesentlich von ihrer aktuellen Meinung unterschied.

»Davor.«

»Nein, das hatte ich damals nicht.«

»Am Morgen des siebzehnten April war Dr. Fuller auf Visite mit Dr. Rader und dabei haben sie auch Ihr Zimmer betreten. Ist das korrekt?«, fragte Angela.

»An das genaue Datum kann ich mich nicht erinnern, aber okay.«

»Erinnern Sie sich noch daran, was passiert ist?«

»Möchten Sie nun meinen Kommentar hören?«

Angela presste die Lippen zusammen. »Ja, das möchte ich.«

»Sie haben mein Zimmer betreten. Ich war nicht gerade in der besten Stimmung und hatte keine Lust, mich zu unterhalten. Dr. Fuller hat mich gewissermaßen beleidigt, aber da habe ich drüber hinweggesehen.«

»Was meinen Sie mit beleidigt?«

»Sie hat gefragt, ob ich bei vollem Bewusstsein bin, weil ich nicht auf sie reagiert habe.«

»Inwiefern ist das eine Beleidigung?«

»Ihr Tonfall war sehr abfällig.«

»Fahren Sie fort, Miss McCabe.«

»Dr. Whitmore besuchte mich in diesem Moment. Das schien die beiden sehr zu überraschen. Dr. Rader wirkte sauer. Dr. Whitmore hat dann einen Kommentar darüber abgegeben, dass Dr. Fuller immer noch unter Dr. Rader arbeitet, woraufhin Dr. Fuller aus dem Zimmer gestürmt ist. Dr. Rader hast das Zimmer kurz darauf ebenfalls verlassen.«

»Da Sie so nett waren, und den Tonfall zur Sprache gebracht haben, Miss McCabe, verraten Sie uns doch bitte auch, in welchem Tonfall sich Dr. Whitmore an Dr. Fuller gewandt hat.«

Kellis Blick verriet Unmut. Die Frau würde sich mehr einfallen lassen müssen, wenn sie Chancen auf einen Gewinn in dieser Sache haben wollte. »Sie hat sich genervt und enttäuscht angehört, wie sie es für gewöhnlich in Gegenwart ihrer Assistenzärzte getan hat.«

Abrupt blicke Angela Perkins von ihren Notizen auf und sah Kelli irritiert an.

Kelli grinste. »Sie haben um meinen Kommentar gebeten.«

Die Anwältin rieb sich mit Zeigefinger und Daumen das Ohrläppchen und räusperte sich. »Sie würden Dr. Whitmores Tonfall also nicht als eifersüchtig oder bösartig einstufen?«

»Nein, ganz und gar nicht.«

»Haben Sie gewusst, dass Dr. Whitmore und Dr. Rader gelegentlich Sex miteinander hatten?«

»Das weiß ich. Und ich weiß auch, dass Dr. Whitmore das im Nachhinein als einen großen Fehler betrachtet.«

»Ich möchte, dass dieser Kommentar gestrichen wird. Das ist Hörensagen. Niemand kann das bezeugen«, argumentierte Angela heftig.

»Einspruch. Bei ihrer Anhörung hat Dr. Whitmore zu Protokoll gegeben, dass sie es war, die die Beziehung beendet hat. Die Stenographin kann Ihnen diesen Teil gerne noch einmal vorlesen. Ihre Forderung ergibt ebenso wenig Sinn wie ihre Fragestellung, aber sie ist Ihre Zeugin.« Tom klang amüsiert, aber sein Gesicht zeigte keine Regung.

»Ja, das ist sie, in der Tat«, zischte Angela.

»Glauben Sie, dass Dr. Whitmores Äußerung gegenüber Dr. Fuller eine hintergründige Bedeutung hatte?«

»Ja, sie hat damit angedeutet, dass die beiden miteinander schlafen«, sagte Kelli.

»Und diese Andeutung hat dazu geführt, dass Dr. Fuller das Zimmer verlassen hat?«

»Ja, das würde ich so sagen«, erwiderte Kelli.

»Dr. Whitmores Worte haben sie also blamiert?«

»Ja, aber nicht mehr als sie das auch bei anderen jungen Ärzten tun. Keiner von ihnen scheint sich in Dr. Whitmores Gegenwart wohlzufühlen.«

Angela funkelte sie an, lächelte dann aber künstlich. »Und warum glauben Sie, ist das so?«

Kelli erwiderte das Lächeln. »Sie spornt sie dazu an, ihr Bestes zu geben, und ich habe mitbekommen, dass Dr. Whitmore nicht davor zurückschreckt, sie direkt darauf anzusprechen, wenn sie das nicht tun.«

Eine halbe Stunden später beantwortete Kelli immer noch dieselben Fragen in den unterschiedlichsten Formulierungen. Schließlich stand Angela Perkins auf und begann, die Akte in ihrer Tasche zu verstauen.

»Sind Sie fertig mit der Zeugin, Miss Perkins?«, fragte Tom.

»Das bin ich.« Sie blickte auf. »Danke, Miss McCabe.«

Kelli nickte und grinste sie breit an. Ein wenig musste sie es ihr schon unter die Nase reiben, dass sie ihr kein Stückchen von Nutzen gewesen war.

Tom erhob sich. »Ich behalte mir das Recht vor, die Zeugin jederzeit zurückzurufen. Wir werden in einer Stunde fortfahren.«

»Einverstanden«, murmelte Angela.

Nora begutachtete die Espressotasse in ihrer Hand an, obwohl sie kein Interesse daran hatte, sich noch mehr Koffein zuzuführen. Dann sondierte sie den Wartebereich. Er was sauber, farblos und zeugte von Wohlstand. Die Möbel erinnerten sie an ihre eigenen. Sie waren teuer, nett anzusehen, aber furchtbar unbequem. Trotzdem setzte sie sich. Kellis Anhörung hatte gerade erst begonnen und Nora war sich sicher, dass sie eine Weile dauern würde.

Nachdem sie ihren Rock glattgestrichen hatte, überkreuzte sie die Beine und setzte sich aufrecht hin, obwohl sie die einzige Person im Raum war. Auf dem Zeitschriftenstapel fand sie auch eine Ausgabe des *American Journal of Surgical Pathology*. Es brachte sie beinahe zum Lächeln, dass sich so sehr um ihr Wohlergehen bemüht wurde. Nun blieb ihr nichts, als abzuwarten. Inaktivität führte bei Nora meist zu lästigem Nachdenken, aber sie kämpfte dagegen an. In den vergangenen Tagen war sie beinahe in ihren Gedanken ertrunken, und auch bei dem Versuch herauszufinden, wie sie ihre Gefühle unter Kontrolle bringen konnte. Es hatte nichts gebracht. Ihre Gefühle zu Kelli zerrissen sie. Der einen Teil schrie weiterhin regelmäßig nach Flucht, der andere trieb sie zu Kelli hin. Ihr Instinkt riet Nora, sich selbst zu retten, egal wem sie dadurch schaden würde. Daher war sie auch so barsch gewesen, als Kelli ihre Beziehung angesprochen hatte. Worte konnten verletzen. Dessen war sich Nora mehr denn je bewusst.

Kelli verdiente Ehrlichkeit, aber nicht den Schmerz, der damit einherging.

Mit geschlossenen Augen atmete sie tief durch und hoffe, sich dadurch ein wenig Klarheit zu verschaffen. Kelli schien sich vollkommen sicher darüber zu sein, was sie wollte. Sie wollte sie, Nora. Das war mittlerweile mehr als deutlich geworden.

Sie war erstaunt über Kellis Entschlossenheit und Geduld, was den einen Teil in ihr noch weiter zu ihr hinzog. In der Chirurgie hatte Nora niemals an ihren Fähigkeiten gezweifelt. Da hatte sie ausnahmslos den richtigen Weg zum bestmöglichen Endergebnis gefunden. Aber das hier war nicht die Chirurgie. Und ihre Fähigkeiten auf dem Gebiet der Emotionen waren schwer unterentwickelt. Kellis Bereitschaft, sich für eine Chance mit ihr eventuell verletzen zu lassen, hätte ihr Sicherheit schenken sollen, aber das tat sie nicht.

Nora dachte an die Entwicklung dieser Sache zwischen ihnen zurück. Es schien ein Muster zu geben, bei dem auf jede Episode des Widerstands in ihr immer wieder so etwas wie Erleuchtung folgte. Je mehr sie sich gegen Kellis Eindringen in ihre Welt und ihr Herz zur Wehr setzte, umso mehr lernte sie über sich selbst. Ihre Gedanken wanderten zu den Intimitäten, die sie ausgetauscht hatten. Die Küsse hatten an Intensität zugenommen und sie verwundbarer gemacht. Bisher war Nora Herrin über ihren eigenen Körper gewesen, aber in Kellis Nähe war es ihr Körper, der das Ruder übernahm.

Nora hatte keinen Zweifel daran, dass Kelli eine leidenschaftliche und fordernde Liebhaberin war, die alles verlangen würde, was Nora zu geben hatte. Wenn sie sich nahekamen, hatte sich Nora von der Lust leiten lassen, die sie bei anderen Partnern immer streng reguliert hatte. Einen solchen Kontrollverlust wie mit Kelli hatte es in ihrem Leben bisher schlicht nicht gegeben.

Auf jede Erinnerung an Momente mit Kelli reagierte ihr Körper instinktiv. Ihr Atem beschleunigte sich, in ihrem Magen machte sich eine Horde Ameisen breit und zwischen ihren Beinen verspürte sie das heftige Pochen wilder Erregung. Dabei war Kelli noch nicht einmal in der Nähe. Nora griff nach ihrem Espresso und stellte dabei fest, dass ihre Hand zitterte. Wäre es nur um körperliche Anziehung gegangen, wäre die Situation um einiges leichter gewesen. Es ging aber um wesentlich mehr. Es ging um Zärtlichkeit, um Respekt und um Gefühle. Fremdwörter für Nora. *Ich bin ein großes Mädchen, Nora.* Das hatte Kelli gesagt, und Nora fragte sich, ob sie selbst auch ein *großes Mädchen* sein konnte.

Just in diesem Moment öffnete sich die Tür und Kellis Ausstrahlung erfüllte den gesamten Raum. Ihr Blick war stark, aber ihre Schritte und ihr Lächeln verrieten Unsicherheit. Auf einmal fühlte Nora sich schuldig. Mit nur ein paar Worten hatte sie fühlbar Distanz zwischen ihnen geschaffen und Nora hatte keine Ahnung, wie sie das wiedergutmachen konnte.

»Hey.«

Nora erwiderte Kellis Lächeln. Für den Moment musste das reichen.

»Ich glaube, die Vorladung wird ihnen noch leidtun«, sagte Kelli.

Das waren gute Neuigkeiten.

Im Aufzug bemerkte Nora, dass Kelli auf etwas wartete. Als sie im Parkhaus angekommen waren, sagte Nora: »Frag mich.« Sie hatte die Distanz zwischen ihnen geschaffen, als musste sie den ersten Schritt tun, um sie wieder aus dem Weg zu räumen.

Kelli erwiderte nach einem Moment des Schweigens: »Was soll ich dich denn fragen?«

»Du siehst aus, als wolltest du mich etwas fragen.«

Kelli lächelte schwach. »Es sollte mich stören, dass du mich so gut kennst, aber das tut es nicht. Irgendwie ist es sexy.«

Für einen kurzen Augenblick genoss Nora die Wärme, die das Kompliment in ihr auslöste. Das war eine deutliche Verbesserung zu den Unterhaltungen der vergangenen Tage, aber noch immer war nicht alles beim Alten. Statt zu reagieren, wartete sie darauf, dass Kelli fortfuhr.

»Wolltest du nicht noch bleiben und sehen, wie es mit Rader läuft?«

»Ich bezahle dieser Kanzlei mehr als genug Geld, damit die sich damit auseinanderzusetzen. Im Moment bin ich zuversichtlich, dass sich alles zum Guten wenden wird«, entgegnete Nora.

»Ja, aber es geht um deine Karriere.«

»Das tut es.« Nora zögerte und wählte ihre Worte mit Bedacht. »Ich glaube, ich würde mir größere Sorgen machen, wenn du nicht hier wärst.«

Gitarren und Schlagzeug schallten aus dem Radio, die, als sie aus dem Parkhaus fuhren, vom Martinshorn eines Krankenwagens übertönt wurden.

Nora schaute Kelli mehrfach von der Seite an, das konnte Kelli spüren.

»Frag mich«, sagte Kelli, als sie an einer roten Ampel hielten.

»Meine Worte haben dich verletzt, nicht wahr?«

In Kellis Unterkiefer zuckte ein Muskel. »War es denn die Wahrheit?«

»Ja.«

»Dann musste es gesagt werden.« Kelli hielt inne. »Ich habe Gefühle für dich und die werden nicht einfach verschwinden. Ich will dich aber auch nicht verjagen. Aber weißt du was, ich glaube gar nicht, dass du dich verjagen lassen willst, egal, was du sagst. Wir müssen also irgendeinen Mittelweg finden.«

Das hörte sich interessant an.

»Und der wäre?«

Kelli kicherte. »Das weiß ich nicht, aber wenn er nur im Entferntesten so endet, wie letzten Freitag, bevor wir von meiner Familie unterbrochen wurden, werde ich ihn mit Sicherheit genießen.«

KAPITEL 18

Kellis gähnte derart, dass man Angst haben musste, sie könnte sich den Kiefer ausrenken. Noch auf dem Weg ins Schlafzimmer nahm sie einen ersten großen Schluck aus ihrer frischgefüllten Kaffeetasse, als es an der Tür klingelte.

Kelli blieb stehen. In der letzten Zeit hatte sie mit unerwarteten Gästen nicht viel Glück gehabt. Sie beschloss, das Schicksal nicht herauszufordern und nicht an die Tür zu gehen.

»Ich habe dein Auto gesehen und ich weiß auch, dass du nicht schläfst.«

Kelli verdrehte die Augen und schmunzelte. Sie öffnete die Tür doch und Williams grinste sie an.

»Es gibt neuerdings auch Handys. Schon mal davon gehört?« Kelli trat beiseite, um ihn in die Wohnung zu lassen.

»Davon bekommt man Krebs«, winkte er ab.

Kelli lachte und ging zurück in Richtung Küche. Mit einem Blick über ihre Schulter fragte sie: »Kaffee?«

Er rümpfte die Nase. »Deinen Kaffee kenne ich.«

Kelli nahm eine Tasse aus dem Küchenschrank. »Mein Kaffee hat sich verändert.« Sie schmunzelte in sich hinein. Nicht nur ihr Kaffee hatte sich verändert.

»Keine Instantbrühe mehr?«, fragte Williams.

»Nein. Neuerdings benutze ich eine Kaffeemaschine. Und ich habe diese französische Röstmischung …«, sie ertappte sich selbst in ihrer Schwärmerei, und beschloss lieber den Mund zu halten. Sie sah zu Williams, um festzustellen, ob er den Braten schon riechen konnte.

Er runzelte die Stirn und setzte an, etwas zu sagen.

»Fang gar nicht erst an!«, schnitt ihm Kelli das Wort ab.

Williams lachte. »Was? Ich wollte nur darauf hinweisen, dass du irgendwie anders aussiehst.«

»Aha.« Kelli stellte lieblos die volle Tasse vor ihm ab.

»Das tust du wirklich«, murmelte er, bevor er den ersten Schluck nahm. » Oh mein Gott …«, stöhnte er.

Kelli kicherte. »Nein, das ist Chicorée. Eine Mischung aus New Orleans. Nora hat …« Sie biss sich auf die Zunge. *Verdammte Scheiße.*

»Die Ärztin, die du triffst?«

Kelli seufzte. »Meine Güte. Sind denn alle Männer in meinem Leben Tratschtanten?«

Williams grinste. »Stimmt es denn?«

»Ich mache Gebrauch von meinem Recht zu schweigen. Bist du deshalb hergekommen?«

»Nein. Lieutenant Cooper hat sich über dich beschwert. Das ist seine Art, zu sagen, dass er sich Sorgen um dich macht und dich zurückhaben will.« Mit einem deutlich hörbaren Genusslaut nahm er einen weiteren Schluck von seinem Kaffee. »Glaubst du, dass du schon bereit für den Psychotest bist? Nach ein paar Wochen Schreibtischdienst, versteht sich.«

Schweigend trank Kelli ihren Kaffee aus. »Sehe ich aus, als wäre ich schon so weit?«

»Hmm.« Williams kratzte sich am Kopf.

»Um ehrlich zu sein, habe ich noch gar nicht darüber nachgedacht, wieder arbeiten zu gehen, bei allem, was in letzter Zeit los war. Es wäre natürlich gut, wieder auf dem Revier zu sein. Allerdings würde ich vermutlich alle in den Wahnsinn treiben, solange ich noch nicht wieder in den aktiven Dienst darf.«

»Da bin ich mir sicher. Hast du immer noch Albträume?«

Sie nickte. »Ich habe mich langsam daran gewöhnt und schlafe auch wieder durch.«

Williams nickte. »Travis wird nicht da sein.«

Schlagartig breitete sich eine bleierne Leere in ihr aus. Kelli schluckte. »Ich weiß, aber es wird nur vorübergehend sein.«

»Sechs bis zwölf Monate, Kelli«, fügte Williams hinzu. Wie immer, ganz die Stimme der Vernunft.

»Das weiß ich auch. Also werde ich entweder mit dir zusammenarbeiten oder mit einem Neuling.«

»Ja, denk darüber nach. Willst du jemanden, der dich in- und auswendig kennt oder jemanden, der keinen blassen Schimmer hat?«, fragte Williams.

»Du lässt es so verlockend klingen.«

»Ich werde nicht wieder mit deiner Mutter schlafen. Versprochen.« Auf seiner Stirn bildeten die Augenbrauen ein nachdenkliches V.

Kelli seufzte. Damals hatte sie sich betrogen gefühlt. »Darüber bin ich längst hinweg. Ernsthaft. Aber als es passiert ist –«

»Der Tod deines Vaters war noch ganz frisch, ich weiß.«

Kelli füllte ihre Tasse wieder auf und betrachtete Williams eindringlich. Die Entscheidung fiel ihr nicht schwer. »Zwischen uns ist alles in Ordnung. Wahrscheinlich werde ich schon diesen Freitag, nach meiner letzten Krankengymnastik, wieder für den Schreibtischdienst freigegeben.«

Williams grinste breit und stieß mit seiner Tasse gegen Kellis. »Das freut mich. Aber Themawechsel. Du hast noch eine Anhörung heute?«

»Wie kann man nur so neugierig sein? Du brauchst ganz dringend ein eigenes Leben. So spannend ist meins nun auch wieder nicht.«

Williams prustete los. »Findest du? Ich hab deine Ärztin gesehen. *Die* ist auf jeden Fall interessant.«

Kelli musste gegen ihr Lächeln ankämpfen. »Wie auch immer.«

»Du hast meine Frage noch nicht beantwortet.«

»Nicht wirklich eine Anhörung«, knurrte Kelli. »Wir schauen uns heute nur eine Aufzeichnung von einer vorherigen Anhörung an.«

»Ich hasse diese Zivilprozesse. Die sind einfach nur langwierig. Interessant wird es erst, wenn einer heulend nach Hause rennt.«

Kelli lachte laut auf. »Ich glaube, bei dem Teil sind wir bald angekommen. Als Noras Anwalt gestern Abend angerufen hat, hat es sich angehört, als wäre schon ziemlich was los.«

Als sie wieder allein war, schaltete Kelli die Kaffeemaschine aus und lehnte sich gegen die Anrichte. Nachdenklich fuhr sie sich mit den Händen durchs Haar. Die meisten Wogen in ihrem Leben waren dabei, sich zu glätten. Travis ging es besser, mit Nora kam sie schrittweise weiter und so hoffte sie, dass auch die Probleme mit Tony sich früher oder später lösen würden. Kelli hatte schon bald nach der Schießerei gewusst, dass nichts mehr sein würde wie zuvor. Dass die Dinge sich allerdings so entwickeln würden, wie sie es taten, damit hatte sie nicht ansatzweise gerechnet.

Einen Augenblick lang dachte Kelli darüber nach, welchen Einfluss die Veränderungen in ihrem Inneren auf ihren Job haben würde. Besaß sie noch immer die notwendige Klarheit und emotionale Distanz, um eine gute Polizistin zu sein? Sie beschloss, nicht weiter darüber nachzudenken. Stattdessen dachte sie an Nora und die Wärme, die sich dabei in ihrer Brust ausbreitete, nahm allmählich ihren gesamten Körper ein.

Als Nora aus dem Mercedes stieg, kam Kelli ihr bereits entgegen. Offenbar hatte sie auf Nora gewartet. Diese Geste sorgte für ein fast unerträgliches Kribbeln in Noras Magen. Die Wirkung dieser Frau war der blanke Wahnsinn.

»Hi. Ich habe mir schon gedacht, dass du heute ein bisschen früher da sein willst.«

»Kann sein.« Nora lächelte.

»Du bist aufgeregt«, sagte Kelli. »Das steht dir ins Gesicht geschrieben.«

Shit. Nora schluckte. »Wirklich?«

»Jupp«, erwiderte Kelli und schmunzelte.

War sie so leicht zu durchschauen, oder war nur Kelli dazu in der Lage?

Kelli ging an ihr vorbei und auf das Auto zu. Zurück blieben ihre Wärme und ihr Duft und Nora genoss beides für einen kurzen Augenblick.

»Kelli«, rief Nora ihr hinterher.

»Ja?«

»Möchtest du fahren?«

»Au ja!« Kelli ließ die Beifahrertür für Nora offenstehen und lief um das Auto herum. Sie sah aus, als würde sie gleich vor Freude im Kreis springen. Es war ein wunderbarer Anblick.

Kurze Zeit später fuhr Kelli vom Randstein.

»Womit habe ich diese Ehre verdient?«

»Du hast neulich danach gefragt«, erwiderte Nora.

Kurz begegneten sich ihre Blicke, aber Nora betrachtete schnell wieder den Straßenverkehr.

»Bekomme ich von dir alles, was ich will, wenn ich danach frage?« Kellis Stimme klang tief und heiser.

Nora war außerstande, eine Antwort zu geben. In ihrem Magen wuselte eine Ameisenkolonie herum. Sie atmete hörbar aus, obwohl sie das alles andere als beabsichtigt hatte. Sie hatte einfach keinerlei Kontrolle mehr über sich selbst.

»Muss ich mich für die Frage entschuldigen?«

»Nein«, hauchte Nora. Ihr Herz hüpfte bis zum Hals.

»Sie hat dir gefallen.«

»Ja.« Nora wurde so heiß, als säße sie mit einem Wintermantel in der Sauna. Das Gefühl unter ihrer Haut war unerträglich.

Als Kelli an einer roten Ampel hielt, rutschte Nora unruhig auf ihrem Sitz hin und her. Unfähig, zu widerstehen, schaute sie Kelli immer wieder an. Ihre für gewöhnlich strahlenden Augen waren dunkel und voller Begehren. Noras Kribbeln im Magen verwandelte sich ohne jeden ersichtlichen Grund in ein Pochen in ihrem Schoß.

Die Ampel wurde grün und aus einem vorbeifahrenden Auto dröhnten wummernde Bässe. Nora fuhr zusammen und wurde jäh aus dem Moment gerissen.

»Ich stecke in riesigen Schwierigkeiten«, murmelte Kelli.

»Wie bitte?« *Schwierigkeiten?* So konnte man es auch ausdrücken.

»Nichts. Ich musste nun an etwas denken, das Travis gesagt hat.«

»Verstehe.«

»Ich auch«, erwiderte Kelli.

»Bitte was?«, fragte Nora.

»Nichts.«

»Wieder etwas, das Travis gesagt hat?« Stimuliert von Kellis Gegenwart und ihren Worten, wollte Nora nicht, dass dieses Gefühl endete.

»Nein. Ich habe es ganz allein herausgefunden. Schließich bin ich eine Meisterdetektivin.«

»Aha. Jetzt bin ich neugierig. Was hast du denn herausgefunden?« Nora hatte das Gefühl, am Rand einer Klippe zu balancieren, wie so oft wenn Kelli in der Nähe war.

Kelli lachte heiser. »Vielleicht hebe ich mir das für später auf«, sagte sie und räusperte sich. »Wo wir gerade von Detektivarbeit sprechen: Eventuell arbeiten wir beide bald wieder. Auch wenn ich für meinen Teil erst mal nur Akten wälzen werde.«

Nora nahm den Themenwechsel gerne an. Er gab ihr Zeit, sich wieder zu sammeln.

»Ich kann mir nicht vorstellen, dass dir das gefallen wird.«

»Kein Bisschen. Das werden die Besuche beim Seelenklempner auch nicht, aber wenigstens bin ich dann auf dem Revier. Das muss wohl fürs Erste reichen.« Kelli hielt inne und fuhr dann fort: »Ich wette, du kannst es auch kaum erwarten, wieder zu arbeiten. Es muss ein irres Gefühl sein, das Leben eines Menschen in den Händen zu halten.«

Der Gedanke daran, wieder zur Arbeit zu gehen, war höchst erfreulich, aber Nora wollte auch praktisch denken. »Ich bin zwar zuversichtlich, dass die Klage fallen gelassen wird, aber vielleicht sollten wir nicht so voreilig sein. Der Prozess kann sich trotz allem noch lange hinziehen.«

Kelli schnaubte. »Nein, das wird er nicht. Noch maximal drei Termine, dann sind wir fertig. Wollen wir wetten?«

»Ich glaube ni–«

Kelli fiel ihr ins Wort: »Ach komm schon! Leb ein wenig.«

Und schon war das Kribbeln in Noras Bauch wieder da. »Um was wetten wir?«

»Oh! Du meinst es ernst?« Kelli sah sie an.

»Du hast gefragt.«

Nora konnte nicht anders, als zu lächeln.

»Über die Bedingungen habe ich noch gar nicht nachgedacht. Was möchtest du denn?«, fragte Kelli.

Nora überlegte kurz: »Ein Abendessen in meinem Lieblingsrestaurant.«

»Hmm.« Einen Augenblick lang blieb Kelli still. »Ist das eines von den Lokalen, in denen man eine Million Gabeln bekommt und wissen soll, wann man –«

»Ganz genau«, unterbrach Nora sie. Was für eine seltsame Debatte.

»Dann hoffen wir mal, dass ich gewinne.«

Tom Young betrat den Konferenzraum mit einem Laptop unter dem Arm.

Kelli versuchte, seinen Gesichtsausdruck zu entschlüsseln, aber er gab nichts preis. Sie warf Nora einen Blick zu.

Als diese Kellis Blick auf sich spürte, schaute sie auf und warf ihr ein zögerliches Lächeln zu.

Der Anwalt setzte sich und schaute die beiden an. »Schade, dass Sie nicht dabei waren. Es war einfach zu schön. Ich glaube, wir haben sie am Haken. Die Anhörung mit Dr. Rader mussten wir vorzeitig abbrechen, weil …« Er kicherte. »Sie werden schon sehen.« Er klappte den Laptop auf. »Ich glaube nicht, dass ich ihn noch einmal als Zeugen aufrufen muss. Ich habe den beiden achtundvierzig Stunden zum Nachdenken gegeben. Wenn Dr. Fuller die Klage bis dahin nicht zurückzieht, werde ich sie mir ebenfalls vorknöpfen. Dafür sollten sie aber auf jeden Fall anwesend sein.«

Noras nickte. Ihr Herzschlag dröhnte bis in die Ohren. War es tatsächlich so gut wie vorbei? Als sie ihren Blick auf Kelli richtete, grinste diese breit.

»Habe ich es nicht gesagt?«, fragte sie neckend.

Die Worte und das Grinsen waren typisch Kelli. Aufregend. »Ja, das hast du.« Nora ergriff Kellis Hand und verhakte ihre Finger in ihren Kellis. Zum ersten Mal erlaubte sich Nora, den Kontakt ohne Vorbehalte selbst herzustellen und zu genießen und sie lächelte dabei. »Fahren Sie fort, Mr. Young.«

Tom brachte ein Video zum Laufen.

Nach der Vereidigung nannte Rader seinen vollständigen Namen.

Angela Perkins lächelte ihn an. »Danke, dass Sie heute hergekommen sind, Dr. Rader. Dr. Fuller ist Ihnen für Ihre Hilfe sehr dankbar.«

Rader nickte. Er war bleich und wirkte angespannt.

»Sie sind sowohl eine Art Mentor für Dr. Fuller als auch ihr Liebhaber. Ist das korrekt?«

»Ja.«

»Sie hat sich mit ihren Problemen mit Dr. Whitmore an Sie gewandt und Sie haben ihr geraten, etwas zu unternehmen, richtig?«

»Ja. Ihr gesamtes Auftreten hatte sich in den vergangenen Monaten verändert. Ich habe gleich gewusst, dass etwas nicht stimmt, aber damit hatte ich nun wirklich nicht gerechnet.«

Prustend schüttelte Kelli den Kopf. »Das klingt wie in einer schlechten Seifenoper.«

Nora deutete ihr an, leise zu sein, schmunzelte aber auch, als sie sich wieder dem Bildschirm zuwandte.

Raders Worte hatten wohl vorwurfsvoll klingen sollen, aber er traf nicht ganz den richtigen Ton. Unruhig rutschte er auf seinem Stuhl hin und her und rückte immer wieder seine Krawatte zurecht. Nicht zum ersten Mal fragte sich Nora, warum sie sich jemals zu diesem Mann hingezogen gefühlt hatte.

»Also haben Sie Ihre aktuelle Liebhaberin ermutigt, die Probleme, die sie mit Ihrer ehemaligen Liebhaberin hat, anzuzeigen?«, fragte Angela.

»Ja. Ich bin mir bewusst, wie das klingt, aber es war die richtige Entscheidung. Es ist einfach nur abstoßend, wenn man bedenkt, dass Dr. Whitmore bis vor einiger Zeit noch hinter mir her war.«

»Dr. Whitmore gibt an, dass Sie die Beziehung zu Ihnen beendet hat. Haben Sie eine Gegendarstellung?«, fuhr Angela fort.

»Bei ihren ersten Annäherungsversuchen war ich noch verlobt. Ich musste mit Nora Schluss machen, um meine Beziehung zu retten. Es hat nichts gebracht, aber das tut hier nichts zur Sache.«

»Dr. Whitmore war also nicht damit einverstanden, die Affäre zu beenden?«

»Nein, das war sie nicht«, erwiderte Rader.

»Haben Sie sich mit Dr. Fuller und Dr. Whitmore gleichzeitig getroffen?«

»Nein. Taylor kam später.«

Nora rollte mit den Augen. »Er ist wirklich eine abscheuliche Kreatur und ein furchtbar schlechter Lügner. Und irgendwie sieht es aus, als würde er gleich in Ohnmacht fallen.«

Kelli kicherte. »Das würde gut zu diesem Melodrama passen. Aber psst, jetzt.« Sie drückte Noras Hand.

»Erzählen Sie mir von der Gerüchteküche im Krankenhaus«, bat Angela.

»Dort kann man nichts geheim halten«, antwortete Rader mit einem Schulterzucken.

»Welche Schlüsse ziehen Sie daraus?«

»Dass Nora von meiner Beziehung mit Taylor erfahren hat.«

»Wie hat Dr. Whitmore, nach Ihrem Wissen, Dr. Fuller im Allgemeinen behandelt?«

Rader benetzte seine Lippen. »Sie war streng zu ihr, aber nicht strenger als zu allen anderen. Taylor schien das zu akzeptieren. Sämtliche Assistenzärzte haben Nora hinter ihrem Rücken immer als Eiskönigin oder etwas in der Richtung bezeichnet. Taylor war von Anfang an sehr offen und beliebt. Deshalb habe ich ihre Veränderung auch sofort bemerkt.«

»Hat Dr. Fuller gut mit anderen Kollegen und Vorgesetzten zusammengearbeitet?«

»Sie war regelmäßig verschiedenen Oberärzten zugeteilt – auch Nora. Bis diese sie ausgeschlossen hat.«

»Erläutern Sie das bitte.«

»Sie war nicht länger bei Dr. Whitmores Operationen eingeteilt. Daher habe ich sie in meinen Dienst aufgenommen, damit sie nicht zu viel verpasst.«

»Fanden Sie das nicht seltsam?«

»Nicht, was Dr. Whitmore angeht. Sie hat ihre Favoriten.«

»Danke, Dr. Rader.« Angela sah einige Papiere durch und blätterte in einer Akte. »Haben Sie jemals mit eigenen Augen gesehen, dass Dr. Whitmore sich Dr. Fuller gegenüber feindselig verhalten hat?«

Rader nickte. »Ja. Der letzte Zwischenfall war am Morgen des siebzehnten April. Vor einer Patientin hat Dr. Whitmore Anspielungen auf meine sexuelle Beziehung mit Dr. Fuller gemacht. Es war unangebracht und peinlich.«

»Erzählen Sie mir davon«, bat Angela.

»Sie hat Taylor angeschaut, als würde sie sie hassen. Auf mich wirkte sie ziemlich feindselig. So hatte ich sie noch nie erlebt. Aber Eifersucht steht wohl niemandem gut.«

»Als Dr. Fuller Ihnen von Dr. Whitmores Erpressungsversuch berichtet hat, ergab das für Sie einen Sinn?«

»Ja«, erwiderte Rader.

»Sehr gut. Vielen Dank.« Angela nickte zufrieden. »Dr. Rader, die Angeklagte wollte uns glauben machen, dass Sie Dr. Fuller dazu angestiftet haben, sich diese Geschichte einfallen zu lassen, um sich an Whitmore für das Ende Ihrer Beziehung zu rächen. Stimmt das?«

Dieses Mal lachte Rader aus vollem Hals. Dann hielt er abrupt inne. »Entschuldigen Sie. Nein, das stimmt nicht. Das würde überhaupt keinen Sinn machen.«

»Igitt, ist der Typ gruselig. Er ist wie ein Zeichentrick-Bösewicht. Mr. Burns, wie er leibt und lebt«, sagte Kelli angewidert.

»Wer ist das?«

Kelli seufzte. »Meine Güte. Die Simpsons?«

»Ich bin mir sicher, dass du mich früher oder später aufklären wirst.«

Im Video hatte Tom inzwischen angefangen, Rader zu befragen.

»Brauchen Sie einen Kaffee oder ein Glas Wasser, Dr. Rader?«

»Nein danke.«

»Dann lassen Sie uns anfangen. Ich komme gleich zum Punkt, Dr. Rader. Sie haben angegeben, dass Dr. Whitmore ihre Kollegin, Dr. Fuller, von Operationen ausgeschlossen hat, weil sie eifersüchtig war, korrekt?«

»Ja.«

»Es hatte also nichts damit zu tun, dass sie eine Lazeration in der Leber eines Patienten übersehen hat, die diesen beinahe das Leben gekostet hätte?«

Rader rutschte auf seinem Stuhl hin und her. »Davon weiß ich nichts.«

»Sie wissen also nicht, dass Dr. Whitmore diesen Fehler korrigiert und Sie später darüber in Kenntnis gesetzt hat?«, fragte Tom.

»Davon weiß ich nichts.«

»Darf ich Sie daran erinnern, dass Sie unter Eid stehen?«

»Das weiß ich. Danke«, sagte Rader.

Tom zog ein einzelnes Blatt aus einem Papierstapel. »Das ist eine Verfügung von Gerald Travis Jr., die uns Zugriff auf seine medizinischen Unterlagen erlaubt.« Er holte weitere Dokumente hervor. »Diese Notizen zeigen, dass er weniger als achtundvierzig Stunden nach seiner ersten Operation, bei der eine Kugel entfernt wurde, eine zweite Operation durchstehen musste, bei welcher ein Riss in der Leber repariert wurde. Die erste Operation war von Dr. Fuller unter der Leitung von Dr. Simmons durchgeführt worden. Welche Schlüsse ziehen Sie daraus, Dr. Rader?«

»Einspruch! Darüber wurde ich im Vorfeld nicht in Kenntnis gesetzt. Für das Protokoll –«, versuchte Angela zu unterbrechen.

»Sie können ihn gerne später noch einmal befragen. Ich bin aber noch lange nicht fertig. Das hier ist eine Anhörung, kein offener Prozess vor Gericht. Hier sollen Informationen offengelegt werden.«

Rader wurde aschfahl.

»Ist es nicht eher so, dass Dr. Whitmore Dr. Fuller von ihren Operationen ausgeschlossen hat, weil sie nachlässig war, nicht aus Eifersucht oder Gehässigkeit, wie Sie angedeutet haben?«

»Ich … ich bin mir nicht sicher«, erwiderte Rader.

»Sie haben zu Protokoll gegeben, dass Sie sich nicht mit Dr. Whitmore über dieses Thema unterhalten haben. Ist das noch immer korrekt?«, bohrte Tom weiter.

»Ich habe das Thema nicht mit Dr. Whitmore besprochen.« Rader schüttelte den Kopf.

»Einer von Ihnen lügt, Dr. Rader, und ich glaube nicht, dass es meine Mandantin ist. Deshalb frage ich Sie, ob Sie, nach den neuesten Enthüllungen, eine oder mehrere Ihrer Aussagen revidieren möchten.«

»Das hat der Zeuge bereits beantwortet!«, unterbrach Angela.

Anstatt auf sie zu hören, stand Tom auf und verließ den Raum. Als er zurückkehrte hatte er seinen Laptop dabei.

»Dr. Rader, Sie hatten ebenfalls zu Protokoll gegeben, dass Dr. Whitmore enttäuscht über das Ende Ihrer Beziehung war und sich deshalb an Dr. Fuller gerächt hat. Korrekt?«

Rader räusperte sich und wurde deutlich unruhig. »Ja, sie wollte einfach nicht loslassen.«

Tom ließ ein Video ablaufen. »So hat sich das im Parkhaus aber nicht angehört.«

»War das der Grund, Nora? Stehst du einfach mehr auf Frauen?«, erklang es aus den Lautsprechern des Laptops.

»Einspruch!« Angela schlug mit der flachen Hand auf den Tisch.

»Das ist eine Anhörung, die von Ihrer Mandantin selbst vorgeschlagen wurde. Deshalb sind wir schließlich hier.« Tom wandte sich seelenruhig wieder an Rader. »Möchten Sie nun vielleicht doch ein Glas Wasser, Dr. Rader?«

Rader schien Tom böse anfunkeln zu wollen, schnitt aber nur eine alberne Grimasse.

»Wirkt Dr. Whitmore bei dieser Auseinandersetzung eifersüchtig oder verbittert, Dr. Rader?«

Dieser wandte den Blick ab und schwieg.

»Oder hört es sich eher so an, als wären Sie selbst eifersüchtig?«

Rader lockerte seine Krawatte. »Woher …?«, stammelte er.

Tom hielt das Video an und nahm die CD aus dem Schubfach, um sie durch eine andere auszutauschen. »Vielleicht wird diese Aufzeichnung Licht ins Dunkel bringen, Dr. Rader.«

Das nächste Video hatte keinen Ton, aber an die Szene, die nun folgte, erinnerte sich Nora genau. Es handelte sich um ihre Begegnung mit Rader, bei der er ihr mit Konsequenzen gedroht und ihr unangenehm nahegekommen war.

»Man! Den hätte ich vermöbeln sollen, als ich meinen Stock noch hatte«, brummte Kelli zähneknirschend. »Du hattest mir ja erzählt, dass er sich dir gegenüber wie ein absoluter Wichser verhalten hat, aber ich hätte nicht gedacht, dass er sich traut, dich körperlich zu bedrohen. Warte nur –«

Mit festem Händedruck beendete Nora Kellis Tirade. »Niemand hat mich je zuvor verteidigt. Wie oft hast du das jetzt schon getan, seit wir uns kennen?«, flüsterte Nora. Kelli wusste Nora zu schätzen, auf jede erdenkliche Art und Weise. Das fühlte sich unglaublich gut an.

»Ich weiß nicht. Aber das tut auch nichts zur Sache.«

»Doch, das tut es.«

Kellis Blick wurde weich und sie führte Noras Hand an ihre Lippen, um sie zu küssen.

Noras Herz raste augenblicklich und sie spürte, wie ihr die Wärme ins Gesicht schoss. Ihr Blick fiel auf Tom und sie zuckte zusammen. Beinahe hätte sie vergessen, dass er ebenfalls im Raum war. Er hob eine Augenbraue und lächelte. Blitzschnell wandte Nora ihren Blick ab und sah scheinbar konzentriert wieder auf den Laptop.

»Dr. Rader, ist es nicht so, dass Sie sich diese Geschichte zusammen mit Dr. Fuller ausgedacht haben, weil Sie selbst nicht loslassen konnten? Ist das hier nicht *Ihr* Versuch, sich an Dr. Whitmore zu rächen?«

Rader krallte sich an seiner Krawatte fest. Er sah aus, als hätte er Probleme zu atmen.

»Dr. Rader, möchten Sie, dass ich meine Fragen wiederhole?«, hakte Tom nach.

»Schauen Sie ihn sich doch an. Wir müssen die Anhörung abbrechen. Er läuft blau an. Dieser Mann braucht offensichtlich Hilfe.«

»In Ordnung. Ich werde ihn wieder aufrufen, wenn ich mit Ihrer Mandantin fertig bin.«

James Rader glitt seitlich vom Stuhl und ging zu Boden.

»Oh mein Gott! Er ist ohnmächtig! Rufen Sie einen Krankenwagen!«, schrie Angela.

Kelli lachte. »Das geschieht ihm recht.«

»Das war … Ich kann das gar nicht in Worte fassen. Fantastische Arbeit, Tom!«, stammelte Nora. Ihre Stimme war Erleichterung pur. Diese Farce war so gut wie vorüber.

Tom nickte ihr zu. »Ich werde Sie wissen lassen, wie es weitergeht. Ich glaube wirklich, dass sie die Klage fallen lassen werden. Es macht keinen Sinn, den Prozess fortzuführen, aber sollten sie das doch vorhaben, werde ich bereit sein.«

Kelli nahm einen tiefen Schluck aus ihrer Bierflasche. Als sie auf das Etikett schaute, stellte sie überrascht fest, dass sie die Marke *Hoppysium, IPA*, gar nicht kannte. »Das ist lecker. Ab sofort bist du meine offizielle Bierkäuferin.«

»Um diesen Titel haben sich bestimmt schon viele beworben«, murmelte Nora.

Kelli lachte und schob sich ein Stückchen Käse in den Mund. Am liebsten hätte sie es sofort wieder ausgespuckt. »Igitt, das ist ja widerlich. Was ist das?«, fragte sie und deutete auf den Käse mit der dunklen Rinde.

»Betrunkene Ziege.«

»Die hätte mal lieber nüchtern bleiben sollen.« Kelli spülte ordentlich nach.

Nora räusperte sich und bedachte Kelli mit einem amüsierten Blick. »Du kannst ja einen detaillierten Beschwerdebrief an die Molkerei schicken.«

Nora schien sich wohlzufühlen. Aus ihren Augen war der traurige und besorgte Ausdruck verschwunden. Es war schön, sie so entspannt zu erleben. »Du siehst glücklich aus.«

Nora trank den Rest ihres Weins und stellte das leere Glas auf dem Tisch ab. »Tue ich das?« Sie wandte sich Kelli zu, dabei berührten ihre Knie sich.

»Das tust du.«

Mit gerunzelter Stirn erwiderte Nora: »Das bin ich wohl.«

Kelli lehnte sich auf dem Sofa zurück, wandte den Blick aber nicht ab. Nora Whitmore war eine wunderschöne Frau, und nicht nur das.

»Das Glücklichsein steht dir gut.« Wie erwartet, errötete Nora und Kelli genoss den Anblick. »Wir hätten ausgehen sollen, um schon einmal vorzufeiern.«

»Ich glaube nicht, dass ich die Energie dazu hätte. Es ist erst Nachmittag und ich fühle mich als wäre bereits Mitternacht.«

Das nahm Kelli ein wenig den Wind aus den Segeln. »Möchtest du, dass ich gehe, damit du dich ausruhen kannst?«

»Nein«, erwiderte Nora eilig. »Das musst du nicht.«

»Gut. Mir ist auch gar nicht danach, zu gehen«, gab Kelli offen zu.

»Ich kann es immer noch nicht wirklich glauben, dass dir meine Gesellschaft gefällt.«

»Das Gleiche könnte mich umgekehrt auch wundern.«

»Es ist aber nicht dasselbe. Du hast Familie und Freunde. Ich habe –«

»Mich«, fiel ihr Kelli ins Wort.

Die Wärme, die in Kellis Gesellschaft inzwischen dauerhaft unter Noras Haut kribbelte, machte sich unmissverständlich bemerkbar. Nora liebte das Gefühl.

»Du hast mich«, wiederholte Kelli, um sicherzustellen, dass die Worte auch ankamen.

»Ja, ich habe eine … Freundin.« Offensichtlich hatte Nora nach einem unverfänglichen Wort gesucht.

Kelli schmunzelte. »Wir sind mehr als nur Freundinnen und das weißt du auch.«

»Ja. Wie würdest du das zwischen uns denn momentan beschreiben?«

»Kompliziert.«

»Ja, das passt«, stimmte Nora flüsternd zu.

»Das muss es aber nicht sein.« Als wäre es das Natürlichste auf der Welt, rückte Kelli näher und fing an, mit Noras Haaren zu spielen. Sie waren unglaublich weich und seidig.

Nora rang nach Luft.

Es schien eine Ewigkeit her zu sein, dass sie sich berührt hatten. Kelli zog ihre Hand zurück, hielt aber an einer honigfarbenen Strähne fest und wickelte sie um ihren Finger.

Kelli jagte einer Frau hinterher, die keine Ahnung hatte, ob sie eingefangen werden wollte. Sie hätte sich längst zurückziehen sollen, aber sie konnte es einfach nicht. Sie wollte mehr. Das Kribbeln in ihrem Bauch wurde zu einem heftigen Ziehen, dass sich bis in ihren Lendengegend ausbreitete. *Dieses Gefühl sollte man in Flaschen abfüllen. Man könnte es Literweise verkaufen.* Ihre Fingerspitzen glitten sanft an Noras Hals entlang. Kurz vor der Nackenbeuge hielt sie inne und spürte, wie Noras Puls unter ihren Fingern raste. In Kellis Brust brannte ein Feuer, das ihr den Atem nahm. Sie beugte sich vor und war Nora auf einmal ganz nahe. Die Hitze zwischen ihnen war fast unerträglich.

»Ich benötige eine Anzahlung für unsere Wette«, hauchte Kelli.

Noch bevor Nora atmen konnte, berührten Kellis Lippen ihre. Sie schob ihre Zunge sanft in Noras Mund. Nora entfuhr ein Stöhnen.

Warum zur Hölle musste sich das so gut anfühlen? Ehe Kelli sich versah, setzte Nora sich in einer geschmeidigen Bewegung auf ihren Schoß. Ihre vollen Brüste berührten Kellis. Das Prickeln in Kellis Magen breitete sich schlagartig wie ein Lauffeuer in ihrem gesamten Körper aus. Als Noras Hüften sich an ihr rieben, war Kelli völlig aus dem Konzept. Diese Frau würde sie noch umbringen.

Voller Verlangen gruben sich Noras Fingernägel in Kellis Schultern. Kelli sog alles in sich auf – wie Nora roch, klang und schmeckte. Mit kräftigen Händen packte sie Noras Hüften und flüsterte ihren Namen. Dann berührten sich ihre Lippen in einem hungrigen Kuss.

Nora wimmerte und löste sich aus dem Kuss. Sie lehnte ihre Stirn gegen Kellis und diese schloss die Augen. Nora spielte mit den sensiblen Härchen in Kellis Nackenbeuge. Ein Schauer lief über Kellis Rücken.

»Kelli«, murmelte Nora.

Sie versuchte, sich zurückzuziehen, Kelli spürte es genau, ließ es aber nicht zu, sondern hielt sich an Noras Hüften fest.

Endlich begegneten sich ihre Blicke. Noras Augen waren glasig und unfokussiert, ihre Lippen feucht, rot und geschwollen.

»Wir beide stecken in ziemlich großen Schwierigkeiten, kann das sein?«

»Das tun wir.«

KAPITEL 19

Die vergangenen Tage hatten sich hingezogen und wäre Kelli nicht die meiste Zeit bei ihr gewesen, wäre Nora mit Sicherheit dem Wahnsinn verfallen. Trotzdem schmierte sie Marmelade auf ihr Croissant, als wäre es ein Tag wie jeder andere. Nora konnte spüren, wie Kelli sie über den Tisch hinweg beobachtete. Sie selbst hatte die Augen konzentriert auf ihren Teller gerichtet.

Über den Rand ihrer Kaffeetasse hinweg sah Kelli sie weiter an. Schließlich setzte sie die Tasse wieder ab und sagte. »Hör auf.«

Nora legte das Messer beiseite und führte das Croissant an ihren Mund. Langsam und nachdenklich kaute sie jeden Bissen und war sich dabei deutlich bewusst, wie sehr diese Reaktion Kelli auf die Nerven gehen musste.

Kelli lehnte sich auf ihrem Stuhl zurück und verschränkte die Arme, wandte ihren Blick jedoch nicht eine Sekunde lang ab. Als Nora sie endlich anschaute, erkannte sie Zuneigung.

Nora legte das Croissant auf den Teller und wischte sich den Mund an einer Serviette ab.

»Ich habe weder etwas gesagt noch getan«, erwiderte Nora schließlich.

»Das brauchst du auch nicht. Ich kann sehen, wie du deinen Kummer in Aprikosenmarmelade ertränkst.«

Das war also wieder einer der Momente, in dem Nora merkte, dass es sinnlos war, ihre Gefühle vor Kelli zu verbergen. »Ich ertränke gar nichts und das ist Orangenmarmelade.«

Kelli verdrehte die Augen. »Du machst dir aber Sorgen.«

»Ja, schon. Ich will einfach, dass dieses Theater endlich zu Ende geht. Wir haben schon viel zu viel Zeit damit verschwendet.«

»Das stimmt, aber es sind nur noch ein paar Stunden bis zur Anhörung. Unfassbar, dass Fuller die Klage nicht hat fallen lassen. Manche Leute verdienen es einfach, dass man sie fertig macht. Und du … Normalerweise bist du so geduldig, aber in den vergangenen Tagen scheinst du wirklich Hummeln im Hintern zu haben. Ich dachte schon, du würdest jeden Moment explodieren. Und das wäre schade. Ich mag dich an einem Stück.«

Nora lächelte schief. In Gegenwart dieser Frau war es einfach unmöglich, missmutig zu bleiben.

»Versuch einfach, dich zu beruhigen«, fügte Kelli hinzu. »Die Zeit vergeht auch nicht schneller, wenn du dir Sorgen machst, oder?«

Mit einem Schluck trank Nora den Rest ihres Kaffees aus. Dann schüttete sie ein wenig Milch in die Tasse und griff nach der Cafetiere.

»Das war nicht rhetorisch gemeint, aber das weißt du bestimmt«, knurrte Kelli.

Nora musste sich auf die Wangen beißen, um nicht breit zu grinsen. »Das weiß ich, aber ich bin mir sicher, dass du meine Antwort bereits kennst. Deshalb habe ich es nicht für nötig gehalten, etwas zu sagen.«

Lachend schüttelte Kelli den Kopf. »Ich habe keine Ahnung, was ich darauf antworten soll.«

»Hmm«, murmelte Nora. Dieses verbale Hin und Her zwischen ihnen gefiel ihr. Es war jedes Mal stimulierend für die Gehirnzellen und machte Spaß.

Kelli grinste und sagte: »Ich bin dir auf der Spur, Nora Whitmore.«

»Ach, wirklich?«

»Ja, wirklich. Und irgendwas ist sexy an der Art, wie wir uns unterhalten.«

Nora sah sich hektisch in dem Café um, in dem sie saßen, ehe sie ihren Blick wieder auf Kelli richtete.

»Da muss ich dir wohl zustimmen.«

»Machst du dir immer noch Sorgen?«, fragte Kelli verschmitzt.

Nora wurde heiß. Offenbar probierte Kelli wieder ihre magischen Kräfte an ihr aus. »Na ja –«

»Lass gut sein. Die Antwort darauf kenne ich auch«, fiel ihr Kelli ins Wort.

Dieses Mal unterdrückte Nora ihr Lächeln nicht.

»Lassen Sie sich nicht von der Tatsache verunsichern, dass sie die Klage noch nicht zurückgezogen hat«, sagte Tom. »Manchmal muss es einen eindeutigen Verlierer geben, bevor sich der gesunde Menschenverstand wieder einschaltet.«

»Dasselbe habe ich kürzlich auch zu ihr gesagt ... in meinen eigenen Worten, versteht sich«, stimmte Kelli zu.

»Ja, eure Aussagen sind verblüffend ähnlich«, entgegnete Nora trocken und schaute Kelli an, die ihren Blick mit einem Glitzern in den Augen erwiderte.

Kelli zuckte nur mit den Schultern und strahlte.

Lachend stand Tom auf. »Okay, ich werde alles für Sie einrichten, damit Sie die Anhörung über den Livestream mitverfolgen können. Sie können aber natürlich auch gerne einfach dabei sein. Am Ende einer Verhandlung hat das meist einen einschüchternden Effekt.«

»Nora kann das gerne tun, aber ich glaube, es ist besser für die Gesundheit der beiden, wenn ich draußen bleibe. Danke trotzdem«, sagte Kelli.

»Ein Videostream genügt mir. So habe ich ein wenig Abstand und kann endlich damit anfangen, diese ganze Geschichte hinter mir zu lassen«, sagte Nora.

»Ich verstehe.« Tom drehte seinen Laptop so, dass die beiden einen guten Blick auf den Bildschirm hatten. »Stellen Sie sich die Lautstärke einfach so ein, wie sie es brauchen.« Mit einem Nicken verabschiedete er sich und ging aus dem Raum.

Die Kamera lief bereits. Rader und Taylor saßen einander an einem Tisch gegenüber. Er funkelte sie böse an, während sie seinen Blicken unnachgiebig standhielt.

Kelli stieß einen leisen Pfiff aus. »Die Spannung zwischen den beiden ist ja nicht auszuhalten. Das sollte interessant werden.«

»Sieht ganz so aus.«

Als Tom den Konferenzraum betrat, atmete Nora tief durch. Sie war bereit, dabei zuzusehen, wie die Bruchstücke ihres Lebens wieder zu einem Ganzen zusammengefügt wurden.

»Guten Morgen, alle zusammen.« Tom wandte sich an Rader. »Es freut mich, zu sehen, dass es Ihnen wieder besser geht, Dr. Rader.«

Mit einem Räuspern wich Rader seinem Blick aus.

»Lassen Sie uns beginnen. Kann ich Ihnen etwas Wasser, Tee oder Kaffee anbieten, Dr. Fuller? Sie werden es brauchen«, sagte Tom und setzte sich dann.

»Fangen Sie endlich an, Tom«, fauchte Angela. An Taylor gerichtet sagte sie dann: »Es ist okay. Entspannen Sie sich. Er will Sie nur einschüchtern.«

Tom schnaubte, während er an dem Computer herumfummelte, den er mitgebracht hatte. »Okay, wir sind soweit. Ich gehe davon aus, dass Sie über die Videos informiert wurden, die wir Dr. Rader gezeigt haben, und auch über seine Reaktion auf diese Videos. Wie erklären Sie sich das, Dr. Fuller? Mir kam es vor, als würde sich Dr. Rader wegen irgendetwas schuldig fühlen.«

»Ich … ich habe auch nie geglaubt, dass er wirklich über sie hinweg ist, und ich habe auch nie geglaubt, dass *sie* es war, die hinter *ihm* her war. Sie ist eine schöne Frau und ich denke, diese Videos zeigen deutlich, dass sie ihm immer noch immer viel bedeutet. Das hatte ich bereits vermutet. Er hat mich belogen, weil er meine Gefühle nicht verletzen wollte. Er ist ein guter Mann.« Taylor klang verwundbar.

»Ich werde Ihnen einen Augenblick geben, Ihre Antwort noch einmal zu überdenken. Ich weiß, dass Sie nervös sind«, sagte Tom.

»Meine Güte, ist das ein peinliches Schauspiel. Das ist schlimmer als diese Pseudo-Reality Shows«, kommentierte Kelli. »Vielleicht ist sie eine dieser Personen, die glauben, alle anderen Leute seien dumm, obwohl sie selbst die Dumme ist. Weißt du, was ich meine?«

»Mit Reality Shows kenne ich mich nicht aus, aber ich verstehe, worauf du hinauswillst.«

»Wie kann man denn nichts über Reality Shows wissen?«

»Setz es einfach auf die Liste«, sagte Nora trocken.

»Immerhin weißt du inzwischen, wer Justin Bieber ist.«

Das stimmte leider. »Kelli?«

»Was?«

»Pssst!«

»Okay, tut mir leid.«

Nora lächelte sie freundlich an und richtete ihre Aufmerksamkeit wieder auf den Laptop.

»Ich sage die Wahrheit«, bekräftigte Taylor nach einem Moment des Schweigens.

»Ich weiß nicht, ob ich Ihnen das glaube, Dr. Fuller. Der Mann auf den Videos wirkt verbittert, wütend und sogar rachsüchtig. Sehen Sie selbst.«

Er ließ die Aufzeichnung der Auseinandersetzung im Parkhaus ablaufen.

»Sehen Sie sich sein Gesicht an, Dr. Fuller.«

Raders Mund stand offen und sein Gesicht war zu einer bösartigen Grimasse verzogen.

»Wessen Einschätzung klingt also plausibler? Meine oder Ihre?«, fragte Tom.

»Meine. Sie hat sich an ihm gerächt, indem sie sich an mich rangemacht hat. Ich bin mir sicher, dass ihn das enorm verletzt hat.«

»Okay. Lassen Sie uns die Geschichte also zusammenfügen. Er ist verletzt und möchte im Gegenzug nun Dr. Whitmore verletzen. Welchen besseren Weg gäbe es also, als ihre Sexualität und ihre Liebe zur Medizin gegen sie zu verwenden? Welche bessere Möglichkeit gäbe es da, als sie zur Krankenhaushure zu machen und sie damit aus dem OP zu verbannen?«

Taylor lachte, ohne besonders amüsiert zu wirken. »Das klingt wie aus einem schlechten Film.«

»Ja das tut es, nicht wahr? Dann erzählen Sie mir doch bitte, was normalerweise im Film passiert, wenn Leute solche Komplotte schmieden?«

Taylor zuckte nur mit den Schultern.

»Sie müssen die Frage beantworten, Dr. Fuller«, drängte Tom.

»Ich weiß es nicht. Ich bin kein großer Filmfan.«

»Die Leute werden erwischt, Dr Fuller. Das hier ist eine Zivilklage. Ein Schuldspruch könnte sich für Sie als ziemlich lukrativ erweisen. Dr. Rader kann es einer ehemaligen Liebhaberin heimzahlen und Sie bekommen einen Haufen Kohle. Somit hätten Sie beide einen Gewinn gemacht. Oder sehe ich das falsch, Dr. Fuller?«, fragte Tom.

»Was reden Sie denn da? Das hier ist keine Lüge, die wir uns gemeinsam ausgedacht haben. Dr. Whitmore hat mich wie ein Stück Dreck behandelt!«

»War das bevor oder nachdem Sie die Operation versaut haben?«, fuhr Tom fort.

»Ich war nicht die einzige Ärztin in dem OP, aber das tut auch gar nichts zur Sache. Sie behandelt jeden wie Dreck!«

»Wollten Sie sich also selbst auch ein wenig an ihr rächen, Dr. Fuller?«, fragte Tom.

»Nein. Ich wollte einfach nur Ärztin sein.« Taylor brach ohne jedes Vorzeichen in Tränen aus.

Nora war danach, wegzuschauen, aber es war wie ein Autounfall. Sie musste einfach hinschauen, trotz des Gemetzels, das sich ihr bot. »Ich kann nicht fassen, dass derart manipulative Menschen überhaupt existieren.«

Kelli schnaubte. »Wenn es die nicht gäbe, wäre ich arbeitslos.«

»Da hast du wohl recht.« Nora beugte sich weiter über den Tisch. Sie wollte keine Sekunde verpassen.

»Sie geben also an, dass Sie und Dr. Rader in dieser Hinsicht nicht zusammengearbeitet haben?«, bohrte Tom weiter.

»Diese Frage hat sie doch schon zwanzigfach beantwortet«, mischte sich Angela ein.

»Ja, das gebe ich damit an«, antwortete Taylor dennoch.

»Komisch. Ich kann – und werde – Detective McCabe gerne erneut aufrufen, damit sie zu Protokoll geben kann, dass Sie Ihren Plan mit Dr. Rader am Fuße ihres Bettes diskutiert haben, als Sie dachten, sie schliefe«, sagte Tom.

Taylor lachte nervös. »Ich habe keine Ahnung, wovon Sie sprechen.«

»Einspruch. Das ist reine Spekulation«, protestierte Angela schrill.

Tom ignorierte sie. »Dann erklären Sie mir doch bitte, was hier los ist.«

Jeder im Raum sah gebannt auf den Laptop, auf dem er das Video zum Laufen brachte. Taylor kam aus dem Büro der Chefärztin und sondierte ihre Umgebung vorsichtig, bevor sie den Gang entlangeilte und hinter einer Tür verschwand.

»Und was soll daran so schlimm sein?«, fragte Taylor

»Ihr Verhalten ist äußerst verdächtig, meinen Sie nicht? Besonders nach der Geschichte, die Sie der Chefärztin drei Minuten vorher aufgetischt haben. Das war nämlich genau an dem Tag, an dem das Video entstanden ist«

»Einspruch! Das Video beweist gar nichts. Und ich erneuere auch meinen Einspruch, was die anderen Videos angeht.«

»Ist notiert.« Tom legte den Kopf zur Seite.

»Das … das ist einfach nur ein Abstellraum. Ich brauchte einfach eine Pause von allem.«

Rader spielte wie üblich an seiner Krawatte herum.

»Sie meinen, Sie haben Dr. Rader gebraucht?«, fragte Tom.

Das Video lief weiter. Taylor verließ die Abstellkammer ebenso vorsichtig, wie sie sie betreten hatte. Rader folgte ihr einige Minuten später.

Taylor sprang von ihrem Stuhl auf und schrie: »Ja, er war der Einzige, der zu mir gehalten hat!«

»In einer Abstellkammer, Dr. Fuller? Warum hat er nicht auf dem Gang auf Sie gewartet? Warum musste er sich verstecken? Erwarten Sie ein solches Verhalten, von jemandem, der unschuldig ist?«

Taylor atmete hektisch. Ihr Blick war auf Rader gerichtet und ihre Hände waren zu Fäusten geballt.

»Setzen Sie sich und beantworten Sie meine Frage, Dr. Fuller«, wies Tom sie an.

Auf einmal sprang Rader auf. Sein Gesicht war schneeweiß, als er in Richtung der Tür stolperte.

Taylors Gesichtsausdruck war mordlüstern. Auf ihren Wangen hatten sich rote Flecken gebildet und sie kreischte wie ein wildes Tier, als sie hinter ihm her stürzte.

»Du wirst nicht einfach wegrennen, du Hurensohn!«

Irgendjemand im Zimmer schnappte überrascht nach Luft.

Nora sprang das Herz bis in ihre Kehle. Irgendwo in ihr blubberte die reinste Freude. Es war ein seltsames Gefühl, aber eines, an das sie sich bestimmt gewöhnen konnte.

»Oh. Mein. Gott«, murmelte Kelli.

Nora streckte die Hand nach ihr aus, ohne die Augen vom Bildschirm zu lassen. Sie schlang ihre Finger um Kellis, um den Moment zu teilen.

Taylor verpasste Rader eine heftige Ohrfeige, deren Knall den gesamten Raum erfüllte. »Ich habe dir gesagt, dass das nicht funktionieren wird! Dafür wirst du bezahlen! Dank dir ist mein Leben im Eimer!«

Tom griff nach seinem Telefon, von seinen Worten war aber durch den Tumult und das Geschrei nichts zu verstehen.

Rader stieß Taylor von sich, drehte sich um und setzte seinen Weg zur Tür fort. In dem Moment sprang Taylor auf seinen Rücken und würgte ihn von hinten. »Du mieser, rückgratloser Wichser!«

Rader hustete und schnappte nach Luft. »Lass mich los und schieb nicht mir alles in die Schuhe! Du hast doch mitgespielt!« Er versuchte, sie abzuschütteln, was ihm nicht gelang, also presste er sie schließlich mit dem Rücken gegen eine Wand.

In dem Moment flog die Tür auf und Sicherheitsleute stürmten in den Raum. Zwei kräftige Männer zerrten sie auseinander. Taylor gab allerdings nicht auf. Völlig in Rage stürzte sie wieder auf Rader zu, wurde aber von der Muskelmasse zwischen ihnen gestoppt.

»Wir sind noch nicht fertig miteinander«, brüllte sie, wild gestikulierend.

Tom erhob sich. »Danke, meine Herren.«

Einer der Männer nickte ihm zu.

Nachdem er seine Krawatte zurechtgerückt hatte, schaute Tom auf Angela Perkins herab. Die saß fassungslos auf ihrem Stuhl und rührte sich nicht. Zuckersüß lächelte er sie an. »Wollen wir eine kurze Pause einlegen?«

Angela verzog das Gesicht und schleuderte ihren Stift auf den Tisch.

Langsam erhob sich Nora von ihrem Stuhl, ließ aber den Bildschirm nicht aus den Augen. Es war vorbei. Ein unglaubliches Gefühl der Erleichterung flutete ihren Körper. Sie hörte ein Geräusch und stellte fest, dass es aus ihrer eigenen Kehle gekommen war. Da war es wieder. Sie schluchzte. Sie hielt sich den Mund zu und versuchte krampfhaft, sich zu beherrschen. Dann war Kelli an ihrer Seite und schloss sie in die Arme.

»Es ist vorbei. Du hast dein Leben zurück«, flüsterte sie.

»Es ist unglaublich, ja!« Nora presste ihr Gesicht an Kellis Hals und nahm dabei ihren Geruch und ihre Wärme in sich auf.

Kelli drückte sie fest an sich.

KAPITEL 20

Noras Handy tanzte vibrierend auf dem Wohnzimmertisch. Die Nummer auf dem Display löste in ihr das freudige Blubbern aus, das sie seit der letzten Anhörung kannte. Erst nach dem vierten Klingeln ging Nora ans Telefon. Reine Selbstbeherrschung.

»Hier spricht Dr. Whitmore.«

Einen Augenblick lang blieb es still am anderen Ende der Leitung.

»Das klingt gut.« Der Südstaatenakzent der Chefärztin war unverkennbar. Nora war ganz aufgeregt. Sie erhob sich, um mehr Platz für ihre Emotionen zu schaffen. »Guten Morgen, Dr. Gagne.«

»Es ist ein guter Morgen, ja. Besonders, wenn sich die Dinge so entwickeln, wie ich es mir wünsche. Gestern war schon sehr befriedigend, aber heute sieht die Welt noch besser aus. Der Vorstand hat seine Entscheidung getroffen und ich will gleich zum Punkt kommen, Dr. Whitmore: Sie können Ihre Position im Krankenhaus wieder einnehmen, wann immer Ihnen danach ist. Lassen Sie uns diesen unglücklichen Zwischenfall schnellstmöglich hinter uns bringen. Meinen Sie nicht auch?«

»Gerne«, erwiderte Nora, ohne zu zögern.

»Gut. Ich hatte gehofft, dass Sie so reagieren würden. Es freut mich, Sie wieder an Bord zu haben. Lassen Sie uns zur Sicherheit einen Termin für Ende der Woche vereinbaren. Aber ich nehme an, dass wir Sie schon morgen wieder bei uns begrüßen dürfen, wenn Sie mögen.«

»Das ist sehr wahrscheinlich«, antwortete Nora außer Atem.

»Ich wünsche Ihnen einen schönen Tag, Dr. Whitmore.«

»Ihnen auch«, murmelte Nora, obwohl Dr. Gagne bereits aufgelegt hatte.

Keinen Wimpernschlag später hatte Nora Kellis Nummer gewählt. Sie musste diese Neuigkeiten sofort mit jemandem teilen, der sich mindestens so sehr darüber freuen würde wie sie selbst.

Nach dem dritten Klingeln nuschelte Kelli: »Hmmm?«

Beim Klang von Kellis verschlafener, heiserer Stimme wurde Nora unsicher. »Hab ich dich geweckt?« Nora hörte, wie die Bettdecke raschelte.

»Na und? Du darfst das«, sagte Kelli und hörte sich gleich viel aufgeweckter an. »Was gibt's?«

»Das Krankenhaus hat angerufen.« Nora musste hin und her laufen, um sich irgendwie zu beruhigen.

»Ja? Und?«

»Wenn ich will, kann ich schon morgen wieder dort anfangen.«

»Hei-li-ge Schei-ße!«

»Ja. Genau dasselbe habe ich auch gedacht.«

Kelli kicherte. »Stehst du nicht kurz davor zu explodieren? Was rede ich denn da? Natürlich tust du das.«

»Ja, das tue ich wohl.« Nora hatte plötzlich so viel Energie, dass sie gar nicht wusste, was sie damit anfangen sollte.

Normalerweise wäre Kelli einfach eingetreten, aber Nora hatte vergessen, aufzuschließen und so wurde aus ihrem Klingeln eine gesamte Symphonie. Nora eilte an die Tür, um das musikalische Meisterwerk zu beenden.

»Ich war noch nicht fertig, aber Hey«, begrüßte Kelli sie und strahlte über beide Ohren.

Mehr brauchte es nicht und auf Noras Haut schienen Millionen winziger Funken zu tanzen. Sie trat beiseite, um Kelli in die Wohnung zu lassen.

Kelli trat ein und, ohne zu zögern oder um Erlaubnis zu bitten, legte sie ihre Hand an Noras Hinterkopf und vergrub ihre Finger in Noras Haar. Bevor sie noch einmal Luft holen konnte, raubte ihr Kelli den Atem. Als hätten sie alle Zeit der Welt, glitten Kellis Lippen sanft über Noras. Der Augenblick war zuckersüß und berührte Nora bis ins Mark.

Nora fuhr mit zitternden Fingerspitzen über Kellis pralle Lippen.

Als sich ihre Blicke begegneten, lächelte Kelli sie amüsiert an. »So sieht das also aus«, sagte sie und legte eine Hand an Noras Wange. Ihr Daumen fuhr über die glühende Haut.

Leicht verwirrt gab Nora sich der Berührung hin. Noch bevor sie um eine Erklärung bitten konnte, fügte Kelli hinzu: »Wenn du vollkommen durch den Wind bist. Mir gefällt, dass meine Küsse so einen Effekt auf dich haben.«

Nora lächelte und sah dann auf ihre Fußspitzen.

Kelli räusperte sich. »Ich habe einen Vorschlag für dich. Denk daran, dass du jederzeit Nein sagen kannst. Ich weiß, dass wir schon ein bisschen vorgefeiert haben, aber richtig gefeiert haben wir noch nicht. Außerdem habe ich die Wette gewonnen.«

»Das weiß ich. Also, was möchtest du?«

Das Kichern, das Kelli entfuhr, klang ziemlich verdorben und ließ Nora einen Schauer über den Rücken laufen. »Ich hätte tonnenweise Ideen, aber ich würde mich auch mit einem Abendessen bei meiner Familie am Donnerstag zufriedengeben. Also morgen Abend. Ich weiß, dass das ziemlich kurzfristig ist.«

Nora schluckte. Abendessen. Mit der Familie. Das war ein großer Schritt, der bedeutete, dass sie ihre Beziehung definieren, oder sich mit Vermutungen auseinandersetzen mussten. War sie bereit dazu? Bei allem, was Kelli für sie getan hatte, war ein Abendessen allerdings keine große Gegenleistung.

Als Kelli steif wurde wie ein Stock, begriff Nora, dass sie sich mit ihrer Antwort zu lange Zeit gelassen hatte. Sie schien genauso nervös zu sein wie Nora selbst. »Ja, ich denke, das lässt sich einrichten.«

Langsam atmete Kelli aus. »Tu das aber nicht, weil du glaubst, dass du mir etwas schuldest. Wenn du noch nicht bereit bist –«

»Doch, das bin ich. Ich bin bereit.« Nora wusste, dass Kelli für sie da sein würde, falls das Ganze doch zu viel für sie wurde.

Es war halb sieben und ein Großteil von Noras üblicher Morgenroutine war bereits abgearbeitet. Ein einfaches Telefongespräch hatte diesen Teil ihres Lebens wieder auf die rechte Bahn gebracht. Ungehemmt lächelte sie, während sie ihr Frühstücksgeschirr abspülte. Es war erstaunlich, wie leicht es ihr neuerdings fiel, zu lächeln. Ihre Mundwinkel bogen sich fast schmerzhaft nach oben, als sie an Kelli dachte. Bis vor Kurzem hatte Nora nicht gewusst, wie es sich anfühlte, jemanden an seiner Seite zu haben. Heute konnte sie es sich gar nicht mehr anders vorstellen. In den vergangenen Monaten hatte sie gelernt, dass Kelli McCabe eine Naturgewalt war. Sie strahlte eine unglaubliche Wärme aus und beschützte die Menschen, die ihr etwas bedeuteten, ohne Rücksicht auf Verluste. Was ihr wiederum die Loyalität dieser Menschen einbrachte. Auch Nora war, nach anfänglichem Zögern, zu einer überzeugten Kelli-Anhängerin geworden.

Sie dachte an ihren letzten Kuss zurück und ihr Körper reagierte mit einem wohligen Schaudern. Natürlich hatte sie sich schon früher zu anderen Menschen hingezogen gefühlt, aber die Anziehung, die von Kelli ausging war damit nicht zu vergleichen. Es wäre sehr einfach, sich in eine rein sexuelle Beziehung mit dieser Frau zu stürzen, aber sie hatte kein Bedürfnis, Kelli wie alle anderen zu behandeln. Zwar meldete sich ihr skeptischer Teil noch regelmäßig, sobald sie nicht zusammen waren, aber glücklicherweise hatte sich diese vermeintliche Stimme der Vernunft inzwischen in ein leises Flüstern verwandelt. So vieles hatte sich in den letzten Wochen verändert und nun war sie mit all dieser Veränderung im Gepäck auf ihrem Weg ins Krankenhaus. Nervös strich sie den Ärmel ihres grauen Armani-Blazers glatt. Ihr Outfit war vollkommen übertrieben, verlieh ihr aber die Sicherheit, die sie benötigte, um sich gegen alles zu wappnen, was sie dort eventuell erwarten würde. Ihr Magen fühlte sich flau an. Als ihr Blick auf ihre Armbanduhr fiel, runzelte sie die Stirn. Es war bereits nach sieben Uhr. Sie würde schon an ihrem ersten Tag zu spät kommen und das war ganz allein Kelli McCabes Schuld. Die hatte sie umgekrempelt. Nora schmunzelte zufrieden.

Kurz vor dem Krankenhaus surrte ihr Handy. Sie fischte es aus ihrer überteuerten Handtasche.

»Guten Morgen!«, sagte Nora freudig.

Kelli ächzte. »Ich bin noch nicht wirklich wach, aber da ich in ein paar Tagen selbst wieder um diese unchristliche Zeit aufstehen muss, dachte ich, es wäre besser, ein wenig zu üben.«

»Sehr löblich.«

»Ja, ich weiß.« Die Belustigung in Kellis Stimme war nicht zu überhören. »Nervös?«

»Ein bisschen.« Endlich durfte sie es aussprechen.

»Du weißt, dass es nichts gibt, worüber du dir Sorgen machen musst, oder?«

»Wer weiß.«

»Du stresst dich doch nicht etwa wegen unserem Dreamteam?«

»Nein. Ich bezweifle, dass die beiden überhaupt zur Arbeit erscheinen werden. Und wenn sie es doch tun, bin ich mir sicher, dass ich kein Problem –«

»Ich weiß, dass du mit ihnen umgehen kannst, aber ich wollte zur Sicherheit trotzdem lieber nachfragen«, fiel ihr Kelli ins Wort. »Vielleicht sehen wir uns später. Ich habe Krankengymnastik und muss außerdem bei Travis vorbeischauen.«

»Okay.« Nora schnaufte erleichtert durch.

»Hau sie um.«

Nora kicherte. »Das verstößt gegen die Vorschriften.« Sie wusste genau, dass Kelli am anderen Ende die Augen verdrehte.

»Du weißt schon, was ich meine.«

»Das weiß ich. Danke.«

»Gern geschehen.«

Auf Noras Armen bildete sich eine Gänsehaut. »Kelli …«, setzte sie an, obwohl sie keine Ahnung hatte, was sie sagen sollte.

»Was?«

Sie hörte, wie Kelli sich in ihrem Bett umdrehte, schwieg aber weiter.

Schließlich sagte Kelli: »Alles ist gut.«

Einen Augenblick lang schloss Nora die Augen. Sie war sich nicht sicher, was »alles« war. Ihre Beziehung? Das Chaos, dass sie hoffentlich endlich hinter sich gelassen hatte? Ihre ständig wechselnden Emotionen? Was auch immer Kelli mit ihren Worten genau gemeint hatte, sie erfüllten Nora mit Zuversicht. »Ist es das?«

»Ja.«

Kelli saß auf einem Stuhl am Ende des Raumes und hatte ihre Hände unter ihre Schenkel geklemmt, um sie bei sich zu behalten. Sie knirschte mit den Zähnen, als sie zusah, wie Travis sich abmühte. Wie gerne hätte sie ihm geholfen. Notfalls hätte sie ihn auf ihrem Rücken durchs Leben getragen, aber er musste selbst lernen, wieder zu laufen. Es tat weh, ihn so kämpfen zu sehen. Travis schwitzte am ganzen Körper und sein Gesicht war schmerzverzerrt. Die wilde Entschlossenheit in seinen Augen war jedoch unglaublich vielversprechend. Er machte zwei Schritte vorwärts.

Dan, der Krankengymnast, spornte ihn an: »Ich weiß, dass es wehtut, aber das heißt nur, dass Sie es richtig machen.«

Travis stöhnte. »Ich will es ja, aber … ich muss aufhören.« Er schnappte hart nach Luft.

»Noch zwei Schritte, dann trockne ich Sie ab.«

Mit einem erschöpften Lachen fragte Travis: »Ist das Ihre Form der Motivation?«

Dan lachte. »Sehr gut. Behalten Sie sich diesen Sinn für Humor! Nicht aufgeben. Noch ein paar Schritte.«

Kelli beschloss, tief in ihre Trickkiste zu greifen, um ihn von seinen Schmerzen abzulenken. »Ich hab Williams nackt gesehen.«

Im Raum wurde es so still, dass sie glaubte, das Echo ihrer eigenen Worte zu hören.

Entgeistert blickte Travis sie an. »Bitte was?«

»Du hast schon richtig verstanden. Nackt und freischwingend.«

»Igitt. Mit deiner Mutter? Davon hättest du mir doch schon längst erzählt.«

Kelli biss sich von innen auf die Wange. »Widerlich. Jetzt bist du zu weit gegangen«, sagte sie trocken.

»Und geschafft! Gute Arbeit, Travis!«, rief Dan aus.

Der sah verwirrt aus. »Hä?«

»Sie haben es geschafft«, sagte Dan.

Travis war am Ende der Übungsvorrichtung angekommen. Ungläubig sah er zu Dan, dann zu Kelli. In seinem Blick war Dankbarkeit zu erkennen, aber aus seinem Mund kam lediglich »Miststück.«

Kelli lachte. »Stell dir beim nächsten Mal einfach vor, dass er dich nackt verfolgt. Vielleicht hilft das.«

Er grinste. »Du bist trotzdem ein Miststück.«

»Ich weiß«, stimmte Kelli amüsiert zu.

Später, während ihrer eigenen Krankengymnastik, kam Kelli nicht einmal mehr ins Schwitzen. Sie machte große Fortschritte.

Als sie nach der Behandlung durch die Krankenhausflure lief, um Travis noch einmal zu besuchen, hielt sie Ausschau nach Nora, die ihr bisher noch nicht über den Weg gelaufen war. Als sie sich Travis' Zimmer näherte, hörte sie Gelächter und erkannte sofort die Stimme ihres Bruders.

Sean lächelte sie an, sobald sie das Zimmer betrat, sie hob im Gegenzug nur eine Augenbraue zur Begrüßung. Ihr Bruder verdrehte die Augen.

»Du bist ja schon wieder fast die Alte. Man muss die stillen Wasser einfach lieben.«

»Still? Von wem zur Hölle redest du denn?«, schaltete sich Travis ein.

»Von mir sicher nicht. Ich klatsche und tratsche nicht halb so viel wie ihr beiden Waschweiber.« Kelli zog einen Stuhl herbei und setzte sich rittlings darauf.

»Vielleicht stehen wir einfach zu unserer femininen Seite«, konterte Sean.

»Hey. Ich bin bestenfalls metrosexuell«, murmelte Travis.

»Ist das nicht dasselbe?«, fragte Kelli.

Auf einmal sah Sean ernsthaft nachdenklich aus. »Aber was bist du dann?«, fragte er und deutete auf Kelli.

»Eine Frau«, entgegnete diese.

Sean und Travis brachen in schallendes Gelächter aus. »Blödsinn!«, fügte Sean hinzu.

»Vorsicht«, knurrte Kelli, obwohl sie Spaß an der Unterhaltung hatte. Trotzdem durfte sie ihrem kleinen Bruder nicht zu viele Freiheiten erlauben.

»Ich hab keine Angst vor dir …«

Kelli funkelte ihn böse an.

»Na ja, vielleicht doch irgendwie«, sagte Sean kleinlaut und räusperte sich.

Travis kicherte.

»Was soll ich denn sonst sein?«, fragte Kelli.

»Ein echter Kerl«, erwiderte Travis. »Ich glaube, ich nenne dich ab sofort Serpico.«

Sean wäre vor Lachen beinahe vom Stuhl gefallen. Er kicherte wie ein kleines Mädchen.

Kelli verdrehte die Augen. »Fickt euch beide. Woher weißt du denn überhaupt, wer das ist? Der Film ist älter als du.«

»Das ist ein klassischer Polizeifilm. Natürlich weiß ich, wer das ist«, sagte Travis.

»Wirklich? Eine bessere Retorte ist dir nicht eingefallen?«, fragte Sean und blickte sie an. Sein Gesicht war rot vor Lachen.

»Gib mir etwas Zeit. Dann fällt mir bestimmt was Besseres ein«, antwortete Kelli.

»Dr. Whitmore muss dir ganz schön den Kopf verdreht haben. Du bist ganz schön langsam geworden, Partnerin«, fügte Travis hinzu.

Kelli sah ihn an. Er hatte ja keine Ahnung.

»Oho. Also ich hab definitiv keine Angst vor dir«, legte Travis nach.

Kelli wandte sich an ihren Bruder. »Du benimmst dich heute Abend besser nicht wie ein Arschloch.«

Mit gerunzelter Stirn blickte er sie verwirrt an. »Was? Warum?«

»Weil Nora heute mit zum Abendessen kommt.«

Sean gingen die Augen über. »Ohne Scheiß? Du hast noch nie jemanden zum Essen mitgebracht.«

Schulterzuckend erwiderte Kelli: »Es gibt für alles ein erstes Mal.« Mehr brauchte er über ihre Gefühle zu Nora nicht zu wissen. »Ich bin mir sicher, dass sie ziemlich nervös sein wird, also reiß dich gefälligst zusammen, sonst ziehe ich dir deinen Schlüpfer soweit über die Ohren, dass du dir wünschst, du hättest ihn endlich mal gewaschen.«

Travis prustete. »Mann, dass nenne ich grausam.«

Sean wurde ernst. »Ich werde es versuchen.« Er blickte zur Tür und deutete ihnen an, den Mund zu halten.

»Was ist …?« Kelli sah zur Tür. Dort stand Nora. Kelli fühlte sich, als hätte man ihr augenblicklich den Sauerstoff aus der Lunge gesaugt. Sie schluckte schwer und erhob sich. Selbst in ihrer violetten Ärztekluft sah diese Frau umwerfend aus.

Nora trat auf sie zu.

»Ich wollte nicht stören«, sagte sie.

»Das hast du nicht. Wir haben nur Blödsinn gemacht«, entgegnete Sean.

Noras Blick fiel kurz auf ihn, klebte aber sofort wieder an Kelli.

»Schön, Sie wiederzuhaben, Dr. Whitmore.« Travis winkte ihr zu und endlich schaffte sie es, ihren Blick von Kelli zu lösen. Sie lächelte in Travis Richtung. »Danke. Eigentlich bin ich nur vorbeigekommen, um Ihnen für die Freigabe Ihrer Krankenakte zu danken. Kelli hat Ihnen sicherlich schon erzählt, wie sehr Sie mir damit geholfen haben.«

»Gern geschehen. Es war das Mindeste, was ich tun konnte, auch wenn es nicht viel war. Zum Glück hatten sie ja Serpico …«

Kelli strafte ihn mit scharfem Blick.

Travis grinste nur. »… ich meine Kelli an Ihrer Seite.«

Nora nickte und lief rückwärts wieder in Richtung Tür.

Kelli nahm sich zusammen und trat einen Schritt auf sie zu. In Noras Augen funkelte etwas, das ein Feuer in Kellis Brust entfachte. Es erforderte ihre gesamte Selbstbeherrschung, sich nicht wie ein sexhungriger Teenager auf sie zu stürzen.

»Bis später?«, krächzte sie.

»Ja«, flüsterte Nora. Sie drehte sich um und ging aus dem Zimmer.

Kelli sah ihr durch die offene Tür nach.

»Heilige Scheiße. Ich habe kurzzeitig keine Luft mehr bekommen«, murmelte Sean.

»Aber hallo! Mir ging es genauso«, stimmte Travis zu.

Kelli ignorierte sie und setzte sich wieder auf ihren Stuhl. Sie spürte die Blicke der beiden Männer, die sie durchbohrten. Mit einem tiefen Atemzug bereitete sich Kelli auf die unvermeidbaren Kommentare vor. Sie wusste, dass die beiden sie gnadenlos auf die Schippe nehmen würden.

Stattdessen sagte Sean: »Mann, ich will auch jemanden, der mich so anschaut.«

Kelli sah ihn verblüfft an.

Abwehrend hielt er die Hände in die Höhe. »Das sollte kein Scherz sein.«

Sie sah zu Travis.

Dieser zuckte nur mit den Schultern. »Denk einfach nur daran, zu verhüten.«

Kelli verdrehte die Augen.

»So, jetzt aber zu einem anderem Thema. Ich habe gehört, du hast Williams nackt gesehen. Wann war das? Und noch wichtiger: wo?«, fragte Sean.

Kelli grinste. »Das war doch nur ein Witz. Glaubst du ernsthaft, dass ich ihm noch in die Augen schauen könnte, wenn das wirklich passiert wäre?«

Travis schnaubte. »Du hast mich verarscht!«

»Da hast du recht«, stimmte Kelli zu, dankbar für die Ablenkung, die die Hitze in ihrem Inneren abkühlte. Es war ein guter Zeitpunkt, das Thema zu wechseln. »Vielleicht fange ich am Montag mit dem Schreibtischdienst an. Morgen weiß ich es mit Sicherheit.«

Travis' Augenbrauen schossen in die Höhe. »Ohne Scheiß?«

Kelli betrachtete ihn genau. In seinem Blick lag Wehmut. »Ohne Scheiß«, wiederholte sie.

»Du wirst doch hoffentlich mit Williams zusammenarbeiten, wenn du wieder auf die Straße darfst, oder?«, fragte Travis mit Nachdruck.

Kelli schmunzelte. »Ja, das werde ich.«

»Gut. Ich würde vermutlich kein Auge zutun, wenn ich wüsste, dass sie dir einen blutigen Anfänger aufs Auge gedrückt haben.«

»Geht mir genauso«, sagte Kelli und nickte.

Kelli war auf einer Mission – einer sehr dringenden. Zwar hatte sie schon früher andere Frauen begehrt, aber nicht auf diese Weise. In ihr war irgendein Schalter umgelegt worden, sodass sie nur noch ein einziges Ziel vor Augen hatte: Nora. Sie ging zur Schwesternstation und trommelte so lange auf dem Empfangstresen herum, bis ihr jemand Beachtung schenkte.

»Wissen Sie, wo ich Dr. Whitmore finden kann?«

»Nein, hier ist sie nicht vorbeigekommen. Wahrscheinlich ist sie in ihrem Büro«, antwortete eine der Schwestern.

»Wo finde ich das?«

»Drei Stockwerke tiefer.«

Mit einem Nicken bedankte sich Kelli und ging.

Kurz darauf öffnete sich die Fahrstuhltür und Kelli schob sich zwischen den Mitfahrenden hindurch hinaus auf den Gang. Sie blickte von einem Ende des Korridors zum anderen. Auf dem Gang gab es verdammt viele Türen und sie hatte weder Zeit noch Lust, hinter jeder einzelnen nachzusehen. Also nahm sie ihr Handy aus der Tasche. Es klingelte nur zweimal.

»Wo steckst du?« Kelli gab Nora nicht einmal die Chance, Hallo zu sagen.

»In meinem Büro«, antwortete Nora.

»Streck mal deinen Kopf aus der Tür.«

»Bist du …?« Nora hielt inne. »Okay.«

Kelli legte auf. Ihre Synapsen knisterten vor Aufregung. Zu ihrer Linken, am Ende des Ganges wartete Nora auf sie. Ohne zu zögern, stürmte Kelli auf sie zu, als wäre der Teufel persönlich hinter ihr her.

Im Türrahmen hielt sie inne. Nora trat nur einen kleinen Schritt beiseite, sodass Kelli sich beim Eintreten in den Raum an ihr vorbeischieben musste.

Kaum hatte Nora die Tür geschlossen, presste Kelli sie von innen mit dem Rücken dagegen. Sie schnappte nach Luft und es war höchst aufregend, dass auch Noras Brustkorb sich heftig hob und senkte.

»Hey«, schnurrte Kelli mit tiefer Stimme. Ihr Mund schwebte über Noras.

»Hallo noch mal«, hauchte Nora.

Ihre Oberkörper berührten sich. Näher hätten sie sich kaum sein können, aber es genügte Kelli nicht. Sie hatte das Gefühl, dass es ihr nicht einmal genügen würde, in Noras Haut zu stecken, um ihr so nahe wie möglich zu sein. Sie zog den Augenblick in die Länge, bis es für beide nicht mehr auszuhalten war.

Nora stöhnte leise, was Kelli verwirrte. Schließlich war sie es, die vor Begehren beinahe umkam.

»Hör auf«, flüsterte Nora, aber sie schob Kelli nicht von sich.

Was. Zur. Hölle? Sie musste sich verhört haben. »Bitte was?«

Nora schlang ihre Arme um Kellis Nacken und spielte mit den Haaren an ihrem Hinterkopf.

Kelli schauderte. »Berühr mich nicht so, wenn du nicht willst, dass ich –«

»Das will ich. Aber nicht hier. Ich muss mich konzentrieren. Heute ist mein erster Arbeitstag …«

»Okay, ich verstehe. Du darfst dich nicht ablenken lassen.«

Eigentlich hätten Noras Worte sie abkühlen sollen, aber das Wissen, dass es Nora nicht anders erging als ihr, schoss wie ein Blitz durch jede einzelne von Kellis Körperzellen.

Nora schaute sie an. Zärtlich, aber hungrig.

»Ich wusste, dass du es verstehen würdest.«

»Ja, aber du musst aufhören, mich so anzuschauen. Sonst kann ich irgendwann für nichts mehr garantieren.«

Nora atmete scharf ein und nickte. Sie schloss die Augen und lehnte ihren Kopf gegen die Tür. Dadurch entstand ein wenig Raum zwischen ihnen. Kellis Blick fiel auf Noras Dekolleté. Noras harte Brustwarzen zeichneten sich gegen ihren Uniformkittel ab. *Guter Gott.* Heiße Lava schien durch Kellis Adern zu fließen. Sie riss sich zusammen und beließ es dabei, mit ihrem Daumen über Noras rechte Brustwarze zu streichen.

Noras Reaktion darauf war unbezahlbar. Sie stöhnte laut und wand sich unter ihr.

Kelli umfasste Noras Brust und drückte sie sanft.

»Kel–«

Mit ihren Lippen fuhr sie an Noras Wange entlang und flüsterte ihr ins Ohr: »Ja?«

»Bitte«, flehte Nora. Sie legte ihre Hand um Kellis und hielt sie auf, bevor sie weiterwandern konnte.

Bitte. Dieses Wort konnte so vieles bedeuten: Bitte küss mich. Bitte fick mich. Bitte verlass mich nie. Trotz aller Geduld stand Kelli kurz davor, zu explodieren, schaffte es aber irgendwie, einen Schritt zurückzutreten. »Puh«, flüsterte sie und schnappte nach Luft.

»Es tut mir leid«, murmelte Nora.

»Ich verstehe dich. Wirklich«, entgegnete Kelli. »Und nur für die Zukunft: *Mein* Schreibtisch steht dir jederzeit zur Verfügung.«

Nora hob entschuldigend die Hände und lachte dann.

Kelli beobachtete sie schmunzelnd.

Nora brach ab und schaute Kelli fragend an. »Was ist nur mit uns beiden los?«

»Es ist kompli–«

»Nein«, fiel Nora ihr ins Wort. »Das weiß ich selbst. Aber da ist noch was.« Nach einer kurzen Pause fügte sie hinzu: »Du weißt es also auch nicht.«

»Nein. Nicht wirklich, aber für den Moment muss ich es auch nicht wissen.« Kelli fuhr mit ihrem Daumen über Noras Wange und gab ihr einen Kuss auf die Stirn. Einen Augenblick lang ließ sie ihre Lippen dort verweilen. »Genieß deinen ersten Tag und mach dir nicht zu viele Sorgen wegen heute Abend. Ich ruf dich später an.«

»Ja, bitte.«

Dieses Wort … Das »Bitte« aus Noras Mund würde sie ab jetzt jedes Mal in Schwierigkeiten bringen. Sie konnte es kaum erwarten.

Wieder allein setzte Nora sich an ihren Schreibtisch und starrte gegen die Wand ihres Büros. Leichte Panik hatte sie nach dem Besuch von Kelli ergriffen. Etwas schnürte ihr die Kehle zu. Es war das alte Gefühl, das Nähe nicht zulassen wollte, und sie beschloss, ihm keinen Raum mehr zu lassen. Sie atmete tief durch und schüttelte das Unwohlsein energisch von ihren Schultern.

Dann konzentrierte sie sich auf die Patientenakte, die vor ihr lag. Es war die letzte für heute und danach war sie endlich wieder auf dem neuesten Stand, was ihre Patienten anging. Merkwürdigerweise hatte sie es erleichternd empfunden, dass es allen in ihrer Abwesenheit gut ergangen war. Das Leben im Krankenhaus war auch ohne sie weitergegangen. Vor ihrer Veränderung hätte diese Tatsache Nora ohne Zweifel enorm aus dem Gleichgewicht gebracht. Heute wusste sie, dass sie nur ein Zahnrad in einer gut geölten Maschine war – ein wichtiges Zahnrad, aber trotzdem nur eines von vielen. Und das war gut so. Es nahm ihr einiges an Last.

Nora las sich die Akte durch und prüfte den Bericht der Krankenschwestern. In Rekordzeit war sie fertig. Bisher hatte sie es geschafft, allen aus dem Weg zu gehen. Bei ihrer Ankunft hatte sie sich sofort ins Archiv begeben, um sich die Akten zu besorgen, die sie benötigte. Sie war sich nicht sicher, ob sie dabei von Angst gesteuert worden war oder lediglich von dem Bedürfnis, sich erst einmal wieder an diese Umgebung zu gewöhnen. Sie erhob sich. Es war Zeit für die Visite.

Sie wartete, bis sich die Türen des Fahrstuhls öffneten. Eine Traube Krankenhauspersonal sah ihr entgegen. Nora war sich der Blicke ihrer Kollegen bewusst, aber statt Gehässigkeit und Boshaftigkeit nahm sie dieses Mal lediglich Neugier in ihren Augen wahr. Nachdem sie eingestiegen war, blieb das sonst übliche Getuschel aus, was sie überraschte, aber vor allem ungemein erleichterte. Als der Fahrstuhl auf ihrem Stockwerk angekommen war, schob sich Nora sanft an den Leuten vorbei hinaus und schritt selbstbewusst und bestimmt den Gang entlang. An der Schwesternstation hatten sich einige Assistenzärzte um den OP-Plan versammelt.

»Ach du Scheiße. Whitmore ist wieder da«, murmelte jemand und tippte auf den Plan.

Lächelnd, aber energisch rief Nora einige Namen auf. »Crowder, Simpson, Ford und Willows, Sie kommen mit mir.« Warum sie lächelte, wusste sie selbst nicht. Ihr war einfach danach.

Köpfe fuhren herum und überraschte Gesichter mit offenen Mündern starrten sie an.

»Hat jemand von Ihnen ein Problem damit, heute mit mir zusammenzuarbeiten?«

Niemand rührte sich. Ihre Kollegen schienen eine andere Dr. Whitmore erwartet zu haben.

»Bitte sagen Sie doch etwas«, bat Nora.

Ein Raunen ging durch die Gruppe und die aufgerufenen Ärzte traten schließlich näher.

»Danke schön!«, sagte Nora freundlich.

Ihr Dankeschön schien Dr. Crowder derart zu verwirren, dass ihm ein »Wahnsinn!« entfuhr.

Nora kam ins Grübeln. War sie wirklich nie freundlich im Umgang gewesen? Heute war sie es. Und dabei war sie zufriedener mit sich selbst als je zuvor. Sie schien wirklich eine erstaunliche Veränderung hinter sich gebracht zu haben. Und diese Veränderung musste nach außen deutlich wahrnehmbar sein, sonst hätte keiner ihrer Kollegen so sprachlos reagiert.

Nora räusperte sich und sagte schließlich: »Folgen Sie mir.«

Als sie an der Schwesternstation vorbeiliefen, schnappte Nora ein paar Gesprächsfetzen auf.

»Vielleicht ist sie krank.«

»Das glaub ich nicht, aber irgendetwas ist anders.«

Ja, etwas war anders. Verdammt anders. Und es gefiel ihr. Und wenn es ihr hier schon so gut ging mit ihrer Veränderung, dann würde das Abendessen bei Kellis Familie ein Klacks, da war sie sich sicher.

Geschickt wechselte Kelli die Spur, um die nächste Abfahrt in Richtung Beacon Hill nehmen zu können. Zum etwa einhundertsten Mal in den vergangenen zwanzig Minuten schaute sie Nora an, die neben ihr auf dem Beifahrersitz saß. In ihrem blauen Rock und den hochhackigen Sandalen sah sie fantastisch aus. Diese Beine schienen endlos, aber das war nicht der Grund, warum Kelli sie anstarrte. Noras Lippen umspielte ein Lächeln. Einfach so und trotz der Tatsache, dass sie unterwegs zu Kellis Familie waren.

»Was guckst du so? Es geht mir gut.«

»Das sehe ich. Dann erkläre mir bitte, warum ich so nervös bin«, erwiderte Kelli.

»Weil das für dich das erste Mal ist?«, fragte Nora und lächelte.

»Für dich doch aber auch.«

»Ich habe Raders Versuch überstanden, mein Leben zu ruinieren. Ein Abendessen bei deiner Familie ist da ein Klacks.«

»Okay. Damit kann ich arbeiten.«

»Was für eine seltsame Antwort.«

»Habe ich jemals behauptet, nicht seltsam zu sein?«, fragte Kelli und kicherte.

»Na ja … nein.«

»Ganz genau.« Kelli schnaufte durch. Ihr war übel, so nervös war sie.

Wann immer sie unter einem Dach waren, verwandelte Sean sich in einen Teenager und ihre Mutter … nun ja, ihre Mutter würde Nora schamlos ausfragen und ihre Tochter bei jeder Gelegenheit blamieren. Soviel stand fest. Vielleicht war es eine dumme Idee gewesen. Vielleicht war Nora noch nicht so weit. Nein. Das war es nicht. Sie selbst war noch nicht so weit.

»Ich kann deine Panik von hier aus spüren«, sagte Nora.

Kelli drehte den Kopf so ruckartig zu ihr um, dass sie ein wenig das Lenkrad verriss. »Ich kann nichts dafür. Ich kenne die beiden einfach und weiß, wozu sie fähig sind.« Sie schluckte schwer und fuhr dann fort: »Ich habe es für wichtig gehalten, dass ihr euch kennenlernt, aber jetzt, da es so weit ist, habe ich Angst, dass sie dich abschrecken werden.«

Kelli fühlte sich, als würden ihre Innereien an einer Wäscheleine baumeln. Zu all der Nervosität mischte sich jetzt auch noch die Sorge, Nora durch ihre

Offenheitverschreckt zu haben. »Es tut mir leid, dass ich überhaupt etwas gesagt habe.«

»Nein, du hast ja gute Gründe dafür«, antwortete Nora und sah Kelli an. »Ich kann die Zukunft nicht vorhersagen, aber was die Gegenwart angeht, bin ich hier, weil ich hier sein möchte.«

Kelli sah Nora dankbar an. Sie wusste, dass sie das Beste aus dem Hier und Jetzt machen musste. Immerhin waren sie schon fast da und Kneifen galt nicht. »Okay … okay!«

Da kein Platz in der Auffahrt frei war, parkte Kelli am Bordstein. Sie stellte den Motor ab und atmete tief durch. »Ich möchte mich schon im Voraus für alles entschuldigen, was die beiden gleich sagen oder tun werden. Sie können nichts dafür. Sie sind einfach, wie sie sind.«

»Machst du die Dinge gerne spannender, als sie sind?«

Kelli kicherte. »Das kann sein und da ich jetzt deine volle Aufmerksamkeit habe, hier noch ein Hinweis zu meine Mutter: Die Frau hat einfach keinen Filter.«

»Genau wie du also?«, fragte Nora und grinste.

Kelli funkelte sie böse an, musste aber gleichzeitig lachen. »Das musste wohl sein.«

»Ja, das musste es«, antwortete Nora und grinste zurück.

»Raus aus meinem Auto.«

»Das ist mein Auto«, erwiderte Nora.

»Na und?«, fragte Kelli zuckersüß.

»Ich wollte das nur gesagt haben.« Nora öffnete die Beifahrertür.

»Hey?«

Nora drehte sich zu ihr um.

»Komm her«, sagte Kelli und lockte sie mit ihrem Finger.

Immer noch lächelnd kam Nora näher. »Ja?«

Mit einer geschickten Bewegung schnallte Kelli sich ab, beugte sich vor und küsste Nora voll Dankbarkeit. Als Kelli sich wieder zurückzog, waren Noras Augen geschlossen. Ihre Wangen waren gerötet und ihr Mund stand leicht offen. Als sie die Augen wieder öffnete, lag in ihnen eine strahlende Zufriedenheit, die Kelli so noch nie gesehen hatte.

»Wofür war das denn?«

»Weil du hier bist und weil du hier sein willst.«

Als Nora das Haus der McCabes betrat, dröhnte der Fernseher, aber niemand war zu sehen. Ein köstlicher Geruch kam aus der Küche und stieg ihr verführerisch in die Nase. Die Luft war schwer mit dem Duft von Tomatensoße, Knoblauch und frischen Kräutern.

»Oh, riecht es hier gut!«

»Ich weiß. Unter uns gesagt, bin ich auch überrascht, dass ich überhaupt noch in meine Hosen passe«, stimmte Kelli zu.

»Lasagne, kann das sein?«

Kelli schmunzelte. »Sehr gut.« Dann drehte sie sich weg und brüllte: »Mom! Wir sind da.«

Erschrocken zuckte Nora zusammen. Mit dieser Lautstärke hatte sie nicht gerechnet. Im Haus ihrer Eltern war es verboten gewesen, seine Stimme zu erheben, insbesondere bei einer formellen Affäre wie einem Abendessen.

»Das weiß sie schon.« Seans Kopf schoss hinter der Sofalehne hervor. Er grinste frech. »Ihr seid ein bisschen spät dran, deshalb musste ich für sie den Spion spielen. Ich habe ihr gesagt, dass die Scheiben am Auto beschlagen sind. Deshalb sind wir zur Begrüßung nicht rauskommen, um euch nicht zu stören.« Provokant schaute er seine Schwester an und zwinkerte dann Nora zu. »Hey, Nora!«

Nora strich sich eine Strähne aus dem Gesicht.

»Fang bloß nicht wieder an, mich zu siezen, verstanden? Ich habe dein Essen gegessen, dein Bier getrunken und gesehen, wie du mit meiner Schwester rummachst. Ich glaube, es gibt keinen Grund, wieder förmlich zu werden.«

Kelli seufzte. »Und schon geht es los.«

»Hallo, Sean.« Irgendwie hatte Nora schlagartig das Gefühl, dass dieser Abend erinnerungswürdig werden würde. Sie räusperte sich. »Kann ich vielleicht etwas in der Küche helfen?«

Ohne ihren Bruder aus den Augen zu lassen, deutete Kelli auf eine Tür am anderen Ende des Essbereichs. »Die Küche ist da hinten. Ich komme gleich nach.«

Nora wurde unwohl bei dem Gedanken daran, allein auf Kellis Mutter zu stoßen.

»Versprochen«, fügte Kelli hinzu, als hätte sie ihre Gedanken gelesen.

Langsam ging Nora auf die Küchentür zu. Ein schmerzerfüllter Aufschrei ließ sie aber wieder herumfahren.

Sean hielt sich den Kopf und lachte, während Kelli auf ihn eindrosch. Nora fragte sich, wie viele alberne Streitereien unter Geschwistern diese vier Wände bereits gesehen hatten. In ihr machte sich leise Wehmut breit. Als Kind hatte Nora das Kindermädchen und die Haushälterin gehabt und sie konnte sich nicht daran erinnern, sie jemals umarmt, mit ihnen gelacht oder mit ihnen gespielt zu haben. Es war seltsam Kelli und Sean zuzuschauen und festzustellen, dass sie in ihrem Leben wohl einiges verpasst hatte. *Nein!*, ermahnte sie sich selbst. Das war die Vergangenheit. Ihr Leben hatte sich verändert. Es war dank Kelli nun voller Humor und Lebensfreude, und statt an der Vergangenheit zu nagen, sollte sie alles daran setzen, den gegenwärtigen Zustand beizubehalten. Sie öffnete die Küchentür und trat ein.

Carina blickte auf und schmunzelte. »Hey! Hat meine Tochter dich allein zu mir geschickt. Ganz schön mutig.« Sie stellte eine große Auflaufform mit Lasagne auf die Anrichte und zog ihre hitzebeständigen Handschuhe aus. Es überraschte Nora kaum, dass Kellis Mutter sie einfach ungefragt duzte. Was sie überraschte, war die Tatsache, dass es sie selbst überhaupt nicht störte. *Sehr erinnerungswürdig, dieser Abend, schon nach den ersten Minuten.*

Schwungvoll flog die Küchentür auf. »Was ist mutig?«, fragte Kelli.

»Dass du deine Geliebte ganz allein in die Höhle des Löwen schickst«, antwortete Carina.

Kellis Mund stand offen und ihr Gesicht bekam die Farbe von roter Beete. »Mom!«

»Was? Es stimmt doch, oder?«, fragte Carina und zuckte mit den Schultern.

Geliebte. Das war mit Sicherheit eine passende Definition ihrer Beziehung, und seltsamerweise löste sie keinerlei Panik in Nora aus. In ihrem Bauch und ihrer Brust kribbelte es allenfalls ein wenig. Kelli allerdings sah aus, als würde sie jeden Moment in Ohnmacht fallen. Instinktiv griff Nora nach Kellis Hand. »Es ist okay.«

Kelli schaute Nora an, als würde sie nach etwas suchen. Und offenbar fand sie es, denn sie lächelte, drückte Noras Hand und schien sich zu entspannen.

»Kelli hat mir erzählt, dass du auch gerne kochst«, sagte Carina.

»Ja, ich experimentiere gerne in der Küche.«

»Das ist immer gut.« Carina bedeutete Nora näherzutreten. »Komm her. Ich habe heute auch experimentiert. Lasagne wird mit der Zeit ein wenig langweilig, also wollte ich meiner etwas mehr Pep geben.«

Nora ließ Kellis Hand los und trat nach vorn. »Klar.« Sie konnte sich bildhaft vorstellen, wie Kelli als Kind auf einem der Barhocker gesessen und ihre Hausaufgaben an der Kücheninsel gemacht hatte, während ihre Mutter nebenan kochte. Ihr selbst war es nicht erlaubt gewesen, die Küche zu betreten. Die war den Angestellten vorbehalten gewesen und auch ihre Mutter hatte nie einen Fuß hineingesetzt. Dabei konnte eine Küche doch so ein schöner Ort der Begegnung sein. Carina McCabes Angebot, ihre Lasagne zu kosten, verursachte ein angenehmes Schaudern auf ihrem Rücken.

»Die ist nicht vergiftet, oder? Ich will nicht in einer dieser Sendungen auf dem Discovery Channel enden, über Mütter, die töten«, fragte Kelli dazwischen.

Sie schien ihre Unsicherheit wieder durch Humor wettmachen zu wollen.

Carina funkelte ihre Tochter streng an. »Sei bloß still und kümmer dich lieber um den Salat, oder etwas anderes, das du nicht anbrennen lassen kannst.« Mit einem Pfannenwender schnitt sie ein kleines Stück aus der Lasagne und legte es auf einen Teller. »Das Koch-Gen hat Kelli leider vollkommen übersprungen. Meine Söhne haben beide etwas davon abbekommen, aber vielleicht spart sie es sich ja für meine Enkelkinder auf.«

Nora verschluckte sich an der eigenen Spucke.

Carina lachte. »Das war ein Witz. Zumindest fürs Erste. Dein Gesichtsausdruck –«

»Mom!«, rief Kelli erneut.

»Ich sag nix mehr.« Carina reichte Nora den Teller und eine Gabel. »Probier.«

Nora befolgte die Anweisung und spürte, wie jemand hinter sie trat. Als sie über ihre Schulter blickte, sah sie Kellis warmen und liebevollen Blick. Dann nahm sie den ersten Happen von ihrer Gabel. Sie war geschmackvoll mit einem Hauch von Schärfe. »Geröstete Paprika und Cayennepfeffer?«

Carina nickte anerkennend. »Sehr gut. Ich bin beeindruckt.« Zu Kelli sagte sie: »Ich bin froh, dass du diese Ashley nie mit hierhergebracht hast. Die sah aus, als könnte sie eine Tomate nicht von einer Zwiebel unterscheiden.«

Nora war erleichtert. Sie hatte ohne Zweifel gerade eine Art Test bestanden.

Kelli verdrehte die Augen. »Wie auch immer. Darf ich auch mal kosten?«

»Ja, in zehn Minuten, wenn wir alle essen«, erwiderte ihre Mutter. »Bis dahin ist das Knoblauchbrot so weit. Wenn du endlich mal mit dem Salat fertig wirst, könnt ihr beide den Tisch decken.« Mit den Armen wedelnd trieb Carina ihre Tochter an. »Hat dir deine Mutter beigebracht, zu kochen?«

Die Frage erinnerte Nora daran, wie leer ihr Leben bis vor Kurzem gewesen war.

»Nein … ich habe es mir selbst beigebracht und vor ein paar Jahren habe ich auch ein paar Kurse belegt«, antwortete sie wahrheitsgemäß.

Carina betrachtete sie eindringlich. »Das tut mir leid«, erwiderte sie sanft. »Wenn Kelli dich nicht mit ihrer Art verjagt, bringe ich dir gerne ein paar Tricks aus der italienischen Küche bei. Dann frisst sie dir aus der Hand wie ein gieriges Pferd.«

»Danke. Ich glaube, das könnte mir gefallen.« Nora verspürte eine ordentlichen Funken Vorfreude.

Kelli hatte ihren Kopf in den Kühlschrank gesteckt und kramte die Zutaten für den Salat hervor. »Hey, du weißt schon, dass ich jedes Wort gehört habe, Mom?«

»Und du weißt, dass mir das völlig egal ist«, konterte ihre Mutter.

Der Schlagabtausch zwischen Mutter und Tochter sorgte dafür, dass Nora die schweren Gedanken an ihre eigene Mutter vergaß. Sie ließ sich zeigen, wo Geschirr, Besteck und Gläser zu finden waren und begann den Tisch zu decken.

Die Salatschüsselchen platzierte sie, wie es sich für ein ordentliches Abendessen eben gehörte, links neben die Gabeln. Nach einer Weile spürte sie, dass sie beobachtet wurde. Als sie aufschaute, sah sie, dass Kelli sie mit verklärtem Blick anlächelte.

Nora legte den Kopf zur Seite und fragte: »Geht es dir gut?«

Kelli brauchte einen Moment, um sich zu sammeln und fuhr sich mit der Hand über die Augen. »Ja, du bist einfach nur …« Kelli lachte. »Du bist einfach was ganz Besonderes.«

Nora fühlte sich ganz plötzlich wie auf Wolken. Ihr war fast danach, einen Luftsprung zu machen.

»Die waren furchtbar«, sagte Kelli mit Nachdruck. »Das waren erwachsene Männer in der NBA, mit den Ballkünsten eines Grundschulteams, besonders am Ende. Von dem beschissenen Management und miserablen Training will ich gar nicht erst anfangen. Ich bin froh, dass es die nicht mehr gibt.« Sie tunkte ihr Brot in die rote Soße und schob sich ein Stück in den Mund.

»Eine Zeit lang haben sie aber bei den ganz Großen mitgespielt«, erwiderte Sean.

Kelli schnaubte. »Was soll's. Wir brauchen gar kein professionelles Männerbasketballteam. Ich mag Seattle Storm und die scheinen sich ganz gut zu schlagen.«

»Was für ein bescheuertes Argument. Wenn sie zurückkämen, wäre das natürlich unter einem ganz anderen Management mit ganz anderen Spielern«, sagte Sean.

»Ach ja? Ich wette, irgendwo wartet bestimmt einer von den alten Geldsäcken auf seine zweite Chance.«

»Gib es doch zu. Du magst Seattle Storm nur, weil es ein paar heiße Mädels im Team gibt. Warum sonst würdest du all ihre Spiele aufnehmen?«, forderte Sean sie heraus.

»Äh, weil ich arbeite«, antwortete Kelli.

»Nein, du spulst zurück, damit du Titt–«

»Hey!«, fiel ihm Kelli ins Wort und warf einen Blick in Noras Richtung.

Sean verdrehte die Augen. »Sie steht auch auf Titten. Verdammt, das tun wir doch alle. Außer Mom.« Mit der Gabel deutete er auf ihre Mutter, dann auf Nora. »Stimmt doch, Nora, oder?«

»Meine Güte, wie alt bist du? Zwölf? Zeig endlich mal ein paar Manieren«, fuhr Kelli ihren Bruder an.

Dieser zuckte nur mit den Schultern. »Sie wird sich schon noch daran gewöhnen. Oder, Nora? Ich meine an dieses Schandmaul hier scheinst du dich ja auch gewöhnt zu haben.« Er wedelte mit dem Besteckstück in Richtung Kelli.

»Ach, fick dich doch.« Kelli verdrehte die Augen und grinste.

»Hier, siehst du, was ich meine?«, fragte Sean und lachte herzlich.

Nora legte ihre Gabel beiseite und wartete ab. »Darf ich jetzt vielleicht auch mal was sagen?«

Kelli prustete und Sean lächelte sie an. »Die gefällt mir. Habe ich das schon mal erwähnt?« Er schaute seine Schwester an.

»Kann sein, aber meinst du nicht, dass du es ihr ins Gesicht sagen solltest?«, fragte Kelli.

Die Gabel war wieder im Einsatz und Seans Grinsen wurde breiter. »Ich mag dich.«

Nora kam es vor, als wollte er sie tatsächlich in seinen engeren Kreis aufzunehmen. Sie war noch nie irgendwo Teil eines engeren Kreises gewesen. Sie hatte noch nie irgendwohin gepasst. Hier schien man sie gern bei sich zu haben.

»Und?«Erwartungsvoll blickte er Nora an. »Kommt denn gar nichts zurück? Nicht einmal ein ›Sean, du bist toll‹?«

Nora lachte. Sie mochte ihn ebenfalls. »Sean, du bist –«

»Ein Arschloch«, beendete Kelli den Satz.

»Hey, ich habe von der Besten gelernt, Schwesterherz«, konterte Sean.

Nora beobachtete die beiden noch einen Moment, dann sah sie zu Carina. Die lächelte und schüttelte den Kopf. Als ihr Blick auf Nora fiel, hielt diese den Atem an, ohne wirklich zu wissen, warum. Doch, sie wusste warum. Sie wollte von dieser Frau gemocht werden.

Carina verdrehte die Augen und äffte die Streiterei ihrer Kinder nach.

»Ich habe keine Ahnung, wie du es mit ihr aushältst«, flüsterte sie leise und deutete auf ihre Tochter.

Nora warf Kelli einen Blick zu. Diese lächelte nur und wartete, bis Nora zurückgrinste, ehe sie sich wieder in die Diskussion mit Sean verwickeln ließ.

Carina schaute Nora über den Rand ihres Glases hinweg an und zwinkerte ihr zu.

Nora spürte sich von einer unbekannten Wärme umgeben, die sie ungemein genoss. Wenn so Familienleben aussehen konnte, hatte sie bisher einiges verpasst. Ihr war danach, einiges davon nachzuholen.

»Da wir gerade von Titten, Fernsehen und Lesben sprechen, habe ich eine Frage. Ich habe ein oder zwei Videos gesehen und weiß, dass zwei Frauen im Schlafzimmer eine Menge miteinander anstellen können. Langweilig wird es euch also mit Sicherheit nicht werden. Da du jetzt mit Kelli zusammen bist, gehe ich davon aus, dass du mit Männern abgeschlossen hast, korrekt?« Carina sah sie ohne mit der Wimper zu zucken an und schien ernsthaft eine Antwort zu erwarten. Die Diskussion am anderen Ende des Esstischs war augenblicklich verstummt.

Nora war baff. Diese Frau hatte tatsächlich keinen Filter, aber irgendwie störte es sie nicht im Geringsten.

Carina schmunzelte, aber es war ihr deutlich anzusehen, dass sie das Thema ernsthaft interessierte.

»Hast du gerade gesagt, dass du dir Pornos anschaust?«, fragte Sean und starrte seine Mutter mit offenem Mund an.

»Oh mein Gott. Was zur Hölle?« Kelli gingen die Augen über und sie schnappte nach Luft.

Carina ignorierte die Kommentare ihrer Kinder und sah Nora weiter fragend an.

Noras Handflächen wurden klamm. Es gab keine sichere Antwort auf diese Frage. Nora konnte nicht wissen, wie die Zukunft für sie aussehen würde. Aber sie spürte, dass Carina McCabe sehr beschützend war, wenn es um ihre Kinder ging. Die Höhle des Löwen, die Kelli erwähnt hatte, war ein ziemlich passender Vergleich gewesen. Nora hatte keine Ahnung, ob sie sich in der Zukunft wieder auf einen Mann einlassen würde, und sie wusste auch nicht, wohin sich die Beziehung mit Kelli entwickeln und wie lange sie halten würde. Aber irgendetwas musste sie sagen und so sprach sie einfach das aus, was ihr als Erstes in den Sinn gekommen war. »Ich hab im Internet gelesen, das lesbische Erotikliteratur auch wesentlich stimulierender sein soll als die von Heterosexuellen.«

Am Tisch hätte man eine Nadel fallen hören können.

Carina sah sie weiter forschend an und Nora hielt dem Blick stand. Plötzlich grinste Carina breit.

»Das gefällt mir hier, und wenn Tony wieder nach Hause kommt, wird es noch besser werden.«

Da war sie, die Akzeptanz, die Nora sich erhofft hatte.

Die Spannung am Tisch löste sich in Luft auf. Nora bemerkte, wie Kelli ihr einen anerkennenden und liebevollen Blick zuwarf. Diese Hürde war geschafft. Sie war angekommen in der Familie McCabe.

Als Nora aus dem Badezimmer kam, stand Kelli an die gegenüberliegende Wand gelehnt und grinste. »Ich bin keine Stalkerin, aber da wir schon mal hier sind, muss ich dir etwas zeigen.«

»Okay.« Noras Interesse war geweckt.

Sie folgte Kelli den Flur entlang, bis sie stehenblieb. »Das hier war früher mein Zimmer und ich übernachte immer noch ab und zu hier.« Mit diesen Worten öffnete Kelli die Tür und Nora trat ein.

»Es sieht ein bisschen erwachsener aus, seit ich die Poster von den Wänden genommen habe.« Farblich unterschied sich das Zimmer nur wenig von Kellis Schlafzimmer in ihrer jetzigen Wohnung. Kelli deutete auf die Wand neben der Tür. »Hier hing früher ein lebensgroßer Posterschnitt von Boy George.«

Nora musste sich von innen auf die Wangen beißen, um nicht zu sagen, dass sie keinen blassen Schimmer hatte, wer das sein sollte.

Als hätte sie ihre Gedanken gelesen, seufzte Kelli. »Okay, den setze ich auch auf die Liste. Später waren es dann Poster von Corey Hart und Metallica. Auch wenn ich nicht weiß, wie ich von Pop auf Metal gekommen bin.«

»Vielleicht wirst du irgendwann deine Liebe zum Jazz entdecken.«

Schulterzuckend antwortete Kelli: »Nichts ist unmöglich.«

»Ja, das lerne ich gerade.« Nora setzte sich auf den Stuhl an Kellis Schreibtisch. Er quietschte. »So, hier bist du also aufgewachsen und das ist deine Familie.«

»In guten wie in schlechten Zeiten, ja.« Kelli setzte sich auf das Bettende, dicht neben Noras Stuhl.

»Du hast wirklich Glück«, sagte Nora. »Ich hatte nie …« Sie brach ab. Für ihre leere Kindheit gab es keine Worte.

»Ich weiß«, erwiderte Kelli sanft. Sie legte ihre Hand auf Noras.

Noras Gedanken waren vollkommen durcheinander und so kamen auch ihre nächsten Worte heraus. »Ich habe etwas empfunden heute. Und ich habe gelacht. Dein Bruder mag mich scheinbar. Und deine Mutter –«

Kelli zog sie zu sich aufs Bett und kicherte. »Meine Mutter mag dich auch. Wir sind ein chaotischer Haufen, aber uns gibt es nur als Set. Falls du es möchtest.«

Noch bevor Nora antworten konnte, stand Sean in der Tür.

»Ach, hier seid ihr!« Er lehnte sich auf den Gang hinaus und brüllte: »Ich habe sie gefunden, Mom! Sie machen in Kellis altem Zimmer rum.«

»Verdammt noch mal, Sean!«, rief Kelli.

Nora lachte.

Kelli spielte gedankenverloren mit Noras Autoschlüssel. Der wunderbare Abend war vorbei und das wollte sie nicht. Nach dem ganzen Auf und Ab der letzten Monate wollte Kelli den Moment einfach festhalten. Sie schaute Nora an. »Magst du noch mit reinkommen? Ich weiß, dass du morgen arbeiten musst, aber bleib trotzdem ein bisschen.«

Nora griff nach ihrem Schlüssel in Kellis Hand. Ihre Finger glitten dabei sanft über Kellis Handfläche. Die Berührung löste ein angenehmes Kribbeln in Kelli aus.

»Okay«, antwortete sie.

Manchmal musste man einfach nur fragen. »Gut, im Kühlschrank steht noch der Rest von deinem Wein. Den können wir trinken.«

»Gute Idee. Wir wollen ja nicht, dass der edle Tropfen schlecht wird.« Schwungvoll stieg Nora aus dem Auto und lief so schnell auf das Haus zu, dass Kelli Mühe hatte, Schritt zu halten. Als sie das Treppenhaus betraten, fragte Kelli: »Ist das der einzige Grund?«

Nora drückte die Ruftaste für den Fahrstuhl, der sich beinahe sofort öffnete. Mehrere Leute stiegen aus. »Der einzige Grund wofür?«, fragte sie, während sie sich mit dem Rücken gegen die Haltestange lehnte.

»Mit hochzukommen«, erinnerte Kelli sie.

Nora sah sie an. Zum ersten Mal in einer solch sensiblen Situation erkannte Kelli keine Angst in ihren Augen. Sie schien weit davon entfernt, wie üblich die Flucht ergreifen zu wollen, wenn es eng zwischen ihnen wurde.

»Du meinst den Wein? Nein. Ich möchte nicht, dass dieses Gefühl aufhört«, sagte Nora leise.

Kellis Herz setzte für einen Moment aus. »Welches Gefühl?«

»Freude darüber, akzeptiert und gewollt zu sein.«

Kelli lächelte. »Ja. Das trifft es.«

Nora sah kurz zu Boden. »Ich weiß, dass du mich willst«, flüsterte sie.

»Daraus habe ich nie ein Geheimnis gemacht, aber das ist nicht alles.« Kelli ging auf Nora zu. Ihre Hände legte sie zu beiden Seiten ihrer Hüfte an die Haltestange und beugte sich vor. »Du bist unglaublich.«

Nora ließ ihre Hände zart über Kellis Seiten streichen und es fühlte sich verdammt gut an.

»Du sagst all diese Dinge und sorgst dafür, dass ich dir glaube«, sagte Nora.

Die Explosion in Kellis Brust war ein willkommener Schmerz und sie wollte mehr davon. Nur noch ein Kuss, versprach sie sich. Nur einer und der Abend wäre perfekt. Bevor Kelli ihren Plan umsetzen konnte, glitten Noras Lippen schon über ihre.

So weich. Die Berührung war zart und zerbrechlich.

Nora murmelte etwas und schlang ihre Arme um Kellis Nacken. Diese fühlte sich, als würde sie auseinandergerissen. Ihr Inneres brach nach außen und es störte sie kein bisschen.

Ping.

Die Welt hielt an und fuhr dann weiter. Jemand räusperte sich. Abgelenkt von dem Menschen, der gerade den Fahrstuhl betreten hatte, beendete Kelli den Kuss, bewegte sich aber nicht vom Fleck. Sie presste ihre Stirn gegen Noras und schlang ihre Arme um sie.

Nora war viel zu energiegeladen, um stillsitzen zu können. Sie erhob sich von der Couch und ging in die Küche, wo sie das Geräusch klirrender Gläser hörte.

An der Anrichte stand Kelli, die mit ernstem Gesicht einen aromatischen Cheddar in kleine Würfel schnitt und ihn dann mit Trauben verzierte. Dann bemerkte sie Nora.

»Was? Habe ich zu lange gebraucht?«

»Ja, das hast du.« Es hatte wie ein Scherz klingen sollen, aber Nora meinte es ernst. Im Moment wollte sie keine Sekunden länger als nötig von Kelli getrennt sein.

»Tut mir leid. Ich dachte, du möchtest vielleicht etwas, das zu dem Wein passt. Du isst doch immer etwas, wenn du Wein trinkst.«

»Heute hätte mir der Wein gereicht. Lass mich helfen.« Noras Schulter berührte Kellis.

»Okay. Ich habe noch Gouda im Kühlschrank.«

»Der Cheddar reicht vollkommen«, erwiderte Nora, während sie einen Apfel in dünnen Scheiben schnitt.

»Du hast mir aber beigebracht, dass wir mehr als eine Käsesorte brauchen«, fügte Kelli hinzu und hob eine Augenbraue.

Nora grinste. »Es freut mich ja, dass du zuhörst, aber ich will keinen Gouda.«

Kelli drehte sich zu ihr um. »Was willst du dann?«

Die Frage schlang sich um Noras gesamten Körper. Instinktiv trat sie ganz nahe an Kelli heran. Sie wollte nicht mehr nachdenken. Ausnahmsweise wollte sie nur fühlen. Also beugte sie sich vor. Kellis Augen glänzten. Ihre Lippen berührten Kellis erst sanft, dann immer leidenschaftlicher und Kelli erwiderte den Kuss nur allzu bereitwillig.

Heißes Begehren schoss wie geschmolzenes Blei durch Noras Adern.

Sie knabberte an Kellis Unterlippe und fand unerwartet Antworten auf all ihre Fragen auf ihrer Zungenspitze. Das war es, was sie wollte: dieses Gefühl, diesen Hunger, diese Frau.

Nora presste Kelli gegen die Anrichte. Sie stolperten ein wenig und Kellis Hände griffen sicher nach ihrer Taille. Sie rutschten tiefer und glitten unter Noras Rock, streichelten ihren Hintern, kneteten ihn lustvoll. Nora stöhnte laut auf.

»Du bist wohl gerne oben, kann das sein?«, hauchte Kelli.

Statt einer Antwort, gab Nora einen lustvollen Laut von sich.

Mit einem Mal brachen alle Mauern zusammen, die Nora je um sich errichtet hatte. Ihr Innerstes stand lichterloh in Flammen. Es war klar, was Kelli mit ihren Worten gemeint hatte.

Langsam aber sicher steuerte Kelli sie ins Wohnzimmer.

An einer Wand angelangt, glitt Kelli mit der Zunge Noras Hals hinab, kurz über dem Schlüsselbein knabberte sie zärtlich an Noras Haut.

Lustvolles Prickeln schoss über Noras Rücken. Sie legte den Kopf in den Nacken und verlangte schweigend nach mehr.

Ihre Lippen trafen hungrig wieder aufeinander. Als die Liebkosung abrupt endete, murmelte Nora leisen Widerspruch und öffnete widerwillig die Augen. Kelli hatte sich ihres Shirts entledigt und ließ gerade den BH von den Schultern gleiten.

Nora wartete nicht auf eine Einladung, sondern ließ ihren Händen sofort freien Lauf. An Kellis Bauch spürte sie starke Muskeln unter samtweicher Haut. Kelli zuckte unter ihren Berührungen. Das Gefühl, dass durch ihre Fingerspitzen floss, war unbeschreiblich schön. Nora ließ die Hände sanft nach oben wandern und berührte Kellis harte, braune Brustwarzen.

Kelli schauderte. Sie atmete hörbar aus.

Nora senkte den Kopf, nahm eine der Brustwarzen in den Mund und saugte daran.

»Fuuu …«, entfuhr es Kelli.

Nora wollte mehr. Also knöpfte sie Kellis Jeans auf, zog den Reißverschluss nach unten und ließ ihre Hand hineingleiten. Die Hitze, die sie erwartete, war unbeschreiblich.

»Oh Gott!«, stöhnte Kelli.

Ihre Blicke begegneten sich wie züngelndes Feuer.

Der nächste Kuss sorgte dafür, dass Nora schwindelig wurde.

Kelli mühte sich mit den Knöpfen an Noras Oberteil ab, gab schließlich fluchend auf und zog Nora den Stoff einfach bestimmt über den Kopf. Das Nächste, dessen Nora sich bewusst wurde, war die Matratze unter ihrem Rücken, als Kelli sich über ihr aufs Bett fallen ließ. Dann spürte sie eine Zunge an ihrer linken Brustwarze, die kurze Zeit später in Kellis Mund verschwand. Das rhythmische Saugen, das folgte, sorgte dafür, dass Nora sich wimmernd aufbäumte.

Kellis Hände schienen überall und glitten schließlich über Noras Torso zu ihren immer noch bekleideten Hüften. Ein kühler Luftzug streichelte Nora, als Kelli ihr Rock und Höschen von den Beinen streifte.

Als Nora feststellte, dass sie noch immer in ihren Schuhen steckte, entledigte sie sich dieser mit den Zehnen, bis beide Sandalen auf den Boden fielen.

Kellis Jeans sorgte für Reibung auf ihren nackten Schenkeln und zwischen ihren Beinen wuchs der Druck. Ihre Hüfte stieß nach oben und senkte sich wieder.

Kelli erwiderte Noras Hüftstößen nachdrücklich.

Noras Stöhnen wurde von Kellis Mund verschluckt. Die Liebkosung war kurz aber intensiv. Kellis Zunge hinterließ schließlich eine nasse Spur zwischen Noras Brüsten und glitt weiter nach unten.

Nora griff mit ihrer Hand nach Kellis Haaren und hielt sie zurück. Sie wollte sie ganz dicht an sich spüren. Kelli schaute nach oben. Ihr Gesicht war gerötet und ihr Blick war so voller Lust, wie Nora es noch nie gesehen hatte.

»Ich brauche –«, setzte Nora an, brachte den Satz aber nicht zu Ende, weil Kellis Fingerspitzen plötzlich ihre Klitoris umspielten und in sie glitten.

»Kelli!«

»Jaaa«, flüsterte Kelli.

Noras Beine glitten auseinander und ihre Hüfte presste sich gegen Kellis Hand. Hilflos wimmernd lag sie da, als Kelli die Finger aus ihr nahm. Langsam und tief drang sie schließlich wieder in sie. Lust schoss durch ihren gesamten Körper. Als Kellis Fingerspitzen in ihr spielten, vergaß Nora sich vollkommen. Ihre Hüften bewegten sich schnell und ihre Fingernägel gruben sich in Kellis Rücken.

»Bitte«, murmelte Nora und Kelli stöhnte laut, als sie sich küssten. Sie packte Noras Bein und zog es nach oben.

Nora sah Sterne, als Kelli immer tiefer in sie glitt. Sie konnte nichts dagegen tun. Sie kam mit einem lauten Schrei.

Lange danach schwebte Nora noch immer auf einer Wolke aus Gefühl, das all ihre Sinne erfüllte.

Kellis Lippen strichen sanft über ihre Wange. Ihr Atem stockte, ihre Hüften rieben sich sanft an Noras Schenkel und ihre Augen waren hungrig.

Nora richtete sich auf und schob Kellis Jeans nach unten. Ehe Kelli protestieren konnte, hatten die beiden ihre Positionen getauscht. Nora setzte sich rittlings auf Kellis Schenkel und blickte auf sie herab. Der Körper unter ihr war stark, majestätisch und hoffnungslos erregt.

Mit ihren Fingerspitzen fuhr Nora über Kellis harte Brustwarzen, woraufhin Kelli laut stöhnte und sich unter ihr aufbäumte. Noras Herz schlug ihr bis zum Hals. Die Macht, die sie über Kelli zu haben schien, ließ sie schwindelig werden.

Also tat sie es wieder und wieder.

Kelli krächzte: »Ich … Nicht aufhören.«

Sie packte Noras Hüften und hielt sie fest, während ihre eigenen ein Eigenleben entwickelt zu haben schienen.

Nora stöhnte auf. Sie musste ihn einfach spüren. Sie konnte nicht anders und da war er auch schon. Kellis Orgasmus explodierte spürbar um ihre Fingerspitzen.

Kelli öffnete langsam die Augen. Seit geraumer Zeit schon kämpfte sie gegen den Drang an, auf die Toilette zu gehen. Es war einfach zu warm und bequem in ihrem Bett, deshalb blieb sie weiter an Noras Seite liegen und spürte ihren Atem an ihrem Hals. Kelli lächelte. Im Augenblick gab es keinen Ort, an dem sie lieber gewesen wäre. Bisher war sie nie der Typ zum Kuscheln gewesen, aber es gab schließlich für alles ein erstes Mal.

Nora murmelte etwas im Schlaf und plötzlich spürte Kelli feuchte Lippen an ihrer Kehle, die ein Kribbeln durch ihren gesamten Körper bis zu ihren Zehen jagten und dann … nichts. Falscher Alarm. Nora rutschte ein wenig hin und her und schlummerte dann weiter.

Verdammt. Letzte Nacht und dann noch einmal am frühen Morgen. Es war fantastisch gewesen. Kelli würde das Grinsen nie wieder aus dem Gesicht bekommen. Sie bereute nichts und hoffte, dass es Nora genauso ging. Sie war immer Expertin darin gewesen, sich aus fremden Betten zu schleichen, und hatte die ein oder andere Frau sogar schnell davon überzeugen können, freiwillig nach Hause zu gehen. Heute war sie genau da, wo sie sein wollte. Und sie wollte mehr. Mehr Nora und mehr Sex mit Nora. Es war beeindruckend, wie sehr sie sich in letzter Zeit verändert hatte.

Vorsichtig hob Kelli die Bettdecke an und betrachtete die nackte Haut, die sich darunter verbarg. Es sah verdammt gut aus, wie ihre beiden Körper da so beieinander lagen.

»Was machst du da?«, murmelte Nora.

Kelli fühlte sich ertappt. »Äh …« Sie lehnte sich ein Stück zurück, um Nora in die Augen schauen zu können, und vergaß dabei völlig, was sie hatte sagen wollen.

Kein Make-Up war mehr auf Noras Gesicht zu sehen und ihre Haare waren durcheinander, der verschlafene Ausdruck auf ihrem Gesicht war einmalig. Es war der heißeste Anblick, den Kelli je gesehen hatte. »Ich schaue dich an.«

Nora rutschte ein Stück von ihr weg. Ihr Blick wurde klarer. Sie sah beunruhigt aus. Kelli hoffte, dass es sich nicht um die klassische Reue am Morgen danach handelte. Irgendetwas musste sie sagen, um die Stimmung zu lockern.

»Es ist nichts Schlimmes«, flüsterte sie.

»Was meinst du?«, fragte Nora zögerlich.

Kelli fuhr mit ihrer Hand an Noras nacktem Rücken entlang und genoss die Berührung. »Du. Ich. Wir. Das hier. Es ist einfach wunderbar.« Sie beschloss, dass es am besten war, ihre Gefühle offenzulegen.

Nora schien kein Wort herauszubringen, aber der Ausdruck auf ihrem Gesicht wurde weicher. Mit den Fingerspitzen berührte sie Kellis Gesicht. »Ja. Aber hast du keine Angst davor?«

Kelli lachte. »Ich habe eine Heidenangst, aber lass uns trotzdem weitermachen.«

Nora sah verwundbar aus, aber ihre Lippen formten ein Lächeln. »Ja«, flüsterte sie und beugte sich vor, um Kelli zu küssen. »Ja.«

KAPITEL 21

Der Klang mehrere Saxophone erreichte seinen Höhepunkt, als Nora den Dickdarm des Patienten beiseiteschob, um zu der Blutung darunter zu gelangen. Dann wurde es still. Ihre Handschuhe waren glitschig von den Körperflüssigkeiten, die sich daran abgesetzt hatten und alles schien ihr durch die Finger zu gleiten. »Spülen! Ich brauche bessere Sicht.« Sie wartete auf das erneute Einsetzen der Musik, aber offenbar hatte jemand vergessen, auf Repeat zu stellen.

Die Assistenzärztin, Dr. Ford, tat, wie ihr geheißen und saugte ohne weitere Aufforderung auch wieder ab. Kurz darauf füllte sich die Bauchhöhle des Patienten wieder mit Blut

»Der Blutdruck fällt ab. Wir müssen ihn zu machen, Dr. Whitmore«, sagte Dr. Ford mit fester Stimme.

Dr. Ford hatte recht und Nora war beeindruckt, dass sie sich getraut hatte, ihre Meinung offen zu äußern. »Nur noch ein paar Sekunden. Ich habe es gleich«, erwiderte sie dennoch.

Plötzlich heulten die Maschinen auf.

»Dr. Whitmore!«

»Ich habe es gefunden. Klemme, bitte«, sagte Nora erleichtert.

»Blutdruck steigt wieder«, verkündete Dr. Ford enthusiastisch.

»Und der Patient wird einen weiteren Tag erleben. Möchten Sie ihn zu machen, Dr. Ford?«

»Meinen Sie die Frage ernst?«, fragte Dr. Ford zögerlich.

»Absolut. Wollen Sie?«

»Ja, und wie!«

Nora fühlte sich durch den Eifer der Assistenzärztin berührt. Solche Erlebnisse hatte sie bisher nie zugelassen. Es gefiel ihr.

»Sie bleiben doch aber dabei, nicht wahr?«

»Das Team ist mehr als kompetent, aber wenn es Ihnen hilft, kann ich gerne bleiben«, sagte Nora freundlich.

Alle Augen richteten sich überrascht auf Nora. Sie räusperte sich. »Wenn es etwas zu loben gibt, dann lobe ich auch, und Sie alle haben es sich verdient.«

Erstaunte Gesichter sahen sie schweigend an.

Da sie sich entschieden unwohl fühlte, brach Nora das Schweigen: »Der Patient wartet.«

Sie observierte den Rest der Operation und ertrug tapfer die verstohlenen Blicke ihrer Kollegen. Erstaunlicherweise erschienen sie ihr in keiner Weise feindselig, sondern steckten einfach voll Neugier. Es war, als würden die Mauern, die sie jahrelang um sich errichtet hatte, Stein für Stein abgebaut werden. Offensichtlich war das den Menschen in ihrem Umfeld aufgefallen und es fühlte sich überraschend gut an, zugänglicher zu sein.

Weniger als eine Stunde später streifte Nora ihre schmutzigen Handschuhe und die restliche Schutzbekleidung ab. Die Techniker und OP-Schwestern lachten, als sie das Vorbereitungszimmer betraten. Nora hatte ihnen den Rücken zugewandt und verkrampfte sich automatisch, aus einer alten Gewohnheit heraus. Als aber das Tuscheln um sie herum ausblieb, sah sie vorsichtig über ihre Schulter. Eine der Schwestern schaute in ihre Richtung und lächelte sie zögerlich an.

Nora erwiderte das Lächeln. Vielleicht war es an der Zeit, anderen Menschen eine Chance zu geben. Immerhin hatte sie es bei Kelli auch getan und das Ergebnis konnte sich sehen lassen.

Als Nora die Tür zu ihrem Büro aufschloss und eintrat, kickte sie versehentlich einen weißen Umschlag durchs Zimmer, der auf dem Boden lag. Aufregung schoss wie ein Schwarm Bienen durch ihren Magen. Sie legte die Krankenakten, die sie unter dem Arm getragen hatte, auf ihrem Schreibtisch ab und bückte sich nach dem Kuvert. Vorsichtig öffnete Nora den Umschlag.

Es war schon der zweite Brief von Kelli, seit Nora wieder arbeitete, und ihre Worte hatten eine unbeschreibliche Wirkung auf sie. Sie nahm den ersten Brief aus ihrer Schreibtischschublade und las auch diesen noch einmal.

Hey,

Ich bin keine Romantikerin. Ehrlich. Wenn ich eine wäre, hätte ich dir schon an deinem ersten Arbeitstag geschrieben und dein Büro mit Blumen überschwemmt. Ich habe mich einfach daran gewöhnt, jeden Tag mit dir zu verbringen. Versteh mich bitte nicht falsch. Ich bin froh, dass du wieder arbeitest. Das Krankenhaus ist Teil deines Lebens, aber du bist eben auch ein Teil von mir. Vergiss das bitte nicht. Ich versuche dir auf diese umständliche Art nur zu sagen, dass du mir fehlst. Dafür habe ich auch nur fast einhundert Wörter gebraucht. Ich entwickle mich … oder so ähnlich. Aber ich warne dich: Solltest du jemandem von diesem Brief erzählen, und damit meine ich hauptsächlich Travis und meinen Bruder, gibt es für dich in nächster Zeit weder Zungenakrobatik noch andere körperliche Aktivitäten.

Okay, das war eine Lüge.

Falls wir uns heute Abend nicht sehen, hast du immer noch das hier. Ist ja so ähnlich wie eine Unterhaltung.

Bis später

Kelli

Der zweite Brief war wesentlich kürzer ausgefallen, aber nicht weniger bedeutungsschwer:

Ich kann nicht aufhören, an dich zu denken.

Sie war überwältigt. Kelli war großzügig zu allen, die sie brauchten, aber trotzdem hatte Nora das Gefühl, dass sie einen Teil von ihr besaß, den niemand sonst zu sehen bekam. Für dieses Geschenk war sie unendlich dankbar. Und dann waren da noch die kleinen guten Taten, die Kelli täglich vollbrachte, wie zum Beispiel diese Briefe.

Sie ließ ihre Gedanken schweifen und dachte daran, wie Kelli schmeckte, sich anfühlte und anhörte. Sie genoss, wie die Gedanken ihren Körper elektrisierten. Diesen Körper, den sie mit Kelli teilte.

Nora spürte keine Zweifel mehr an ihrer Beziehung zu Kelli und wollte nach vorn blicken. Es war an der Zeit, ihr neues Ich zu akzeptieren. Unter größten Anstrengungen riss sie sich von diesen Gedanken los. Ja, sie ließ Kelli nah an sich heran und das spendete Trost.Nora fragte sich plötzlich, ob sie je annähernd zurückgeben könnte, was Kelli ihr gab. Sie versuchte, für Kelli da zu sein, wann immer sie sie brauchte, aber gab sie genug von sich selbst? Geben musste gelernt sein und Nora war blutige Anfängerin in diesem Punkt. Sie betrachtete die Briefe und hoffte, dass Kelli sie in dieser Hinsicht nicht enttäuschend fand. Bei einem Blick auf die Uhr, kam ihr eine Idee. Sie stand auf und verließ ihr Büro.

Als sie den Physiotherapie-Raum betrat, unterhielt Kelli sich gerade angeregt mit Dan. Der Krankengymnast nickte ihr zu. Kelli drehte sich um und schenkte ihr ein umwerfendes Lächeln. Mit einem Mal gerieten Noras Gedanken vollkommen durcheinander und ihr Herz fing an zu rasen. Es war erstaunlich, was ein einzelner Blick bewirken konnte.

Dan räusperte sich. »Schön, Sie wiederzuhaben, Dr. Whitmore.«

»Danke.« Nora warf ihm einen Blick zu. Kurz darauf war er schon völlig vergessen, denn Kelli war auf sie zugekommen.

»Hey. Es ist nicht so, dass ich mich nicht freue, dich zu sehen, aber was machst du hier?« Sie streckte ihre Hand aus, um Nora zu berühren, zog sie aber im letzten Augenblick zurück.

»Heute ist dein letzter Tag und da wollte ich für dich da sein«, erklärte Nora.

»Ach so. Du wolltest also eine Abschiedsparty für mich schmeißen?«, fragte Kelli frech.

Nora grinste belustigt. »Vielleicht.«

»Aha. Hast du meinen Brief erhalten?«, fragte Kelli. Ihre Seiten berührten sich leicht und Nora wurde schlagartig heiß.

»Das habe ich.« Sie konnte dem Drang, Kelli näherzukommen, kaum widerstehen.

Eine Tür schloss sich und als Nora sich im Raum umsah, stellte sie fest, dass sie allein waren.

»Es ist schön, dass du da bist. Besonders, weil ich weiß, wie wichtig es für dich ist, Beruf und Beziehung getrennt zu halten.« Offenbar unfähig, sich zu beherrschen, fuhr Kelli mit ihrem Zeigefinger über Noras Unterarm.

Das allein genügte, um Funken zu entfachen. Nora hatte ihren Schmelzpunkt erreicht und Kelli sah aus, als würde sie sich jeden Moment auf sie stürzen. Die Luft um sie herum knisterte.

»Mir hat dein Blick gefallen, als du ins Zimmer gekommen bist«, flüsterte Kelli ihr ins Ohr.

Die körperliche Nähe zu Kelli jagte ein Kribbeln durch Noras Körper, das zwischen ihren Beinen zu einem heftigen Ziehen wurde.

Auf einmal war Noras Mund ganz trocken. »Wie habe ich denn –«

»Als wärst du vollkommen durch den Wind. Ich bin die Einzige, die das bei dir schafft.« Es war keine Frage, sondern eine selbstbewusste Feststellung. »Darauf bin ich verdammt stolz.« Kellis Lippen berührten Noras Wange.

»Ja«, flüsterte Nora und beantwortete damit eine Frage, die nie gestellt worden war. Ja, sie wollte von Kelli berührt werden und ja, mit ihr zusammen zu sein stellte alles andere in den Schatten. Ihr Inneres überschlug sich heftig, als ihre Lippen sich sanft berührten.

Kelli trat zurück und brach den Kontakt ab, ehe er richtig begonnen hatte. Ihre Brust hob und senkte sich heftig. Sie schien angespannt, aber ihre Augen funkelten. »Du hast keine Ahnung, wie sehr ich dich gerade will.«

Nora hatte sehr wohl eine Ahnung, wie es in Kelli aussehen musste. In ihr sah es nicht anders aus. Das Begehren, dass zwischen ihnen loderte, schien greifbar.

Hinter ihnen räusperte sich jemand.

Als sie herumfuhren, sahen sie Dan, der sich am Hals kratzte und die beiden verschmitzt angrinste. »Es tut mir leid, dass ich stören muss –«

Noras Pager unterbrach seine Entschuldigung. Leicht durcheinander nickte sie in seine Richtung und huschte aus dem Raum. Sie hatte nicht für möglich gehalten, dass die Lust, die Kelli in ihr auslöste, noch größer werden konnte, aber genau das war der Fall.

»Sei nicht böse«, sagte Kelli, die ihr gefolgt war. Nora wandte sich zu ihr um. »Ich wollte da drin nichts anfangen, aber du hast einfach so einen Effekt auf mich.«

»Ich bin nicht sauer, glaub mir«, flüsterte Nora, »...aber ich muss los. Es tut mir leid.«

»Das weiß ich. Es war jedenfalls schön, dass du extra vorbeigekommen bist.«

Nora kam einen Schritt näher, ergriff Kellis Hand und suchte nach den richtigen Worten. »Du ... du gibst so viel und ich will nur sichergehen, dass ich dir auch etwas gebe. Ich möchte für dich da sein.«

»Aber das bist du doch, du brauchst nicht –«

»Ich kann auch nicht aufhören, an dich zu denken, das will ich auch gar nicht. Das musst du wissen, falls mein Handeln das nicht immer deutlich genug zeigt.«

Kelli strahlte wie ein Honigkuchenpferd.

Nora machte innerlich einen Satz.

Kelli spannte ihren Bizeps an und bewegte ihre Hand. Das Gefühl im Arm, das das Blutdruckmessgerät hinterließ, war unangenehm. Hoffnungsvoll blickte sie ihre Hausärztin an.

»Ihr Blutdruck ist ein wenig hoch.«

Kelli lachte. Sie wusste ziemlich genau, wessen Schuld das war, und sie war sich sicher, dass sich an diesem Zustand in absehbarer Zeit nichts ändern würde. »Immer noch?«, fragte sie. Das Schutzpapier auf dem Untersuchungstisch unter ihr raschelte. Zum Glück war das hier fürs Erste ihr letzter Arztbesuch. Sie war es leid, in diesen winzigen Zimmern gepiekst und abgeklopft zu werden.

Dr. Emily Rainer sah sie fragend an.

»Entschuldigung. Ein persönlicher Scherz«, sagte Kelli.

»Aha.« Die Ärztin vermerkte etwas in ihrer Akte und fuhr dann fort: »Also, wenn man bedenkt, was Sie erlebt haben, ist Ihre schnelle Genesung bewundernswert. Die Beweglichkeit in Ihrem Bein ist ausgezeichnet und nach den letzten Scans hat sich in Ihrer Lunge nur minimales Narbengewebe gebildet. Das lässt sich alles einer gesunden Lebensweise und Ihrem jungen Alter zuschreiben.«

Kelli schmunzelte. »Großartig. Vielen Dank!«

Dr. Rainer lächelte, wodurch sich tiefe Furchen um ihre Augen bildeten. »Gern geschehen, Sie Klugscheißerin.«

»Ehrlich gesagt, hatte ich gar nicht damit gerechnet, Sie heute zu sehen. Ich dachte, eine Arzthelferin würde mir meine Ergebnisse mitteilen.«

»Da dies vermutlich Ihr letzter Besuch für eine Weile sein wird, dachte ich, ich komme selbst vorbei.«

»Und, wie lautet das Urteil?« Gebannt hielt Kelli den Atem an. Sie wollte nicht länger warten.

»Ich gebe Sie für den Bürodienst frei, für eine Woche. Ich sehe keinen Grund, Sie danach noch länger vom Außendienst fernzuhalten.«

Kelli grinste. »Wow! Ich hatte mit mindestens zwei Wochen gerechnet.«

Dr. Rainer schürzte die Lippen und schaute Kelli verschmitzt an. »Ich kann meine Meinung gerne noch ändern.«

Abwehrend hob Kelli die Hände. »Nein, nein. Das ist schon in Ordnung. Verlassen wir uns einfach auf Ihren Instinkt.«

Die Ärztin lachte. »In Ordnung. Wie geht es Ihrer Familie?«

»Mom arbeitet sich immer noch halb kaputt. Sie sollte sich mal wieder bei Ihnen durchchecken lassen.«

»Sie wären überrascht …«, sagte Rainer und lächelte.

»Gut zu wissen«, erwiderte Kelli.

»Ich habe nichts gesagt.«

»Schon klar.«

»Und der Rest der Familie?«

»Sean geht's gut. Sie wissen ja, wie er ist. Tja, und Antony …« Kelli hielt inne und bat das Universum um positive Schwingungen, in der Hoffnung, dass es zuhörte. Egal was zwischen ihnen vorgefallen war, er war immer noch ihr Bruder. »Er ist immer noch auf Entzug.«

Mit einem Seufzen tätschelte die Ärztin Kellis Knie. »Das ist das dritte Mal, nicht wahr?«

»Ungefähr«, erwiderte Kelli. »Travis hat endlich mit der Krankengymnastik angefangen. Sechs Monate bis maximal ein Jahr noch. Da bin ich mir sicher. Ich weiß, dass Sie ihn nicht kennen, aber –«

»Familie muss nicht blutsverwandt sein. Gibt es sonst irgendwelche interessanten Neuigkeiten?«

Kelli runzelte die Stirn. »Ich glaube nicht, dass das zur Untersuchung gehört.«

Die Ärztin schmunzelte. »Ich kenne Sie schon sehr lange, Kelli, und Ihre Mutter noch länger. Deshalb kann ich Sie fragen, was immer ich will.«

Kelli musste lachen. »Meine Mutter war also tatsächlich hier und hat aus dem Nähkästchen geplaudert.«

»Das kann ich nicht bestätigen, ohne die ärztliche Schweigepflicht zu verletzen.«

Emily Rainer grinste. »Eine Ärztin, ja?«

Stöhnend vergrub Kelli das Gesicht in ihren Händen.

»Das hört sich nach etwas Interessantem an«, fügte Dr. Rainer hinzu.

»Irgendwie stochern mir inzwischen viel zu viele Köche in meinem Brei rum«, sagte Kelli und verschränkte die Arme vor der Brust.

Die Ärztin prustete. »War das ein Lesbenwitz?«

»Oh Gott.«

»Sie muss was ganz Besonderes sein, wenn Sie Ihnen so die Röte ins Gesicht treibt.«

»Das nennt sich Scham«, konterte Kelli.

»Das nennt sich Anteilnahme am Leben seiner Mitmenschen«, sagte Dr. Rainer sanft.

»Sie haben recht.«

Sie sahen einander an und die Ärztin schien immer noch auf eine Antwort zu warten.

Amüsiert biss sich Kelli auf die Unterlippe, um nicht breit zu grinsen.

»Sie werden mir also wirklich gar nichts erzählen?«

»Nein«, erwiderte Kelli stur.

»Na gut. Wenigstens weiß ich, dass sie hübsch ist.«

Kellis spürte, wie ihr das Blut in die Wangen schoss. »Sie ist …« Ihr Mund blieb offen stehen.

»Ach so. Ist sie das?«

Kelli nickte und Dr. Rainer kicherte. »Dann lasse ich Sie mal wieder allein, damit Sie sich anziehen können.«

Grinsend zog sich Kelli das T-Shirt über den Kopf. Noch nie hatte eine Frau es geschafft, sie sprachlos zu machen. Wenn es um Nora ging, fehlten ihr dauernd die Worte.

Kelli fummelte am Holster herum, um sicherzugehen, dass es richtig saß. Es fühlte sich gut an, es wieder zu tragen, auch wenn sie erst einmal nur an ihrem Schreibtisch sitzen würde. Die Glock lag schwer auf ihrer Hüfte. Sie mochte das Gefühl. Sie hatte das passende Outfit gewählt, um den ganzen Tag auf ihrem Hintern zu sitzen: Jeans und eine Bluse. Ein Blick in den Spiegel verriet ihr, dass ihre Haare perfekt saßen. Aus dem Gesicht, wie sie es mochte. Sie war bereit, hob noch ihr Handtuch auf, das auf dem Boden lag, und warf es in Richtung Wäschekorb, in dem es fast vollständig verschwand.

Kelli gestand sich ein, dass sie nervös war, auch wenn sie nur an den Schreibtisch musste. Sie würde sich trotzdem mitten im Geschehen befinden und den Jungs dabei zuhören, wie sie sich über ihre Fälle und ihre Frauen beklagten, und die Aufregung spüren, wenn ein Verdächtiger festgenommen wurde.

Einige ihrer Kollegen würden sich freuen, sie zu sehen und ihr zur Begrüßung auf den Rücken klopfen, andere würde es einen Scheiß interessieren.

Hoffentlich war niemand auf die Idee gekommen, ihren Platz mit Ballons zu schmücken.

Behutsam öffnete sie die Badezimmertür. Das verdammte Ding knarrte gerne und Kelli wollte Nora nicht wecken. Die Nacht war kurz gewesen, was nicht nur am Sex gelegen hatte. Sie hatten sich viel zu sagen gehabt und viel gelacht. Kelli schmunzelte. Sie konnte sich wirklich an dieses häusliche Leben gewöhnen.

Im Schlafzimmer stellte sie fest, dass das Bett leer war. Das konnte nur bedeuten, dass irgendwo eine nackte Nora herumlief. Der Gedanke war noch verlockender als der Geruch von frisch gebrautem Kaffee, der Kelli in die Nase stieg.

Im Wohnzimmer angekommen stellte Kelli enttäuscht fest, dass Nora doch nicht nackt war. Sie hatte sich eines von Kellis T-Shirts übergezogen –

Metallica, *Master of Puppets*. »Ich habe versucht, leise zu sein. Du könntest doch noch eine ganze Weile schlafen.«

»Du hättest doch auch noch nicht aufstehen müssen.« Gähnend führte Nora ihre Kaffeetasse an die Lippen.

»Na ja … der frühe Vogel und so weiter.« Grinsend hielt Kelli inne. »Außerdem bin ich aufgeregt wie ein kleines Kind.«

»Offensichtlich«, sagte Nora und lächelte. »Ich habe Kaffee gemacht.«

»Offensichtlich«, entgegnete Kelli. Es war eine nette Geste, bei der Kelli ganz warm ums Herz wurde. »Du hättest aber nicht extra aufstehen müssen.«

»Das weiß ich. Aber darf ich nicht auch mal was Nettes für dich tun?«, fragte Nora sanft.

Kelli fühlte sich ein wenig wie Casanova. Selbstbewusst schlenderte sie auf Nora zu, nahm ihr die Kaffeetasse ab und zog sie an sich. »Natürlich darfst du das. Ich wollte auch kein undankbares Arschloch sein. Ich bin es nur nicht gewöhnt, dass jemand hier ist, der sich um mich sorgt.«

Nora sah sie liebevoll an. »Das möchte ich aber.«

Kelli schmunzelte. »Okay.« Dann beugte sie sich vor und ließ ihre Lippen sachte über Noras streichen. Sie spürte, wie Nora lächelte. »Danke für den Kaffee und die Abschiedsparty, aber …« Kelli legte eine dramatische Pause ein.

»Aber was?«

Kelli grinste breit. »Es wäre wesentlich besser, wenn du nackt wärst.«

Nora runzelte die Stirn und lachte dann schallend auf.

Kelli betrat den Fahrstuhl, stellte fest, dass ihr Stockwerk schon leuchtete, hob dann den Kopf und sah sich nach bekannten Gesichtern um.

»Heilige Scheiße! Das Miststück ist wieder da.«

Zwei Männer klopften ihr auf den Rücken, der eine war groß und kräftig, der andere erinnerte an eine kleine Vogelscheuche.

»Euch auch einen guten Morgen«, erwiderte Kelli.

»Williams hat gar nichts gesagt. Wenn ich gewusst hätte, dass du heute zurückkommst, hätte ich dir einen Kuchen gebacken«, sagte die Vogelscheuche, ohne die Miene zu verziehen.

Kelli schmunzelte. »So so.«

»Willkommen zurück! Mittagessen bestellen wir dann um halb elf.«

Kelli funkelte ihn an.

Der Größere der beiden legte seinem Partner den Arm um die Schulter. »Schön, dass du wieder da bist, aber wir müssen noch kurz was in der Drogenkommission erledigen. Schon vergessen?«, er stupste den Kollegen an.

»Oh Scheiße, stimmt ja. Dann sind wir ja schon auf dem richtigen Stock. Da das deine alten Jagdgründe sind, McCabe, lassen wir alle wissen, dass du wieder da bist.«

Der Fahrstuhl öffnete sich.

»Bis später«, verabschiedete sich der Dünne mit einem Nicken.

Kelli nickte zurück. Sie hatte noch zwei Stockwerke vor sich und musste an Williams denken. Er wusste, dass sie kein Fan von großen Gesten war, und sie war froh, ihn zum Freund und vorübergehenden Partner zu haben. Endlich auf ihrem Stockwerk angekommen, stieg Kelli aus und schaute sich in ihrer Abteilung um. Alles sah aus, wie sie es in Erinnerung behalten hatte. Leben im Flur, klackernde Tastaturen, Besprechungen vor dem Ermittlungsplan, Geplauder in der kleinen Küche. In der Luft hing der der vertraute Geruch von Kaffee und Aftershave und Kelli sog ihn freudig auf. Sie würde einen zweiten Geburtstag feiern können.

Jemand klopfte ihr so heftig auf die Schulter, dass sie beinahe vornüber gefallen wäre.

»Wartest du auf eine Parade?«, fragte Williams.

Kelli grinste ihn über ihre Schulter hinweg breit an. »Fick dich, du alter Sack.«

Williams lachte heiter.

»Schön dich wiederzuhaben, McCabe!«

Ebenfalls im Ylva Verlag erschienen

Auf schmalem Grat

(Portland-Serie – Buch 1)

Jae

ISBN: 978-3-95533-302-7
Umfang: 349 Seiten (136.000 Wörter)

Detective Aiden Carlisle hat keine Zeit für Beziehungen. Psychologin Dawn Kinsley wollte sich nie wieder mit einer Polizistin einlassen, aber als die beiden sich auf einer Fortbildung kennenlernen, fühlen sie sich sofort zueinander hingezogen.

Als Dawn einem Verbrechen zum Opfer fällt, wird Aiden mit der Ermittlung betraut – und balanciert auf dem schmalen Grat zwischen Verpflichtung und Liebe.

Requiem mit tödlicher Partitur

Lee Winter

ISBN: 978-3-95533-914-2
Umfang: 301 Seiten (90.000 Wörter)

Natalya Tsvetnenko ist eine weltweit anerkannte Cellistin, die mit ihrem sensiblen Spiel die Herzen ihrer Zuhörer berührt. Niemand ahnt, dass sie unter dem Decknamen Requiem ein Doppelleben führt und als Auftragsmörderin mit kühler Präzision das Leben des größten Abschaums der australischen Unterwelt beendet.

Als sie mit dem Mord an Alison Ryan beauftragt wird, gerät das Leben der kühlen Berufskillerin aus dem Gleichgewicht. Alison führt ein absolut durchschnittliches Leben und hat keine Verbindungen zu Melbournes Unterwelt. Warum und vor allem wer möchte, dass Requiem sie aus dem Weg räumt?

Die Tote im Marschland

(Ein Fall für Kate Brannon – Buch 1)

Andrea Bramhall

ISBN: 978-3-95533-740-7

Umfang: 281 Seiten (90.000 Wörter)

Eine Frauenleiche wird an einem Küstenweg in Norfolk gefunden – erschossen durch die Linse ihrer Kamera.

Kate Brannons Ermittlungen führen in die Abgründe eines Fischerdorfs, das eingesponnen ist in ein Netz von Lügen. Kate weiß nur eins: Hier ist niemand das, was er zu sein behauptet. Auch Georgina nicht, zu der Kat sich hingezogen fühlt.

Gun Shy – Verlieben Verboten

Lori L. Lake

ISBN: 978-3-95533-797-1

Umfang: 322 Seiten (88.000 Wörter)

Die hitzköpfige Jaylynn wird bei einem Überfall von Dez gerettet. Sie ist von der wortkargen Polizistin derart angezogen, dass sie selbst bei der Polizeiakademie anheuert.

Prompt wird Dez zu Jaylynns Ausbilderin ernannt, ignoriert deren Avancen aber. Dez will sich nach schweren Schicksalsschlägen nie wieder auf Kollegen einlassen.

Bleibt Dez in Deckung oder senkt sie ihre Schutzschilde für Jaylynn?

Über KD Williamson

KD wohnt mit ihrer Frau und den seltsamsten Hunden und Katzen, die es gibt, in New Orleans. Sie liebt Videospiele und Superhelden. Schon als Jugendliche entdeckte sie ihr Talent für das Schreiben und hat mittlerweile etliche Bücher veröffentlicht. Ihre deutschen Veröffentlichungen erscheinen im Ylva Verlag.

Bibliografische Information der Deutschen Bibliothek
Die Deutsche Bibliothek verzeichnet diese Publikation in der Deutschen Nationalbibliografie; detaillierte bibliografische Daten sind im Internet über www.dnb.de abrufbar.

1. Auflage
Taschenbuchausgabe August 2020 bei Ylva Verlag, e.Kfr.

ISBN: 978-3-96324-405-6

Dieser Titel ist auch als E-Book erschienen.

Lektorat: Katharina Grabowski
Korrektorat: Katrin Hockert
Coverdesign: Streetlight Graphics

Kontakt:
Ylva Verlag, e.Kfr.
Inhaberin: Astrid Ohletz
Am Kirschgarten 2
65830 Kriftel
Tel: 06192/9615540
Fax: 06192/8076010
www.ylva-verlag.de
info@ylva-verlag.de
Amtsgericht Frankfurt am Main HRA 46713

Printed in Great Britain
by Amazon

47535713R00184